시한부
엑스트라의 시간

시한부 엑스트라의시간 Ⅲ

자은향 장편소설

초판 1쇄 찍은 날 | 2021년 12월 23일
초판 1쇄 펴낸 날 | 2021년 12월 30일

지은이 | 자은향
발행인 | 이진수
펴낸이 | 황현수

기획 | 정수민
편집 | 윤수진

펴낸곳 | 주식회사 카카오엔터테인먼트
등록번호 | 제2015-000037호
등록일자 | 2010년 8월 16일
주소 | 경기도 성남시 분당구 판교역로 221 6(일부)층

제작·감수 | KW북스
E-mail | cl_production@kwbooks.co.kr

ISBN 979-11-385-0226-9 04810
       979-11-385-0223-8 (set)

3

시한부
엑스트라의 시간

자은향 장편소설

CONTENTS

Chapter 12

최근 수도에서부터 기묘한 소문이 퍼지기 시작했다. '카리나'라는 이름을 가진 무명의 화가가 그리는 그림이 무척 아름답고 감동적이라는 소문이었다.

눈에 품은 세상을 그려 낸다는 예술병에 걸린 화가. 어느샌가부터 유명 수집가들이 그 화가가 그린 그림을 비싼 값을 쳐 가면서까지 사기 시작했다는 이야기가 퍼졌다.

그림 앞에 서자 그 풍경에 들어갔다 나온 느낌이었다며 후기는 끝도 없이 퍼졌다.

세상에 그런 그림이 어딨냐며 타박하는 이들을 위해 칼로스 가문에선 전시회를 열었다. 겨우 작품 세 점만을 내놓은 전대미문의 전시회였다. 그럼에도 사람들은 호기심에 몰려들었다.

첫날에는 겨우 50명도 되지 않는 적은 인원이 관람에 왔다. 둘째 날에는 그 세 배가 되는 인원이 왔으며, 셋째 날은 둘째 날의 세배가 되는 인원이 몰려들었다. 겨우 일주일 안에 수도 주변의 마을에서부터 멀지 않은 지방에서까지 세 점짜리 그림을 위한 전시회에 사람들이 몰려들었다.

첫날 다녀온 사람들의 입에서 감탄과 찬사가 끊이질 않고 그것이 둘째 날, 셋째 날까지 이어진 덕분이었다. 오죽하면 제국의 황제까지 관심을 가졌을 정도니 그 열기가 어느 정도였는지는 짐작할 필요도 없었다.

사람들은 화가에 대해 이런저런 추측을 내놨다. 카리나라는 가명을 사용하는 여자일 것이다, 혹은 어린 소녀일 것이다, 아니면 막 자라나는 청년일 것이다. 소문은 무성했다.

칼로스 가문에선 어떠한 질문에도 입을 다물었다. 그들도 제대로 알지 못했기 때문이었다. 북부로 떠났던 가주가 갑자기 돌아와 몇 가지 명령을 하곤 또 휙 사라졌으니 물어볼 수도 없었다.

그림 앞에 선 어떤 이는 눈물을 흘렸으며 어떤 이는 입을 떡하니 벌렸다. 어떤 이는 시리디시린 겨울밤, 거대한 아름드리나무 위에 앉아서 떠오르는 해를 바라보는 풍경을 봤다고도 했다. 어떤 이는 쓸쓸했던 과거를 떠올렸고 어떤 이는 행복한 나날을 떠올렸다.

세 가지의 그림은 모두 인물이 없는 풍경화에 가까운 그림이었다.

첫 번째 그림은 푸르른 아름드리의 거대한 나무가 서 있고 그 뒤로 노을이 져 가는 풍경이었다. 천천히 내려앉는 땅거미가 눈을 사로잡았다. 배경 전체가 온통 노을빛으로 가득했다. 언뜻 따뜻하게도 보이는 풍경이었다.

그러나 사람들은 모두가 그것이 겨울이라고 말했다. 어느 곳에도 눈이 내리거나 추운 느낌은 전혀 없는데도 불구하고.

두 번째 그림은 아무것도 없는 텅 빈 방이었다. 삭막한 방에는 먼지가 조금 쌓인 오래된 아이의 책상이 놓여 있다. 그 옆에는 갈색의 실내용 슬리퍼가 놓여 있는데 누가 봐도 그것은 어린아이가 아닌 어른용 슬리퍼였다.

사람들의 의견은 분분했다. 이곳은 어린아이의 방이다. 아니다, 어른의 방이다. 누구 하나 답을 내진 못했지만 많은 사람이 이 앞에서 눈물을 흘렸다. 그저 쓸쓸하다고 대답하면서.

세 번째 그림은 창문으로 달빛이 쏟아지는 밤의 풍경이었다. 그림은 오로지 창문과 창문 밖만을 그리고 있었다. 아래에서 창문을 올려다보는 듯한 구도로 그려진 그림에서 사람들은 모두 넋을 놓았다.

하늘에선 달빛이 가루를 만들어 은은하게 쏟아졌다. 바닥에는 창문의 그림자가 조금 엿보였고 시선 가득히 차가워 보이는 은색 보름달이 창문을 가득 채우고 있었다. 어둑한 밤이 하늘을 뒤덮은 채였다. 그리고 아주 작은 날개가 달린 무언가가 빛가루를 뿌리며 훌쩍 날아가고 있었다.

누군가는 순수한 어린아이의 망상이라고 그림을 평했다. 어린아이가 창문을 올려다보며 요정을 꿈꿨을 거라고 말했다. 또 누군가는 어른이 된 화가가 절망해서 바닥에 주저앉아 창문을 올려다봤을 거라고 생각했다.

제각기 다른 사람들의 수많은 평가와 삼엄한 경비 속에서 칼로스 가문이 열었던 짧은 전시회가 마감되었다. 칼로스 가문은 밀어닥치는 수많은 질문에 모두 침묵으로 답했다. 그리고 며칠 되지 않아 칼로스 가문은 '카리나'의 미공개작 여섯 점의 존재를 더 공개하며 경매의 개최를 알렸다.

예술품 상인부터 시작해 수많은 상인과 귀족 그리고 자산가들이 경매의 참가 의사를 보내왔다. 너무나도 많이 몰린 사람들에 칼로스 가문은 진심으로 난색을 표했다. 결국, 칼로스 가문은 상인과 귀족 그리고 자산가를 적당한 비율에 맞춰 경매 참가가 가능한 수준의 경제적 능력에 따라 나눠야 했다. 그렇게 총 100명의 최종 참가자가 결정되었다.

"으음……."

카리나가 낮은 신음을 흘리며 몸을 뒤척였다. 새벽에 또 발작과 한바탕했더니 눈꺼풀이 무거웠다. 그녀가 끙끙거리며 이불 속에서 꼬물꼬물 움직였다.

'일어나야 하는데…….'

시간이 얼마나 지났을까. 분명히 정오는 됐을 것이다. 기왕이면 아직 아침이었으면 좋겠는데. 이런저런 생각을 하며 그녀가 이불 속에서 천천히 눈을 깜빡였다.

'따뜻해.'

온기가 있는 곳을 향해 절로 꿈틀거리던 그녀가 이윽고 몸을 굳혔다.

왜 따뜻해? 따뜻하면 안 되잖아. 이불 속에서 눈을 깜빡거리던 그녀가 이불 밖으로 쏙 고개를 내밀었다.

"윽……."

아침 햇살이 참 살인적이다. 그녀가 질끈 눈을 감았다가 익숙해지는 것과 비슷하게 맞춰서 서서히 눈을 떴다. 그럼에도 눈이 부셔서 제대로 떠지지 않았다.

그 순간 눈앞에 그림자가 졌다. 햇빛을 가린 무언가 덕분에 그녀가 이번엔 완전히 눈을 떴다.

"좋은 아침, 카리나."

"……밀라이언."

그녀가 낮게 탄성을 흘렸다. 그러고 보니 밀라이언이 있었지. 그 날 이후 벌써 나흘째 밀라이언은 밤마다 제 방으로 찾아왔다. 하룻 밤은 많이 우울한가 싶어서 받아 줬는데…… 그 뒤로 은근슬쩍 계속 찾아온다.

'품이 따뜻해서 자꾸 끌어안아 주면 잠에 들어 버리고.'

이번엔 절대 안 자야지, 안 자야지 하면서도 정신을 차리면 아침 이거나 정오거나 어쨌든 밤이 끝나 있었다. 몇 번이고 발작을 일으 켜서 미안해 죽을 지경인데, 밀라이언은 그때마다 자신을 품에 끌 어안고 쉼 없이 괜찮다고 귓가에 속삭여 줬다.

"새벽에 땀 많이 흘렸는데 갈증 나진 않고?"

"……조금요."

밤새 가라앉은 목소리의 대답에 밀라이언이 준비해 놨다는 듯 냉 큼 주전자를 기울여 물 잔을 채웠다. 그리고 그것을 카리나에게 내 밀었다.

카리나가 자리에서 일어나 물 잔을 양손으로 받아 들었다.

'이거 아무리 봐도 정상은 아닌 것 같은데.'

관계를 맺는 것도 아니고 그렇다고 뭔가 다른 야릇한 상황이 있 는 것도 아니다. 물론 입맞춤하는 횟수는 조금 늘었다. 하지만 그것 외에는 밀라이언이 자신을 끌어안고 자는 것이 전부였다.

"오늘 오후에 출발할까 해."

"오후에요? 혹시 지금 몇 시예요?"

"9시."

"와, 지각 안 했네요."

눈을 동그랗게 뜬 카리나가 재빠르게 대답했다. 이미 정오는 훌쩍 넘겼을 거라고 생각했는데 아직 9시밖에 되지 않았을 줄이야.

카리나가 고개를 끄덕였다.

"숲으로 가는 거죠?"

"그래. 정확히 말하자면 선발대인 나는 이제 곧 출발할 거고 그대는 윈스턴과 페리얼과 함께 후발대로 합류하면 돼."

"아…… 그래요?"

같이 출발하는 게 아니었구나. 눈꼬리가 축 처지는 카리나를 보며 밀라이언이 낮게 웃었다. 정말 마음 같으면 그녀를 주머니에 넣고 같이 출발하고 싶은 심정이었다.

"우리가 주둔지로 삼을 곳이 괜찮은지 확인하고 주변 정리를 해야 하거든. 그대가 도착할 때 마중 나갈게."

밀라이언의 설명에 그녀가 고개를 끄덕였다. 사실 체력이 상당히 없는 그녀로선 그가 동행을 허락해 준 것만으로도 얌전히 있어야 하는 게 맞았다.

카리나는 자신이 떼를 썼다는 걸 잘 알았다. 짐밖에 되지 않으리라. 그럼에도 욕심을 부리고 싶었다. 그는 자신이 부탁하면 웬만해선 들어준다는 걸 알고 있으니까.

'……정말 못됐네.'

자신은 착하지 않다. 착하게 살지 않기로 했다. 하지만 그가 정말 안 된다고 거절했다면 더 매달리지 않았을 거다.

"그래, 난 준비하고 곧 출발할 테니 저녁에 보지."

"네, 조심히 가세요."

"그대야말로. 윈스턴과 페리얼 곁에 꼭 붙어 있어. 팔찌나 목걸이도 절대 떼어놓지 말고."

"네, 그래도 이거 덕분인지 발작 주기가 줄어든 것도 같아요. 발작도 금방 멎는 것 같고."

문득 밀라이언이 허리를 굽혀 그녀의 볼에 입을 맞췄다. 쪽, 여전히 익숙해지지 않는 민망한 소리에 카리나의 얼굴이 붉어졌다. 그러거나 말거나 밀라이언이 제 얼굴을 살짝 틀어 볼을 내밀었다.

"……이거 꼭 해야 해요?"

"가다가 기운 없어서 쓰러질지도 몰라."

뻔뻔하게 덧붙이는 말에 카리나의 얼굴이 불퉁하게 부풀었다. 해야 할 거짓말이 있고 아닌 거짓말이 있지 않은가.

"이게 무슨 밥도 아니고 기운이 없어서 쓰러져요."

그러면서도 카리나가 허리를 세워 고개 숙인 밀라이언의 볼에 입을 맞추고 후다닥 떨어졌다. 쪽 같은 민망한 소리는 나지 않았지만 그래도 입술에 분명히 그의 피부가 닿은 감촉이 남아 있었다.

밀라이언이 낮게 웃으며 그녀의 목덜미에 한 번 더 입을 맞추고 자리에서 일어났다.

"내겐 밥보다 더 중요합니다."

"……조금 있다 봬요."

"네, 무리하지 말고 오십시오."

카리나가 고개를 끄덕였다.

밀라이언이 물끄러미 그녀를 바라보다가 성큼성큼 다가와 카리나를 끌어안았다. 그러곤 훌쩍 방을 빠져나갔다.

'……뭐지?'

방금 지나간 것이 대체 뭔가 고민하던 카리나가 부스스 웃음을 흘리며 베개에 얼굴을 푹 묻었다. 정말, 행복해서…… 죽을 것 같았다.

"꿈은 아니겠지."

그녀가 제 볼을 살짝 꼬집었다가 느껴지는 통증에 냉큼 놨다. 적어도 꿈은 아니다. 베개를 끌어안은 그녀가 한숨을 푹 내쉬었다. 이게 도대체 무슨 관계인지 모르겠다.

'되다 만 약혼자 관계인가.'

굳이 냉정하고 객관적으로 판단하자면 아직 파혼은 안 했으니 여기까진 괜찮은 건가? 자신들이 도대체 무슨 관계인지는 모르겠지만 하루하루가 행복했다.

그날, 갑자기 밀라이언이 이상해져서 찾아온 날 이후로 무언가 바뀌었다. 그는 평소보다 훨씬 다정해졌고 제 곁에 있는 시간이 늘어났다. 새벽에 발작이 일어나면 아무리 신음을 죽여도 빠르게 눈치채곤 끌어안아 줬다.

'들은 건 아니겠지.'

그날로 바뀌었다면 그럴 만한 계기가 있을 텐데, 마땅히 생각나는 것이 없다. 떠오르는 것은 밀라이언이 들어오기 직전까지 나누던 그에겐 숨기고 싶은 얘기와 밀라이언이 그녀의 감정을 눈치챈 것 두 개였다.

"……그러고 보니 페리얼도 그 뒤로 안 보이네."

카리나의 표정이 묘해졌다. 원래라면 하루에 한 번씩은 찾아왔을 페리얼이다. 그런데 생각해 보니 그 뒤론 전혀 만나지 못했다. 카리나가 고개를 기울였다.

"조금 있다간 만날 수 있겠지."

두 번째 긴 여행이었다. 물론 먼 곳으로 가는 게 아니고 여행보단 탐험에 가깝겠지만.

그녀가 천천히 몸을 일으켰다.

카리나는 밀라이언이 준비해 준 북부용 옷을 입었다. 치마나 드레스가 아니라 바지로 된 움직이기 편한 옷이었다. 거기에 두툼한 짐승의 털로 된 외투까지 걸치니 몸이 평소보다 두 배는 더 부풀어 보였다.

'따뜻하긴 한데…….'

아무리 봐도 곰탱…… 아니, 곰이었다. 굳이 따지자면 제대로 먹지 못해 비쩍 말라빠진 곰. 어딜 봐도 위협적이지 않았다. 그래, 곰 인형인데 귀엽지 않은 곰 인형.

어쨌든 밀라이언에겐 전혀 보여 주고 싶지 않은 모습이다. 좋아하는 사람의 앞에서 누가 비쩍 말라빠진 곰이 되고 싶겠는가.

"아무리 봐도 이상한 것 같아."

"아닙니다! 이 옷이 얼마나 좋은 옷인데요. 저희 본가가 의류 가게를 해서 아는데 최고급 중에 최고급입니다. 색이 조금 칙칙해서 그렇지 보온성은 최고인 데다가 비가 와도 젖지 않아요."

카리나의 목소리에 옆에 서 있던 시녀가 냉큼 입을 열었다. 그녀의 옷을 입혀 줄 때부터 눈을 반짝이던 시녀였다.

"그렇게 좋은 옷이야?"

"네, 지브리라는 마수의 가죽으로 만든 건데 잡기도 까다롭고 제작 공정도 까다로워요. 북부에선 최고의 옷이에요."

"……그래?"

그냥 짐승의 가죽으로 만든 투박한 옷이라고 생각했다. 확실히 따뜻하기도 하고 그리 무겁거나 불편하지도 않은 건 사실이었다. 색이 너무 칙칙해서 신경이 쓰일 뿐이다.

"듣자 하니 가벼운 것에 비해 단단하고 질겨서 잘 만들어진 옷은 화살도 막아 준다고 하더라고요."

"……그 정도의 기능이 있으면 차라리 갑옷으로 쓰는 게 더 낫겠는데?"

이렇게 가벼우면 갑옷을 만드는 것이 훨씬 더 효용성이 있지 않나 싶을 정도다. 그냥 자신의 평상복으로 쓰기엔 너무 아까웠다.

"에이, 말씀드린 대로 구하기가 힘들어서 일반적인 갑옷으로 쓰긴 무리예요. 이것도 제가 알기론 주인님께서 직접 잡아서 벗겨 둔 가죽을 창고에서 꺼내 온 걸 거예요."

"……각하께서?"

"네, 게다가 아무리 방한에는 좋다고 하지만 자상엔 효과가 없기도 하고요."

"그랬구나……."

밀라이언이 직접 잡은 마수의 가죽일 줄은 생각지도 못했다. 괜한 불만을 토한 것 같아서 조금 부끄러워졌다. 그가 직접 준 선물인데, 입고 가지 않는 것이 더 그를 서운하게 할 거다.

"어쨌든 고마워."

"아니에요. 무사히 다녀오세요."

시녀들이 사람 좋게 방긋 웃으며 말했다. 그녀도 작게 마주 웃으며 방에서 나섰다.

그녀가 조심스럽게 자신이 입은 부들부들한 털옷을 매만졌다. 이런 신기한 가죽이 있다는 건 처음 알았다. 북부를 벗어나면 애초에 마수의 물건을 쓰는 사람은 거의 없으니까. 남부에선 북부인을 야만인으로 비유하는 때도 있었을 정도였다.

'정말, 절대 아니라고 말해 주고 싶을 정도네.'

어떻게 보면 북부인이 남부인들보다 훨씬 더 나은 면도 있었다. 시원시원한 점이나 여자, 남자를 가리지 않는 평등함 같은 것 말이다.

카리나가 그렇게 생각하며 아래층으로 향했다. 계단을 중간쯤 내려가자 로브를 입고 있는 페리얼이 눈에 들어왔다. 카리나가 눈을 동그랗게 뜨며 조금 속도를 내 빠르게 계단을 내려갔다.

"페리얼!"

"아, 카리나."

"요 며칠 안 보이던데 뭐 했……."

카리나의 눈이 크게 뜨였다. 반가운 기색의 페리얼과 다르게 그녀는 도저히 웃어 줄 수가 없었다. 그녀가 황급히 다가가 그의 볼에 조심스럽게 손을 올렸다.

"세상에, 이게 뭐예요?"

얼굴이 푸르뎅뎅했다. 입술은 터져 있고 볼과 눈은 부풀어 시퍼렇게 멍이 들어 있었다. 그뿐이 아니라 얼굴과 손 여기저기에 생채기가 가득했다.

"아. 별거 아닙니다."

"별거 아니긴…… 누구한테 맞았어요?"

"안 맞았습니다."

"누가 봐도 맞은 거잖아요."

"……."

카리나의 말에 페리얼이 입을 다물었다. 그를 때릴 수 있는 사람이 이 저택에 몇 명이나 되겠느냐마는 그렇다고 미친개한테 손 한번 못 쓰고 속절없이 얻어맞았다고 하기엔 자존심이 상했다.

"……설마, 밀라이언이 때렸어요?"

"……."

"때렸군요."

그녀의 확신 어린 목소리에 페리얼이 입을 닫았다.

"널 믿었다. 그래도 널 믿었으니 여기까지 불렀다. 그런데…… 다른 것도 아니고 감히 그녀의 목숨을 가지고 내게 장난을 쳤더군."

"그녀가 자네에게 말하지 않은 걸 어쩌라는 건가. 믿음을 주지 못한 자네 스스로를 탓해 보는 건 어때?"

"재수 없는 새끼!"

퍽 묵직한 소리와 함께 목이 돌아갔었다.

페리얼이 느릿하게 눈을 깜빡이며 상념에서 벗어났다. 조금 짜증스럽긴 했지만, 타당한 분노라고 생각한다. 문제는 그는 놈에게 제대로 된 반격을 못 했다는 거지만.

'무식하게 힘만 세 가지곤.'

예전부터 힘으로 이긴 적은 없었지만 이 정도로 당하니 기분이 좋지는 않았다. 고개를 돌렸던 페리얼이 낮게 한숨을 쉬며 입을 열었다.

"그냥 좀 싸웠습니다. 아카데미에 다닐 때도 서로 성격이 맞는 건 아니었거든요."

"아니……"

무슨 싸움을 이렇게 어린애처럼 쥐어뜯고 싸웠단 말인가. 머리카락은 정돈했는지 멀쩡했지만 얼굴은 누가 봐도 쥐어 터진 얼굴이다. 절로 얼굴이 찌푸려졌다. 그래서 로브를 뒤집어쓰고 있었나 싶었다. 게다가 페리얼에 비해 아침에 봤던 밀라이언은 지나치게 멀쩡했다. 언제 싸웠는지는 모르지만 아마도 페리얼이 일방적으로 맞은 게 분명했다.

'……밀라이언도 볼에 약간의 생채기가 있었긴 하지만.'

그 물약을 만들어 발라 주자 금세 나았다. 괜찮다고 했지만 제 마음이 편하지 않아서 해 준 것이었는데.

'설마 페리얼과 싸웠을 줄이야.'

심각한 건 이쪽이었다. 카리나가 품에서 물약 하나를 꺼내 들었다. 그리고 그것을 페리얼의 손에 쥐여 줬다. 카리나는 방에서 나오기 전 물약을 그린 종이를 여러 개 챙겼다. 그중에 하나는 급할 때 쓰기 위해 품에 챙겼고. 다행히 이 바지로 된 옷에는 주머니가 무척이나 많았다. 북부의 사냥 복장이라고 했다.

"이건 뭔가요?"

"물약이에요. 상처가 낫는 거예요. 마시거나 바르면 돼요. 그 얼굴을 보니 마시는 게 나을 것 같아요."

페리얼이 붉은 물약을 이리저리 살폈다. 무척이나 신비롭게 생긴 물약이다. 기껏해야 그녀의 주먹만 한 병에 담긴 물약은 탁하지 않고 상당히 순도가 높았다.

"······어디서 났습니까?"

"미리 말하지만 밀라이언한테 허락받았어요."

페리얼의 눈이 가늘어졌다.

움찔, 몸을 떤 카리나가 시선을 피하다가 견디지 못하고 조심스럽게 입을 열었다.

"······조금 억지긴 했지만요."

"웬만하면 쓰지 마십시오."

"노력하고는 있어요."

하지만 밀라이언의 일에 한해선 솔직히 나서지 않을 자신이 없었다. 그만큼은 다치는 곳 없이 안전했으면 했다. 그로 인해 생명이 조금 깎이더라도 괜찮았다.

'말하면 분명 크게 화를 내겠지.'

페리얼이 뚜껑을 열어 그것을 한 모금 마셨다. 그의 얼굴에 났던 생채기가 빠르게 낫기 시작했다. 1분도 채 되지 않아 페리얼의 얼굴이 멀쩡해졌다.

'통증도 가셨군.'

갈비뼈에 옅은 통증이 있던 것도 사라졌다. 정말 알면 알수록 그녀는 대단했다. 그림을 그리는 그 순간도, 그 풍경이 완성될 때도, 그것이 기적이 되어 눈앞에 펼쳐질 때도······.

새파란 바다 같던 눈동자가 황금빛으로 물들 때의 전율을 지금도 잊을 수가 없다. 그녀의 그림은 묻어 둔 것을 죄악이라고 여기고 싶을 정도였다. 시간을 되돌려 어린 그녀를 그 집에서 끄집어내 주고 싶었다. 시간을 되돌리는 것은 결코 불가능하다는 걸 알고는 있지만 알면서도 후회가 될 정도로.

"카리나, 난 당신과 조금 더 일찍 만났으면 좋았을 뻔했어요. 요즘 늘 그런 후회만 드네요."

나지막한 목소리에 가득한 후회에 카리나의 눈이 크게 뜨였다.

그녀가 입가에 미소를 띠었다. 페리얼과 시선을 마주한 채 그녀가 입을 열었다.

"페리얼, 나는요 지금이 꿈만 같아요. 만약 그때 용기를 내지 않았으면…… 분명 아직도 그 저택에 갇혀 있었겠죠."

"……."

"그러니까 난 이제라도 페리얼을 만나서 기뻐요. 내가 그 안에 있었으면 영원히 만나지 못했을 수도 있잖아요."

"……그것 또한 밀라이언의 말 덕분이겠군요."

페리얼이 낮게 중얼거렸다. 대답할 새도 없이 그는 몸을 돌렸다. 카리나의 표정에 의아함이 떠올랐다. 그녀가 자리에 가만히 서 있자 걸어가던 페리얼이 웃으며 고개를 돌렸다.

"얼른 오십시오, 카리나."

"아, 네!"

그는 무척이나 멀쩡해 보였다.

'……방금은 착각이었나?'

카리나가 멈췄던 걸음을 빠르게 움직였다. 페리얼의 옆에 선 그녀가 저택을 나섰다.

"헤르타!"

아래에서 귀찮은 듯 팔을 괴고 엎드려 있던 헤르타의 귀가 쫑긋

팔랑거렸다. 카리나가 다가오자 헤르타가 고개를 들곤 그녀를 바라 봤다. 샛노란 눈에 저번처럼 절박한 살기는 없었다.

"크릉."

낮게 운 헤르타가 몸을 한껏 낮췄다. 사지를 쫙 벌리는 게 올라타 라는 듯했다. 잘 지내고 있다더니 정말 잘 지내고 있던 모양이다.

"오셨습니까, 영애."

"아, 고레든 경."

놀란 듯 눈을 동그랗게 뜬 카리나가 이내 반갑다는 듯 빙긋 웃었 다. 그는 상당히 강한 사람이니 밀라이언을 따라갔을 거라고 생각 했다.

'선발대라고 들었는데…….'

카리나의 눈에 의문이 떠올랐다.

"각하께 따로 명령을 받았습니다. 후발대와 함께 움직여 이후 합 류할 예정입니다."

"……고레든 경이?"

"네, 문제가 있으십니까?"

"아니, 물론 밀라이언이 명령했겠지만…… 선발대에 합류하고 싶 었을 것 같아서. 실력이 엄청나게 뛰어나던걸."

고레든의 눈이 살짝 크게 뜨였다가 이내 제자리로 돌아왔다. 짧 게 드러난 감정의 동요였다. 고레든이 고개를 저었다.

"괜찮습니다. 누군가는 후발대의 호위를 해야 합니다."

실제로 고레든의 주변으로는 기사와 병사들이 상당수 있었다. 그 의 말이 사실이긴 한 듯했다. 그래도 그만한 기사를 곁에 두기엔 영 불편했다.

"고레든 경이 괜찮다면 다행이지만요."

"일단, 마차를 준비했습니다만 헤르타를 타고 가실 예정이십니까?"

"아⋯⋯."

카리나가 잠시 고민했다.

분위기를 살피던 헤르타가 양 팔다리를 쫙 펼치며 드러누웠다. 저번처럼 쉽게 올라탈 수 있도록 한 것이다.

쿵-

묵직한 소리에 주변의 시선이 절로 헤르타에게 집중됐다.

"헤르타?"

"크르응!"

고레든이 힐끗 헤르타를 바라봤다.

카리나가 푸시시 입가를 허물며 헤르타의 미간을 슥슥 쓰다듬었다. 카리나의 힘은 사라졌다. 그녀는 아직 헤르타가 이 땅에 서 있는 이유가 궁금했다.

"자기한테 타라는 거 같네요. 전 그럼 그냥 헤르타랑 함께 갈게요."

"위험하니 조심히 올라타십시오."

"네, 괜찮아요."

카리나가 엎드린 헤르타의 다리를 조심스럽게 밟고 그대로 등 위에 올라탔다.

고레든이 조심스럽게 자리 잡는 카리나를 보곤 헤르타와 시선을 마주했다.

"빠르게 움직이지 말고 영애를 태운 채로 싸움하지 마라."

고레든의 눈동자와 헤르타의 눈동자가 허공에서 얽혔다. 헤르타가 콧김을 훅 뿜으며 고개를 홱 돌렸다. 고레든이 순순히 몸을 돌려 챙겨야 할 것들을 살폈다.

카리나가 엎드리듯 헤르타의 귀에 얼굴을 가까이 가져다 댔다.

"헤르타, 나 궁금한 거 있는데."

파다닥, 속삭이는 목소리에 귀가 간지러운지 헤르타의 귀가 팔랑거렸다. 카리나가 아차, 싶은 표정으로 살짝 고개를 뒤로했다.

"넌 내가 그린 그림에서 나왔잖아."

"크릉."

"그리고 그때 마수를 죽여서…… 뭔가를 차지해야 한다고 했었지?"

그 머릿속으로 울리던 전음이 누구의 것인지 잘 모르겠지만 상황을 따지면 분명히 헤르타의 것이다. 평범한 인간과 머릿속으로 대화를 나눌 수 있을 리가 없으니까. 뭣보다 그 살기에 점철된 목소리는 헤르타의 것이라는 생각이 바로 들 정도였다.

헤르타가 아주 천천히 고개를 돌려 눈동자를 굴리며 그녀를 바라봤다.

"네가 살아 있어서 기쁜데, 어떻게 살아 있을 수 있는지는 궁금해."

-주인, 생명…….

카리나의 몸이 흠칫 떨렸다. 또 누군가가 머릿속에 이야기하는 듯한 느낌이다. 부르르 몸을 편 그녀가 조심스럽게 헤르타를 내려다봤다. 누가 봐도 지금 말을 건 것은 헤르타였으니까.

"헤르타……?"

헤르타의 귀가 제 부름에 답하듯 다시 한번 파닥거렸다. 카리나의 눈이 크게 뜨였다. 진짜 헤르타가 맞았던 모양이다. 그녀가 숨을 삼켰다.

-대신, 먹었다.

내 생명을 대신 먹었다고? 내 생명을 먹었다는 건가? 카리나의 미간이 한껏 좁아졌다.

'주인, 생명, 대신, 먹었다?'

내 생명 대신 먹었다는 건가. 카리나의 눈이 크게 뜨였다. 기적을 일으키는 대가는 그녀의 생명이었다. 그것 대신 먹었다는 건가? 카리나가 숨을 삼켰다.

"내 생명을 대신할 걸 먹었다는 거야?"

"크릉."

낮은 울음소리가 대답처럼 들렸다. 헤르타가 고개를 끄덕였다.

마수에게 생명을 대신할 것이 있다는 건가? 아니면 마수를 먹으면 생명을 대신할 수 있는 건가?

'……그러고 보니 그때도 뭔가 찾는 듯했지.'

없다고 하면서 또 다른 마수를 잡아먹었다. 내장을 헤집던 헤르타의 모습을 떠올리며 카리나가 눈을 가늘게 떴다.

"혹시, 그게 뭔데?"

-핵.

핵은 뭐야?

밀라이언에게 물어보면 알려나. 카리나가 고민 끝에 한숨을 푹 내쉬었다.

헤르타는 아무래도 길게 말하지는 못하는 모양이다. 단어가 잘려서 알아듣는 것이 상당히 힘들었다. 카리나가 고민 끝에 고개를 끄덕였다. 마수의 핵이 뭐냐고는 밀라이언한테 물어보면 되겠지. 그녀가 손목에 찬 팔찌를 조심스럽게 매만졌다. 단단한 것이 만져지자 입가에 절로 미소가 떠올랐다.

"이제 출발하겠습니다."

"아, 네."

이윽고 고레든 경의 지시에 따라 정리를 끝낸 후발대가 출발했다.

콰앙─!

밀라이언은 숲의 초입에 보인 마수에게 곧바로 달려들어 베어 버렸다. 무거운 목이 바닥으로 쿵 소리를 내며 떨어졌다.

숲에는 토벌대가 늘 주둔지로 삼는 공간이 있었고 그곳을 정리하는 게 선발대의 첫 일이었다.

"각하, 주변에 더는 마수가 없는 것 같습니다."

"치워."

밀라이언이 칼을 비스듬하게 내리며 말했다. 칼끝이 숲의 흙바닥에 닿았다. 사방이 시체와 핏물로 엉망이었다. 밀라이언이 긴 한숨을 내쉬었다.

"하론 있나 확인하고."

"예."

기사들이 빠르게 움직였다. 밀라이언이 검을 옆에 꽂아 둔 채 팔짱을 끼며 나무에 기대섰다.

불을 피우고 인기척이 생기면 마수는 쉽게 이곳을 침범하지 않을 것이다. 주둔지 주변에는 여러 가지 트랩을 설치했다. 주둔지의 트랩은 어디까지나 '시간 끌기'용이다. 이곳까지 침입하기 전에 기사들이 알아챌 수 있는 시간을 벌기 위한 용도.

"지금 잡은 것 중에 하론은 없습니다."

"눈에 띄지 않게 안쪽에 가져다 버려."

밀라이언이 한숨처럼 말했다. 핏물로 엉망이 된 주변을 보니 착잡한 기분이 들었다.

"핏물도 다 닦아 내."

"네? 이 많은 피를 어떻게 다 닦습니까?"

"후발대가 놀라면 어쩌려고 그러지?"

"아니…… 뭐, 우리가 하루 이틀도 아니고. 놀랄 후발대가…… 악!"

퍽 소리와 함께 불만을 토하던 기사의 고개가 앞으로 푹 숙여졌다. 기사가 뒤통수를 매만지며 휙 고개를 들었다.

"왜 때려?!"

"닥치고 해. 눈치 없는 새끼."

밀라이언이 왜 그런지는 뻔했다. 대부분의 기사들이 이미 다 눈치채고 있었다. 늘 얘기를 안 하던 그가 대체 왜 저러는지. 모르는 건 아마 눈치 없는 이놈 정도일 것이다.

"……아, 왜."

"시끄럽고 빨리 물이나 퍼 와."

차분한 외모의 기사, 유리가 껄렁해 보이는 기사를 쫓아내며 말했다. 노란 머리카락에 피어싱까지 찬 기사는 투덜거리면서도 우물을 향해 걸어갔다.

"죄송합니다. 로한, 저놈이 나쁜 건 아닌데 보시다시피 눈치가 전혀 없습니다."

"됐다. 오기 전에 얼른 치워."

"영애께선 후발대와 함께 합류하시는 건가요?"

"그래."

"알겠습니다. 최대한 피 냄새도 없애 보긴 해야겠군요. 예민하신 편인 것 같았으니."

아무리 물을 뿌려서 핏자국을 가린다고 해도 냄새까지 없애는 건 불가능했다. 카리나라면 분명히 내색하지 않고 웃어 보일 게 분명했기에 더욱 신경 쓰이게 하고 싶지 않았다.

'뭐라도 말을 해 줬어야 했나.'

죽지 말라고? 괜찮을 거라고? 그녀에게 어떤 말도 전하지 못한 것은 무슨 말을 해야 할지 몰랐기 때문이기도 했다. 그저 숨이 턱 막히고 말문이 막혔다. 할 수 있는 거라곤 그저 그녀를 끌어안고 있는 일이 전부였다.

어떤 기분이었는지 감히 짐작조차 할 수가 없었다. 무슨 기분으로 웃었을까? 무슨 기분으로 파혼을 조건으로 내밀었을까? 무슨 기분으로 미래를 얘기하는 자신의 앞에서 대답 없이 웃었던 것일까? 자신은…… 대체 몇 번이나 무지를 이유로 그녀에게 상처를 준 것일까?

"사람 참 우습게 만들어."

밀라이언이 작게 중얼거렸다.

카리나는 처음부터 그랬다. 멋대로 찾아와 생각지도 못하게 사람을 당황하게 하더니 마지막까지도 말문이 턱 막히게 한다.

해 줄 수 있는 것은 그저 곁에 있는 것, 밤중에 일으키는 발작을 곁에서 달래 줄 수 있는 것 정도였다. 그냥 그뿐이다. 레오폴드라는 성까지 버린 카리나에게 해 줄 수 있는 건.

카리나는 아무것도 바라지 않는다. 바라지 않고 원하지 않고 말하지도 않았다. 품고 있는 감정조차, 아마 최후의 최후까지 입 밖에 꺼내는 일은 없으리라.

"떠나……."

떠나다니, 어디를?

자신을 이렇게 만들어 놓고 그녀는 떠날 생각을 하고 있다. 멋대로 들어와 허락도 없이 스미어 제 안에 조용히 자리를 잡아 버리고선 훌쩍 떠나려고 한다.

'하론을…….'

그러니 하론을 구해야 한다. 반드시 하론이 필요했다. 그녀가 자신을 떠나지 않도록. 그것은 그녀의 통증을 줄여 줄 유일한 열쇠. 그녀가 살아날 수 있을지도 모르는 유일한 방법이다.

페리얼 칼로스가 그렇게 말했으니 분명 무언가 결과를 가지고 올 것이다.

"살려."

"카리나를 죽게 할 마음은 나도 없어. 네가 하라고 하지 않아도 난 최선을 다할 거야."

그와 그렇게 크게 싸운 것은 처음이었다. 아카데미에서도 그는 늘 밀라이언을 귀찮게 굴곤 했다. 밀라이언은 늘 그를 밀어냈고. 그래도 이 정도로 크게 싸운 적은 없었다.

"후발대가 오면 오늘은 쉬고 내일은 새벽부터 토벌한다."

"알겠습니다!"

밀라이언이 대답을 들으며 몸을 돌렸다. 움직이는 기사단을 감독하던 유리가 밀라이언을 힐끗 돌아봤다.

"어디 가십니까?"

"바람 쐬러."

바람을 쐬러? 이미 사방이 뻥 뚫린 숲에서 무슨 바람을 더 쐰단 말인가. 그러나 눈치 빠른 유리는 더 캐묻지 않았다. 밀라이언이 향하는 방향이 대충 어디인지 짐작이 갔기 때문이다.

'마중하러 가시는군.'

시간상으로만 따지면 후발대가 올 때까진 아직 한참이나 남았다. 그러나 밀라이언은 움직였다. 가만히 있다간 초조함이 자신을 집어삼킬 것만 같았다.

'무사히 오고 있겠지?'

평생 두려움이라곤 느껴 본 적이 없었던 밀라이언은 술렁이는 가슴을 꾹 내리눌러야 했다. 유쾌하지 못한 감정이었다.

"크르르—"

헤르타가 답답한 듯 몸을 털었다. 마차가 너무 느렸고 병사의 행렬이 더뎠다. 사람이 많다 보니 행렬 자체가 무척 길고 지루했다.

"답답해?"

"크릉!"

헤르타가 고개를 털었다. 답답해 죽겠다는 목소리다. 카리나가 웃음을 터뜨리곤 조심스럽게 아래를 바라봤다. 아래엔 고레든이 말에 탄 채 움직이고 있었다.

"고레든!"

카리나의 목소리에 고레든이 곧장 고개를 들었다. 그리 큰 목소리가 아니라고 생각했음에도 그는 망설임 없이 곧장 반응했다. 카리나가 입을 열려는 순간 고레든이 말에서 뛰어내렸다.

"어?"

그러더니 땅을 박차고 헤르타의 튀어나온 등껍질을 밟는다. 그리고 그대로 곧장 한 번 더 몸을 도약했다.

크르르…….

제 등껍질을 밟는 묵직하고 낯선 발길에 헤르타가 낮게 울었다. 위협적인 목소리였지만 카리나에겐 어쩐지 그것이 짜증을 내는 것처럼 들렸다.

고레든은 헤르타의 등껍질 위로 묵직하게 착지했다. 오죽하면 헤르타의 거대한 몸이 조금 흔들린 것도 같았다.

"……와."

"크와아아악-!"

헤르타가 몸을 흔들며 불만을 표했다. 거친 포효에 아래쪽이 시끄러워졌다.

쿵, 쿵-!

헤르타가 두어 번 거칠게 발을 내리찍었다. 땅이 크게 울렸다.

"흐아악!"

"얘 왜, 왜 이래?!"

"잠깐, 헤르타!"

카리나가 손을 뻗어 헤르타의 머리를 쓰다듬었다. 그녀가 조곤조곤한 목소리로 달래자 헤르타가 뚱한 표정으로 발을 내렸다.

쿵!

물론 순순히 내려놓지는 않았다. 헤르타를 달랜 카리나가 난장판 속에서도 담담히 서 있는 고레든을 멍하니 바라봤다.

땅을 박차고 순식간에 날아오른 그의 모습이 아직도 선연했다. 뭐야, 이 대단한 사람은. 그녀가 눈을 끔뻑이자 고레든이 살짝 몸을 낮췄다.

"부르셨습니까?"

"아, 별건 아니고 헤르타가 답답해하는 것 같으니 혹시 먼저 가도 괜찮을까 해서요."

"……먼저 말입니까?"

고레든의 미간이 좁아졌다. 곤란한 듯 좁아진 미간에 카리나가 그를 가만히 올려다봤다. 카리나가 눈동자를 조용히 굴렸다.

"헤르타가 있으니 안전할 거예요."

고레든이 고개를 돌려 도착 지점 방향으로 시선을 옮겼다. 그때 보았던 헤르타의 속도로 간다면 3, 40분 정도밖에 걸리지 않을 거다. 걸어가는 이들로서는 서너 시간은 훌쩍 넘겠지만.

'말이 쫓아가기엔 속도가 부족하고.'

뭣보다 헤르타처럼 쉬지 않고 달릴 수는 없을 것이다. 누군가를 데려가라고 하는 것도 무리였다. 고레든 자신이 이 위에 타고 같이 가는 수도 있었지만 그는 후발대의 총책임자였다.

"이대로 뒀다간 날뛸 것 같습니까?"

"아니, 하지 말라고 하면 안 할 것 같긴 한데……."

아래쪽의 사람들이 겁에 질린 게 절로 느껴졌다. 고레든이 잠시 고민했다. 그녀를 보내는 건 큰 문제가 되지 않는다. 헤르타의 속도나 그 난폭성을 보아 가는 길이 위험해질 확률도 극히 적었다.

'이 주변엔 딱히 도적이 있는 것도 아니니.'

마수는 숲 밖으로 웬만해선 나오지 않을 거다. 그리고 숲의 입구는 아마 선발대가 지키고 있을 테고. 고민하던 고레든이 무겁게 고개를 끄덕였다.

"단, 멈추지 않고 계속 움직이겠다고 약속해 주십시오."

"멈추지 않고?"

"혹시 가다가 무슨 일이 있거나 길을 잃은 어린아이를 보더라도 외면하고 가시라고 말씀드리고 있습니다."

그가 담담하게 말했다. 무엇을 걱정하는지 대충 알 것 같아서 카리나가 낮게 웃었다. 고레든의 얼굴에 잠시 의문이 떠올랐다가 사라졌다. 그녀가 고개를 끄덕였다.

"알겠어요. 멈추지 않고 갈 테니 혹시 그런 이들을 보거든 고레든이 도와준다고 약속해 주세요."

"그러겠습니다."

"좋아요. 그럼 전 고레든을 믿고 멈추지 않는 걸로 할게요."

"알겠습니다. 헤르타에게 몇 가지 시험을 해 본 결과 후각이 제법 좋은 걸 알아냈습니다. 아마 어렵지 않게 찾아갈 겁니다."

고레든의 말에 카리나가 고개를 끄덕였다.

생각보다 잘 지내고 있더니 언제 이런 훈련 같은 것도 했는지. 카리나의 대답을 본 고레든이 그대로 헤르타의 등에서 뛰어내렸다.

"헤르타."

"크릉."

"밀라이언이 있는 곳으로 가자."

"킁!"

콧김을 훅 내뿜은 헤르타가 서서히 걸음을 빨리하기 시작했다. 이윽고 카리나가 공기저항을 덜 받기 위해 몸을 한껏 낮춰 헤르타의 등껍질 사이로 숨자 헤르타가 한껏 속도를 높였다.

―흥. 약한, 인간.

귓가를 파고드는 쇠를 긁는 듯한 낮은 목소리에 카리나가 눈을 깜빡였다. 이 녀석이 지금 자신을 약하다고 한 것인가? 한마디 해 주고 싶어도 어찌나 빨리 달리는지 카리나는 헤르타의 등에 붙어 있기 바빴다. 그나마 헤르타가 한껏 치켜든 목 뒤쪽으론 공기저항이 거의 없었다. 빠르게 달리는 헤르타에 카리나가 웃었다. 시원한 바람이 무척이나 상쾌했다.

"크와아아앙―!"

헤르타가 크게 울었다. 포효처럼 느껴지는 목소리가 근처에 굉음처럼 울렸다.

얼마나 달렸을까? 헤르타의 등껍질에 가려 풍경을 제대로 볼 수 없으니 슬슬 재미가 없어졌다. 슬슬 느려지기 시작하는 속도를 느낀 카리나가 고개를 쏙 빼 헤르타의 머리 너머를 바라봤다. 누군가 나무에 기대어 서 있었다.

"……밀라이언?"

그녀가 낮게 중얼거리자 나무에 서 있던 인영이 이곳으로 고개를 돌렸다.

"카리나!"

"밀라이언, 왜 여기에 나와 있어요?"

헤르타가 몸을 낮추기도 전에 밀라이언이 성급하게 두 팔을 뻗었다. 후발대와 함께 마차에서 편하게 오라니까 그녀는 대체 왜 헤르타의 위에서 내려오는 것인가. 걱정이 역력한 기색으로 밀라이언이 손을 뻗었다.

헤르타가 슬쩍 몸을 낮췄다. 밀라이언이 끙끙거리며 내려오려는 그녀의 허리를 붙잡아 그대로 품에 끌어안았다.

"얌전히 오라니까 그걸 또 못 참고……."

"헤르타가 달리고 싶어 했어요."

눈을 가늘게 뜬 밀라이언의 시선을 피한 카리나가 웅얼웅얼 대답했다. 헤르타의 몸은 어느새 모래와 먼지투성이였다.

"그리고 엄청 재밌었으니까 괜찮아요. 말도 혼자서 타면 이런 기분일까요?"

숲에서부터 바람이 불어 카리나의 머리카락을 흩뜨렸다.

"언젠가 해 보고 싶다."

카리나가 흐르는 머리카락을 뒤로 쓸어 넘기며 작게 중얼거렸다. 밀라이언의 눈이 크게 뜨였다. 그가 주먹을 꽉 쥐곤 상의를 벗어 그녀의 어깨 위에 덮어 줬다.

"아, 괜찮아요. 이 옷도 엄청 따뜻해서."

"그래도 겨울바람이 차."

"으음, 정말 괜찮은데. 헤르타랑 올 때도 문제없었어요."

다행히 발작도 없었고 헤르타의 얼굴이 대신 바람을 가려 줘서 괴롭지도 않았다. 주변의 풍경이 너무 빠르게 지나가는 것이 아쉽다면 아쉬운 일이었지만.

"그리고 괜찮다면 틈틈이 말 타는 법을 알려 줄게."

"……정말요?"

"그래."

밀라이언의 말에 카리나가 활짝 웃었다. 그녀는 정말 소박한 사람이었다. 남들은 전혀 기뻐하지 않을 일을 무척 기뻐한다. 그것이 더는 돌아오지 않을 시간이라는 걸 알기에…… 카리나는 그래서 모든 것에 기뻐하고 모든 것을 달갑게 여기는 것이다. 밀라이언이 지끈거리는 심장을 애써 모른 척하며 카리나를 따라 흐리게 마주 웃었다.

"의외네요."

"뭐가?"

"절대 안 된다고 할 줄 알았거든요. 그래도 기뻐요. 버킷 리스트 중의 하나였거든요."

카리나의 말에 밀라이언의 미간이 좁아졌다. 버킷 리스트? 그건 또 무슨 목록이란 말인가. 그가 이해하기 어렵다는 표정을 하자 카리나가 손뼉을 짝 쳤다.

"아, 버킷 리스트는…… 제가 떠나오기 전에 수도에서 유행하던 거예요."

"그런가? 난 처음 들어 본 단어야."

"음……. 사람은 언제나 죽잖아요?"

쿵―

순간 심장이 바닥에 떨어졌다. 밀라이언이 황급히 고개를 숙여 바닥을 바라봤지만 그가 밟고 서 있는 곳은 흙밖에 없었다. 시뻘겋게 낭자한 피도, 펄떡거리며 뛰는 제 심장도 없었다.

"……."

"근데 언제 죽을지 모르니까 살면서 하고 싶은 걸 하고 살자는 취지래요. 사실 귀족들보단 평민들 사이에서 유행하고 있는 거긴 했어요."

평민들의 삶은 바람 앞의 촛불이었다. 귀족들의 심기를 어지럽히면 목이 날아가거나 귀족 모독죄로 처벌받는 경우도 많았다. 계급에 눌리고 돈에 짓눌리며 하루하루 힘겹게 살아간다. 한평생 힘겹게 살아왔어도 귀족에게 잘못 걸리면 한 번에 가는 것이다.

남부는 특히나 풍요로워서인지 귀족들의 콧대가 높았다. 작은 실수도 봐주지 않는 경우가 많았다. 그래서 버킷 리스트라는 것이 유행하기 시작했다고 한다. 카리나도 우연히 듣게 된 것일 뿐이지만.

"저도 한번 해 보는 거예요. 그때 적고 있었던 하고 싶은 일 목록도 그거예요."

"또 뭐가 있는데?"

"네?"

"그 버킷 리스트라는 거, 혼자 말 타 보는 거 말고 또 뭐가 있어?"

"음……."

카리나가 입을 다물었다. 자신을 알리고 싶은 마음도 있고, 가족들의 콧대도 눌러 주고 싶었다. 죽기 전까지 그리고 싶은 풍경도 가득했다.

하지만 가장 해 보고 싶은 것들은 대개 밀라이언과 관련된 일이 었다. 그와 한 침대에서 자 보고 싶다거나…….

……물론 이건 예상하지 못하게 최근 이루고 말았다. 손을 잡고 싶다거나 키스를 하고 싶다거나…….

'……이것들은 생각지도 못하게 전부 이뤘네.'

그거 말고도 같이 여행을 가 보고 싶다는 것도 있었다. 멋진 레스토랑에서 둘이 식사를 하고 싶다는 것도 있었다. 하루는 원하는 대로 돈을 펑펑 쓰고 싶었고 먹고 싶었던 케이크를 종류별로 시켜 한 입씩만 먹어 보고 싶기도 했다. 산꼭대기까지 등산해서 거기에 이젤을 두고 앉아 풍경을 그리고 싶었다. 애완동물도 한 마리 키워 보고 싶고 사실은 결혼도 해 보고 싶었다. 아이도 가지고 싶었다.

'밀라이언을 닮은 아이는 엄청 귀여울 것 같으니까.'

그래서 아이를 낳아서…… 못 받았던 사랑을 듬뿍 주고 싶었다. 자신은 받지 못했던 사랑을 아낌없이 아이에게 주고 싶었다. 그 아이가 자신과는 정반대로 자라 주었으면 했다. 자신을 둘러싼 가족을 만들고 싶었고 요리도 한 번쯤은 해 보고 싶었다. 북부 여행도 해 보고 싶었다. 한 번도 보지 못한 바다를 보고 싶었다. 바닷가 마을도 가 보고 싶었는데.

하고 싶은 건 많다. 너무너무 많아서 노트가 꽉 차도록 많았다. 밀라이언의 말대로 어떤 제약도 두지 않자 봇물 터지듯 하고 싶은 것들이 몽글몽글 떠올랐다. 버킷 리스트를 적은 종이 뭉치는 품에다 안기도 힘들 정도였다. 그렇게 써 놓으니 자신이 욕심이 가득해 보였다.

카리나가 말없이 입을 다물었다. 말하기에도 부끄럽고 말한다 해도 이뤄질 수 없는 것들이다.

'그중에서 제일 해 보고 싶은 건……'

딱 하나였다.

좋아한다고, 좋아했다고, 좋아했었다고. 지금이라도, 떠나기 전에라도, 죽기 전에라도 그저 한마디 말을 전해 보고 싶었다. 평생 숨겨야 한다는 걸 알면서도 그 욕망만큼은 노트를 덮을 때까지도 지우지 못했다.

"별거 없어요."

한참 만에 카리나가 고개를 저으며 말했다.

하나씩 지워 가는 것이 즐겁다. 그러나 지금까지 남은 것들은 대개 남은 시간 동안 해 볼 수 없는 것이다. 그저 욕망만 한없이 커져 버린 것들.

"알려 줘."

"싫어요. 어차피 재미 삼아 한 거라서 큰 의미는 없어요. 언젠가는 분명 다 하게 될 거예요."

밀라이언은 말갛게 웃는 카리나의 얼굴에 속이 쓰렸다. 언제? 대체 그때가 언제인데? 대체 그 '언젠간'이라는 게 언제냐 말이야. 자신에게 주어진 시간을 알고 있으면서 왜 그렇게…… 아무렇지도 않은 표정을 할 수 있는 것인가?

속이 뒤집힐 것 같았다. 입안이 썼다. 얼굴이 절로 일그러져서 펴지지 않았다. 제발 웃지 말라고 차라리 울라고 그렇게 소리치고 싶었다. 울면 끌어안아서 달래 주기라도 할 수 있을 테니까.

"그대에겐 모든 게 다 괜찮군."

괜찮지 않은 건 대체 무엇일까. 코앞에 죽음이 있어도 웃을 수 있는 사람을 자신은 대체 어떻게 지탱해 줘야 할까. 스스로가 이렇게 하잘것없고 쓸모없는 인간이라는 것을 깨닫게 되는 것만 같았다.

"……밀라이언?"

"들어가지."

그가 말없이 몸을 돌렸다. 묵묵히 걸어가다가 움직이지 않는 카리나를 느끼곤 다시 걸음을 멈췄다. 그가 비스듬히 고개를 틀었다.

"얼른 와, 카리나."

"아, 네."

어서 오라는 듯 손을 내미는 밀라이언은 어쩐지 일그러져 울 것 같은 표정이었다.

카리나가 빠른 걸음으로 밀라이언에게 향했다. 그가 뻗은 손바닥 위로 자연스럽게 손을 올리자 그가 손을 꽉 맞잡았다. 차갑게 식은 손에 그가 한숨을 내쉬었다. 밀라이언이 그대로 카리나를 품에 안았다.

"아! 저 걸을 수 있……."

"손이 차가워. 장갑도 챙길 것을. 쯧, 생각도 못했군."

늘 없는 생활이 더 익숙했기에 장갑이라는 존재를 거의 잊고 있었다. 그가 한 팔로 카리나를 안고 다른 손으론 카리나의 양손을 제 손으로 덮었다.

"손이 차가워."

"그래요?"

카리나가 고개를 기울이며 제 손을 이리저리 매만졌다. 그다지 차갑다고 생각하진 않지만 확실히 밀라이언의 손보단 차가웠다. 그녀가 곤란한 듯 미간을 좁혔다.

"밀라이언의 손이 따뜻하긴 해요."

"그대의 손이 차가운 거야."

"으음……."

밀라이언의 지적에 눈동자를 도르르 굴리던 카리나가 웃음을 흘리며 모른 척 그의 품에 파고들었다. 따뜻하고 단단하다. 그의 다정함이 좋다. 이러면 안 된다는 걸 알면서도 계속 기대고 싶을 정도로.

"숲에 와 본 적은 있나?"

"없어요. 엄청 좋은 냄새가 나요. 풀이랑 나무 그리고 흙냄새로 가득해요."

이런 독특한 향은 난생처음 맡아 봤다. 눈을 감으면 눈앞에 숲이라는 이미지가 떠올랐다. 손을 어떻게 움직여서 어떤 느낌으로 색을 살리면 될지, 저절로 그림이 그려졌다.

아, 그림 그리고 싶다. 머릿속에 떠오른 생각에 카리나가 손을 꼼지락꼼지락 움직였다. 밀라이언의 품에 안겨 숲으로 들어가는 내내 머릿속엔 그저 그런 상상뿐이었다.

"화구는 후발대와 함께 올 거야. 그림을 그리고 싶어도 조금만 참아."

"……네? 어떻게……."

"그대가 하는 생각은 얼굴에 다 보여."

밀라이언이 낮게 웃으며 귓가에 속삭였다. 그는 바로 주둔지로 가는 것보단 조금 천천히 빙 돌아서 가고 있었다. 아직 주둔지엔 피 냄새가 덜 빠졌을 거고 정리가 덜 되었을지도 몰랐으니까.

'예상보다 일찍 도착했으니.'

적어도 조금 늦게 가는 것이 좋을 듯했다. 그녀가 혹시나 정리가 덜 된 것을 보고 놀라지 않게. 괜히 발작이라도 일으키면 어찌하는가.

물론 밀라이언은 생각지도 못하고 있었다. 그가 그녀에게 이미 자신이 전투하는 모습이나 형체가 그대로 걸려 있는 마수의 가죽 같은 것을 보여 줬다는 사실을.

"버킷 리스트 중에 하나를 말씀드리자면, 밀라이언의 행복한 모습 보는 거예요."

"……내 행복한 모습?"

"네, 기왕이면 결혼해서 아이 낳는 모습까지 보고 싶다."

"……내가 누구랑 결혼을 하는데?"

밀라이언의 낮은 목소리에 카리나는 입안이 쓴 것을 애써 모른 척하며 아무렇지도 않은 표정을 지었다. 최대한 평범하게, 전혀 신경 쓰지 않는다는 듯이.

"글쎄요. 밀라이언을 푹 빠지게 하는 분이 나오지 않을까요?"

"……."

심장을 누군가 잡아 뜯는다. 그녀가 도대체 무슨 마음으로, 왜 이런 말을 하는지 알 수가 없었다. 그녀의 일이니 분명 자신을 위한다고 하는 말일 게 분명하겠지. 하지만 속이 뒤집히는 걸 막을 방법은 없었다.

"그대가 자꾸 모르는 척하려는 것 같아서 확실히 말하지만."

"네?"

"난 그대가 좋아."

어느 정도 깊은 숲까지 들어간 밀라이언이 걸음을 멈추며 말했다.

그가 조심스럽게 카리나를 내려놓으며 그녀와 눈을 마주쳤다. 카리나는 놀란 듯 눈을 크게 뜬 채 숨을 멈추고 있었다.

"다른 사람이 아니라 카리나, 그대를 좋아한다."

밀라이언의 붉은 눈이 카리나의 새파란 눈동자를 직시했다. 카리나가 그의 눈에서 시선을 떼지 못한 채 굳었다. 그가 지금 무슨 말을 하는 것인가.

"다른 사람을 사랑할 마음도 없고 다른 이와 결혼할 마음도 없어."

"……어디 아픈 거 아니죠?"

카리나가 걱정스럽게 그를 살폈다. 이게 무슨 마른하늘에 날벼락 같은 소리란 말인가. 태풍 이야기의 의미를 그가 모를 리가 없다. 왜 꺼냈는지, 그가 눈치채지 못했을 리가 없다.

"물론, 제가 밀라이언에게 어느 정도 호감이 있긴 하지만 그냥 그뿐이에요."

"……."

"……파혼하기로 한 사이에 조금 무례하긴 하네요. 제가 너무 풀어져서 격 없이 군 것 같네요."

그녀가 눈을 내리깐 채 나직하게 말했다. 시선을 들면 흔들리는 눈동자가 들킬 것 같았다. 목소리가 떨리고 있지는 않나? 부디 감정의 동요가 드러나지 않았으면 했다.

"그리고 지금 제가 좀 아프다고 동정하는 것 같아요. 동정을 사랑으로 착각하는 건 있을 수 있는 일이에요. 말했잖아요, 전 떠날 거라고."

"……."

사방이 적막했다. 밀라이언은 대답하지 않았고 카리나는 그의 대답을 기다렸다. 고개를 들 수가 없었다. 무슨 말을 하지?

차가운 표정을 해서 밀어내기라도 해야 했다. 혼자서 안고 갈 아픔이라고 생각했다. 멍청하게 계속해서 틈을 벌리고 벌렸다.

"카리나."

"……네."

"난, 그대가 살았으면 해."

"……!"

카리나의 눈이 속절없이 흔들렸다. 거친 풍랑을 맞은 배보다도 더 심하게. 몸은 사시나무 떨리듯 떨렸으며 얼굴은 믿을 수 없다는 듯 일그러졌다.

"그대가 살아서 곁에 있어 줬으면 해."

"……어떻게?"

목소리가 벌벌 떨렸다. 연기고 뭐고 모든 것이 다 와르르 무너졌다. 눈앞이 캄캄했다. 어떻게 그걸 알고 있어? 어떻게 당신이 그걸…… 알아? 그녀의 눈이 그렇게 묻고 있었다.

"우연히 들었다."

"……뭘?"

"예술병에 관해 화방의 주인에게 물어봤어. 그리고 몰랐던 사실을 알았고. 예술병은 통증이 오는 부위를 앗아간다고 하더군."

나지막한 목소리는 떨리지 않았다. 그저 차분하게, 떨고 있는 카리나를 달래듯 조용히 내려앉았다.

카리나가 입을 벙긋거렸다. 소리가 나지 않았다. 무슨 말이라도 해야 하는데, 움직이지 않는다.

"그대가 아파하는 부위는 심장이었고 때때로 온몸이었지."

"……."

"그래서 물었어. 그대의 증상을 말해 주고 설명했지. 그리고 돌아와 그대의 방 앞에서 그대와 페리얼 칼로스의 이야기를 들었어."

"……아."

"그대, 처음부터 알고 내게 왔었지?"

그 한마디에 카리나가 벌벌 몸을 떨기 시작했다. 그녀가 한 걸음, 두 걸음 뒤로 물러났다. 겁에 질린 눈동자가, 새파랗게 질린 입술이, 새하얗게 되어 버린 핏기 없는 얼굴이 그녀의 두려움을 고스란히 보여 줬다.

"흡……."

카리나가 또다시 한 걸음 물러났다.

"미안, 미안해요……. 때가 되면, 떠나려고…… 흣……."

욱신-!

호흡이 빨라지자 심장에 통증이 일었다. 그녀가 제 가슴을 부여잡으며 근처에 있는 나무를 붙잡았다. 숨을 쉬기가 힘들었다. 그렇다고 숨을 참으면 숨이 모자랐다.

"카리나!"

"오지…… 흑, 오지 마……."

카리나가 고개를 저었다. 그녀가 식은땀을 흘리며 뒤로 물러났다. 고개를 저어도 밀라이언은 성큼성큼 그녀에게 다가갔다. 카리나가 그대로 가슴을 부여잡은 채 바닥에 주저앉았다.

"젠장, 카리나!"

밀라이언이 카리나를 품에 안았다. 그녀가 통증을 느낄 때면 그는 어떤 것도 할 수가 없었다. 그저 곁에서 괜찮다고 등을 쓸어 주는 것이 그가 할 수 있는 유일한 일이었다.

"쉬이- 괜찮아. 카리나, 괜찮다."

품에 끌어안고 차디찬 바닥에서 일어났다. 밀라이언이 품에서 몸을 웅크린 채 몸을 벌벌 떠는 그녀의 등을 조심스럽게 쓸어내렸다. 괜찮다. 괜찮아.

"쉬이, 괜찮아."

"훗……."

미안해요. 신음 사이로 흩어질 것 같은 작은 목소리가 새어 들어왔다. 밀라이언이 낮게 한숨을 내쉬었다. 카리나는 겁에 질려 있었다. 무엇이 그렇게 두려운 건지 감이 잡히지 않았다.

"카리나."

"……."

"울어도 돼."

"……."

그녀의 눈이 더 이상 커질 곳 없을 때까지 크게 뜨였다. 카리나가 웅크린 채 천천히 고개를 들었다. 그녀의 아쿠아마린 같은 새파란 눈동자에 물기가 맺혔다.

"그냥, 그 말을 하고 싶었어."

밀라이언이 등을 쓰다듬으며 말했다. 처음 그 사실을 알게 됐던 날부터 그 한마디를 해 주고 싶었다. 괜찮지 않아도 된다고, 괜찮을 필요 없다고, 얼마든지 울어도 괜찮다고.

"왜……."

잔뜩 물기에 젖은 목소리가 흘러 나왔다. 카리나는 차오르는 감정을 억누르느라 아픈 목구멍에 몇 번이고 숨을 삼켜야 했다. 뻑뻑

한 빵을 먹고 물 한 잔도 못 얻어먹은 것처럼 숨을 쉬는 것도 힘겨웠다. 심장이 아파서도, 눈앞이 흐려서도 아니라, 그저 그 한마디가 귓가를 두드려서. 별거 아닌 그 한마디가 그토록 사무치게 들려서. 카리나가 얼굴을 일그러뜨렸다.

"왜 나한테 이렇게 잘해 줘요……?"

줄 수 있는 게 없다. 해 줄 수 있는 것도, 가진 능력도 전혀 없다. 그나마 할 수 있는 거라곤 기적을 일으켜서 그에게 작은 도움이라도 되는 것뿐이었다. 그러나 그는 그것마저도 한사코 거부했다.

"난 아무것도 없는데……."

카리나의 가느다란 손가락이 밀라이언의 옷자락을 쥐었다. 그렇지 않아도 새하얀 얼굴이 한층 새하얗게 질렸다. 손끝은 또 어떤가. 발갛게 물들어 안쓰러울 지경이었다.

"아무것도…… 줄 수가 없어요……."

이 몸뚱어리 하나조차 그에게 줄 수 없다. 함께하겠다는 평생의 약속조차 해 줄 수가 없다. 어쩌면 가장 쉬운 약속일지도 모른다. 그저 곁에 있겠다는 그런 간단한 약속. 고개만 끄덕이면 모든 것이 끝나는 미래의 약속. 당장 내일도 모레도 몇 달 뒤도 몇 년 뒤도 기약할 수 있는 그런 약속. 그러나 카리나는 아무것도 없다. 남은 시간조차 없었다.

"그대에게 아무것도 바라지 않아. 그냥 그런 건 상관없게 됐어."

밀라이언이 카리나의 등을 쓰다듬으며 말했다. 언제부터인지 알 수 없지만 이미 그는 그녀를 놓을 수 없게 되었다. 놓을 수 있었다면 오래전에 놓았으리라. 그러나 그럴 수 없었다. 정신을 차리면 그녀를 살피고 그녀에게 욕정하고 그녀만을 눈에 담고 있다. 그녀가 않는 모습만 봐도 심장이 아파 오는데 감히 놓을 수 있을 리가.

"곁에 있어 줘."

카리나가 아랫입술을 깨물며 고개를 저었다. 눈물을 흘리지 않기 위해 힘주어 뜬 눈이 바르르 떨렸다.

밀라이언이 고개 숙인 카리나를 보기 위해 그녀를 내려놓고 그 밑에 한쪽 무릎을 꿇고 고개를 젖혔다. 고개 숙이고 있던 카리나와 무릎을 꿇은 밀라이언의 시선이 마주쳤다.

"그래. 곁에 있지 않아도 돼."

"……."

카리나가 눈물 맺힌 눈으로 밀라이언을 바라봤다. 얼마나 힘을 주었는지 눈의 핏줄이 한껏 붉어져 있었다. 밀라이언이 조심스럽게 손을 뻗어 그녀의 손을 붙잡았다.

"그냥 내가 곁에 있을 수 있게 해 줘. 그대가 날 떠나도 좋아. 내가 그대를 쫓아갈 테니까."

"제발……."

그러지 말라고, 그렇게 말하고 싶었다. 하지만 목이 메어서 도저히 입술이 떨어지지 않는다. 잘못 입을 놀렸다간 그의 담담한 얼굴 위로 제 이기심을 그득 담은 눈물이 떨어질 것 같아서.

"그대가 곁에 있지 않아도 돼. 내가 그대의 곁에 있을 테니까."

카리나가 입술을 꽉 깨문 채 고개를 힘껏 내저었다. 그러지 말라고.

싫어, 싫어. 싫어…….

그냥 귀찮다고 떠나보내도 괜찮았다. 괘씸하다며 화를 내도 좋았다. 그것들은 모두 예상 범위 내의 일이었다. 몇 번이고 상상해서 상처받지 않을 자신이 있었다. 설령 상처를 받더라도 상처받지 않은 척을 할 자신이 있었다. 그냥 그렇게 마무리되었으면 좋을 일이었다. 적어도 카리나의 상상 속에선 그랬다. 몇 번이고 생각한 끝에는 그런 다양한 결말이 있었다.

"카리나."

"……."

"울고 싶으면 울어. 아프면 아프다고 소리 질러."

눈앞이 점점 흐릿해졌다. 안 되는데. 이러면 안 되는데. 당신이 그런 말을 하면 안 되는데. 다정함에 취해서 또 기대어 버릴 것 같았다.

'이건 비겁해.'

그는 늘 여유롭다. 자신을 잘 알고 있다. 카리나라는 사람은 그에게 아무것도 줄 수 없는데, 밀라이언은 자신에게 모든 것을 줬다. 용기를 주고, 있을 곳을 내주고, 다정함을 주고, 추억을 줬다.

"사람은 늘 괜찮을 필요 없어. 항상 괜찮다는 말을 하는 게 강한 건 아니야. 괜찮다고 한다고 속이 썩지 않는 것도 아니야. 그러니까 괜찮지 않은데, 괜찮다고 하지 마."

투둑.

눈에서 넘실거리던 물이 결국 후두둑 떨어져 내렸다. 그녀가 한 걸음 뒤로 물러났다. 그럼에도 한 방울이 밀라이언의 얼굴로 떨어져 그의 볼을 타고 또르르 굴러 떨어졌다.

"……흐윽……."

꾹꾹 눌러 담았던 눈물이 봇물 터지듯 흘러나왔다. 눈앞이 흐릿해서 아무것도 보이지 않았다. 차가운 바람도 느껴지지 않았다. 그저 참고 참았던 것들이 순식간에 파도처럼 덮쳐 온다.

잘 참아 왔을 것이다. 전부 인정하고 납득했을 것이다. 죽는 건 당연한 거다. 어쩔 수 없는 일이다. 자신의 멍청한 실수였다. 가족들만 아니었어도 괜찮았을 것이다.

수많은 변명도, 수많은 남 탓도 전부 소용없었다.

하고 싶은 걸 하고 살려고 했다. 얼마 남지 않은 시간이라도 하고 싶은 것을 충분히 하자고. 그러면 행복할 거라고. 그렇게 즐겁게 살아 보자고. 20년간 좋은 일이라곤 그다지 없었지만 그래도 마지막 남은 삶이 행복하지 않은가. 마지막 추억이 오래도록 기억에 남을 만한 것이 되지 않았는가. 그냥 그렇게 스스로를 위로했다.

한쪽 무릎을 꿇고 있던 밀라이언이 자리에서 일어나 그녀를 품에 안았다. 카리나는 힘없이 팔을 축 늘어뜨린 채 소리 없는 눈물만 뚝뚝 흘리고 있었다.

"옳지, 괜찮아."

더 울어도 된다고, 그래도 괜찮다고, 곁에 있어 주겠다며 속삭이는 밀라이언의 목소리가 여느 때보다 훨씬 더 부드러웠다.

"흐윽……."

숨죽인 목소리가 조금 더 커졌다. 밀라이언이 품에 안은 카리나의 등을 느릿하게 쓰다듬었다.

"흐아아아아!"

카리나의 울음소리가 커졌다. 비명을 지르듯 소리를 내지르며 그녀가 팔을 들어 밀라이언의 등을 부여잡았다. 그녀가 밀라이언의 가슴에 얼굴을 묻은 채 울음을 터뜨렸다.

오랫동안 묻었던 듯, 서서히 커져 나가는 울음소리에 밀라이언이 이를 악물었다. 그녀의 울음소리에 담긴 수많은 감정을 감히 헤아릴 수가 없었다. 작은 몸으로, 어린 나이에 짊어지고 살아왔을 것들이 그에겐 감히 짐작도 되지 않았다.

밀라이언은 카리나를 완벽하게 이해할 수 없었다. 그에게는 그다지 부족한 것이 없었다. 어머니는 일찍 돌아가셨지만 아버지의 사랑은 충분하고도 차고 넘치게 받았다. 화목한 가족이라고 말할 수는 없었지만 잘못한 것은 엄하게 가르쳐 주고 잘한 것은 한없이 기쁘게 웃으며 칭찬해 주었다. 잘못하면 힘든 과제가 주어졌지만 결코 폭력을 행사하는 일은 없었다. 그에겐 친구도 많았고 배울 기회도 많았다. 싫은 것을 싫다고 말할 수 있었다.

그런데 너무도 당연하다고 생각했던 그것을 전혀 받지 못하고 자란 사람이 있었다. 그저 기계적으로 괜찮다는 말을 내뱉는 사람이 있었다. 주변을 속이고 친구를 속이고 사랑하는 사람을 속이고 자기 자신마저 속이는 사람이 있었다. 그저 살기 위해서. 살아남기 위해서, 그녀는 거짓말을 했다. 자신은 괜찮다고 수없이 많이 읊조렸을 것이다. 아무것도 해 줄 수가 없었다. 밀라이언은 카리나를 이해하는 것조차 제대로 할 수가 없었다.

"흐아아……!"

쉬지 않고 감정이 새어 나왔다. 그저 숨을 쉬는 것도 버거워 보이는 그녀를 위해 밀라이언은 등을 쓸어 주는 것밖에 할 수 없었다. 괜찮다는 말도 할 수가 없었다. 서럽게 우는 그 모습에 심장이 아팠다.

"죽기……."

카리나가 꾹꾹 숨을 삼키며 입을 연다. 그녀의 손가락이 밀라이언의 옷자락을 꽉 쥐었다.

"싫어……."

"……."

심장이 바닥으로 곤두박질쳤다. 아니, 심장만 곤두박질쳤을까. 발을 딛고 있는 땅이 그대로 꺼지는 듯했다. 귓가로 들려오는 떨림이 섞인 목소리가 당장에라도 무너질 것처럼 들려서, 아니, 이미 무너진 것처럼 들려서 쌓아 둔 모래성이 부서지고 무너지고 뭉개졌다.

카리나는 이미 형체를 유지할 수 없을 정도로 엉망진창이었던 거다. 간신히 외벽을 모래로 메워 뒀지만 그 속은 이미 텅 비어 있었다. 썩고 썩어 문드러져서 이미 아무것도 남아 있지 않았다. 그 상태로 멀쩡한 척을 해 온 것이다.

"훗…… 죽기 싫어요……."

울음기 섞인 목소리 사이로 차마 크게 내지 못하는 진심이 섞여 들었다.

밀라이언은 벌벌 떨리는 제 손을 들키지 않기 위해 주먹을 힘껏 쥐었다. 그녀의 등에 닿지 않게 조심했지만, 피가 배어 나오도록 세게 쥔 주먹은 당장 무엇이라도 때려 부수고 싶다는 것이 느껴질 정도로 위협적이었다. 슬픔을 주체할 수가 없었다.

"……그래."

잔뜩 메인 목소리로 밀라이언이 담담히 대답했다. 아마도 담담히 대답하려고 노력했을 것이다. ……아니, 그저 무사히 제 생각대로 담담한 목소리가 나갔으면 하고 바랐다.

"왜……."

"……."

"왜, 나만……."

"……."

오래도록 속에 담아 놨던 이야기는 이것이었을까. 아니면 더 있는 것일까. 그녀가 겪어 왔던 수많은 일 중의 극히 일부분일 단어와 단어의 조각들을 들었을 뿐이다. 그런데 이미 그는 아무것도 없는, 숨이 턱턱 막힐 정도로 뜨겁게 달궈진 메마른 사막 위에 맨발로 선 기분이었다. 끅끅 숨을 삼키는 카리나의 등을 밀라이언은 더 이상 쓰다듬어 주지 못했다.

"바라는 건…… 흐윽……."

이를 악문 잇새로 꾹꾹 울음을 참아 내며 나오는 목소리에 숨이 막혔다. 밀라이언은 이제 그저 그녀를 마주 끌어안고 있을 뿐이었다.

"정말, 아무것도…… 없었는데……."

그저 숨조차 멈춘 채 멍청히 그녀의 이야기를 들어 줄 수밖에 없었다. 살고 싶었겠지. 살고 싶었을 것이다. 담담했을 리가 없다.

그녀는 이제 겨우 스물이었다. 이제 갓 성인이 된, 어쩌면 이제야…… 거대하고 무겁고 무서운 부모의 그늘에서 벗어난 존재.

이 감정을 대체 어떻게 숨기고 여태까지 살아온 것일까. 대체 어떤 기분으로…… 그녀는 제 앞에서 괜찮다며 웃을 수 있었지? 도대체 왜 웃었던 걸까? 괜찮다며 자신을 속여 가면서. 죽는 것은 어쩔 수 없는 일이라고 스스로를 위로하면서.

"……."

밀라이언이 무슨 말이라도 하기 위해 입을 벌렸다. 하지만 벙긋거리는 입술 사이론 아무런 말도 새어 나오지 않았다. 어떤 말을 해야 할지 몰랐다. 머릿속이 새하얗게 변했다. 백치라도 된 듯한 기분이었다.

"좋아해요……."

밀라이언이 숨을 들이켰다. 그는 제가 제대로 말을 들은 게 맞는지 확인하기 위해 고개를 숙였다. 카리나는 여전히 그의 가슴에 얼굴을 묻은 채 옷자락을 꼭 쥐고 있었다.

"좋아해서…… 미안해요……."

밀라이언의 움직임이 뚝 굳었다. 눈물에 젖은 그 목소리가 얼마나 메어 있는지 어렵지 않게 알 수 있었다. 그것은 밀라이언이 그토록 바라던 그녀의 솔직한 고백이었다. 그러나 동시에 세상 어떤 고백보다도 서글픈 고백이었다.

밀라이언이 카리나를 품에 안은 채 말없이 주둔지로 향했다. 울다 지쳐서 결국 기절하듯 정신을 놓아 버린 그녀를 품에 안고 있으니 속이 답답했다.

"각하, 오셨습니…… 까……."

유리의 목소리가 천천히 가라앉았다. 목소리까지 한껏 늘어졌다. 밀라이언은 그를 한 차례 힐끗 쳐다보곤 별말 없이 성큼성큼 주둔지 중심으로 걸어 들어갔다.

"천막은 세웠나?"

"아, 일단 시작은 했을 텐데…… 아직 완벽하진 않을 겁니다."

"잠자리 먼저 준비해."

"네, 알겠습니다!"

잔뜩 긴장했는지 뻣뻣한 자세로 커다랗게 목소리를 높인 그를 밀라이언이 말없이 노려봤다. 유리가 뒤늦게 제 입을 틀어막으며 고개를 숙였다.

"이쪽입니다아……."

손바닥 뒤집듯 순식간에 개미 목소리보다도 더 작게 낮춘 유리가 말했다.

밀라이언이 성큼성큼 천막으로 걸음을 옮겼다. 그가 안으로 들어가 그나마 구색을 갖춘 침대 위에 카리나를 눕혔다. 자면서도 울었는지 맺혀 있던 눈물이 그녀의 볼을 타고 또르르 떨어진다. 그가 조심스럽게 땀에 젖어 여기저기 붙은 그녀의 머리카락을 정리했다.

"좋아해서…… 미안해요……."

카리나는 그 말을 마지막으로 그저 울기만 했다. 몇 번이나 미안하다고 말했던가. 고개도 숙이지 못한 채 어깨에 얼굴을 묻고 울음을 터뜨리는 그녀의 모습에 밀라이언은 제 속을 쥐어뜯고 싶은 심정이었다.

카리나에게 이불을 덮어 준 밀라이언이 그녀의 이마에 한 차례 입을 맞추곤 몸을 돌렸다. 그러고는 곧장 천막을 빠져나갔다.

"어…… 더 필요하신 건 없으십니까?"

"차게 적신 수건이랑 마실 물 가져다가 안에 둬."

"아! 네, 알겠습니다!"

"눈 깔고 들어가서 두고 곧장 튀어나와. 다른 짓거리하면 죽인다."

서늘한 밀라이언의 목소리에 유리가 몸을 굳혔다. 정말 눈빛만으로 사람을 죽이지 않을까 싶을 정도였다.

"네, 알겠습니다! 근데 어디 가십니까?"

"근처."

밀라이언이 숲 안쪽으로 들어갔다. 적당히 주둔지에서 멀어지니 주변에 적막이 내려앉았다. 그가 품에서 궐련을 꺼내 입에 물었다. 성냥을 꺼내 불을 붙이자 순식간에 붉게 점멸하며 타올랐다. 그가 궐련을 깊게 빨아들였다.

'웬만해선 안 피우려고 했는데.'

궐련이라도 피우지 않으면 당장에라도 마수들 틈으로 뛰어들 것 같았다. 아직 그녀와 제대로 대화도 나누지 않았다. 우는 카리나를 달랠 뿐이었다. 그나마도 카리나가 달래면 달랠수록 더 서럽게 울어서, 결국 마지막엔 아무것도 할 수가 없었다. 쓰러진 그녀를 품에 안고 천막에 눕히는 것 외에는.

궐련을 깊게 빨아들이자 폐부 속 깊은 곳까지 연기가 파고들었다. 밀라이언의 동공이 살짝 풀어졌다.

솔직히 말해서 스스로가 싫어질 정도로 짜증이 났다. 그녀가 얼마나 제 감정을 억눌러 왔는지 알 것 같아서. 그 작은 몸으로, 웃는 얼굴로, 아무렇지도 않다는 목소리로 무엇을 참아 내며 제 곁에 머물렀는지 알 것 같아서.

궐련 끝을 으득, 짓씹은 밀라이언이 굳게 쥔 주먹을 휘둘렀다. 둔탁한 소리를 내며 단단한 나무 기둥이 움푹 파였다.

퍽, 퍽, 퍽-! 퍼억-!

몇 번이고 몇 번이고 밀라이언은 나무 기둥을 주먹으로 쳐 댔다. 날카로운 가시에 찔리고 베여서 피가 배어 나와도 그는 멈추지 않았다. 이윽고 나무의 안쪽이 들여다보일 정도로 구멍을 뚫고서야 밀라이언이 팔을 힘없이 아래로 떨궜다.

"젠장."

이를 악문 그가 낮게 읊조렸다. 진정제가 섞인 궐련을 과하다 싶을 정도로 흡입해도 답답한 감정이 사라지질 않는다. 밀라이언이 다시 주먹을 높게 치켜들었다.

"……카리나."

대체 무슨 감정이었을까? 대체 어떤 생각을 하고 있었을까? 대체 그녀는 무슨 마음으로 제 손을 잡고, 아무렇지 않다는 듯 죽기 전에 하고 싶은 일들을 차분하게 써 내려갔지?

손가락 한 마디만큼도 남지 않은 궐련을 손에 쥔 그가 천천히 자리를 벗어났다. 그래도 한 개비를 전부 피우니 아까보다는 숨통이 트이는 듯했다.

'……뭐라고 말하면 좋을지.'

천막을 향해 걸어가던 밀라이언이 걸음을 다시 멈췄다. 어느새 주둔지에는 후발대가 도착해 있었다. 막사도 모습을 갖춘 지 오래였다. 그뿐이랴, 여기저기서 식사 준비로 분주했다. 모든 것들이 그저 꿈만 같았다. 아니, 그녀와 있었던 모든 일들이 꿈만 같았다. 그가 피가 배어 나온 손으로 머리를 거칠게 흩뜨렸다.

"죽기…… 싫어……."

"좋아해서…… 미안해요……."

그녀가 바란 것은 누군가에겐 너무도 당연한 일이었다. 그저 죽기 싫다고 했다. 그저 좋아해서 미안하다고 했다.

밀라이언은 어떤 것도 바라지 않고 그저 그 말 한마디를 힘겹게 꺼낸 이에게 무슨 말을 해야 할지 알 수 없었다. 속이 몹시 불편했다. 한 걸음, 한 걸음이 무거웠다.

"……."

그가 조심스럽게 천막을 젖히고 안으로 들어갔다. 당연히 누워 있을 거라고 생각했던 인영은 침대에 우뚝 앉아 있었다. 그가 들어오자 화들짝 놀라며 토끼처럼 동그랗게 뜬 눈으로 밀라이언을 바라봤다. 색채가 스며드는 것처럼 무표정한 얼굴 위에 순식간에 표정이 생겨났다. 발갛게 물든 눈을 반으로 접어 웃으며 그녀가 밀라이언을 반갑게 맞이했다.

"오지 않는 건가 걱정했어요."

"……내가 그대를 두고 어디를 간다고."

밀라이언이 옅은 미소를 띤 채 성큼성큼 다가왔다. 그가 자연스럽게 침대 끝에 걸터앉았다. 뭐가 좋은지 카리나는 배시시 웃었다.

"제가 주제넘게 밀라이언한테 너무 어리광을 피운 것 같아서요. 혹시나 너무 울어서 짜증이 나진 않았을까 걱정했어요."

"……무슨."

"밀라이언이 불편하다면, 아까 있었던 일은 다 잊으셔도 괜찮아요. 괜한 말이었어요."

밀라이언은 지끈거리며 아파 오는 심장을 애써 내색하지 않으려 노력했다. 제 감정에 휘둘려 윽박질러서 그녀를 겁먹게 하고 싶지 않았다. 그녀가 제 눈치를 보지 않았으면 했다. 그런데도 이런 말을 하는 그녀로 인해 심장이 아팠다. 난생처음 겪는 기묘한 통증에 그는 어쩐지 눈이 뜨거워지는 것만 같았다.

"밀라이언의 다정함에 너무 어리광을 부린 것 같아요. 음, 사실 그렇게 울었지만, 생각보다 저는 괜찮아요."

"……."

그녀는 웃는 얼굴로 언제나처럼 입을 열었다.

밀라이언은 제 감정을 억누르느라 어떤 말도 해 줄 수가 없었다. 그저 담담한 척 그녀의 목소리에 귀를 기울였다.

"그래도 했던 말은 진심이에요. 밀라이언은 동정을 착각하고 있는 거예요. 그러니까 저는 약속대로 떠날 거예요."

한 치의 망설임도 없다는 듯, 몇 번이고 연습했다는 듯 그녀의 맑은 웃음이 서린 표정은 흐트러지지 않았다. 밀라이언은 쉴 새 없이 제 눈치를 살피는 그녀의 사파이어같이 새파란 눈동자를 바라봤다. 그러다가 결국 고개를 떨궜다.

"있잖아요, 밀라이언."

"……."

"밀라이언이 내게 죄책감을 가질 필요는 없어요. 내게 미안해하지 않아도 돼요. 당신을 속인 건 나예요. 원망하는 건 괜찮지만……."

그녀가 조심스럽게 손을 뻗었다. 앙상하게 야위고 차가운 손끝이 그의 볼에 사뿐히 내려앉았다. 밀라이언이 그녀의 손짓을 따라 다시 고개를 들었다.

"이런 표정은 하지 말아요."

"내가……."

물에 푹 젖어 잠긴 듯한 목소리에 카리나가 입을 다물었다.

"어떤 표정을 하고 있지?"

밀라이언의 물음에 그녀는 말문이 막혔다. 이걸 어떤 표정이라고 표현해야 할까.

굳이 말하자면 당장에라도 울어 버릴 어린아이 같은 표정이었다. 적어도 그 북부의 공작인 그에게는 절대 어울리지 않는 얼굴이다.

"당신과 어울리지 않는 표정이요."

"그게 어떤 표정인지는 모르겠지만 내가 이런 표정을 한다는 건…… 지금 내가 당신에게 이런 감정을 느끼고 있다는 거겠지."

"그러지 마세요."

"그대야말로 내게 이러지 마."

밀라이언은 잔뜩 물에 젖은 목소리로 말하며, 피가 묻지 않은 손으로 그녀의 손을 맞잡았다. 애절하게, 마치 금방이라도 떠날 사람을 대하는 것처럼.

"내게 어리광을 부려 줘."

"……"

수많은 말을 고민했다. 이 천막을 열어젖히기 전까지 생각한 것은 많았다. 고민했던 수많은 말 중엔 난생 해 본 적도 없는, 미사여구가 잔뜩 붙은 말도 있었다. 그녀를 회유할 나름의 계책도 있었던 것 같다. 그것도 안 되면 협박이라도 해야지. 어떻게라도 살게 하자고, 그런 마음이라도 갖게 하자고 생각했다.

그러나 그 모든 것들이 그녀 앞에 서는 순간 무용지물이 되어 버렸다. 자신을 밀어내려는 그녀의 앞에선 무엇 하나 쓸모없었다.

"내게 그대의 마음을 숨김없이 보여 줘."

"……"

"날 쫓아내지 말아 줘."

밀라이언이 허리를 숙여 그녀와 눈높이를 맞췄다. 언젠가 핏빛 같다고 생각했던 시뻘건 눈동자가 지금은 아름다운 루비처럼 보였다.

카리나는 그저 숨을 멈춘 채 그 얼굴을 바라봤다.

"……죽지 마."

"……."

"죽지 마, 카리나."

밀라이언이 고개를 떨궜다. 동시에 카리나의 입이 벌어졌다. 그는 자신이 없다는 듯 일그러진 얼굴을 들지 못했다. 그럼에도 입술은 멈추지 않았다.

"날 그대의 곁에 있게 해 줘."

"밀라이언……."

"살고 싶다고 해 줘."

"……."

"카리나, 제발."

그녀의 눈에 순식간에 물이 가득 차올랐다. 무엇이 그토록 당신을 애절하게 만드는가. 왜 당신은 당장에라도 숨이 넘어갈 것 같은 표정을 하는 거야?

"사랑해."

고뇌하던 수많은 말 중에 입 밖으로 나온 것은 투박하기 그지없는 것이었다. 멋이라곤 없었다. 사랑한다는 말을 이렇게 초라한 곳에서 투박하게 내뱉을 생각이 아니었다. 그러나 그녀를 붙잡을 수단이 없었다. 자신을 깎아내리며 또다시 가시로 된 갑옷을 주섬주섬 주워 두르려는 그녀를 막을 수가 없었다.

"……."

그녀는 말없이 밀라이언을 품에 끌어안았다. 기어코 눈에 맺힌 눈물을 떨어뜨리지 않았다. 그저 힘껏 밀라이언 페스텔리오라는 인물을 끌어안았을 뿐이다.

대답은 끝까지 돌아오지 않았다.

"요즘 수도에 기묘한 소문이 돌더군요."

"기묘한 소문?"

인프릭의 말에 레오폴드 백작이 미간을 찌푸렸다. 집안이 영 싱숭생숭한 차에 무슨 이야기인가 싶었다.

카리나의 편지는 쌍둥이를 제외한 가족 전원에게 전해졌다. 백작부인은 소식을 듣자마자 앓아누웠다. 몇 날 며칠 눈물을 뚝뚝 흘리다가 이제는 식욕도 잃은 듯이 굴었다. 그나마 쌍둥이들이 돌아가며 그녀의 곁에 있는 것이 다행이었다.

"네, 제법 유명한 화가에 관한 이야기입니다."

"인프릭, 대체 이런 때에 무슨 이야기를 하는 것이냐?"

"근데 그 화가의 이름이 무척이나 독특해서요."

인프릭의 담담한 목소리에 레오폴드 백작이 고개를 들었다. 그의 아들이 이유 없이 실없는 말을 꺼내는 사람이 아니라는 것은 그도 잘 알고 있었다.

"무엇인데 그러느냐."

"카리나…… 라고 하더군요."

"뭐라고?"

"화가의 이름이 카리나라고 합니다. 레오폴드라는 성 없이, 그냥…… 카리나요."

인프릭이 낮은 목소리로 말했다. 평소의 웃는 얼굴이 완전히 사라진 인프릭의 얼굴은 어두웠다. 카리나의 편지를 전해 받은 뒤부터 이렇게 됐다.

"동명이인일 수도 있지 않겠느냐?"

"네, 레오폴드라는 성은 없었습니다. 편지에서 카리나가 말한 대로 말이죠."

"비약이 심하구나."

레오폴드 백작의 말에 인프릭의 얼굴이 확 일그러졌다. 그가 고개를 내젓는 제 아버지를 바라봤다. 이런 태도가 그녀를 멀어지게 했다는 것을, 아버지는 아직도 모르고 있는 듯했다.

"카리나가 병에 걸렸다는 사실을 칼로스 공작이 말해 주셨을 때도 아버지는 같은 말씀을 하셨습니다."

"인프릭."

"그 아이의 편지에 적혀 있지 않았습니까. 카리나 레오폴드가 아니라 '카리나'로 유명해질 거라고. 자신이 그린 그림은 사람들에게 기억될 거라고요."

"……."

"시기가 공교롭다고 생각하지 않습니까? 정말 이대로 북부의 공작에게 카리나를 맡겨 둘 생각입니까!"

인프릭이 주먹을 쥔 채 고개를 들었다. 피곤함에 찌든 눈 밑엔 짙은 눈 그늘이 자리 잡고 있었다. 레오폴드 백작의 얼굴이 답답함에 물들었다.

"북부를 비하하려는 의도는 아니지만 그곳은 의술이 발달하지 않았어요! 의학이라곤 조금도 없단 말입니다! 하물며 그게 정말 칼로스 공작의 말대로 예술병이라면……!"

그런 거라면 수도에서 고쳐야 옳다.

다행히 칼로스 공작은 그녀에게 호의를 가지고 있는 듯했다. 이 나라에서 가장 예술병에 관해 잘 아는 이는 칼로스 가문을 필두로 한 예술 가문들이었다.

레오폴드 백작이 쥐고 있던 펜을 다시 잉크병에 꽂으며 이마를 짚었다.

[아마도 이 먼 북부에서 당신께서 있는 그곳까지 내 이름이 울려 퍼지겠죠.]

편지의 한 줄을 차지하고 있던 문장이 떠올랐다.

'정말 그 아이인가?'

편지를 받은 이후, 어떻게든 북부에 들어갈 수단을 알아봤다. 카리나를 돌려받아야 했다. 그래서 황제 폐하께 따로 접견까지 청해 둔 참이었다.

"그림을 보았느냐?"

"누군가 한 달 전쯤 있었던 경매에서 얻은 그림을 가게에 전시해 놨다고 합니다. 오늘 보러 가려던 참이었습니다."

"그런가. 그래, 지금 가 보자꾸나."

레오폴드 백작이 서류를 뒤로하고 자리에서 일어났다. 그 화가가 카리나가 정말 맞다면 경매의 뒤를 조사하는 수밖에 없었다. 두 사람이 빠르게 저택을 벗어났다.

인프릭이 말한 수도의 중심가에 있는 거대한 건물은 은행이었다.

은행에도 귀족 전용 건물과 평민 전용 건물이 있었다. 그림은 평민 전용 건물에 있다고 했다.

두 사람이 발을 디뎠을 때 그곳은 인산인해였다. 평민이고 귀족이고 뒤섞여 그림을 보기 위해 목을 쭉 빼고 있었다. 레오폴드 백작이 혀를 내둘렀다.

"대체 이게 무슨……."

"이 작가가 수도에서 무척 유명해졌다고 합니다. 이번에 겨우 열 작품이 처음으로 경매에 올랐는데 그 값이 지금 천정부지로 치솟았다고 하더군요."

인프릭이 묵묵히 미리 알아 온 정보를 입에 올렸다.

늘어선 줄의 맨 끝에 자리한 레오폴드 백작의 표정이 무척이나 불만스럽게 보였다. 평민들 사이에 줄을 서다니. 이런 면이 팔리는 일이 다 있는가.

"우리가 대체 누구인데 여기서 줄을 서야 하는 것이냐."

"귀족이고 평민이고 줄을 서지 않으면 보지 못하게 해 두었습니다. 경비도 삼엄하다고 들었어요."

"허어……."

레오폴드 백작이 한숨을 내쉬었다. 자신이 대체 왜 이런 짓을 하고 있어야 하는지를 알 수가 없었다. 그가 줄어들 기미가 없는 줄을 보며 인프릭에게 말했다.

"인프릭, 난 그렇게 유명한 화가가 카리나일 리가 없다는 생각이 드는구나."

"그녀의 그림은 칼로스 공작께서도 인정하지 않았습니까."

"흥미롭다고만 했지 그런 말은 하지 않았어. 애초에 제대로 배운 적도 없는 카리나가 대체 무슨 그림을……."

레오폴드 백작은 아무리 생각해도 황당한 마음에 고개를 절레절레 저었다.

"이건 시간 낭비 같구나. 이러고 있는 것도 바보 같다. 이만 돌아가자."

레오폴드 백작이 줄을 빠져나가기 위해 몸을 돌렸다. 하지만 이미 뒤쪽으로도 많은 사람이 줄을 또 길게 서 있었다. 레오폴드 백작의 얼굴이 불쾌함에 물들었다.

"아버지, 또 같은 실수를 반복하실 생각이십니까?"

"뭐라고?"

"아버지의 그 무신경함이 그 아이를 그렇게 몰아붙였습니다. 늘 괜찮다고만 해서 괜찮을 거라 생각했던 그 아이가 스스로 절연까지 하게 만든 것은 우리 가족입니다."

카리나가 집을 나갔다는 이야기를 듣고 인프릭은 얼마나 후회했는지 모른다. 그때 조금 어색하더라도 말을 걸어 볼걸. 다음에 얘기하자는 말보다 조금 더 다른 말을 해 줬으면 좋았을걸. 뒤늦은 후회들이 머릿속에 휘몰아쳤다. 다정한 말 한마디를 해 볼 것을.

가족이니까 괜찮을 거라고 생각했다. 가족이니까 어떤 상처를 받아도 갈 곳이 없을 거라고. 언젠가는 돌아올 거라고. 피는 물보다 진하고 혈육은 그 어떤 것보다 강하게 이어져 있다고 했으니까. 별것 아닌 상처니까 나중에 달래 줘도 될 거라고 생각했다. 언젠가 또 기회가 되면 그때 마음을 터놔도 되겠지. 작은 생채기쯤 아무렇지도 않을 것이다. 그렇게 생각했었다.

'……몇 번이나 그랬지?'

그렇게 카리나의 뒷모습을 보고, 그녀의 괜찮지 않은 감정을 어렴풋이 눈치챘음에도 불구하고 등을 돌렸던 건 몇 번이었더라? 그 수를 셀 수도 없었다. 그저 떠올리는 것만으로도 셀 수 없을 정도로 많았다.

괜찮을 거라고 생각했다. 본인이 괜찮다고 했으니까. 조금 서운한 것은 금세 풀릴 테니까. 며칠 뒤엔 또 아무렇지도 않게 웃곤 했으니까.

그러나 어느 순간부터 웃음은 사라졌고 그녀는 무표정한 얼굴일 때가 많았다.

그저 철이 들었다고 생각했다. 이제 작은 일엔 서운해하지 않는구나 생각했다. 설마 그것이 서서히 마음의 문을 닫고 자물쇠를 걸어 잠그는 과정이라고는 생각지도 못했다.

……가족이니까 무엇이든 용서받을 수 있을 거라고 생각했다.

[당신께서는 알고 계셨나요? 밖에는 아벨리아나 페르던이나 오라버니가 아닌, 내가 주인공인 세계도 있었어요.]

[나는 말하지 않은 게 아니라, 당신들께 내 이야기를 하길 포기한 거예요.]

그래서 몰랐다. 그녀가 주인공이었던 적이 단 한 번도 없었다는 것을. 적어도 카리나는 그렇게 생각해 왔다는 것을.

생각해 보면 정말 없었다. 카리나를 위한 것은 없었다. 그녀를 위한 생일은 언제나 다른 일이나 가족 행사가 끼곤 했다. 그림을 그리기 시작했다는 이야기를 부모님은 대수롭지 않게 여겼다. 그의 여동생은 그 흔한 다과회 한번 열지 않았다. 자신 역시 카리나를 위해서 제대로 된 선물을 챙겨 준 적이 없었다.

그 모든 것이 그저 차곡차곡 쌓이고 있었음을, 그것이 끝을 불러 왔음을 그는 이제야 알았다.

[이번엔 제가 부탁할게요. 부디 앞으로 울려 퍼질 제 이름에 먹칠하는 일 은 하지 말아 주세요.]

[사망 처리는 언제든 편하게 해 주세요.]

카리나는 선을 그었다. 완벽하게 그어 버렸다. 그저 자신을 죽은 사람 취급해 달라는 그 한 줄에서 눈을 뗄 수가 없었다. 그녀에겐 자신들이 '주인공'으로 보였구나 싶어서.

그 글을 보고 단 한 가지 의문이 떠올랐다.

'그럼, 그녀는 무엇이었을까?'

형제들을 빛나는 주인공이라고 생각하던 카리나는 자신을 대체 뭐라고 생각하고 있었던 걸까?

"너 대체 무슨 말을 하는 거냐?"

"카리나가 편지에 쓴 말, 틀린 거 하나 없다고 말씀드리고 있어요. 아버지도 어머니도 저도…… 그 아이에게 너무 무심했어요."

"대체 뭐가 무심했다는 말이냐!"

언성을 높이던 레오폴드 백작이 주변을 살피며 황급히 입을 다물 었다. 그가 인상을 쓴 채 고개를 치켜들었다. 그러고는 목소리를 낮 추며 다시 입을 열었다.

"나도 묻자꾸나. 대체 내가 어느 면에서 무심했느냐? 대화를 하 고자 했으면 대화를 했을 거다. 의식주도 용돈도 부족함 없이 채워졌다."

"그래서 카리나가 그 용돈을 가지고 나갔습니까?"

"……."

"가져간 건 겨우 금화 두 개였습니다. 아버지께서 해 준 그 값비싼 옷도 돈도 전부 거부하고 홀몸이나 다름없는 꼴로 나갔습니다."

"그건…… 카리나도 그렇게까지 긴 여행을 할 줄은 몰랐겠지."

레오폴드 백작의 말에 인프릭이 성마른 손길로 얼굴을 쓸었다. 자신들의 아버지는 잘못을 인정하지 않는다. 오래도록 꼿꼿하게 살아온 탓인지 쉽게 구부러지지 않았다.

"저 알고 있습니다, 아버지."

"뭐를 말이냐."

"카리나가 울기라도 하면 손을 들고 소리를 지르셨죠."

"쯧, 무슨 소리를 하는 건가 했더니. 난 단 한 번도 때리지 않았다."

인프릭이 쓰게 웃었다. 그의 아버지는 근본적인 것을 이해하지 못하고 있었다. 때리지 않았다고 해도 그것이 어린아이에게 어떻게 보였을까. 맹수 앞에 선 작은 초식동물이라도 된 느낌이 아니었을까?

"어머니께선 카리나가 원하는 걸 말하기라도 하면, 언제나 아벨리아나 저를 방패삼거나 쫓아내겠다고 겁을 줬고요."

알고 있었다. 알고 있음에도 외면했다. 어릴 때의 일이었으니까 아무렇지 않게 생각했다. 그도 어렸으니까, 막연히 카리나가 잘못했겠구나 생각했다.

생각해 보면 그렇지 않았다. 부모님은 카리나에게만 유독 박했다.

"카리나는 손이 안 가는 아이니까, 조금만 어린아이처럼 굴어도 귀찮게 느껴지셨나요?"

"……인프릭, 너 대체."

"아버지, 전 아버지를 탓하고자 하는 게 아닙니다. 저도 아버지 어머니와 다를 것 없습니다. 그저 인정하자는 겁니다."

레오폴드 백작의 눈이 매서워졌다. 굳은 그 눈을 인프릭은 그저 말없이 바라봤다.

어느새 그가 내려 볼 수 있을 정도가 된 아버지는 제법 작아 보였다. 그러나 어렸던 카리나에겐 어땠을까.

"우리는 그 아이에게 잘못한 겁니다."

담담하게 내뱉는 인프릭의 목소리에 레오폴드 백작이 인상을 찌푸리고 경악스럽다는 듯 입을 벌렸다.

"다음 분 들어오십시오."

어느새 두 사람의 차례가 되었다. 인프릭이 레오폴드 백작을 앞장세웠다. 벌렸던 입을 닫은 그가 한숨을 내쉬곤 은행 안으로 들어갔다.

그림은 어느 기둥에 걸려 있었다. 그저 흔히 볼 수 있는 캔버스였다. 기둥 양옆에는 기사들이 서 있었고 기둥 주변에는 천으로 꾸민 밧줄을 둘러놔 일정 거리 이상 다가갈 수 없게 되어 있었다.

두 사람이 조용히 고개를 들었다. 그림을 바라보는 순간 두 사람의 입술이 꽉 다물렸다. 숨을 쉴 수가 없었다. 눈앞에 보이는 풍경이 어디인지 곧바로 알 수 있었으니까.

"……이건."

레오폴드 백작이 작게 중얼거렸다.

캔버스 속 그림은 저 멀리 동산이 보이는 어느 정원이었다. 흔한 저택의 정원이라고 생각할 수도 있다. 그러나 동산의 맨 꼭대기에 선 아름드리나무가 보이는 정원은 흔하지 않다.

정원을 비스듬히 내려다보는 느낌의 그림이었다. 저택의 맨 구석 방에서 창밖을 내다보며 그린 그림이 분명했다. 그리고 그것은 완벽히 카리나의 방과 일치했다.

'이 그림 어디선가……'

레오폴드 백작, 카시스의 눈이 가늘어졌다.

"……"

"……"

두 사람이 말없이 그림을 바라봤다. 쓸쓸함과 서늘함이 심장으로 스며들었다. 그 익숙한 감각을 느끼던 카시스가 눈을 크게 홉떴다.

'그때 그 그림이군.'

카리나가 떠난 지 얼마 되지 않아 그녀의 방에 가서 발견한 그림의 미완성본과 비슷한 구도였다. 카시스는 잠시 눈을 깜빡였다. 이것은 그 아이의 그림이 맞았다.

조용해진 카시스 옆에서 인프릭은 입을 다문 채 멍하니 그림을 살폈다. 밝고 행복한 풍경일 텐데, 봄 햇살이 내리쬐는 따스한 풍경일 텐데, 어째서 심장이 조일 듯 아파 오는지 알 수가 없었다.

종종 훌쩍이며 나가는 사람이 있었는데, 그 기분을 조금이나마 이해할 수 있을 것 같았다.

아름드리나무 아래에 희끄무레한 무언가가 그려져 있었다. 인프릭이 허리를 쭉 빼며 언덕을 가만히 바라봤다. 인프릭의 행동에 레오폴드 백작의 눈도 가늘어졌다.

"……."

이윽고 무언가를 발견한 인프릭의 눈이 크게 뜨였다. 그가 천천히 손을 들어 제 눈을 가렸다. 일그러진 표정이 순식간에 절망감으로 물들었다. 그가 고개를 떨궜다.

"인프릭, 왜 그러느냐?"

레오폴드 백작은 눈을 가늘게 떴지만 아들이 무엇을 보고 고개를 떨궜는지 알 수가 없었다.

인프릭이 이윽고 레오폴드 백작의 손목을 붙잡곤 고개를 저었다.

"이만…… 돌아가는 게 좋겠습니다, 아버지."

"그래, 그건 알겠다만…… 무슨 문제가 있었느냐?"

"나가서요. 나가서 말씀드리겠습니다."

인프릭이 레오폴드 백작과 함께 몸을 돌려 건물에서 빠져나갔다. 일그러진 그의 표정은 마치 봐서는 안 될 것을 발견한 사람 같았다.

"……언덕, 보셨습니까?"

"그래. 아무래도 우리 저택이 맞는 것 같구나. 예전에 봤던 그 아이의 그림과 비슷해. 네 말대로 카리나의 그림이 맞는 듯하다."

레오폴드 백작이 고개를 끄덕이며 말했다. 이 경매를 연 곳과 접촉을 해서 카리나와 어떻게 물건을 주고받았는지 물어보면 일이 조금 더 빨리 풀릴 것 같았다.

"와 보지 않았으면 아쉬울 뻔했구나."

"그 나무 밑에 무언가 그려져 있지 않았습니까?"

"그랬나? 자세히 보이지 않아 모르겠구나. 일단 얼른 돌아가자. 나는 이 경매 주최자에 대해서 좀 알아봐야겠구나."

레오폴드 백작이 성급하게 걸음을 옮겼다.

멀어져 가는 레오폴드 백작의 뒷모습을 바라보던 인프릭이 주먹을 꽉 쥐었다.

"저희였습니다."

"……뭐?"

"그 나무 밑에 그려진 것, 저희였다는 말입니다."

"그랬나? 그래도 집을 잊진 않은 것 같아 다행이구나. 어쨌든 이런 건 만나서 대화를 해야겠지."

레오폴드 백작이 그게 뭐 어떠냐는 듯한 목소리로 말했다. 도리어 다행이라는 듯이. 그는 무엇이 문제인지 눈치채지 못한 듯했다. 인프릭은 미어지는 가슴을 붙잡으며 이를 악물었다.

"저게 무슨 의미인지 아십니까, 아버지?"

"대체 뭐 때문에 그러느냐? 확실히 말을 해야지. 이제 네 아비도 늙어서 따라가기가 힘들구나."

약간의 이유 모를 쓸쓸함이나 서늘함은 느꼈지만 그뿐이었다. 카시스는 인프릭이 저렇게 절망스러운 표정을 하는 이유를 이해할 수가 없었다.

"우리가 저기서 즐기고 있을 때, 카리나는 혼자서 집에 있었다는 뜻입니다."

인프릭은 가슴이 미어지는 것 같았다. 그 안에서 느껴지는 쓸쓸함과 외로움이 혈관 끝에서부터 끝까지 쓸고 가는 듯했으니까.

그것은 다름 아닌 카리나의 감정이었다. 구석진 방에서 혼자 자신들을 지켜보고 있던 카리나 레오폴드, 그 아이의 감정이었다.

"그거야, 어울리는 게 서툰 아이지 않았느냐. 실제로도 자주 그랬지."

"그림을 보고 아무것도 느끼지 못했습니까?"

"아니, 무척 잘 그렸다고 생각한다. 그 아이에게 그런 능력이 있었을 줄이야. 내 자식들은 모두 뛰어나서 기쁘구나."

"전…… 그림을 보는 순간, 마치 세상에 혼자가 된 기분이었습니다."

인프릭의 말에 레오폴드 백작의 입이 닫혔다. 그가 미간을 좁힌 채 인프릭을 가만히 바라봤다. 그가 무슨 말을 하고 싶어 하는 것인지 확인하기라도 하려는 듯이.

"아버지, 왜 자꾸 외면하려고 하십니까?"

인프릭의 말에 레오폴드 백작이 조용해졌다. 그가 물끄러미 인프릭의 일그러진 얼굴을 바라봤다. 괴로움에 찌들어 당장에라도 소리를 지르고 싶어 하는 표정이었다. 지금껏 인프릭이 저런 표정을 짓는 경우를 본 적은 드물었다.

"정말, 그림을 보고 아무것도 못 느끼셨습니까? 카리나의 편지를 보고도 화밖에 나지 않으셨습니까?"

"이런 사태가 벌어질 때까지 눈치채지 못한 것은 미안하게 생각하고 있다. 그래서 만나서 대화를 해 보려고 해."

"……."

"그림은 잘 모르겠구나. 나도 예전 같지가 않아. 감정이 많이 무뎌진 모양이야."

레오폴드 백작의 말에 인프릭이 입술을 꽉 깨물었다.

더 할 말이 없었다. 그들의 아버지로선 아마도 이것이 최선일 것이다. 오랜 시간 굳어 버린 머리를 허물어뜨리는 것은 쉽지 않았다.

"……최대한 빨리 카리나를 만나서 데려오도록 해요."

"그래, 알겠다."

인프릭의 어깨를 두드리며 레오폴드 백작이 대답했다. 두 사람이 다시 저택으로 걸음을 옮겼다.

Chapter 13

"카리나, 밥은 먹었나?"

"음……. 아뇨, 밀라이언 기다렸어요."

"오늘은 늦을지도 모른다고 했잖아."

"괜찮아요. 밀라이언이랑 같이 식사를 하고 싶었는걸요."

침대에서 책을 보던 카리나가 천막을 열고 들어오는 밀라이언과 자연스럽게 대화를 나눴다. 당연하다는 듯 다가온 밀라이언이 카리나를 품에 안았다.

숲에 들어온 지도 대략 2주가 지났다. 처음 일주일은 숲을 탐사하고 마수의 서식지를 알아보는 데 걸린 시간이었다. 그리고 본격적인 토벌이 시작된 지가 일주일째다.

"오늘도 그대가 보고 싶었어. 뭐 했어?"

"페리얼이랑 같이 근처에 가서 그림을 그렸어요. 페리얼이 이번에 수도에 가서 어떤 사람을 데리고 왔거든요."

"사람?"

"네, 기적을 쓰는 예술가인데, 음…… 조각가래요. 근데 원거리 이동이 가능하다고 하더라고요."

"그놈의 기적, 일으키는 놈들이 많기도 하군."

밀라이언이 퉁명스럽게 말했다.

"이번 대에 뛰어난 예술가들이 많다곤 들었어요."

카리나가 낮게 웃으며 대답하고는 그의 등에 몸을 기댔다. 씻고 왔는지 밀라이언에게선 옅은 비누 냄새가 풍겼다. 달콤하기보다는 시원하고 머리가 맑아지는 향이었다.

"식사는 가져오라고 했어."

"……그럼 나한텐 왜 물어봤어요?"

"그대가 이미 먹었으면 나 혼자 먹으려고 했지."

"2인분을요?"

"그래."

밀라이언이 낮게 웃으며 돌아 앉아 그녀의 목덜미에 입을 맞췄다. 그러곤 다시 입술에 살포시 입술을 내린다. 시원한 비누 향에 그녀가 조심스럽게 입을 벌렸다. 밀라이언이 자연스럽게 혀를 밀어 넣으려는 순간.

"각하, 식사를 가져왔습니다. 들어가겠습니다!"

정확히 밀라이언의 입장에서의 불청객이 타이밍 좋게 방문했다. 밀라이언의 얼굴이 확 일그러졌다. 카리나가 후다닥 멀어졌다.

"……젠장. 들어와!"

불퉁한 표정으로 그가 그녀를 품에 꽉 끌어안은 채 말했다. 짜증이 가득 느껴지는 목소리였다. 들어오던 팽이 묘한 분위기를 감지하곤 쓰게 웃었다.

"좋은 시간을 방해했나 보군요."

"알면 빨리하고 나가 보지 그러나."

"밀라이언!"

카리나가 벌겋게 물든 얼굴로 밀라이언을 불렀다.

사실, 팽이 눈치챈 것은 사과보다 더 붉은 카리나의 얼굴 때문이 었지만 말이다. 물론 밀라이언의 사나운 눈빛도 한몫했다.

"네, 식사만 차리고 나가도록 하겠습니다."

팽이 느릿느릿 데려온 시녀들을 불러들였다.

정말 누구 놀리기라도 하려는 것처럼 천천히 테이블에 식사를 놓는 그를 보며 밀라이언의 얼굴이 부들부들 떨렸다.

곧 폭발을 앞둔 화산처럼 이글거리는 붉은 눈동자를 보며 팽이 웃음을 삼켰다.

'……더 놀리면 정말 검이라도 뽑으실 기세군.'

그는 딱 밀라이언이 터지기 일보 직전에 허리를 굽혔다.

"이만 물러가 보겠습니다."

"망할……."

물러가나 마나, 이미 카리나는 김이 다 빠진 듯한 표정이다. 전혀 내켜 보이지 않는 그녀를 보며 밀라이언의 얼굴이 한층 더 험악해 졌다.

'저놈 일부러 저랬지?'

자신을 놀리려고 일부러 그런 것이 빤히 보였다. 카리나를 품에 안고 있으니 성격대로 성질을 부릴 수도 없고.

밀라이언이 짜증스럽게 팽의 뒷모습을 노려보다가 한숨을 푹 내 쉬었다.

"배가 제법 고플 텐데, 식사나 하지."

"네……."

카리나가 일어나려는 밀라이언의 눈치를 살폈다. 오늘따라 팽이 조금 늦게 나간다 싶었는데…….

'그 사이에 식었나?'

아무리 그래도 그렇지 입맞춤을 하다가 멈추는 법이 어디에 있는
가. 카리나의 표정이 한층 어두워졌다.

자신을 안은 채 일어나는 밀라이언을 보던 카리나가 조심스럽게
입을 열었다.

"밀라이언."

"응?"

"팽이 또 들어오나요?"

"아니, 내가 부르지 않으면 들어오진 않을 테지. 왜?"

카리나의 눈동자가 도르르 굴러갔다. 왼쪽으로 도르르, 오른쪽
으로 도르르 굴러가던 그녀의 눈동자가 이윽고 다시 밀라이언에게
조용히 닿았다.

"근데 왜 안 해요?"

"뭘?"

"……하던 거요."

카리나의 말에 밀라이언의 눈이 크게 뜨였다. 그가 놀란 눈으로
카리나를 바라보다가 조심스럽게 입을 벌렸다.

"……내가 잘못 들은 건가? 아니면 꿈을 꾸나?"

"아니, 그 괜찮아졌으면 안 해도 되고요. 밥 먹어요!"

카리나의 말에 밀라이언이 황급히 고개를 저었다. 도망가려는 그
녀에게 그가 다급하게 입을 맞췄다. 반쯤 일어난 자신에게 카리나
가 안긴 자세 그대로였다. 밀라이언의 혀가 카리나의 입술 사이로 파
고들었다.

"그래, 대답하지 않아도 돼."

2주 전, 침대 위에서 했던 그와의 대화가 떠올랐다.

"으응……."

카리나가 낮은 신음을 흘리며 밀라이언의 목을 꽉 끌어안았다. 그를 따라 해 보겠다고 열심히 혀를 바르작거려 봐도 결국은 그에게 휘감겨 끌려 다니는 신세였다. 조금 불공평했다.

"그럼 그냥 내 연인이 되어 줘. 그대의 마지막까지 곁에 있을 권한을 줘."

그러나 싫어할 수 없었다. 그는 자신을 재촉하지 않았다. 살겠다고 답해 달라고 명령하지도 애걸복걸하지도 않았다. 그저 순순히 물러나 고개를 끄덕였을 뿐이다.

모든 것을 인정하고 제게 연인이 되어 달라고 했다.

차마 그 말만큼은 거절할 수가 없어서…….

카리나는 그날 처음, 가질 수 없는 것에 대한 욕심이라는 것을 부려 봤다. 죄책감도 미안함도 전부 털어 버리고 그저 이기적으로 그의 품에 안겼다. 그저 그것만으로도 그가 괜찮다고 해 줬으니까.

"만약 기회가 주어진다면…… 최선을 다해 살고 싶다고 하겠다고 약속해 줘."

"……약속할게요."

그것이 그녀의 최선이었다. 오로지 그를 위한 최선.

카리나는 그를 품에 끌어안을 수밖에 없었다. 그저 온 힘을 다해, 힘껏.

"카리나."

"네."

"좋아해."

귓가를 속삭이는 목소리에 그녀가 환하게 미소 지었다. 꿈과 같은 일이 계속해서 벌어지고 있다. 버킷 리스트에 적었던 수많은 일을, 그녀는 하나둘 행하고 있다.

"다친 곳은 없어요?"

"없어. 다치지 않겠다고 약속했잖아."

"정말요?"

"그래, 정말 없어."

밀라이언이 고개를 내저으며 말했다. 카리나의 눈이 가늘어지자 그가 냉큼 그녀를 의자에 앉혔다. 카리나의 눈초리가 한층 날카로워졌다. 밀라이언이 말머리를 돌렸다.

"그러고 보니 내일은 주둔지를 옮길 거야. 조금 더 안쪽으로."

"정말요?"

"응, 괜찮은 곳을 찾았거든. 거기선 조금 멀긴 하지만 겨울 산맥을 볼 수 있어."

"와아……."

카리나의 눈이 반짝였다. 멀어도 볼 수 있다는 것이 어디인가! 그림을 그리고 싶은 마음이 또 퐁퐁 샘솟았다.

요즘 그림은 페리얼의 감시하에서 그리고 있었다. 혹시나 참지 못하고 그림을 완성해서 기적을 일으킬까 봐 걱정하는 것이 분명했다.

페리얼이 바쁜 날은 윈스턴이, 두 사람 모두가 바쁜 날은 종종 팽이 그녀의 곁에 머무르곤 했다.

'그래도 작은 기적이지만 일주일에 한 번은 일으킬 수 있으니까.'

숲이라는 곳은 무척이나 특이했다. 신기한 냄새가 끝도 없이 퍼지는 곳이었다. 한 걸음 내디디면 냄새가 휙 달라지고 또 다른 곳으로 발을 내디디면 또 다른 향이 파고든다.

"발작은 없었나?"

"네, 없었어요."

"카리나, 거짓말하지 않기로 했잖아."

"……사실 조금 왔긴 했는데 괜찮았어요."

"얼마나? 몇 번이나?"

"음……."

카리나가 말없이 애꿎은 눈동자만 이리저리 굴렸다. 그는 매일매일 이걸 물어본다.

매번 밀라이언은 전리품으로 하론을 가져오는 모양인데, 그 덕에 페리얼은 저녁만 되면 천막에 틀어박혀서 식사도 거른다고 들었다.

카리나는 그냥 두 사람이 너무 걱정됐다.

'밀라이언도 한 번씩 페리얼 막사에 가는 것 같고.'

윈스턴도 페리얼을 보조하면서 함께 연구를 진행하고 있는 모양이었다.

죄책감이 스며든다. 괜한 희망으로 세 사람을 괴롭히고 있는 건 아닐까?

"카리나, 내게 솔직해지기로 했잖아. 거짓말하지 말자고 했어."

"……세 번이요. 그래도 그렇게 심한 통증은 아니었어요. 이상하게 이 숲에 들어온 뒤론 조금 통증의 세기가 약해진 것 같아요."

예전에는 누군가 심장을 주무르고 쥐어뜯고 난도질을 하는 기분이었다. 그것이 참을 수 없이 고통스러웠는데, 지금은 어떻게든 이를 악물고 참아 낼 수 있었다.

머릿속을 파고드는 충동도 그럭저럭 버텨 내고 있다. 끔찍한 통증이지만, 그나마 하론으로 된 팔찌를 차고 있어서 그런지 통증이 상당히 완화되었다.

"내일은 아예 하론이 든 마수의 시체를 가져다 달라더군."

"페리얼이요?"

"그래, 확인해 볼 게 있댔어. 문제는 그걸 어떻게 찾느냐지."

한숨을 내쉰 밀라이언의 목소리는 조금 피곤하게 들렸다.

마수의 시체를 가지고 오는 것은 문제가 되지 않는다. 다만, 마수의 배를 가르지 않고는 하론이 있는지 없는지를 확인할 방법이 없다는 게 문제였다.

"헤르타는 말을 잘 들어요?"

"그대의 헤르타 덕분에 다른 헤르타를 견제해야 하는 수고가 줄어들었다."

카리나가 밀라이언과 함께 토벌을 가 달라고 부탁하자 헤르타는 생각보다 순순하게 그들을 따라나섰다.

그리고 미친 듯이 날뛰는 모양이다. 덕분인지 여러모로 병사들과도 친분을 쌓은 듯했다.

"그놈이 하론을 먹더군."

"……하론을요?"

"그래, 아깝긴 하지만 먹이 대신 그걸 먹는 것 같아 그냥 주고 있어."

밀라이언의 말에 카리나의 표정이 묘해졌다. 그러다가 이윽고 눈이 크게 뜨였다. 그녀가 낭패감 짙은 표정으로 황급히 밀라이언을 바라봤다.

'그러고 보니 그 얘길 안 했었구나.'

일전에 헤르타에게 들은 말을 물어보려다가 잊어버렸다.

"그, 혹시 하론이라는 게 마수의 핵이라든가 그런 건가요?"

"마수의 핵?"

"네, 헤르타가 언젠가 제 생명 대신 마수의 핵을 먹었다고 했거든요. 그래서 물어본다고 하는 걸 깜빡했어요."

밀라이언의 눈이 가늘어졌다.

'마수의 핵? 어디서 들어 본 것 같은데…….'

밀라이언이 고민했다. 마수의 핵이라니, 뭐였지? 한참을 생각하던 그의 눈이 이윽고 크게 뜨였다.

"아…….."

그건 아주 오래전 북부가 제국의 땅이 아니었을 때나 불리던 이름이었다. 기억하는 이들도 현저히 적고 밀라이언조차 오래전 노인에게 들었을 뿐이다.

"그래, 확실히 그렇게 불리기도 했었지. 아주…… 오래전의 이야기다. 여기가 제국의 영토가 되기도 전의 일이야."

밀라이언이 식기를 잡은 채 고개를 끄덕였다. 그의 눈빛이 한층 가라앉았다. 카리나가 고개를 끄덕이곤 이내 기울였다.

"그걸 제 생명 대신 먹었다는 건……."

"기적을 일으키는 예술은 그대의 생명을 대가로 삼지. 누군가는 사지나 오감의 일부가 먹히는 것이겠고."

"네."

"그것 대신 하론을 먹었다는 건, 하론이 기적에 지불하는 대가의 대체제가 될 수 있다는 건가?"

밀라이언의 말에 카리나의 눈이 크게 뜨였다. 헤르타는 본능적으로 그것을 알고서 하론을 찾아 먹었다. 그리고 그녀의 생명력을 가져가는 것을 스스로 멈췄다.

"……어떻게 그게 가능하지?"

카리나가 놀란 눈으로 중얼거렸다. 그녀가 기적으로 만들어 내는 이들은 이지가 있으면서 동시에 이지가 없는 존재였다. 그들은 그녀의 명령이나 부탁은 따르지만 그 외엔 아무것도 스스로 하지 않는다.

"헤르타는…… 뭐가 다른 걸까요?"

최선을 다해 그리긴 했다. 혼신의 힘을 다해 그렸다. 첫 번째 헤르타는 모르겠지만 두 번째 헤르타는 조금 미친 상태로 그렸던 것 같다. 광기에 휩싸인 채로.

"글쎄, 어쨌든 페리얼 칼로스에게 알려야겠군."

자리에서 벌떡 일어난 밀라이언이 성큼성큼 입구로 다가가 천막을 열어젖혔다. 바로 앞을 지키던 병사에게 페리얼 칼로스를 데리고 오라는 말을 전한 그가 다시 그녀의 맞은편에 앉았다.

"이게 좋은 힌트가 됐으면 좋겠어."

밀라이언이 퍽 기뻐 보이는 표정으로 말했다. 카리나가 조용히 웃으며 고개를 끄덕였다. 그가 기뻐 보이는 것이 얼마나 만족스러운지 모른다.

'대체제라……'

여태 대체제가 있을 거라곤 생각하지 못했다. 헤르타에게 물어보면 뭔가 알려 줄까?

"자네는 나 바쁜 거 알면서 왜 자꾸 부르고 난…… 뭐야, 식사 초대였어? 그럼 말을 하지 그랬나."

"아니, 이건 카리나와 내 식사다."

"……나는?"

"없어."

단호하게 대답한 밀라이언이 당당하게 페리얼을 비웃었다. 페리얼의 눈이 매섭게 번뜩였다. 그가 천막을 열어젖히고 무언가 명령하더니 성큼성큼 걸어 들어와 침대에 털썩 앉았다.

"안 일어나? 거기가 어딘 줄 알고 드러눕고 난리야?"

"글쎄, 허름한 네놈 방이지."

"카리나 자는 침대니까 꺼지지?"

"이런…… 카리나, 도대체 이런 인간이 뭐가 좋다고 동침을 합니까, 동침을? 야만인 같은 놈입니다."

어깨를 으쓱인 페리얼이 카리나에게 다가와 어깨동무를 하며 말했다. 이죽거리는 페리얼의 목소리에 카리나가 입을 가린 채 어깨를 바들바들 떨었다.

"……카리나."

"두 분은 정말 언제 봐도 유쾌해요."

"그렇게 보는 건 카리나, 당신뿐입니다. 몸은 어떻습니까?"

"아, 괜찮아요."

"오늘만 세 번 발작했다더군."

자연스럽게 나오는 카리나의 '괜찮다'는 말을 밀라이언이 곧장 끊어 버렸다. 카리나가 눈을 동그랗게 뜨곤 황급히 시선을 피했다. 페리얼이 시선을 가늘게 한 채 카리나를 책망의 눈초리로 바라 봤다.

"죄송합니다."

"카리나, 난 윈스턴이랑 같이 카리나의 주치의입니다. 자꾸 이렇게 거짓말하면 안 됩니다."

"네……."

그녀가 힘없이 대답했다.

사실 반사적으로 괜찮다고 하는 것도 분명히 있었다. 설마 저도 모르는 사이 당연하게 내뱉은 말을 밀라이언이 냉큼 잘라 버릴 줄은 몰랐다.

"칼로스 공작 각하, 의자와 식기를 가져왔습니다."

"의자랑 식기?"

"아, 들어와."

밀라이언의 반문에도 페리얼이 당당하게 허락의 말을 내뱉었다. 의자가 한쪽에 놓이고 페리얼의 앞에도 잔과 식기가 놓였다. 그가 자연스럽게 의자에 앉았다.

"……너 뭐 하냐?"

밀라이언의 입에서 오랜만에 가벼운 말투가 툭 튀어나왔다.

페리얼이 자연스럽게 음식을 접시에 덜어 와 포크와 나이프를 들었다.

"온종일 연구하느라 나도 식사를 못 했으니, 오랜만에 자네와 먹어 볼까 해서."

"허락한 적 없다, 꺼져."

"이미 차린 거 어쩔 수 없지. 안 그렇습니까, 카리나?"

능글맞은 페리얼의 목소리에 카리나가 결국 고개를 끄덕였다. 그녀로서도 밀라이언과 둘이서 하는 식사가 좋았지만, 그렇다고 페리얼을 내치고 싶은 마음도 없었다.

"그러게요. 오늘은 같이 식사해요."

"카리나!"

"대화는 식사하면서 하면 되잖아요, 네? 밀라이언."

그녀의 목소리에 밀라이언의 입술이 풀 바른 듯 조용해졌다. 그가 짜증스럽게 페리얼을 노려봤다.

너무도 유유자적하게 식사를 시작한 페리얼을 보며 카리나와 밀라이언도 식기를 들었다. 한동안 식기가 움직이는 소리만 천막 안에 가득했다.

"그래서 여기까지 뭐 하러 불렀는데?"

식사를 다 끝낸 페리얼이 물었다. 달콤한 과일이 후식으로 나왔다. 그가 권태로운 표정으로 과일을 포크로 푹 찍었다.

"식사 때문에 부른 것 같다며."

"정말 그거면 간다?"

"망할 개……."

욕설을 담으려던 밀라이언의 입이 페리얼의 눈짓에 다시 다물렸다. 그가 눈치 빠르게 카리나를 바라본 탓이다. 웬만해서는 그녀 앞에선 험한 말을 쓰지 않기로 했다. 밀라이언이 이를 으득 갈았다.

"하론의 신기한 능력을 하나 알아냈어."

"하론? 뭔데?"

"기적에는 대가가 있지?"

밀라이언의 질문에 페리얼이 고개를 끄덕였다. 예술에 몸담은 이들이라면 누구나 아는 내용 중의 하나였다. 밀라이언은 최근에 카리나를 이해하기 위해 여러모로 공부한 모양이지만.

"그 대가의 대체제로 사용이 가능한 것 같아."

타앙-

페리얼이 포크를 놓쳤다. 그가 당황한 듯 식탁에 떨어진 포크를 다시 붙잡으며 밀라이언을 향해 고개를 돌렸다.

"……그게 무슨 소리야?"

"일전에 헤르타의 기묘한 행보가 있었잖아요. 기적은 끝났는데 헤르타는 아직도 살아 있어요. 그게 신기해서 물어봤었거든요."

"헤르타랑 말로서 대화를 하십니까? 의지가 아니라?"

페리얼의 물음에 카리나가 고개를 끄덕였다. 거기가 이상한 부분인가?

고개를 기울인 카리나의 얼굴을 보던 페리얼이 이윽고 머리를 흔들었다.

"아닙니다. 말씀해 보십시오."

"근데 제 생명 대신 마수의 핵을 먹었다고 하더라고요."

"……마수의 핵?"

페리얼이 반문했다. 그러자 밀라이언이 팔짱을 낀 채 의자에 몸을 기대며 다시 입을 연다.

"그래. 북부에서 아주 오래전에 쓰던, 하론의 다른 말이지. 실제로 그 녀석은 하론을 먹이로 삼고 있어. 오늘도 줬던 참이지."

"……그게 말이 돼?"

"그걸 알아보라고 널 부른 거다, 페리얼 칼로스."

밀라이언의 말에 페리얼이 헛웃음을 삼켰다. 이게 정말 가능한 일인가? 기적의 대가에 대체제가 있다고?

그가 먹던 과일도 내버려 둔 채 자리에서 일어났다.

"알아볼 테니 하론을 품은 마수의 시체나 가져와. 최대한 많이."

"……알겠다."

한 마리씩 잡아다 옮기는 수밖에 없다. 열어 보질 못하니 잡는 마수란 마수는 전부 데리고 와야 할 것이고. 그걸 생각하니 벌써부터 눈앞이 암담했다.

"난 좀 알아보러 갈 테니까. 그럼 나중에 봐요, 카리나."

"아, 네."

카리나가 가볍게 대꾸하자 페리얼이 곧장 두 사람의 막사를 빠져나갔다. 밀라이언이 과일을 포크로 푹 찍어 입에 넣었다.

그녀에게 남은 시간은 점점 줄어가고 있었다.

쿵!

거대한 몸체가 옆으로 무너져 내렸다. 밀라이언이 볼에 튄 피를 검을 든 손등으로 닦아 냈다. 제법 깊숙한 곳까지 들어온 탓인지 주변이 어둡고 을씨년스러웠다.

"다음."

그가 낮게 명령하며 조금 더 안쪽으로 들어가려는 듯 발을 내디뎠다. 밀라이언의 뒤를 쫓던 기사들의 얼굴이 새하얗게 질렸다.

아무리 그들이 선발된 정예 기사라지만 한 번 쉬지를 않고 3일째 토벌을 속행하고 있었다. 호전적이고 싸움을 좋아하는 그들일지라도 체력적으로도 정신적으로도 무척이나 피로했다는 말이다. 기사들이 울상을 지으며 묵묵히 그의 뒤를 따르는 고레든을 바라봤다.

'단장님……!'

'살려 주십시오!'

고레든이 드물게 곤란한 표정을 지었다. 무엇이 그리 급한지 밀라이언은 뒤도 돌아보지도 않고 숲 안쪽으로 성큼성큼 향했다. 밀라이언을 따르던 그가 걸음을 멈췄다.

"각하."

"뭐지?"

"이만 주둔지로 돌아가는 것이 좋겠습니다."

고레든의 말에 미간을 좁힌 밀라이언이 몸을 돌렸다. 온몸이 피에 절어 꼴이 말이 아니었다. 기사들도 지쳐서 간신히 이 악물고 버티며 따라오는 수준이었다. 이 상태가 지속되면 머지않아 사상자가 나올 것이다.

"왜?"

고개를 설핏 기울이며 묻는 그의 눈동자가 반쯤 풀려 있었다. 어느 정도 진정 작용을 해 주는 궐련도 피우지 않고 계속 피 냄새만

맡았기 때문이리라.

"기사들이 지쳤습니다. 이러다간 사망자가 나올 것 같습니다."

"그럼 잠시 쉬든가."

고레든이 대답 없이 슬쩍 뒤를 돌아보자 기사들이 질색하며 목이 떨어질 듯 고개를 좌우로 흔들어 댔다. 거의 무릎 꿇고 손바닥을 비빌 기세다. 물론 밀라이언에게는 보이지 않는 위치였다. 고레든이 속으로 한숨을 내쉬었다.

"영애께서 각하가 돌아오시길 기다리고 계실 겁니다."

"……."

묵묵한 고레든의 말에 밀라이언의 눈썹이 한 차례 들썩였다. 관심도 없다는 표정이던 그에게서 반응이 나왔다. 고레든이 다시 적당한 말을 찾아 입을 열었다.

"벌써 3일이나 되지 않았습니까."

"……그렇지."

고민하던 밀라이언이 그제야 간신히 서 있는 몰골들을 바라보곤 관대하게 고개를 끄덕였다.

"그래, 기사들도 많이 지친 것 같으니 일단 챙길 수 있는 시체만 챙겨서 돌아가지."

"……."

"……."

주변이 조용해졌다.

차마 '거짓말!'이라고 내뱉을 수가 없어서 그들은 서로서로 입을 틀어막았다. 그가 어째서 돌아가기로 했는지 모르는 이는 적어도 토벌대 안에는 없었다.

"아직도 거기서 뭐 하는 거지? 빨리 안 오나?"

이미 거대한 마수 시체의 다리 하나를 붙잡고 저 멀리 가 버린 밀라이언이 짜증스럽게 재촉했다. 고레든 역시 근처에 있던 커다란 마수의 다리를 붙잡아 밀라이언의 뒤를 따랐다.

"미친 것 같았어……."

"나 이렇게 토벌하기 싫었던 적은 처음이야."

"그냥 검문소에나 자원할걸……."

마수의 사체를 하나둘씩 챙기며 기사들이 작게 속삭였다.

그나마도 그들로선 거대한 사체는 챙길 수도 없었다. 주변을 둘러보던 이들은 작은 마수나 그것도 아니면 마수의 몸통만 챙기고 두 사람의 뒤를 쫓았다.

밀라이언의 속도는 빨랐다. 성큼성큼 걷는 속도는 마수를 잡을 때보다 한결 더 빨랐다. 고레든은 그나마 그를 쫓아가는 데 큰 어려움이 없었지만 지칠 대로 지친 기사들은 달랐다.

"대장님, 우리…… 죽일 생각이신가……?"

"난 더 못 가……."

"끄흡, 차라리 죽이시라고 해."

제법 벌어진 거리에서 기사들이 하나하나 나가떨어지기 시작했다. 집채만 한 마수를 한 손으로 질질 끌고 가는 밀라이언과 고레든이 새삼 대단하게 보일 정도다.

성큼성큼 걸어가던 밀라이언이 갑작스럽게 걸음을 뚝 멈추고 옆의 호수를 바라봤다. 고레든이 의아한 표정으로 그의 곁에 섰다. 밀라이언을 따라 시선을 돌린 고레든이 다시 밀라이언을 바라봤다.

"호수에 무언가 문제가 있습니까?"

"이대로 가면 싫어하겠지?"

"네?"

"다른 놈들 먼저 데리고 가라."

고레든에게 던지듯 명령한 밀라이언이 그대로 마수의 시체를 두고 호숫가로 향했다. 밀라이언이 호수 쪽으로 사라지자 고레든이 뒤로 돌았다.

"단장니이이임!"

"흐어어엉."

"고레든 단장니임……."

밀라이언이 사라짐과 동시에 땀과 피에 전 기사들이 달려왔다. 징그러운 남자들이 달려오자 무표정한 고레든의 얼굴에 기어코 균열이 생겼다.

"어흐흑, 저희 죽겠습니다. 살려 주십쇼."

그의 몸에 엉겨 붙은 기사 중에는 바닥에서 다리를 부여잡고 쓰러진 이도 있었다.

고레든의 무표정한 얼굴에 짜증이 깃들었다.

"당장 안 꺼지나?"

고레든의 낮은 음성에 기사들의 머리털이 쭈뼛 섰다.

순식간에 그들은 후다닥 뒤로 물러났다. 숨을 삼키는 이들을 한차례 노려본 고레든이 그대로 마수를 손에 쥔 채 몸을 돌렸다.

"빠르게 복귀한다."

고개 숙인 기사들이 질질 끌려가는 거대한 마수 뒤를 터덜터덜 따라 걸었다.

그 상사에 그 부하였다.

✦

"……역시, 하론을 품은 마수는 이런 과정으로 태어나는 건가?"

페리얼이 낮게 읊조렸다. 이것은 분명히 카리나를 살릴 수 있는 방법이 될 것이다. 그럼에도 페리얼 칼로스의 얼굴은 밝지 못했다.

'이게 사실이라면…….'

페리얼이 성마른 손길로 얼굴을 문질렀다. 거울을 보자 몰골이 말이 아니었다. 며칠이나 여기에 처박혀 있었더라? 밀라이언이 토벌을 나간 뒤로는 거의 계속이었다.

"일단 씻고 좀 자야겠군."

입술이고 얼굴이고 푸석거리지 않은 곳이 없다. 슬쩍 거울을 보니 몰골도 이런 몰골이 없었다. 자기 관리만큼은 빠지지 않고 했던 페리얼 칼로스로선 놀라운 일이었다.

그가 자리에서 일어나 로브를 입었다. 로브를 머리까지 뒤집어쓴 페리얼이 비틀비틀 천막을 나섰다. 마침 토벌대가 돌아왔는지 여기저기서 앓는 소리가 끊이지 않았다. 한쪽에는 마수의 시체가 가득 쌓여 있었다.

'……근데 저 마수는 또 뭐야?'

거대한 마수를 한 손으로 질질 끌어 한쪽에 옮겨 두는 고레든을 눈에 담으며 페리얼이 헛웃음을 삼켰다.

'무식…….'

페리얼이 머릿속에 든 생각을 황급히 떨쳐 냈다. 그러나 아무리 야만인 같다고 생각하지 않으려고 해도 그럴 수가 없다. 저들이 야만인이 아니면 대체 누가 야만인이란 말인가.

"칼로스 공작 각하."

"고레든 경."

피투성이가 된 고레든이 로브를 쓴 칼로스를 알아보곤 인사를 건넸다. 토벌대 속에 밀라이언이 보이지 않았다.

"밀라이언은?"

"잠시 호숫가 근처에서 헤어졌습니다. 곧 오시지 않을까 싶습니다."

"그렇군, 알겠네. 자네, 돌아온 지 얼마 안 돼서 피곤하겠지만 시체들은 한곳에 줄지어 놓아 주면 고맙겠어. 한숨 자고 해부해 봐야 할 것 같네."

"알겠습니다."

페리얼의 명령에 고레든이 순순히 고개를 끄덕이며 대답했다. 페리얼이 찝찝해진 몸을 씻기 위해 걸음을 옮겼다. 그의 눈빛이 느릿하게 가라앉았다.

"……."

어느 정도 희망이 보이기 시작했다. 그런데 문제는 그것이 정말 희망인지 아니면 희망인 척하는 절망인지 알 수가 없다는 거다. 며칠 잠을 제대로 자지 못했더니 머리가 멍했다.

'나중에 생각하자.'

지금은 혼자 아무리 생각해도 답이 나오지 않을 거다.

"뭐냐, 그 몰골은?"

"돌아오자마자 시비……."

익숙한 목소리에 대답하며 고개를 들던 페리얼이 눈앞을 가린 거대한 그림자에 몸을 굳혔다. 그가 퍽 진지하고 심각한 눈으로 머리에서 물을 뚝뚝 흘리고 있는 밀라이언을 바라봤다.

"진심으로 궁금해서 묻는다만 자네는 대체 뭘 먹고 사는 건가?"

"마수 고기. 왜, 나눠줘?"

"……자네나 많이 먹게나."

밀라이언이 어깨를 으쓱였다. 청량하기 짝이 없는 그의 모습을 보며 페리얼이 헛웃음을 삼켰다.

"차림이 꽤 멀쩡한데."

다른 이들은 먼지와 피투성이였는데 눈앞의 인간은 생채기 하나, 오물 하나 묻어 있지 않았다. 오면서 혼자만 쏙 빠져서 씻고 온 게 분명했다. 물론 이유는 생각할 것도 없었고.

"그래, 자네가 사람이 되어는 가는 모양이야. 그녀가 놀랄 것도 생각하고."

"……."

밀라이언이 미간을 좁혔다. 페리얼이 먼저 시선을 피했다. 그가 주둔지 근처의 계곡을 향해 걸음을 옮겼다. 아니, 옮기려고 했다. 몸을 돌렸던 페리얼이 미간을 좁히며 다시 그를 바라봤다.

"하론의 쓰임새를 조금 알아냈어."

"정말인가?"

"어쩌면 카리나를 살릴 수 있을 거 같아."

밀라이언이 눈을 크게 떴다. 그가 퍽 밝아진 표정으로 페리얼의 어깨에 손을 얹는다.

"정말인가?"

독기에 찬 모습만 보다가 오랜만에 보는 친우의 표정에 페리얼이 쓴웃음을 머금었다.

"……하지만 확률은 무척 낮아. 그리고 그걸 카리나가 원할지도 모르겠고 뭣보다 내 이론이 맞는다면 전제 조건이 까다로워."

"전제 조건?"

"그리고……."

페리얼이 입술을 달싹였다. 벙긋거리는 입술 사이에선 아무런 말도 새어 나오지 않는다. 그가 답답한 듯 다시 마른세수를 했다.

"아니야. 이건 확실해지면 말해 줄게."

"……이번엔 어떤 것도 속이지 마라."

"자네를 두 번 속였다간 얼굴이 남아나지 않을 거야."

페리얼이 손을 흔들며 그대로 몸을 돌렸다. 피곤한 표정으로 멀어져 가는 그의 뒷모습을 바라보며 밀라이언도 몸을 돌렸다. 어쩐지 뒤가 찝찝했다.

'좋은 소식일 텐데.'

그런 것치곤 페리얼의 얼굴이 그다지 밝지 않다. 치료 확률이 낮은 게 문제라면 확률을 높일 수단도 있을 거다. 밀라이언이 마수를 끌며 천천히 걸음을 옮겼다.

"모르겠군."

고개를 흔든 밀라이언의 발걸음이 이윽고 빨라졌다.

마수 토벌은 두 달간의 긴 시간 동안 이어졌다. 그동안 수집한 하론의 수는 이미 천막 한 개를 가득 채우고도 남을 정도였고 숲의 어디를 돌아다녀도 마수 보기가 힘겨워졌다.

남은 건 단 하나, 헤르타 무리만이 여전히 그들을 골머리 썩게 했다. 주둔지까지 나타나 몇 차례 기습 공격을 감행한 놈들은 겨울이 끝나 갈수록 점점 더 흉포해졌다.

특히 그 대장 헤르타는 더했다. 다른 녀석보다 거대한 그놈은 끈질기게 밀라이언의 뒤를 쫓았다. 쉼 없이 그의 뒤를 노렸고 그를 죽이려고 혈안이 되었다.

그리고 카리나의 상태도 점점 좋지 못한 지경에 이르렀다. 끔찍한 통증과 예술을 갈망하는 광기는 그녀를 더욱 심하게 좀먹기 시작했다.

하론을 곁에 둬도 그것은 갈수록 심해졌다. 예술을 억지로 막기라도 하면 난동을 피웠고 그것은 스스로 자해를 하려는 지경까지 이르렀다.

마치, 그녀는 제 몸마저 예술에 불살라 버릴 기세로 보였다.

어느 정도 정리를 끝낸 밀라이언이 뒤처리를 고레든에게 맡기고 곧장 카리나가 있는 천막으로 돌아왔다. 자리를 지키고 있던 윈스턴과 팽이 허리를 굽혔다.

"오셨습니까?"

"카리나는?"

"한 차례 발작이 있었습니다만 하론에서 추출한 진정제를 투여하니 잠에 들었습니다."

윈스턴의 설명에 밀라이언이 얼굴을 쓸어내렸다.

색색 숨을 내쉬며 잠이 든 카리나를 물끄러미 바라보던 그가 고개를 끄덕였다. 더 이상 일반적인 진정제는 통하지 않았지만 다행히 페리얼이 따로 개발한 진정제는 효과가 있었다.

"그래, 고생했다. 그대들도 나가서 쉬도록 해. 페리얼은?"

"하론과 붙잡은 야생 동물들로 뭔가 실험을 하시는 모양입니다."

이번에 대답이 들려온 것은 팽 쪽에서였다. 밀라이언이 조심스럽게 침대 끝에 앉았다.

"토벌은 어떻게 되었습니까?"

"마무리 단계다. 남은 건 헤르타 무리 정도야. 그나마도 카리나의 헤르타 덕에 반 이상은 그 수를 줄였다. 슬슬 철수할 예정이야."

뭣보다 카리나를 조금 더 좋은 곳으로 옮겨 줘야 했다. 몸 상태가 나날이 악화되는 그녀를 더는 숲에 둘 수 없었다. 최근에는 눈을 뜬 모습보다 자는 모습을 보는 시간이 더 많았다.

"알겠습니다. 2, 3일 내로 철수를 생각하고 조금씩 정리하도록 하겠습니다."

"그래, 페리얼에게도 그렇게 전해."

"그건 제가 전하도록 하겠습니다."

윈스턴이 끼어들었다. 밀라이언이 고개를 끄덕이며 턱짓으로 밖을 가리켰다. 소리 없는 축객령에 두 사람이 가볍게 허리를 숙이곤 천막에서 빠져나갔다.

"카리나."

밀라이언이 조심스럽게 그녀의 이름을 불렀다. 눈을 뜨지 않을 것을 알면서도 부르지 않을 수가 없다. 그의 손끝이 천천히 그녀의 머리카락을 쓸어 넘겼다.

"밀…… 라이언……?"

"이런, 내가 깨웠나?"

"아뇨……."

낮게 가라앉은 목소리와 함께 눈꺼풀에 가려져 있던 눈동자가 드러났다. 푸른 눈동자가 어쩐지 조금 탁하게 보였다.

"물 마실래?"

"네."

밀라이언이 주전자에서 물을 따라 그녀에게 건넸다. 카리나가 조심스럽게 몸을 일으켰다. 밀라이언이 그녀의 허리를 붙잡아 앉히고 선 손에 물 잔을 쥐여 줬다.

"몸은?"

"미안해요. 나 또 발작했죠?"

"괜찮아. 몸이 아픈 걸 어떻게 할 순 없으니까."

밀라이언이 고개를 숙이는 카리나의 볼을 손으로 감싸며 말했다. 열이라도 나는지 뜨끈뜨끈한 그녀의 볼에 밀라이언이 쓰게 웃었다.

그가 그녀를 덥석 안아 제 무릎에 앉혔다.

"뭐, 뭐 하는 거예요……!"

"기운이 없어 보여서."

"기운 없어요. 가끔 제 몸이 제 몸이 아닌 것처럼 느껴질 때가 있는걸요. 마약에 중독된 것도 아니고 그림에 중독됐다니, 웃기네요."

헛웃음을 흘리는 카리나의 목소리는 지친 듯 힘이 없었다. 눈을 마주치는 횟수도 줄어들었고 웃는 횟수도 줄어들었다. 그럼에도 안아 주면 반사적으로 품에 파고드는 것은 여전했다.

"마수 토벌이 거의 끝났어. 이제 곧 저택으로 돌아갈 거야. 그림은 좀 그렸어?"

"⋯⋯네."

카리나가 방 한구석을 바라봤다. 그곳엔 수십 장의 캔버스가 줄지어 서 있었다. 개중엔 완성하지 못한 것도 있고 완성품을 만들어 기적을 일으킨 것도 있었다.

원해서 그린 것은 소수였다. 그저 미쳐서 그린 것들이 대부분이다. 자아를 빼앗기는 듯한 기분은 즐겁지 않았다.

"⋯⋯."

"⋯⋯."

적막이 흐른다. 최근 함께하는 시간은 대개 이랬다. 카리나는 미안한지 고개를 들지 않았고 밀라이언은 그저 조용히 그녀가 입을 열기를 기다렸다.

"카리나."

"네?"

"바람 쐬러 갈까?"

"지금요?"

"그래, 지금."

카리나의 눈이 반짝거렸다. 그녀가 냉큼 고개를 들었다. 아까보단 한층 밝은 표정으로 고개를 끄덕이는 카리나를 본 밀라이언이 웃었다. 그가 그녀를 잠시 침대 위에 내려놓고 자리에서 일어났다.

"이것만 걸치고 나가자."

두툼한 겉옷을 가져온 그가 카리나에게 내밀었다. 꼬물거리며 팔을 끼워 넣은 그녀가 자리에서 일어나자 담요로 그녀의 다리를 덮어 준 그가 그대로 그녀를 안아 들었다.

"내가 걸을 수 있어요!"

"싫어, 애인의 특권이잖아."

쪽, 목덜미에 입을 맞춘 밀라이언이 그대로 천막을 나섰다. 코끝에 닿는 신선한 공기에 카리나의 입가가 순식간에 허물어졌다. 밀라이언의 입가에도 옅은 미소가 맺혔다.

"오랜만에 보는 것 같아."

"뭐가요?"

"그대가 웃는 거. 요 2주간은 특히 우울해했으니까."

"……아. 그냥, 내가 나 같지 않은 게 너무 싫어서요."

카리나가 한층 풀어진 목소리로 말했다. 그녀가 밀라이언의 목을 팔로 휘감은 채 그의 어깨에 볼을 묻었다.

"어느 날은 정신이 드니 페리얼을 상처 입히고 있었고 또 하루는 정신을 차리니 밀라이언을 할퀴고 있었잖아요. 그리고 또 어느 날은 나 스스로에게 상처 입히고 있었고요."

"어쩔 수 없는 거였잖아."

"그래도 내가 점점 미쳐 가는 것 같아요. 아마 이 상태로 백작저에 있었으면 팔다리가 묶여서 미쳤다는 소리나 들었을걸요?"

낮게 웃음을 터뜨리며 카리나가 밀라이언의 목덜미를 꽉 끌어안았다.

웃고 있었지만 사실은 두려웠다. 발밑에 보이지 않는 거대한 구멍이 뚫려서 언제든 자신을 삼키려고 들 것 같았다. 쉴 새 없이 죽음을 눈앞에서 마주하는 기분이었다.

밀라이언이 제 목을 조여 오는 팔을 조심스럽게 손으로 쓰다듬었다. 벌벌 떨던 카리나가 천천히 팔에서 힘을 풀었다.

"……있잖아요, 밀라이언."

"응."

"나 이러다가 어느 날, 더는 눈을 뜰 수가 없을 것만 같아요."

밀라이언이 우뚝 걸음을 멈췄다. 천천히 걸었지만 이미 어느 정도 숲으로 들어와서 주변은 적막하고 조용했다. 그녀가 밀라이언의 어깨에 얼굴을 묻은 채 숨을 죽였다.

"내가 아닌 거에 나를 빼앗겨서 다시 눈을 뜰 수가 없을 것만 같아요."

그게 무서워서 숨이 막혔다. 죽음에는 체념했을 터였다. 이미 북부에 발을 딛기 전부터 언젠가 사라질 생명이라고 생각했다.

그런데 그것에…… 그 삶에…… 미련이라는 이름표가 붙어 버렸다.

밀라이언의 품에 조금이라도 더 있고 싶다. 그의 삶의 틈에 들어가고 싶다. 그에게 기억되고 싶다. 곁에 있고 싶다.

"밀라이언, 나요. 죽는 건 괜찮았어요."

"카리나."

"왜냐하면 북부로 오는 내내 수십 수백 번도 더 넘게 상상했거든요. 그래서 눈앞에 다가올 것이 어떤 쓸쓸하고 외롭고 아픈 죽음이든 감내할 자신이 있었어요."

어떤 미련도 떨쳐 낼 자신이 있었다. 누군가에게 마음을 주게 되는 경우는 상상 속에도 있었다. 상상 속 이별은 다양했다. 그러나 끝은 모두 똑같았다.

그들의 기억을 지우든 바람처럼 머물다 떠나가든, 마지막에 자신은 항상 혼자였다. 아무도 곁에 있지 않았다.

그저 그렇게 수십 번 생각한 끝이 지금은 오지 않기를 간절히 바랐다.

"근데…… 나 지금 무슨 생각 하고 있는 줄 알아요?"

"응."

카리나의 예상과는 정반대의 대답이 들려왔다. 담담한 목소리를 들은 그녀가 놀란 듯 눈을 크게 뜨자 밀라이언이 그녀의 목덜미에 입을 맞췄다. 밀라이언은 웃고 있었다.

"살고 싶어졌어?"

"……."

"그대가 나로 인해 살고 싶어졌다면 충분해. 죽는 걸 괜찮지 않다고 생각하게 된 거라면 난 더 바랄 게 없어."

이 남자는 항상 자신이 바라는 대답을 내놓는다. 기다리고 기다렸던, 예상하지도 못한 답변을 들려준다.

밀라이언이 환하게 웃으며 그녀의 입술에 입을 맞췄다.

"내일 겨울의 끝에 가 보지 않겠어?"

"……겨울의 끝이요?"

"여기서 말을 타고 조금 더 들어가면 돼. 보이는 거라곤 가로막힌 절벽과 입구조차도 없는 컴컴한 산맥밖에 없지만."

"네, 가 볼래요."

그녀가 생각할 것도 없다는 듯 고개를 끄덕였다.

오랜만에 쐰 찬바람이 답답함을 식혀 줬다. 겨울 산맥에 부딪혀 돌아오는 찬바람이 두 사람을 휩쓸고 빠르게 지나갔다.

"제기랄!"

페리얼 칼로스가 욕설을 내뱉으며 책상 위에 놓여 있던 도구를 팔로 거칠게 쓸어 버렸다. 잔뜩 쌓여 있던 도구들이 순식간에 바닥을 굴렀다.

"대체 왜……!"

그가 퀭한 얼굴로 이마를 짚으며 분을 이기지 못하고 발을 굴렀다. 언제나 품격을 잃지 않는 페리얼로선 드문 흐트러짐이었다.

한참이나 물건을 던지며 날뛰던 페리얼이 우뚝 움직임을 멈췄다. 멈춰선 페리얼이 바닥에 굴러다니는 몇 개의 동물 사체를 가만히 내려다봤다. 절망에 일그러진 얼굴은 누적된 피로 때문에 엉망진창이었다.

"젠장, 제기랄!"

일전에 세운 가설을 집요하게 파고든 결과 하론을 사용할 방법을 찾았다. 동물이 아닌 인간에게도 적용할 방법을 찾았다. 앞으로 발병할 예술병의 치료제나 대체재로도 사용할 수 있게 됐다. 그 모든 것이 지난 두 달간 하론에 매달린 결과였다.

모든 연구는 순조로웠다. 밀라이언은 끊임없이 하론과 마수를 공급해 줬고 윈스턴은 그를 보좌했다.

덕분에 페리얼은 오로지 연구에만 집중할 수 있었다. 그러니 그냥 모든 것이 다 순조로웠다.

마지막 한 걸음을 어떻게 해도 내디딜 수 없었다는 것만 제외한다면.

생각해 낸 모든 방법은 어떻게 해도 창조자에게는 통하지 않았다. 창조자의 예술병은 다른 예술병과는 그 궤가 달랐다. 이미 그들이 기적의 대가로 내어 깎여 버린 생명을 되돌릴 방법은 없었다.

"페리얼, 괜찮습니까?"

"윈스턴……."

윈스턴이 다가와 물었다. 그들은 지난 두 달간 서로 연구를 하며 제법 격식이 없어졌다. 페리얼의 답답한 심정을 윈스턴은 묵묵히 들어 주고 조언해 줬다. 덕분에 페리얼 역시 윈스턴을 제법 의지하게 됐다.

무너진 표정의 페리얼이 이를 악물며 비틀비틀 의자에 힘없이 주저앉았다. 그가 절망스러운 표정으로 머리를 짚었다. 머리카락을 헤집은 페리얼이 고개를 떨군다.

곧 울음을 터뜨릴 아이 같은 얼굴에 윈스턴이 쓰게 웃었다. 어떻게 해도 닿을 수 없는 것이라면 차라리 포기하기가 쉬울 것이다. 그러나 손에 닿을 듯 말듯 한 것은 더 안달이 나는 법이다.

"잘 안 되시는 모양이군요. 이 늙은이가 그다지 도움이 되지 못해서 미안할 따름입니다."

"그게 아냐……. 내가 부족한 거다. 어떻게 해도 창조자를…… 카리나를 살릴 방법이 보이질 않아. 사방이 캄캄한 어둠 속에 갇힌 것 같이……."

페리얼 칼로스가 양손에 제 얼굴을 묻었다.

예술병을 치료할 방법을 찾아냈다. 기적을 일으키면서도 그 대가를 다른 것으로 대체할 방법도 찾아냈다. 이미 악화된 예술병에 손상된 부위를 조금이라도 다시 돌릴 방법까지 찾았다.

"저러다…… 카리나가 죽으면 어쩌지? 시간 내에 방법을 찾지 못하면 어떡하나, 윈스턴?"

윈스턴이 성큼성큼 페리얼에게 다가갔다. 그가 손을 뻗어 조심스럽게 어깨를 두드렸다.

스물여섯, 누군가의 무게를 짊어지기엔 페리얼도 밀라이언도 아직 어린 나이였다. 적어도 반백 년보다 더 오랜 세월을 살아온 그에겐 그저 어린아이들로만 보였다.

이른 나이에 공작이라는 높은 작위에 발을 들인 이들에게 소중한 사람의 죽음이란 견디기 힘든 일이 분명했다. 어느 쪽이든 마음을 주었다면 더욱더.

"밀라이언은 평생 내 얼굴도 제대로 마주하지 않겠지. 카리나도 약속을 지키지 못했다고 원망할지도 몰라."

"이 늙은이가 보기엔 쓸데없는 걱정을 하는 것 같습니다. 당신이 얼마나 열심히 했는지 제가 압니다. 그리고 그건 아가씨도, 각하께서도 알고 계실 테고요."

윈스턴 역시 그녀의 병을 낫게 해 주고 싶어서 먼 길을 달려왔지만 결국 도움이 되지는 못했다. 그도 답답했던 때가 없던 것은 아니었다.

"……평생 이런 감정을 느낄 줄은 몰랐는데, 어깨가 무거워서 질식할 것 같다."

"삶을 살다 보면 가끔 과한 무게가 어깨를 짓누를 때도 있지요. 내려놓고 싶어도 내려놓을 수 없는 때도 있고요."

어깨에 올려진 주름이 자글자글한 윈스턴의 손길에 페리얼이 긴 한숨을 내쉬었다.

'신기하지.'

그가 자신보다 오래 살았기 때문일까? 아니면 자신이 이런 종류의 어른을 곁에 둬 본 적이 없었기 때문일까? 윈스턴은 사람의 마음을 풀어지게 하는 능력이 있었다.

"결코 물러날 수 없는 땐 어쩔 수 없습니다. 이를 악물고 다리를 질질 끌면서, 엉엉 울면서라도 앞으로 나아가야 하지요."

"……말하지 않아도 알아."

어쩔 수 없다는 것도, 물러날 곳이 없다는 것도 안다. 끝까지 노력했지만 실패한 것과 중간에 안 될 것 같다고 포기한 것은 다르다. 전자는 몰라도 후자는 결코 밀라이언이 용서하지 않을 것이다. 그리고 자신도 평생 스스로를 원망하겠지.

"물론, 혼자일 때는 물러날 수밖에 없는 때도 있습니다."

"뭐?"

"하지만 지금 페리얼에겐 저도, 페스텔리오 각하께서도 있지 않습니까. 심지어 아까는 헤르타가 산짐승 한 마리를 천막 앞에 던져 놓고 가더군요."

"……그건, 하론을 내가 관리하고 있으니 먹이를 달라는 말이겠지."

그 거대한 것이 쿵쾅거리며 짐승 한 마리를 잡아와 천막 앞에 던져 놨을 걸 생각하자 페리얼은 절로 헛웃음이 튀어나왔다. 아까보다는 한층 긴장이 풀린 듯 가벼운 목소리였다.

윈스턴이 조용히 미소 지었다. 그가 어깨를 두어 번 두드리곤 손을 뗐다.

"긴장하지 마십시오. 한숨 돌리시면 또 다른 것이 보일 테니까요."

"……윈스턴."

"네."

떨어뜨린 자료들을 정리하기 위해 몸을 굽혔던 윈스턴이 몸을 돌렸다. 페리얼이 고개를 들어 윈스턴을 한번 바라보곤 깊게 숨을 들이마셨다.

"사실…… 한 가지 방법이 있어. 두 달 전쯤 마수를 해부하면서 알게 됐어. 실험도 해 봤고 가능성도 있어."

"무슨 방법입니까?"

"그게……."

페리얼이 느릿하게 입술을 달싹였다. 이야기를 듣는 내내 윈스턴의 표정이 밝아졌다가 다시 어두워지기를 반복했다. 이윽고 페리얼의 입술이 서서히 닫혔다.

"그게 정말입니까?"

"이론적으론. 아니, 실제로도 가능했어."

"……그렇군요."

윈스턴이 말을 아꼈다. 그가 말을 얹을 수 있는 종류의 이야기가 아니었다. 그녀의 시간은 점점 줄어들고 있었고 머지않아 그들은 선택을 해야만 할 것이다.

"페스텔리오 각하와 이야기를 해 보는 것이 좋을 것 같습니다."

"……미쳐 날뛰지 않을까?"

"아니면, 아가씨 본인에게 말을 하는 편이 나을지도요."

"무서워서. 꼭 살려 준다고 약속했는데……."

페리얼이 손바닥에 얼굴을 묻었다.

광기에 휩싸여 그를 상처 입히고 다시 제정신으로 돌아왔던 카리나의 눈빛을 기억한다. 공포에 질리고 죄책감과 미안함에 점철된 그 표정은 더는 다정하고 따스하게 빛나지 않았다.

"그날 이후로 눈도 제대로 마주쳐 주지 않아."

"마음이 여린 분이니 미안해하고 있을 겁니다. 나중에 대화해 보십시오."

"……윈스턴, 자네는 항상 쉽게 말하는군."

"두렵게 생각했던 것들이 나이가 들면 사실은 아무것도 아니었다는 걸 깨닫게 된답니다."

윈스턴이 허허롭게 웃으며 말했다. 페리얼이 고개를 들자 윈스턴이 그의 눈을 마주했다. 주름이 자글자글하고 다정한 눈동자가 부드럽게 휘어졌다.

"하고 싶었던 일을 못 해 본 것, 조금 더 젊었을 적에 해 봤으면 좋았을 것, 무서워서 하지 못했던 일이나 하지 못했던 작은 반항 같은 것도 머릿속을 맴돌곤 합니다."

고개를 든 윈스턴이 조곤조곤 말을 이어갔다.

"막상 지금 하려고 하면 어렵지 않게 할 수 있는 것들이죠."

추억하듯 느릿하게 이어지는 목소리에 페리얼이 가만히 그를 바라봤다. 잔뜩 흥분했던 속도 지금은 차분하게 가라앉았다. 어쩐지 붉게만 느껴졌던 시야가 다시 깔끔해졌다.

"내가 아니라고 생각한 것에 목소리를 높였다가 크게 혼이 난다고 해서 큰일이 나지는 않더군요."

"그런가."

"네, 그러니 한 발 내딛는 것으로 되돌릴 수 있는 것이 있는데, 그것을 두렵다는 이유로 망설이지 않았으면 좋겠습니다."

윈스턴의 말에 페리얼이 눈을 크게 떴다. 그다지 두려움을 느끼며 살아온 적은 없다고 생각했는데 어쩐지 그 말만큼은 와 닿았다.

페리얼의 입가에 옅은 미소가 맺혔다.

"두려움조차 전율로서 즐길 수 있는 것이 젊은이들의 특권 아니 겠습니까."

"……자네도 아직 한창이라고 생각하는데."

"이 정도면 관에 들어가기 일보 직전입니다."

"그런 소리 말고 오래 곁에 있어 주게."

페리얼의 말에 이번엔 윈스턴의 눈이 큼직해졌다. 두 사람이 서로 를 바라본 채 웃음을 터뜨렸다. 어두침침했던 천막의 틈 사이로 청 량한 바람이 스며들었다.

"정말 북부까지 당신이 직접 갈 생각이에요?! 여기는 어쩌고요, 카시스!"

"카리나를 데려와야지."

레오폴드 백작이 한숨처럼 말했다.

"인프릭도 자꾸 가 보라지 않나. 말로 빠르게 달리면 그렇게까지 오래 걸리지는 않겠지. 그러니 이쪽 일을 한동안 좀 부탁해."

"차라리 폐하께 부탁드려서 공작에게 압력을 넣는 게 낫지 않겠 어요?"

백작 부인의 말에 레오폴드 백작이 미간을 좁혔다. 그 방법도 시 도해 보지 않은 것은 아니다. 그는 황제를 따로 알현했었다. 그러나 북부와 연관된 일인 것을 알고 황제는 발을 뺐다.

"약혼한 상태의 남녀 문제에 끼어들 순 없다고 하더군."

공작과 괜한 문제가 생길까 봐 그런 것임이 분명했다. 황제가 그렇게 말한 이상 레오폴드 백작에겐 물러나는 방법 이외에 다른 방법은 없었다.

"인프릭도 간다면서요!"

"그래, 그리고 녹턴도 함께 갈 거다. 그쪽에 있는 스승이 자길 불렀다고 하더군."

"리아의 진료는요?"

"따로 의사를 고용해 뒀어. 녹턴이 인수인계도 마쳤다고 했으니 걱정하지 말고."

백작 부인이 걱정스러운 표정으로 발을 동동 굴렀다. 그녀가 레오폴드 백작에게서 몸을 돌려 인프릭을 바라봤다. 백작 부인이 손을 뻗어 인프릭의 볼을 쓰다듬었다.

"아들, 네가 백작가의 미래인 건 알고 있지? 꼭 가야겠느냐?"

"어머니, 전 카리나에게 미안해요. 만나서 대화를 해야겠어요. 어머니는 그렇지 않으신가요?"

"물론 미안하게 생각하고 있단다. 하지만…… 가주와 후계자가 전부 집을 비우면 어떡하니."

백작 부인이 걱정스럽게 말했다. 둘이 함께 북부로 간다는 것은 적어도 두 달은 백작저가 비게 된다는 말이었다. 그녀로선 그것을 걱정할 수밖에 없었다.

"알아보니 그 예술병이라는 건 목숨에 지장이 없다고 해. 내 생각엔 카리나가 화가 나서 괜한 말을 한 게 아닌가……."

"어머니, 저는 카리나가 그런 거짓말을 했을 것 같지 않습니다. 저도 예술병에 대해선 알아봤습니다. 팔다리를 잃거나 시력을 잃을 수도 있는 병이라고 하지 않습니까!"

인프릭이 주먹을 꽉 쥐며 언성을 높였다. 백작 부인이 놀란 토끼 눈으로 한 걸음 뒤로 물러났다. 그제야 인프릭이 살짝 몸을 떨고 입을 닫았다.

"인프릭 그만하거라. 대체 어머니께 무슨 막말이냐!"

"······죄송합니다."

"그리고 네 어머니 말이 맞다. 우리도 나름대로 알아봤다. 예술병이란 것은 예술만 하지 않으면 악화되지 않는다고 하더구나. 그림을 그리지 못하게 하면 될 일 아니냐."

인프릭이 숨을 삼켰다. 이윽고 그가 답답한 듯 이마를 짚었다. 근본적인 문제에 누구 하나 제대로 접근하지 못하고 있다. 그렇게 간단한 것이었다면 누구보다 가장 먼저 알았을 카리나가 왜 그림 그리길 멈추지 않았을까.

놓을 수가 없는 것이다. 기사가 검을 놓을 수 없듯, 그녀 역시 마찬가지임이 분명했다.

"아버지, 오라버니! 언니 찾으러 가세요?"

"나도 가면 안 돼요? 형님!"

어느새 2층에서 뛰듯이 내려오는 쌍둥이를 보며 백작 부인과 백작이 곤란한 웃음을 입가에 머금었다. 두 사람이 달려와 안기는 쌍둥이를 품에 끌어안았다.

"이런, 위험하게 뛰어 내려오면 어떡하니."

"누나 데리러 가는 거면 저도 갈래요, 아버지!"

"저도요! 몸도 많이 좋아졌어요."

아벨리아와 페르던이 백작 부인과 백작에게 매달려 열심히 재잘거렸다. 애교 많은 두 아이의 모습에 부부의 입가에 절로 미소가 떠올랐다.

"멀고 험한 길이라 데려갈 수 없단다. 누나는 데리고 올 테니 여기에 있으렴."

"언니 돌아오겠죠?"

"그래, 그럴 거란다. 우리는 가족이잖니."

손을 뻗은 레오폴드 백작이 아이를 품에 안은 채 다정하게 머리를 쓰다듬었다.

인프릭이 그것을 멍하니 바라봤다. 눈앞에 있는 것은 이상적인 가족이었다. 어그러짐도 없는 완벽한 가족이었다.

'……아니야.'

인프릭이 고개를 저었다. 누군가가 빠져야만 비로소 완성되는 가족이라니, 이럴 순 없다. 멀찍이 떨어져서 언제나 이쪽을 지켜보고 있던 카리나가 눈앞에 아른거렸다.

"얼른 언니 보고 싶어요. 언니가 없으니까 너무 심심해요."

"그래, 카리나가 오면 또 놀아 달라고 하렴."

인프릭은 입을 다물었다. 등줄기를 스치는 불안한 느낌은 자신만 드는 것일까? 정말 그들은 카리나가 돌아올 거라고 생각하는 것인가? 인프릭은 그저 불안했다.

"……얼른 가시죠. 오늘 출발하기로 하셨잖아요, 아버지."

"그래, 가야지."

한숨을 내쉰 레오폴드 백작이 아이들에게 인사를 건넸다. 마지막으로 백작 부인에게 몇 가지 당부를 전한 그가 몸을 돌렸다.

밖으로 나가니 녹턴이 서 있었다.

"나오셨습니까?"

"그래, 먼저 와 있었군. 말을 타고 빠르게 갈 생각이네만…… 따라올 수 있겠는가?"

"말 타는 법이라면 배웠습니다. 걱정하지 마십시오."

녹턴이 사람 좋게 웃으며 대답했다.

인프릭이 굳은 표정으로 먼저 말에 올라탔다. 레오폴드 백작이 그 뒤를 따라 말에 올라타고 그 뒤를 녹턴이 따랐다.

세 사람이 탄 말이 땅을 박차며 출발했다. 토벌대가 토벌을 시작한 지 약 한 달 만의 일이었다.

"여기가 겨울의 끝이에요?"

"그래, 멀리서 볼 때는 제법 웅장하지만 이 앞에 서면 아무런 느낌도 들지 않아."

"엄청…… 높네요."

카리나가 한껏 고개를 젖히며 말했다.

절벽이 하늘 끝에 닿은 것은 아닌지 궁금해질 지경이다. 바람도 어찌나 센지 모른다. 그의 말대로 절벽을 어떻게든 올라가 보려고 해도 바람 때문에 불가능할 것 같았다.

그녀가 조심스럽게 팔을 뻗어 절벽에 가져다 댔다. 절벽의 차가운 냉기가 손끝을 타고 느껴졌다. 몸속으로 시원한 기운이 퍼졌다. 카리나의 고개가 기울어졌다.

"신기하네요. 마치 거대한 용이 고목처럼 굳어진 것 같아요."

"……용?"

"네, 왠지는 모르겠지만…… 그런 생각이 드네요."

눈을 한 번 깜빡거렸다. 아주 조금이지만 친숙한 느낌이다. 이 친숙함이 어디서부터 기원했는지 알 수는 없지만 말이다. 카리나가 빙긋 웃었다.

"아, 언젠가 밀라이언이랑 이 절벽을 올라 보고 싶어요."

"무리야. 괜히 올랐다가 죽은 놈이 한둘이 아니다."

"전 할 수 있어요. 어떻게 하면 저길 올라갈 수 있을지 고민해 볼게요."

"그대의 능력을 쓸 거라면 사양이야."

밀라이언이 단칼에 거절했다.

카리나가 뚱하게 볼을 부풀렸다. 정말 단호박을 먹었는지 이렇게 단호할 수가 없다. 그녀가 밀라이언과 맞잡은 손에 힘을 풀었다.

쫘악. 그러자 밀라이언이 기다렸다는 듯 한층 더 세게 손을 잡아 온다. 그녀가 눈을 동그랗게 떴다가 이윽고 낮게 웃음을 터뜨렸다.

"저 너머엔 뭐가 있을지 궁금하네요."

"글쎄, 이 너머는 오랜 시간 동안 완전히 막혀 있었으니까."

밀라이언이 담담하게 말했다.

종종 스스로를 다스리기 위해 단신으로 숲에 들어올 때가 있었다.

이곳에 발을 디디면 밀라이언은 자신이 무척 작은 존재로 느껴졌다. 괴물이 아닌 그저 한 사람의 인간. 마수를 토벌하는 영웅도 아니고 이름뿐인 공작도 아니고 그냥 보잘것없는 사람으로 느껴져서 그는 언제나 그 감각을 즐기곤 했다.

"저택으로 돌아가면 이제 같이 자는 것도 끝이네요."

"응? 무슨 말도 안 되는 소리야?"

눈을 동그랗게 뜬 밀라이언이 아무것도 모른다는 듯이 되물었다. 카리나가 오히려 당신이야말로 무슨 소리냐는 표정으로 입을 열었다.

"천막은 여유분이 부족하다고 해서 같이 썼지만 저택엔 각자 방이 있잖아요. 당연히 따로……."

"이제 와서 무슨 소리야. 여기 오기 전에도 같은 방을 썼잖아."

"아니 그건……."

그가 자꾸 제 침대로 파고든 것이 아니던가. 솔직히 같이 지내는 내내 불편하기 짝이 없었다. 다른 게 불편한 것이 아니라, 자꾸 자신의 좋지 못한 모습만 보여 주는 것 같아서. 밤마다 끙끙 앓는 모습을 보여 주는 것이 즐거울 리가 없지 않은가.

카리나가 입을 닫자 밀라이언이 눈꼬리를 축 늘어뜨리며 그녀를 품에 끌어안았다.

"카리나, 우리 연인이잖아."

"……그건 그렇죠."

카리나가 고개를 끄덕이자 밀라이언이 한숨을 푹 내쉰다. 안타까움이 물씬 느껴지는 목소리였다. 물론 페리얼이나 다른 누군가가 들었다면 가증스럽기 짝이 없는 목소리라며 비난을 서슴지 않았을 것이다.

"그런데 못 할 게 뭐가 있어? 심지어 아직 약혼 관계도 끝나지 않았어."

"파혼 서류 드렸……."

"그거 실수로 커피 흘려서 팽이 가져다 버린 모양이야."

당연하지만 거짓말이다. 사실은 그가 소각장에 직접 가져다 던져 버렸다. 물론 그녀가 가지고 왔던 낡은 천 가방도 함께. 버리기 전에 그녀에게 소중한 물건이 아니라는 건 확인 받았으니까.

"네에? 어디에다가요? 아니, 어떻게 될 줄 알고 파혼 서류를 버려요! 혹시 만에 하나 일이 있으면……!"

"만에 하나는 없어."

밀라이언이 그녀를 번쩍 들어 품에 끌어안았다. 그가 냉큼 그녀의 입술에 입을 맞췄다. 그가 아랫입술을 살짝 깨물자 신호라도 받은 것처럼 카리나가 살짝 입을 벌렸다. 입술 사이로 단단한 그의 혀가 미끄러지듯 파고들었다.

"으응……."

쪽쪽 소리가 날 정도로 입술을 빨아 대며, 밀라이언이 그녀의 입 안을 느릿하게 동시에 집요하게 탐색했다. 어찌나 집요한지 그녀의 혀가 바르작거리며 움직이려 하면 움직이는 방향을 눈치채고 냉큼 붙잡았을 정도였다.

"흐……!"

밀라이언의 눈이 부드럽게 휘어졌다. 살짝 눈을 떴던 카리나가 화들짝 놀라 냉큼 눈을 다시 꾹 감았다. 밀라이언이 웃음을 꾹 참으며 휘감았던 그녀의 혀를 살살 풀어 줬다. 카리나는 얼얼했던 혀뿌리가 찌르르하게 울렸다. 그가 그녀의 콧잔등과 입술 위에 한 차례씩 입을 맞추고 느릿하게 멀어졌다.

멀어지는 밀라이언을 바라보던 카리나가 팔을 뻗어 밀라이언의 목을 홱 휘감았다. 그러곤 그대로 멀어지는 그의 입술에 입을 맞추곤 후다닥 떨어졌다.

밀라이언의 눈이 크게 떠졌다. 새빨갛게 물든 그녀의 얼굴을 바라보던 그가 먹잇감을 노리는 맹수보다 더 재빠르게 그녀의 목덜미를 깨물고 자국을 남겼다.

가쁜 호흡을 몰아쉬는 카리나에게 차마 더 입을 맞추진 못한 그가 아쉽다는 듯 그녀의 눈두덩이에 가볍게 입을 맞추고 떨어졌다.

"그대는 날 참 놀라게 하는 재주가 있어."

"……하고 싶은 건 다 해 보랬잖아요."

"더 해도 되는데. 뭘 해 보고 싶은데?"

"음……."

카리나가 귓불까지 새빨갛게 물들이며 고개를 푹 숙였다. 밀라이언의 가슴팍에 얼굴을 묻어 버린 그녀가 그 속에서 입술을 벙긋거리다가 결국 입을 꾹 다물었다.

"카리나?"

"……어요."

"잘 들리지 않아."

"밀라이언을…… 덮쳐……."

덮쳐 보고 싶어요…….

기어들어 갈 듯한 작은 말을 내뱉은 카리나는 목덜미는 물론이거니와 귓불까지 새빨개졌다.

밀라이언이 멍청한 표정으로 눈을 끔뻑였다. 뒤통수라도 한 대 맞은 듯한 느낌이다.

"……그건……."

"미안해요. 곤란하죠. 그냥, 예전에 도서관에서 빌렸던 책에……."

이렇게 말하면 상대가 좋아할 거라는 얘기가 있어서 한번 시험해 보고 싶었다.

곧 터져 버릴 화산처럼 붉게 물든 카리나의 얼굴을 바라보는 밀라이언의 표정이 무척이나 심각했다.

"무척 간단한 일인데 지금은 곤란해."

"……네?"

"지금은 밖이라 곤란하고…… 일단 천막으로 돌아가지."

"네……?"

카리나가 눈동자를 이리 도르르 저리 도르르 굴렸다.

'지금 이게 무슨 소리야?'

의아함에 고개를 기울이는 순간 밀라이언이 재빠르게 몸을 돌렸다. 근처에 세워 둔 말에 그녀를 올리곤 곧장 그 위에 올라탔다.

"아니면 아예 이대로 저택까지 돌아갈까?"

"……미, 밀라이언?"

"누군가에게 덮쳐진 적은 없지만 그대라면 뭐든 좋아."

카리나의 눈꺼풀이 멍청하게 깜빡였다. 대체 자신이 무슨 소리를 듣고 있는 것인지 감이 잡히질 않았다. 머릿속으로 밀라이언이 한 말의 내용을 더듬는데 타고 있던 말이 출발했다.

"난 언제든 준비되어 있어."

'그러니까 뭐가요!'

밀라이언의 경건한 표정을 올려다본 카리나가 불어닥치는 바람에 눈을 질끈 감았다. 목소리도 바람 소리에 묻히는 바람에 아무런 말도 할 수가 없었다.

그저 최대 속도를 내는 말 위에서 밀라이언의 품에 속절없이 안겨 있는 것이 할 수 있는 것의 전부였다.

"......."

"도착했다."

"네?"

카리나가 또다시 멍청하게 반문했다. 멍청한 것은 그다지 좋아하지 않는데 멍청이가 되는 기분이다. 빠르게 흘러가는 사태를 도저히 따라갈 수가 없었다.

"자, 가지."

"네?"

밀라이언이 카리나를 덥석 품에 안은 채 성큼성큼 천막으로 들어갔다. 그가 주섬주섬 카리나를 한쪽에 앉히곤 침대 위에 떡하니 누웠다. 정말 중심에 자리 잡았다.

"......."

"......."

"준비됐으니 덮쳐도 돼."

조금 수치스럽다. 아니, 조금이 아니라 조금 많이 수치스러웠다. 카리나는 진심으로 얼굴을 양 손바닥으로 가리고 싶었다. 조금 울고 싶기도 했다.

덮친다는 것이 이런 의미였던 건가? 이런 게 도대체 그 소설 속에

선 왜 그렇게 달콤하고 야릇하게 보였던 거지?

밀라이언의 기대감 가득한 눈동자를 보며 카리나가 주섬주섬 몸을 움직였다. 그녀가 기듯이 밀라이언의 옆으로 다가가 바싹 달라붙었다.

'……뭘 어떻게 덮치면 되지?'

통나무처럼 일자로 누워 있는 밀라이언을 물끄러미 내려다보며 카리나가 심각하게 고민했다. 긴장이 등줄기를 스치고 지나갔다. 그녀가 꿀꺽, 침을 삼키곤 조심스럽게 밀라이언의 다리 위에 올라탔다.

'덮치라고…….'

카리나의 무릎 사이에 밀라이언의 다리가 자리 잡았다. 그녀가 그대로 몸을 숙여 밀라이언의 가슴팍에 제 얼굴을 푹 묻었다.

밀라이언의 위에 카리나의 몸이 겹쳐졌다. 정확히 말하자면 통나무와 통나무가 겹쳤다고 보는 게 옳을 듯했다. 카리나가 그 상태로 뻣뻣하게 굳어 애꿎은 눈동자만 데굴데굴 굴렸다.

밀라이언이 그녀의 귀여움에 웃음을 삼켰다. 아무래도 자신과 전혀 다른 걸 생각한 것이 분명했다.

'괜히 혼자 들떴군.'

아무렴 어떤가. 이것 역시 나쁘진 않았다. 그는 그녀에게 그 말은 그런 뜻이 아니라고 가르쳐 주는 것보단 그저 조용히 팔을 뻗어 그녀를 품에 꽉 끌어안았다.

"좋군."

카리나를 품에 가둔 밀라이언이 그녀를 끌어안은 채 몸을 옆으로 돌렸다. 밀라이언이 카리나의 목덜미에 얼굴을 묻었다.

'이걸로 된 건가?'

카리나의 표정에 의문이 가득 떠올랐다. 대체 평소에 이불 속에 숨어들 때와 다를 게 뭔가 싶다.

"그대가 자주 덮쳐 줬으면 좋겠어."

"아…… 네."

이게 덮치는 거라면 정말 아무것도 아니었구나.

'괜히 긴장했네.'

소설에서는 너무 긴박하게 묘사를 해 둬서 그녀도 긴장을 했었다. 물론 뒷내용은 보지 못했지만.

콩닥콩닥 뛰는 심장을 꾹 누르며 카리나가 숨을 삼켰다. 코끝에 가득히 파고드는 그의 냄새가 좋았다.

"밀라이언."

"응."

"이게 꿈이라면 좋겠어요."

카리나가 밀라이언의 품에 안기며 말했다. 그가 미간을 좁히자 그녀가 조심스럽게 그의 볼에 입을 맞췄다.

"어째서?"

"이게 꿈이라면 끝나지 않고 계속 이어질 테니까요. 모든 것들이 영원하겠죠."

"……."

밀라이언이 호흡을 멈췄다.

언제까지고 시간에 구애되지 않고 영원히, 계속해서 이어질 테니까.

카리나가 밀라이언의 가슴에 파고들었다. 밀라이언이 그녀를 마주 안았다.

"카리나, 나는……."

"카리나, 있습니까?"

밖에서 들려오는 목소리에 밀라이언의 얼굴이 확 일그러졌다.

카리나가 손을 더듬거리며 밀라이언의 어깨를 밀어냈다. 그러고는 그의 품에서 벗어나 냉큼 자세를 바로했다. 흐트러진 매무새를 재빠르게 정리한 그녀가 벌겋게 물든 얼굴로 빠르게 입을 열었다.

"네! 있어요!"

삑사리가 섞인 우렁찬 대답이었다. 밀라이언의 얼굴이 말 그대로 험악하게 일그러졌다. 밀라이언이 얼굴을 쓸어내리며 천막을 열고 안으로 들어오는 페리얼을 향해 시선을 돌렸다.

"……네놈은 대체 타이밍이 왜 이따위야?"

"자네는 대체 아픈 사람 붙잡고 뭘 하는 건가?"

"뭘 하든 너와 상관은 없지."

밀라이언이 코웃음을 치며 말했다. 페리얼이 팔짱을 낀 채 헛웃음을 흘리더니 이내 한숨을 내쉬었다. 그가 조금 난감한 눈으로 어색한 분위기를 풍기는 두 사람을 바라봤다.

'일단 카리나에게만 말할 생각이었는데.'

카리나와 시선이 마주치자 그녀가 슬쩍 눈을 피하는 것이 보였다. 입안이 썼다.

페리얼이 더 안으로 들어오지 않고 입구에서 멈춰 서 있자 밀라이언의 눈이 가늘어졌다.

"그냥 포기하고 들어오도록 해. 비켜 줄 마음 전혀 없으니까."

"……."

페리얼의 표정이 조금 불만스럽게 가라앉았다. 하여튼 눈치는 빨라서. 그가 낮게 혀를 차며 한숨을 내쉬었다.

'친구로 있었던 건 나 혼자만은 아니었다는 거겠지.'

페리얼은 밀라이언의 눈을 피하는 것을 포기한 듯 안으로 들어왔다. 언젠가는 밀라이언에게도 해야 할 이야기다. 페리얼이 착잡한 듯 손으로 얼굴을 쓸어내렸다.

"일단…… 이야기가 좀 길어질 것 같은데 앉아도 되겠습니까?"

"아, 그럼요. 괜찮아요."

어색한 분위기의 카리나가 자리에서 일어나 침대 근처의 탁자에 앉았다. 밀라이언이 그녀의 옆자리에 앉아 페리얼을 바라봤다. 낮은 한숨을 내쉰 페리얼이 천천히 그 맞은편 의자에 앉았다.

"일단 카리나, 저택에 당신 명의로 그림의 경매 낙찰금이 도착해 있을 겁니다."

"아! 고마워요."

"화가 '카리나'의 앞으로 사인 요청이나 전시회 요청, 초대장 같은 것들이 잔뜩 오긴 했는데…… 일단 그것도 가져다 두긴 했어요."

"그림은 다 팔렸나요?"

카리나가 여전히 시선을 제대로 맞추지 못한 채 조심스럽게 물었다.

지금까지는 그림을 그려 페리얼에게 넘긴 후의 일을 의도적으로 묻지 않았다. 괜히 실망하고 싶지 않았고 페리얼이 신경 쓰게 하고 싶지 않았으니까. 무엇보다 최근에는 그에게 미안한 일이 너무 많아서 말을 걸어 본 기억도 손에 꼽을 정도였다.

카리나의 질문에 페리얼이 고개를 들었다. 또다시 시선이 마주쳤다. 그녀는 차마 이번엔 그의 눈을 피하지 못하고 입술을 잘근 깨물었다.

"다 팔려요?"

페리얼의 목소리에 황당함이 묻어났다. 카리나가 뻣뻣하게 굳어 눈동자를 굴렸다. 혹여 자신이 너무 곤란한 질문을 한 건 아닌가 싶었기 때문이다.

"다 팔린 수준이 아니죠."

"네?"

"카리나가 그린 것이라면 어떤 작품이든 좋으니 예약을 걸게 해 달라고 온갖 뇌물이 칼로스 가문으로 들어오는 중입니다. 얼마나 들어오고 있는지 골머리가 썩을 지경입니다."

"……정말요?"

"물론 경매는 기본적으로 모두에게 공평한 기회를 줘야 하니 전부 거절하고 있습니다."

"와아, 그 정도예요?"

"네, 물론 외부와 차단된 지금의 북부에선 전혀 와 닿지 않겠지만요. 당신의 이름이 얼마나 드높아졌는지 머지않아 체험하게 되실 거예요."

페리얼이 생긋 웃으며 말했다. 여전히 꿀이 뚝뚝 떨어질 듯한 달콤한 미소에 카리나가 마주 웃으며 고개를 끄덕였다.

"몇 차례 레오폴드 백작가에서 당신의 소재를 묻고 강압적으로 나오긴 했지만 어렵지 않게 제압했습니다."

"……네."

"수도 그리고 수도와 근접한 남부 지역에선 당신의 이름을 모르는 사람이 없을 정도입니다."

기분 좋은 소식에 그녀는 저도 모르게 활짝 웃었다.

수도를 비롯한 남부는 특히나 예술이 발달한 지역이었다. 그곳에선 살아남는 것은 힘들지만 살아남는다면 그 이름이 역사에 새겨지는 경우가 많았다.

환하게 웃는 그녀의 표정을 물끄러미 바라보던 페리얼이 다시 입을 열었다.

"카리나."

"네."

"한 가지만 더 말해도 되겠습니까?"

"네, 그럼요."

"난 당신에게 화가 난 일이 없어요. 아픈 사람에게 그럴 마음도 없고요. 당신이 날 불편하게 여기는 것이 속상합니다."

페리얼의 솔직담백한 말에 카리나의 눈이 크게 뜨였다.

"……."

"당신의 의지가 아닌 일에 죄책감을 느끼지 않았으면 좋겠어요. 당신이 피하는 것이 내겐 더 상처가 됩니다. 도움이 필요하지 않은가 해서요."

카리나가 묵묵히 페리얼의 말을 들으며 그를 바라봤다. 그 옆에서 밀라이언은 못마땅한 표정을 짓고 있었지만 그렇다고 두 사람의 대화를 방해하지는 않았다.

"상처가 됐다면 미안해요. 누군가를 때린 감촉이 소름 끼쳐서 그랬어요. 내가 페리얼을 상처 입혔잖아요."

"내가 당신이 그림을 그리려는 것을 막았잖아요."

페리얼의 말에 카리나가 주먹을 꽉 쥐었다. 그녀가 놀란 눈으로 입을 열었다.

"절 위해서였잖아요."

"카리나 역시 살기 위해서였고요."

"……그렇다고 해도!"

"당신이 살기 위해 발버둥 친 거잖아요."

페리얼의 담담한 말에 카리나의 눈이 크게 뜨였다. 밀라이언이 의외라는 표정으로 페리얼을 바라봤다. 숨을 크게 들이마신 그가 그녀와 눈을 마주친 채 다시 입을 열었다.

"자아조차 놓아 버릴 만큼 끔찍한 고통을 견딜 수가 없어서…… 그렇게라도 지금을 살고 싶어서 그랬던 거잖아요."

"……."

"그러니 미안해하지 마십시오."

페리얼이 말했다.

굳건한 눈동자는 파고들 틈조차 쉽게 보이지 않았다. 여기서 말을 덧붙이면 그는 분명히 크게 화를 낼 것이다. 그의 단호한 의지를 확인한 카리나가 조용히 고개를 끄덕였다.

"알겠어요."

"좋습니다."

페리얼이 다시 부드럽게 미소 지었다. 냉랭하던 분위기가 순식간에 사르르 녹아 사라졌다. 그녀가 조금 곤란한 듯 볼을 붉적이다가 이윽고 작게 미소 지었다.

상황을 살피던 밀라이언의 표정이 확 일그러졌다. 그가 차마 카리나에겐 아무런 말도 못 하고 애꿎은 페리얼을 노려봤다.

페리얼이 밀라이언의 눈빛을 한번 보더니 말없이 한숨을 내쉬었다.

"다름이 아니라 몇 가지 얘기를 드려야 해서 왔습니다."

"이야기요?"

"네, 하론과 카리나에 대한 얘기입니다."

페리얼이 입술을 달싹였다. 그녀가 조용히 고개를 들어 그의 눈을 바라봤다. 방금까지는 무르게만 보이던 눈동자는 어쩐지 결연한 의지가 엿보이는 듯했다.

"무슨 말이지?"

"하론은 이전에 추측했던 대로 기적의 대가로 사용할 수 있었습니다. 가공하거나 하론의 성분을 추출하면 예술병의 통증을 억누르는 것도 가능합니다."

"네, 알고 있어요."

카리나가 담담하게 대답했다.

그녀의 눈동자는 고요했다. 마치 페리얼의 입에서 어떤 말이 나오든 간에 받아들이겠다는 듯이.

페리얼이 긴장한 듯 손을 쥐었다 펴며 이윽고 결심한 듯 입매를 굳혔다.

"지금부터 할 얘기는, 사실 좀 충격적일 수도 있습니다."

그가 굳은 표정으로 말했다.

"사람한테 실험해 본 적이 없는 일이고, 또한 전제 조건이 까다로워서 이후에 어떤 일이 일어날지 예상도 안 돼요."

"네, 잘 새겨 둘게요. 그러니 편하게 말하세요, 페리얼."

카리나가 긴장한 기색이 역력한 페리얼을 보며 옅게 웃어 주었다. 밀라이언 역시 팔짱을 낀 채 묵묵히 그를 바라보고 있었다.

'……참, 미워할 수 없는 사람들이야.'

페리얼이 쓰게 웃었다. 싫어하려고 해도 싫어할 수가 없다. 사랑할 수밖에 없는 존재들이다. 제 친우도, 그가 마음을 준 다정하고 상냥한 여인도.

"나는 하론으로 몇 가지 가설을 세웠어요. 보통은 짐승으로 실험했고 리스크가 크지 않은 가설은 저를 매개체로 사용해 실험해 봤습니다."

"네?"

"그 중에 성공을 한 가설도 몇 개, 그리고 실패한 가설도 몇 개 있었습니다."

"……페리얼을 매개체로 썼다고요?"

"가설의 확인을 위해서……."

"페리얼 미쳤어요?"

"네? 미쳤……."

"무슨 문제가 있을 줄 알고 그런……."

카리나가 답답한 듯 숨을 들이켜며 말을 멈췄다. 확 일그러진 표정이 불쾌감을 고스란히 드러내고 있었다. 그녀의 거친 언사에 페리얼이 저도 모르게 입을 꾹 다물었다.

'밀라이언 녀석한테 배웠군.'

페리얼의 시선이 불신을 가득 담은 채 밀라이언을 향했다. 페리얼의 시선을 받은 밀라이언이 모른 척 시선을 슬쩍 돌렸다.

"제 몸만 소중하고 페리얼의 몸은 소중하지 않은 것이 아니잖아요. 날 위해 주는 게 고맙긴 하지만 그게 페리얼의 희생 위에 만들어지는 건 싫어요."

"알겠습니다. 조금 특수하게 실험을 해 볼 게 있어서 그랬던 것뿐이에요. 이젠 안 하겠습니다."

카리나의 매서운 시선에 페리얼이 순순히 고개를 끄덕였다. 그라고 위험성을 끌어안는 것을 좋아하는 건 아니었다. 페리얼의 대답에 카리나가 순순히 물러났다.

"어쨌든 실험한 것 중에 그나마 창조자에게 적용할 수 있는 방법은 딱 한 개가 있었습니다."

"한 개요?"

"네, 창조자들은 기적의 대가로서 절대로 되돌릴 수 없는 것을 지불합니다. 나빠진 시력을 좋게 한다거나 둔해진 감각을 복구하는 거랑은 달라요."

페리얼의 설명에 카리나가 수긍하듯 고개를 끄덕였다. 그것은 나빠진 시력이나 무뎌진 오른팔의 감각과는 다르다. 그림을 그리는 순간마다 누군가 자신을 어딘가에 걸어 놓고 손끝부터 아주 조금씩 서걱서걱 잘라 나가는 느낌이었다.

"창조자의 예술병은 다른 예술병과는 그 궤가 확연히 다르다는 걸 둘 다 알고 있지요?"

페리얼이 말했다. 그는 몇 차례나 말을 멈추고 또다시 단어 고르기를 반복했다. 언제나 당당하고 말하는 것에 망설임이 없던 그로선 무척이나 드문 행동이었다.

"몇 가지 가설과 실험을 통해 전 이곳에 하론을 품은 마수들이 어떻게 태어나는지 대충 유추할 수 있었습니다."

한참이나 망설인 끝에 페리얼이 다시 말을 이었다.

"제 생각에…… 하론을 품고 있는 마수들은 원래 한 번 죽은 것이 아닌가 싶습니다."

"죽었다뇨?"

"말 그대로입니다. 하론은 생명의 원천이더군요."

페리얼의 말에 카리나의 미간이 좁아졌다.

생명의 원천이라는 것은 대체 무슨 의미일까? 그녀의 고개가 채 기울어지기도 전에 페리얼이 다시 입을 열어 왔다.

"이곳의 마수들은 무언가를 먹고 하론을 몸에 축적했을 거라고 생각합니다. 그리고 어느 정도 몸에 하론을 축적한 마수가 죽으면 그것은 소생합니다."

"……뭐라고?"

반문한 것은 밀라이언이었다. 그가 황당하다는 표정으로 페리얼을 바라봤다.

페리얼이 밀라이언을 향해 시선을 옮겼다.

"자네는 이상하게 생각하지 않았나? 매번 사체의 산이 쌓일 정도로 토벌하는데 마수가 거의 비슷한 숫자로 매년 돌아온다는 것이 이상하지 않았어?"

"……."

"내 결론에 따르면 하론을 품은 마수들은 소생하고 있네."

"말도 안 되는 소리. 죽은 게 어떻게 살아 돌아오지?"

밀라이언이 얼굴을 확 일그러뜨리며 말했다. 도저히 이해할 수가 없는 노릇이다.

"나도 믿지 않아. 하지만 동물에게 억지로 하론을 품게 하고 그것을 죽였어. 그리고 그대로 가둬 뒀지. 사체는 썩지 않고 일주일 뒤 살아서 움직였어."

"나보고 그녀를 죽이라는 소리는 아니겠지."

험악한 목소리가 페리얼에게 날카롭게 쇄도했다.

페리얼이 말없이 고개를 저었다. 그런 끔찍한 짓을 시킬 수 있을 리가 없다. 애초에 그가 그녀를 죽일 수 있을 거라고 생각하지도 않는다.

"첫 실험체는 쥐였다. 두 사람에겐 말하지 않았지만 난 몇 번이나 쥐를 죽였어. 그리고 다섯 번째 죽였을 때 놈은 살아나지 않았다."

"……죽었나?"

"그래. 시체는 썩고 쥐는 죽었다. 살아나는 일은 없었어."

페리얼이 입을 닫자 무거운 적막이 내려앉았다. 숨소리조차 조심스러웠다. 카리나가 꼭 쥐었던 주먹을 조심스럽게 폈다.

"그리고 해부해 보니 내가 억지로 품게 한 하론이 없더군."

"……결론만 말해."

밀라이언의 재촉에 페리얼이 입을 열었다. 벌어진 그의 입술이 긴장을 담은 채 천천히 달싹였다.

"…….."

밀라이언이 자리에서 벌떡 일어나 페리얼의 멱살을 붙잡았다.

"장난치나?"

"자네는 지금 이게 장난으로 보이나?"

으르렁거리는 목소리에 페리얼이 굳은 표정으로 나직하게 대꾸했다. 처참하게 일그러진 밀라이언이 이를 악물었다.

"밀라이언."

카리나가 손을 뻗어 그의 팔을 붙잡았다. 그러자 페리얼의 멱살을 붙잡았던 밀라이언의 손에서 힘이 쭉 빠져나갔다.

토닥이듯 밀라이언의 손을 쓰다듬어 준 카리나가 이번엔 페리얼을 향해 고개를 돌렸다. 시선을 받은 그가 말없이 자리에 선 채 주먹을 꽉 쥐었다.

"페리얼, 지금으로선 그게 최선인 거죠?"

"……그렇습니다."

"페리얼이 최선을 다한 일인데 왜 고개를 숙여요."

"……."

페리얼은 대답하지 않았다. 고개를 들지도 않았으며 밀라이언이나 카리나를 바라보는 일도 없었다.

카리나가 페리얼에게 다가가 양손으로 그의 볼을 꾹 눌러 들어 올렸다. 페리얼의 눈이 동그래졌다.

"난 괜찮아요. 하지만 페리얼이 말해 준 건 고민을 좀 해 볼게요. 실패할 가능성도 있는 거죠?"

"네."

"혹시나 실패하면 나는 거기서 끝이겠죠?"

"……."

담담하기 짝이 없는 그녀의 물음에 페리얼은 아무런 대답도 하지 못했다. 그러나 그가 어떤 생각을 하고 있는지 카리나도 밀라이언도 어렵지 않게 알 수 있었다.

카리나의 입가에 쓴웃음이 맺혔다.

"페리얼. 전요, 윈스턴을 만나고 밀라이언을 만나고 페리얼을 만

나고 북부 사람들을 만나서 더할 나위 없이 행복한 삶을 사는 것
같아요."

"……."

"이곳에 와서 따뜻함을 알고 다정함을 알고 상냥함을 알았어요.
존중이란 게 무엇인지도 깨달았고 제대로 된 어른을 만났고 첫 친
구도 생겼어요."

카리나가 페리얼의 눈을 똑바로 마주 보며 눈을 접어 부드럽게 웃
었다. 최대한 아무렇지 않은 척 웃어 보였지만 제대로 웃는 것처럼
보였는지 잘 모르겠다.

"평생 꿈만 꿔 왔던 것들이 현실로 다가왔어요."

"네."

"지금이 너무 행복하고 꿈만 같아서 당장 페리얼의 가설에 도전
할 자신이 없어요."

"이해합니다."

페리얼이 담담하게 고개를 끄덕였다. 어차피 카리나가 쉽게 하겠
다고 할 것이라 생각하지 않았다. 누가 봐도 이 일은 무척 큰 위험
성을 짊어지고 가는 일이다. 그럼에도 페리얼은 이 가설을 전해야
할 것만 같았다.

또다시 적막이 내려앉았다. 숨이 막힐 정도로 무거운 적막이
었다.

카리나가 이러지도 저러지도 못하고 굳어 있자 밀라이언이 팔을
뻗어 그녀의 허리를 뒤에서 휘감았다.

"카리나."

"네?"

"언제까지 저놈 볼을 붙잡고 있을 생각이야? 손 더러워진다."

그러고는 덜렁 들어 올려 의자에 앉히곤 손수건으로 슥슥 손을 닦아 냈다. 어찌나 꼼꼼하게 닦아 내는지 지켜보던 페리얼의 얼굴이 기어코 짜증스럽게 구겨질 정도였다.

"……자네보단 내가 더 깨끗할 거라고 장담하지."

악문 잇새로 나오는 목소리에 밀라이언이 코웃음을 치며 그를 돌아봤다.

"난 매일 씻는다."

"난 아침저녁으로 씻는데."

"하루 세 번 씻진 않지 않나."

"당연하지. 인간이라면 하루에 네 번은 씻어야 하는 거 아니겠나? 6시간마다 씻는 건 기본이지."

밀라이언과 페리얼의 유치한 공방에 카리나가 애꿎은 눈을 깜빡였다.

페리얼의 말에 대답하려 입을 열던 밀라이언이 카리나의 살짝 좁아진 미간에 냉큼 입을 다물었다.

"어쨌든 내가 전해 줄 말은 이것이었습니다. 그리고 하나 더."

페리얼의 시선이 밀라이언에게 돌아갔다. 밀라이언이 한쪽 눈썹을 쓱 치켜들었다.

"내가 언젠가 말했지? 전제 조건이 까다롭다고."

페리얼의 말에 밀라이언이 고개를 끄덕였다. 두 달 전쯤 주둔지 근처에서 처음으로 이야기를 꺼냈을 때를 말하는 게 분명했다. 그때의 일이라면 아직도 기억하고 있었다.

"하론을 분석한 결과, 하론에도 등급이 있더군. 카리나의 팔찌를 만든 것이 3등급 정도라고 치면 이 정도가 2등급이야."

페리얼이 품에서 무언가를 꺼내 탁자 위에 내려놨다.

새끼손가락 마디만 한 정도의 작은 하론이었으나 그 빛깔은 다른 하론들과 차원이 달랐다. 돌멩이가 아니라 순도 높은 보석처럼 보였다.

"그리고 이게 1등급이지."

페리얼이 손바닥에 쥔 것을 펴 보였다. 그것은 말 그대로 보석이었다. 빛을 받아 다채롭게 빛나는 다이아몬드보다도 더 아름다웠다. 태양 빛이 하론에 반사되어 산란하며 흩어지는 광경이 경이로웠다.

"마치 오로라 같군."

"오로라요?"

"가끔 겨울의 끝 하늘 위에서 볼 수 있는 현상이야. 하늘에 다양한 색의 얇은 장막이 휘날리는 듯 보이지."

카리나의 눈이 반짝반짝 빛났다. 밀라이언이 옅게 웃으며 마저 입을 연다.

"올해는 그리 춥지 않아서 무리겠지만 북부 기준으로도 혹한기라고 불릴 때 드물게 볼 수 있어."

밀라이언의 설명을 들으며 그녀가 시선을 다시 하론으로 옮겼다. 그림으로 남기고 싶은 너무도 아름다운 현상이 아닌가. 카리나의 얼굴이 한 차례 맑아졌다.

"이 정도의 하론은 나도 처음 보는군."

"무척 작아서 발견하기가 힘들었을 거야. 나도 없는 줄 알고 그 사체를 버리려다가 운 좋게 발견했거든."

페리얼이 어깨를 으쓱이며 대답했다. 밀라이언이 카리나를 제 무릎에 앉힌 채 낮은 한숨을 내쉬었다. 카리나가 손을 뻗어 더듬더듬 밀라이언의 머리카락을 쓰다듬었다.

"그리고 이 상등품의 하론이 한 개 더 있었어. 이것보다 훨씬 작은 크기였지. 그런데 그걸 품은 짐승은 스무 번도 더 넘게 소생하더군."

"그게 있으면 되는 건가?"

"어디까지나 개체가 작은 짐승 위주의 실험이었어. 만약 인간에게 이 방식을 적용하려면 1등급의 하론이 필요할 거야. 그것도 이것보다 훨씬 더 큰 하론이."

"어느 정도나?"

밀라이언이 미간을 좁힌 채 말했다. 페리얼의 손에 있는 건 지금껏 본 적도 없는 순도와 모양을 가진 하론이다. 밀라이언이 한 번도 보지 못했다는 건 그 수가 무척 적다는 의미였다. 여태까지 제대로 심장을 파내지 않아서 발견하지 못한 걸 감안하더라도 말이다.

"크면 클수록 좋아. 최소 주먹 크기는 되어야 할 테고."

페리얼이 제 손을 내려다보며 말했다. 말을 하면서도 그의 표정은 그다지 밝지 못했다.

"솔직히 존재할지도 의문이긴 해. 자네가 잡아 온 수많은 사체를 헤집었는데도 건진 건 겨우 이만한 것 두 개였으니까."

"만약 그걸 잡아서 가져왔다고 쳐. 네 이론대로 일을 진행하고 그게 성공하면?"

밀라이언의 물음에 페리얼이 입을 꾹 다물었다.

그것만큼 달콤한 이야기도 없겠지. 그가 답답한 듯 목 부근의 옷자락을 한 번 잡아당기더니 입술을 열었다.

"카리나는 건강해지겠지. 하론이 예술병의 진행을 막아 줄 테니까 지금처럼 괴로운 일도 없을 거다."

"그게 나왔던 마수들의 특징은 없었나?"

"상등급의 하론을 품고 있던 마수들은 유독 흉터가 많더군. 치명상도 많았던 것 같아. 내 생각엔 많이 죽었다가 살아났기 때문에 몸에 흔적이 많이 남은 게 아닌가 싶은데."

밀라이언의 눈이 가늘어졌다.

전신이 흉터로 뒤덮인 놈이 하나 있었다. 아직 잡지 못한 짜증스러운 놈이. 그리고 마수라기엔 비정상적으로 머리가 좋고 상황판단이 뛰어났던 녀석이.

그것이 셀 수도 없는 시간 동안 반복된 삶에서 축적한 지식이라면 이해가 될 법도 했다.

"……그럴 법한 놈이 한 마리 생각나는 것 같기도 하군."

"그럴 법한 놈?"

"있어. 흉터가 가득한 데다가 인간만큼이나 머리를 굴리는 마수가 한 마리."

밀라이언이 무릎에 앉아 있는 그녀의 목덜미에 입을 맞췄다. 아무래도 돌아가는 일정을 조금 바꿔야 할 것 같았다. 페리얼이 두 사람의 모습에 짜증스럽게 얼굴을 구겼다.

"카리나, 난 잠시 숲에 남아야겠어. 그대는 페리얼이랑 윈스턴과 먼저 돌아가."

"……하지만."

"어차피 그렇게 머리 좋은 놈을 살려 두는 것도 찜찜했어. 영지에 습격을 가할 정도의 녀석이야. 살려 두면 후환이 될 거야."

밀라이언의 말에 카리나의 눈꼬리가 축 처졌다. 그러나 차마 그러지 않아도 된다는 말만큼은 내뱉을 수가 없었다. 카리나는 이미 살고 싶다고 생각해 버렸으니까.

"……다치지 마세요. 물약도 꼭 챙겨 가시고요."

"다치지 않을 테니 걱정하지 마."

"밀라이언, 자네는 어디 돌아오지 못할 곳 가는 건가?"

팔짱을 낀 페리얼이 눈꼴사나운 표정으로 입을 열었다. 그녀가 얼굴을 붉히며 고개를 푹 숙였다. 화산이 폭발하는 소리가 나는 듯했다.

밀라이언이 페리얼을 한 차례 노려봤다.

"볼일 끝났으면 나가."

"친구 키워 봐야 소용없다더니 볼일 끝나자마자 이렇게 털어 버리기 있는 건가?"

"그럼? 여기서 구경하려고?"

밀라이언이 카리나와 부쩍 가깝게 얼굴을 맞댄 채 되물었다. 입술이 맞물리기 직전이었다.

페리얼의 얼굴이 확 일그러졌다. 그가 거칠게 자리를 박차고 일어났다.

"자네는 그런 인성으로 대체 어떻게 사는 건가?"

"너보단 낫지. 연애도 하고 있거든."

밀라이언의 입술이 기어코 카리나의 입술과 맞물렸다. 카리나의 눈이 크게 떠지는 것과 동시에 페리얼이 그대로 천막을 젖히고 밖으로 나가 버렸다.

입술을 맞댄 채 카리나를 덜렁 들어 올린 그가 그녀를 침대에 눕히곤 그 위에 올라탔다. 그의 혀가 천천히 카리나의 입술 사이를 파고들었다.

Chapter 14

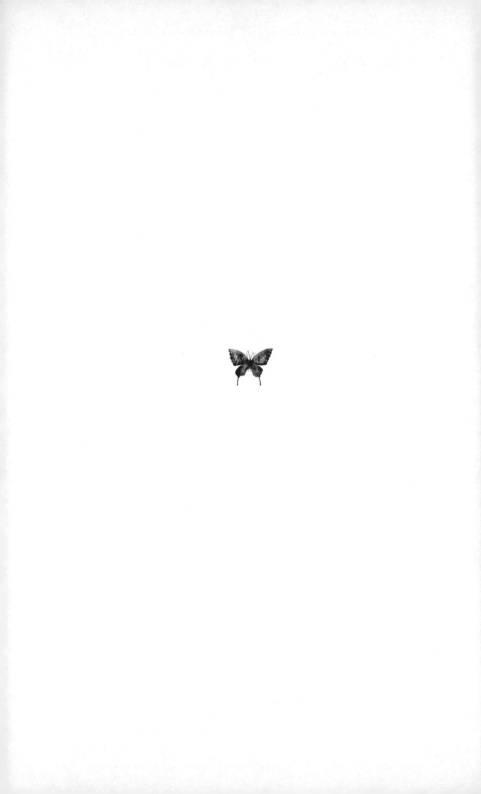

"이쪽인 것 같습니다."

"그래."

밀라이언이 성큼성큼 숲 깊은 곳을 향해 걸음을 옮겼다. 고레든과 밀라이언, 겨우 둘밖에 없는 단출한 인원이었다.

쿵, 쿵-

아니, 헤르타까지 한 마리까지 총 두 명과 한 마리다.

"빨리 좀 찾아라. 너도 네 주인 살리고 싶었던 거 아닌가? 그래서 그녀의 생명력 대신 먹을 만한 걸 찾았지."

헤르타가 밀라이언을 힐끗 보더니 콧김을 훅 내뿜었다. 고개를 홱 돌려 버리는 것이 토라진 아이를 보는 것도 같았다. 같이 있다 보니 마수 따위가 귀여워 보일 지경에 이를 줄이야.

"넌 지금 하론을 이용해서 살아 있는 건가?"

헤르타에게서 대답은 없었다.

쿵쿵거리며 앞으로 나아가는 놈을 따라 밀라이언과 고레든이 걸음을 옮겼다.

카리나를 먼저 보내고 닷새째다.

그동안 마수의 씨를 말릴 정도로 끊임없이 토벌해 댔다. 그러나 찾는 것은 아직도 보이지 않았다. 우두머리 헤르타가 끌고 다니던 무리의 반 이상은 무너뜨렸다.

쿵쿵 걸어가던 헤르타가 걸음을 뚝 멈췄다. 놈이 고개를 바싹 바닥에 대고 한참이나 냄새를 맡더니 밀라이언을 바라봤다.

크와아아아앙-!

날카롭게 울부짖은 헤르타가 그대로 달리기라도 하려는 듯 바닥을 앞다리로 두어 번 긁어 댔다. 밀라이언과 고레든이 눈치 빠르게 땅을 박차고 헤르타의 등에 올라탔다. 그러자 기다렸다는 듯이 헤르타가 거대한 몸집을 쿵쾅거리며 달리기 시작했다.

처음에는 걷는 수준이던 속도가 순식간에 주변 풍경이 제대로 보이지 않을 정도로 까지 빨라졌다. 이윽고 피 냄새가 짙어지는 지역에 들어서자 헤르타의 걸음이 느려졌다.

밀라이언의 눈이 사나워지며 이가 드러났다. 놈들이 있었다.

밀라이언이 그대로 헤르타의 등에서 뛰어내렸다. 거대한 우두머리 헤르타도 밀라이언을 발견한 듯 쉬고 있던 몸을 일으키며 발톱을 세웠다.

크르르르-

악의에 찬 울음소리에 밀라이언이 제 검을 뽑았다. 놈이 기다릴 것도 없다는 듯 땅을 박차며 그대로 밀라이언을 향해 달려들었다.

똑똑.

나무문을 두드리는 소리에 버킷 리스트를 정리하던 카리나가 고개를 들었다.

"카리나 아가씨, 팽입니다. 잠시 들어가도 괜찮으시겠습니까?"

"아, 그럼요. 들어와요."

카리나가 펜을 놓으며 대답했다.

소리 없이 열리는 방문을 물끄러미 바라보며 그녀가 눈꺼풀을 내리깔았다. 밀라이언과 숲에서 헤어진 지 벌써 엿새째였다. 별생각 없이 기다리다가도 밤이 되면 온기가 없어 또 헛헛했다. 밤잠도 제대로 못 이루다가 늦은 새벽이 되어야 잠이 들기 일쑤였다.

'……사람은 적응의 동물이라더니.'

무서울 정도로 빠르게 적응하는 것이 아닌가 싶다. 겨우 두 달간의 천막생활이 삶 자체를 이렇게 바꿔 놓을 줄은 몰랐다. 온기가 없으면 잠이 들 수가 없다니 이 무슨 어린아이의 투정 같은 이야기인지.

"제가 방해를 한 건 아닌지 걱정이군요."

"괜찮아요. 무슨 일이 있나요?"

들어온 팽의 다정한 목소리에 카리나가 맑게 웃으며 대답했다. 방해라고 할 것도 없다. 그녀가 하던 거라곤 그냥 종이에 글자를 끼적거리는 정도였으니까.

"다름이 아니라, 저희 북부가 이맘때쯤 검문소를 닫는 건 알고 계시지요?"

"네, 물론이죠."

"물론 공식적인 토벌이 끝났으니 슬슬 닫았던 검문소를 열 시기이긴 합니다. 각하께서 돌아오시면 아마 바로 열지 않을까 싶군요."

"네."

카리나가 팽의 눈을 마주 보며 진지하게 고개를 끄덕였다. 왜 그가 지금 이런 이야기를 하는지 알 수는 없지만 지금껏 본 팽은 절대 입을 가볍게 여는 사람이 아니었다.

'참 좋으신 분이야.'

팽도 카리나의 몸이 좋지 않아 걱정이 많다는 밀라이언의 이야기를 들어서 여러모로 신경을 쓰고 있었다. 카리나의 입으로 들어가는 모든 음식은 고르고 고른 최상급의 식재료로 만들어진 것이었다. 물론 카리나는 전혀 모르고 있었지만 말이다.

"지금 검문소에 통과를 요청하는 이들이 있다고 해서 어떻게 하면 좋을지 확인을 받으러 왔습니다. 각하께선 지금 계시지 않으니까요."

"아, 이해했어요. 근데…… 그걸 왜 나한테 허락을 받는 건가요? 내 생각에 그런 권한은 팽에게 있을 것 같아서요."

"그거야……."

머지않아 안주인이 되실 것 같으니까요. 떠오른 말을 팽은 차마 입 밖으로 내지 못했다. 보통 가주가 자리를 비울 경우엔 안주인이 권한을 대행하는 것이 일반적이었다.

고민하던 팽이 첫 번째 대답을 뒤로 미뤄 났다. 자고로 남녀 관계엔 제삼자가 끼어드는 법이 아니라고 했다.

말을 꾸역꾸역 목구멍 너머로 집어넣은 팽이 조금 곤란한 표정으로 다시 입을 열었다.

"카리나 아가씨를 찾는 분들입니다."

"……나를요? 날 찾을 사람은 없을 텐데요. 혹시 잘못 안 건 아닌가요?"

"보고에 따르면 본인을 레오폴드 백작이라고 주장했다고 합니다. 직접 확인한 것이 아니라서 확답을 드릴 순 없지만요."

웃는 얼굴로 이야기를 듣던 카리나의 표정이 딱딱하게 굳었다. 야차보다도 더 야차처럼 일그러진 그 표정에 그녀가 천천히 얼굴을 쓸어내렸다.

카리나의 눈치를 살피던 팽이 조심스럽게 다시 입을 열었다.

"방금 전령새를 통해 급보로 받은 내용이라 자세한 이야기는 모르겠습니다."

검문소에서 급보를 보내는 경우는 적었다. 이렇게 보냈다는 건 어지간한 상대거나, 아니면 그쪽에서도 어떻게 해야 할지 감을 잡지 못한 것이 분명했다.

"제가 알기로 아가씨의 성씨도 '레오폴드'였던 것으로 기억하고 있어서 의사를 여쭤보러 왔습니다."

"진짜라면 제 아버지겠네요."

카리나가 눈꺼풀을 내리깔며 대답했다.

그녀의 표정을 살피던 팽의 눈이 크게 뜨였다. 사람을 상대할 때 늘 옅은 미소를 띠고 있던 그녀에게서 완전히 미소가 사라졌기 때문이다.

그뿐만이 아니었다. 냉정하게 보일 정도로 그녀는 메마른 눈을 하고 있었다. 평소와 달리 상대를 향한 다정함이나 상냥함이 엿보이는 눈이 아니었다.

"팽도 내가 가족들과 사이가 좋지 않은 건 알고 있죠?"

"아주 조금은 알고 있습니다."

잠시 고민하던 팽은 거짓말을 하는 것보단 솔직하게 대답했다. 자세히 알지는 못해도 어느 정도 주워들은 것은 있었다. 그렇다고 그것을 함부로 말을 하진 않았다.

"밀라이언이 알았다면 분명 저 몰래 쫓아냈겠죠? 그 사람은 다정해서 괜한 걱정이 많으니까요."

"음……."

차마 팽은 거기에 그렇다고 대답하지 못했다. '다정'이라는 말과 '밀라이언 페스텔리오'라는 이름은 완전히 상극에 서 있는 단어였다. 아무리 팽이 그를 존경하고 주군으로서 모시고 있다고 해도 온몸에 소름이 돋는 거짓말만큼은 할 수 없었다.

"검문소는 언제 열 예정이에요?"

"2, 3일 내로 열릴 겁니다. 각하께서 일주일 안에는 돌아오시겠다고 하셨으니까요."

"그 사람들, 들여보내 주세요. 만나 봐야겠어요. 다른 누구도 아닌 저를 위해서요."

"……분부대로 하겠습니다."

단호한 대답에 팽이 허리를 굽히며 대답했다. 허리를 숙이는 그의 입술엔 옅은 호선이 그려져 있었다. 처음 만났던 그때, 모든 것을 체념한 눈을 했던 카리나보다는 지금의 모습이 훨씬 더 보기 좋았다.

"전해 줘서 고마워요, 팽. 가서 볼일 봐도 돼요. 그리고 밀라이언에겐 따로 소식은 없죠?"

"네, 아직 소식은 없습니다. 무슨 일이 있진 않을 테니 걱정하지 마십시오. 혹시 다른 이야기가 들려오면 알려 드리겠습니다.”

카리나가 고개를 끄덕이자 팽이 다시 한번 빙긋 미소 짓곤 방에서 나갔다.

문이 닫히자 그녀가 입가에 띠었던 미소를 천천히 지워 냈다. 그녀의 얼굴이 어두워졌다.

“오고 있다고.”

설마 오라고 해서 정말 그가 올 줄은 몰랐다. 기껏해야 사람이나 보내면 다행이라고 생각했다. 카리나의 입가가 서글프게 허물어졌다.

“난생처음 나를 위해 움직였다는 걸…… 그 사람은 알까.”

어떤 생각을 머릿속에 품고 있을지는 모르겠다. 가문에 먹칠할게 걱정이 되었을 수도 있고 혹은 제 능력에 대해 들었을 수도 있겠지. 그러나 어떤 생각이든 간에, 그는 오로지 ‘카리나 레오폴드’라는 사람 때문에 남부의 영지를 떠난 것이리라.

한 번도 자신을 위해 제 방을 찾아와 주지 않았던 사람이 오고 있다. 웃어야 할지 울어야 할지 감이 오질 않았다. 속에서부터 차오르는 공허함의 의미를 알 수가 없었다. 기쁘지도 슬프지도 않다. 그저 머리가 멍했다.

“밀라이언이 보고 싶네.”

빨리 오겠다고 했으면서 대체 언제 올 생각인지.

속으로 툴툴 투정을 내뱉으며 카리나가 버킷 리스트를 내려다봤다. 평소에 할 수 없었던 것도 많았지만 할 수 있었던 것도 많았다.

버킷 리스트에 직선이 죽죽 그어진 것도 제법 있었다. 밀라이언과 한 침대에서 손을 잡고 키스하는 것은 물론 끝낸 지 오래였다. 같이 여행을 가고 싶다는 것도 멀지 않은 곳이었지만 숲에 가는 것으로 이뤘다. 그뿐이랴, 겨울의 끝에도 가 보았다. 이미 차고 넘치게 이루었다.

제 이름의 창고가 생길 만큼 가득 쌓인 금화들은 또 어떤가. 조만간 온종일 돈만 펑펑 쓰는 하루를 보낼 수도 있으리라. 먹고 싶은 케이크를 종류별로 시켜서 한 입씩만 먹어 볼 수도 있을 거고.

'아, 아무리 그래도 산꼭대기에 이젤을 들고 올라가는 건 무리겠지?'

그 외에 아이를 낳는 것도 애완동물을 키우는 것도 결혼하는 것도 전부 무리일 것이다. 바다를 보는 것도 바닷가 마을에 가는 것도 무리일 거다.

그래도 요리를 하거나 쿠키를 굽는 것쯤은 아직 가능할지도 모른다. 모두 함께 피크닉을 가 보고 싶기도 했다. 아름드리나무 아래에 앉아 도시락을 먹는 것도 행복할 것 같았다.

하고 싶었던 것을 완수하고 아무리 그 위에 줄을 그어 지워도, 뒤돌아서면 또다시 하고 싶은 것이 생겨난다. 자신에게 이런 욕망이 있었는지도 몰랐다.

그중에서도 최근에 가장 하고 싶어진 것은 가족과의 관계 청산이었다.

"생각할수록 욕심쟁이네."

그래도 제일 하고 싶었던 좋아한다는 말을 전하는 것은 끝냈다. 그의 애인이 되었다.

욕망이 커져만 간다. 창고 가득히 금화를 쌓고 쌓아서 그에게 남겨 주고 간다고 해도 밀라이언에게 받은 것을 갚을 순 없을 것이다.

카리나가 펜을 놓고 그대로 침대 위에 몸을 무너뜨렸다.

"하론……."

몸을 옆으로 돌린 카리나가 한숨처럼 이름을 입에 담았다.

얼마 전 페리얼에게 들은 얘기는 제법 충격이었다. 페리얼의 가설을 실행해서 성공할 확률은 얼마나 될까? 성공한다면 자신에게는 어떤 변화가 생길까? 멀쩡하게 살게 될 확률은?

'죽을지도 모른다면 차라리 지금이 나은데.'

지금이라면 끝을 알고 있으니 준비를 할 수 있다. 그러나 만약 페리얼의 말에 따른다면 마지막을 준비할 수 없게 될지도 모른다.

성공한다고 하더라도 걱정되는 것은 많았다. 만약 후유증이 생긴다면? 그림을 그릴 수 없게 된다면? 영원히 그 기적을 볼 수 없게 된다면?

수많은 의문이 머릿속을 가득 채웠다. 말 그대로 도박인 것이다. 누구 하나 결과를 예측할 수 없는, 승자도 패자도 유추할 수 없는 도박이다.

"이 방법이 반드시 성공한다고 확답할 수 없습니다. 짐승이나 동물을 이용한 실험은 성공했지만, 인간에게 실험한 적은 없으니까요."

며칠 전 늦은 밤에 따로 찾아온 페리얼의 목소리가 떠올랐다. 그는 밀라이언 앞에선 할 수 없었던 말을 하나도 빠짐없이 설명했다. 위험성이나 성공 가능성, 그 외에 몇 가지의 다른 방법들까지.

"그러니까 카리나의 시간이 끝나기 직전에 이걸 시도해 보는 게 어떨까 싶습니다."

"끝나기 직전이요?"

"네, 사실 카리나가 마수였다면 차라리 하론을 식사 대신 씹어 먹으라고 하겠지만 우리는 인간이니까요."

여러모로 고민한 듯 페리얼의 몰골은 말이 아니었다. 처음 봤을 때와는 무척이나 달랐다. 처음 만났을 때의 반짝거림이 더는 보이지 않았다. 계속되는 피로에 지쳤음이 여실히 보였다.

머릿속이 여러모로 복잡했다.

"그럼 조금만 그릴까."

카리나가 한숨을 내쉬며 자리에서 일어났다. 머리를 정리할 땐 역시 그림을 그리는 게 제일이다. 그녀가 터덜터덜 자리에서 일어나 화방을 향해 걸음을 옮겼다.

"카리나?"

"페리얼, 어디 가요?"

"카리나야말로 어디 갑니까?"

페리얼의 물음에 카리나의 입이 꾹 닫혔다. 그녀의 눈치로 대답을 어렵지 않게 찾은 페리얼이 짧은 한숨을 내쉬었다. 그가 눈꺼풀을 손바닥으로 꾹꾹 눌렀다.

"화방에 가는 거면 같이 가시죠. 곁에 있겠습니다."

"괜찮다고 해도 혼자는 안 보내 주실 거죠?"

"네."

망설임도 없는 단호한 대답에 카리나의 입이 꾹 닫혔다. 밀라이언만큼이나 단호하기 짝이 없다. 입을 비죽 내밀었지만 그렇다고 피곤해 보이는 페리얼을 물고 늘어지진 않았다.

"미리 말하지만 완성은 안 됩니다."

"……알겠어요."

"뭘 그리려고요?"

"겨울의 끝 위에 오로라가 펼쳐진 게 보고 싶어서요. 무척 아름다울 것 같아요."

카리나의 대답에 페리얼이 입을 다물었다. 그녀는 언제나 그의 상식을 깨부순다. 오로라면 오로라, 겨울의 끝이면 겨울의 끝, 단순하게 생각하는 페리얼과는 시각부터가 달랐다.

"페리얼, 창고에 돈이 너무 많아서 무서워요."

"전부 카리나 돈입니다. 쓰고 싶은 만큼 쓰세요."

"그래도 페리얼에게도 좀 주고 싶은데요."

"칼로스 가문에서 경매 수수료 등으로 많이 가져갔습니다. 챙겨 주지 않으셔도 돼요."

그가 깔끔하게 선을 그었다. 카리나가 입을 꾹 다물었다. 그는 아닌 것에는 절대 한번 말한 것을 물리지 않는다. 그 나름대로 허용치가 있는 듯했다.

"카리나."

화방의 문을 열며 페리얼이 그녀를 불렀다.

"네?"

"생각은 좀 해 봤습니까?"

"……."

카리나가 잠시 입을 닫았다. 한참이나 말없이 숨만 내쉬던 그녀가 이젤에 앉으며 붓을 집었다.

"고민은 많이 해 봤어요. 해 봐야 한다고 생각해요. 그게 페리얼의 최선인 거죠?"

"네, 미안합니다."

"미안할 건 없어요. 하지만 역시 두렵네요. 해 보지 않은 미지의 세계에 발을 디딘다는 건…… 무서워요."

시커먼 어둠 속에 혼자 발을 딛고 서 있는 것 같았다. 페리얼이 최선을 다한 결과라는 것을 알면서도 무서운 이유는 자신이 죽고 싶지 않기 때문일까?

"그래도 어차피 이렇게 죽나 저렇게 죽나 죽는 건 똑같잖아요. 페리얼이 준 작은 희망에 도박이라도 걸어 봐야죠."

"그래요. 오늘은 발작이 있었나요?"

"아침에 한 번, 낮에 두 번이요. 조금…… 잦아지긴 했어요."

그녀가 느끼기에도 너무 잦아졌다. 그나마 아플 때마다 페리얼이 준 약을 먹으면 통증이 상당히 완화되어서 최근엔 끔찍하게 괴롭진 않았다.

"페리얼의 약이 효과가 좋아서 발작이 와도 그렇게 괴롭지는 않아요."

"그래도 아픈 건 달라지지 않지 않습니까."

페리얼의 정곡을 찌르는 말에 카리나의 입이 꾹 다물어졌다. 그녀가 곤란한 듯 배시시 웃어 보였다. 페리얼이 짧게 한숨을 내쉬곤 카리나의 근처에 자리를 잡고 앉았다.

"그래도 아무것도 없던 때보단 훨씬 나아요. 혼자서 매일 밤 숨을 죽여야 했던 때보다는요."

"……."

"그러고 보니 아버지가 오고 계신 모양이에요."

카리나의 말에 페리얼의 미간이 좁아졌다. 그녀가 누구를 이야기하고 있는 것인지 어렵지 않게 알 수 있었다. 그녀가 아버지라고 칭한 것조차 마음에 들지 않았지만.

"레오폴드 백작이 북부령에 있습니까?"

"네, 검문소에 통과하게 해 달라고 했나 봐요. 팽이 아까 어떻게 하면 좋을지 묻더라고요. 그래서 통과시키라고 했어요."

카리나가 담담하게 말하며 붓을 손에 쥐었다. 그녀의 손이 새하얀 캔버스 위에서 유려하게 움직였다. 망설임 없이 그리는 선을 보며 페리얼은 혀를 내둘렀다.

'……오래전 만나지 않은 게 너무 아쉬워.'

혼자서 배워서 터득한 것만으로도 이 정도다. 제대로 교육을 받고 조금 더 많은 세상을 만나서 조금 더 다양한 감정을 일찍 느꼈다면 그녀가 그린 그림은 세상을 뒤바꾸었을 것이다.

아무리 재능이 있어도 그 재능을 꽃피우지 못하고 시들어 가는 이들이 많다. 자신이 어떤 씨앗인지도 모른 채 평생을 허드렛일만 하며 사라지는 평민도 많았다. 생계를 걱정하며 꿈을 접은 이들을 지원해 주고 싶어서, 칼로스 가문은 예술가에 한해서라면 어떤 지원도 아끼지 않았다.

페리얼은 그녀를 보면 그저 안타까웠다. 제때 물을 주고 햇볕을 쬐었다면, 조금의 관심만 주었다면 어떤 꽃보다도 어떤 나무보다도 화려하고 거대하게 자랐을 사람이니까.

'……레오폴드 백작이 오고 있다니, 밀라이언의 성격상 그냥 둘 리는 없을 텐데.'

북부의 사람들은 호전적이다. 또한 참을성이 그다지 없다. 적에 한해서는 배려도 망설임도 없다. 그건 사용인들도 마찬가지였다. 페리얼의 입술이 비뚜름해졌다.

'고생깨나 하겠군.'

카리나의 상황을 모르는 이들은 이 저택에 없을 거다. 그녀가 병을 앓고 있다는 것도 많은 이들이 알고 있었다. 밀라이언이 명령하지 않아도 그들은 카리나를 위해 기꺼이 남부에서 온 귀족을 적대적으로 대하리라. 그들의 뒤에는 밀라이언이 있었고 필요하다면 페리얼 역시 얼마든지 손을 거들 의향이 있었다.

"그 사람이 왜 여기에 오는 것 같아요?"

"카리나를 돌려받기 위해서겠죠."

"그게 날 위해서일 것 같다는 생각은 안 들어요. 내 건강 때문은 아닐 거고……."

그녀가 나직하게 말끝을 끌었다. 그러면서도 붓의 끝은 바삐 움직이고 있었다.

페리얼이 가만히 카리나의 다음 말을 기다렸다.

"화가 '카리나'를 원하기 때문일까요, 아니면 가문에 먹칠하게 할 수 없기 때문일까요? 그것도 아니면 자기만족 때문일까요?"

"왜 카리나 때문이라는 생각은 않습니까?"

"나는 그 사람을 누구보다 잘 안다고 자부해요. 오래도록 봐 왔으니까, 어떤 걸 싫어하고 어떤 걸 좋아하는지 알고 싶지 않아도 알게 됐어요."

이제는 잊고 싶은 일이었지만 이미 기억해 버렸다. 머릿속에 각인처럼 새겨져 지울 수 없는 일이 되어 버렸다. 카리나는 그저 나직하게 웃음을 터뜨렸다.

"그 사람은 자기 실수를 인정하는 걸 싫어해요. 완벽함에 균열이 생기는 것도 싫어하죠. 그러니까 죽어도 내게 사과를 하진 않을 거예요."

카리나는 약간의 웃음기가 섞인 목소리로 말했다. 이미 많은 것을 꿰뚫고 있다는 듯 그녀의 목소리는 담담하고 동시에 날카로웠다. 페리얼의 입이 다물어졌다.

"전 그 사람이 낳은 자식이고 그 사람은 자식을 소유물 정도로 생각하거든요. 나쁜 의미는 아니에요. 단지 많은 사람과 같아요."

"……."

"자식이라면 무조건 부모의 말을 들어야 한다거나 자식은 부모에게 반항해선 안 된다고 생각해요."

카리나의 붓은 여전히 멈추지 않았다. 이야기는 잔잔하게 이어졌다. 거침없는 목소리처럼 그녀의 붓도 쉼이 없었다. 순식간에 색이 입혀지고 하늘이 생겨났다.

"그 사람은 늘 자신이 옳아요. 누군가 틀린 걸 눈앞에 내밀어도 인정을 못해요. 정곡을 찔리면 도리어 지금 부모에게 대드는 거냐고 목소리를 높이죠."

그가 늘 옳다고 생각했는데 이제는 그것이 아니라는 것을 알게 됐다. 카리나는 점점 입을 다물었다. 어떤 말도 하지 않게 됐다.

"곰곰이 생각해 봤어요. 난 왜 부모님 앞에서는 아무런 대답도 할 수 없었을까 하고요."

"네."

"밀라이언이나 페리얼에게도, 심지어 오라버니나 동생들에게도 생각을 얘기하는 게 두렵진 않았거든요."

그러다 문득 깨달았다, 얘기하지 않은 게 아니라 얘기를 할 수 없었다는 것을. 입을 열 때마다 하늘 높이 올라가는…… 거인의 손이 두렵고 무서워서. 정신을 차리고 보니 의견 따윈 낼 수도 없는 존재가 되어 있었다.

카리나의 붓이 이윽고 거대한 산맥을 그려 가기 시작했다. 딱 한 번 본 경이로운 광경이 천천히 캔버스 위에 떠올랐다.

"부모님은 절 때리거나 하진 않았어요. 어머니도 딱 한 번 뺨을 때린 이후론 손을 대지 않았죠."

페리얼은 아무런 말도 하지 못했다. 정확히 말하자면 아무런 말도 할 수가 없었다. 그는 겪어 보지도, 생각해 보지도 않은 일을 담담하게 이야기하며 흐트러짐 없이 그림을 그리는 그녀에게 무슨 말을 해야 하지?

"그런데 내가 무슨 말이라도 하려고 하면 아버지는 늘 겁이라도 주려는 듯 손을 올렸고 어머니는 늘 험악하게 굳은 표정을 했어요. 그게 무서웠던 것 같아요."

"……."

"물론 아주 어릴 때의 일이에요. 어느 정도 자라고 나서 제가 그냥 상황에 순응하기 시작한 후로는 그런 일이 없었거든요."

카리나의 말에 페리얼은 숨이 턱 막혔다. 도저히 막힌 말문이 트일 생각을 하지 않았다.

한참을 쉬지 않고 그리던 카리나가 돌연 움직임을 멈췄다. 페리얼이 카리나를 바라봤다. 카리나가 그림만을 직시하고 있어서 그녀의 옆얼굴밖에 보이지 않았지만 그는 놀랄 수밖에 없었다.

"근데 사실은 지금도 무서워요."

그녀는 떨고 있었다. 붓을 잡은 손끝이 떨려서, 차마 캔버스에 대지 못하고 있는 것이 눈에 보였다.

"아버지나 어머니 앞에 서기만 하면 몸이 굳거든요. 그래서 지금 온다고 하니까 떨려요. 또…… 도망쳤던 그때처럼 한마디도 못 할까 봐요."

"……일단 그와 대화하기 전에 밀라이언을 말려야 할 것 같긴 하군요."

그라면 상대가 백작이든 뭐든 일단 검을 뽑고 덤벼들지도 모른다. 적어도 카리나에 관련된 일이라면 그는 절대 굽히지 않을 것이다. 설령 스스로 악귀가 되더라도.

"……그건 좀 무섭네요."

카리나의 대답에 페리얼이 낮게 웃었다.

한층 풀어진 분위기에 카리나가 다시 붓을 움직이기 시작했다. 떨림이 멎은 그녀의 손을 바라보던 페리얼이 한숨을 내쉬었다.

"사실 내가 순순히 굽히고 들어가면 될 일이긴 해요. 물러나서 그 사람의 말에 따라 주면 큰 문제는 없을 거예요."

그의 말을 따르기 싫은 자신이 오히려 이상한 것일 수도 있다. 하지만 이제는 자신에게만 불공평한 세상을 바라보는 것이 진저리가 났다. 카리나는 스스로 걷고 싶어졌다. 제 발로 세상을 둘러보고 싶어졌다.

"그 사람들로선 단순히 겁을 주는 용도였겠지만 참 오래 기억에 남았었나 봐요. 지금까지도 반사적으로 몸이 굳으니까요."

"기억이라는 것이 그렇습니다. 아무리 오랜 시간이 지났어도 어느 날 갑자기 떠올라 문득 아픈 감정을 헤집곤 하죠."

페리얼의 말에 카리나가 고개를 돌려 그를 바라봤다. 팔짱을 낀 페리얼의 눈동자가 둥글게 휘었다. 카리나가 페리얼의 미소에 마주 웃었다.

"상처는 흉터가 되는 것처럼 사람의 마음 또한 그런가 봅니다. 카리나, 난 당신이 행복했으면 좋겠어요."

카리나의 눈이 크게 뜨였다가 이윽고 제 자리로 돌아왔다.

"고마워요. 저 역시 페리얼의 행복을 늘 바라고 있어요."

페리얼의 입가에 흐릿한 미소가 자리 잡았다가 흩어졌다.

이제 막 노을이 지기 시작한 듯 방이 순식간에 붉은빛을 머금었다.

"카리나 아가씨, 주인님께서 지금 막 영지에 입성하셨다고 합니다."

"아, 정말요?"

카리나가 자리에서 벌떡 일어났다. 대답도 하기 전에 일어나 버린 그녀의 모습에 팽이 웃음을 삼켰다. 온몸으로 사랑을 하고 있다는 느낌이 전해져 왔다.

"지금 나가면 될까요?"

"말로 달리고 계실 테니 천천히 나가 계셔도 될 것 같습니다. 곧 봄이 다가온다고 해도 날씨가 아직 쌀쌀합니다. 두툼한 숄을 가져다 드리겠습니다."

"아, 고마워요."

"그나저나 주인님께서 아가씨의 가족분들이 오기 전에 도착하셔서 다행이군요."

팽의 말에 카리나가 대답 대신 조용히 미소지었다. 팽은 허리를 굽혀 보이곤 순순히 몸을 물렸다.

이리저리 서성이던 카리나가 창밖에 고개를 내밀어 한 번 바라보곤 침대에 억지로 엉덩이를 붙였다. 붙였다고는 해도 몸은 이미 당장에라도 뛰쳐나갈 기세였다.

무려 일주일 만이었다. 어느새 익숙해진 온기가 없으니 밤에 잠을 설친 것도 여러 차례였다. 기다리고 기다리던 사람이 드디어 온 것이다.

앉은 지 1분도 채 되지 않아 카리나는 다시 침대에서 일어났다. 다행히 팽은 그리 오래지 않아 문을 열고 들어왔다. 그녀는 반색하며 팽을 맞이했다.

"고마워요."

"아닙니다, 얼른 나가보십시오."

팽이 카리나의 어깨에 두툼한 숄을 걸쳐 잘 여며 주며 말했다. 팽이 숄의 끈에서 손을 떼는 것과 동시에 카리나가 그보다 먼저 문을 열고 방에서 나갔다. 팽이 그 뒤를 곧장 따랐다.

그나마 달려가지 않으려고 종종걸음으로 걷고 있는 것이 그녀가 가진 이성의 최선이었다. 도도도 움직이는 카리나의 걸음을 보니 팽은 제 주인님이 왜 그녀를 눈에 담았는지 알 것만 같았다.

'병아리 같으시군.'

저도 모르게 절로 미소가 새어 나왔다. 팽은 애써 입매를 굳혔지만, 생각보다 표정 관리가 잘 되지 않았다. 그가 곤란한 듯 손으로 입술 끝을 매만졌다. 계단에선 또 조심조심 내려가는 그녀를 보며 팽의 입가가 결국 숨길 새도 없이 둥글게 말려 올라갔다.

밖으로 나간 카리나가 훅 불어닥친 찬바람에 눈을 질끈 감았다. 멀리서 성으로 들어오는 헤르타가 보였다. 카리나의 입가가 부드럽게 풀렸다. 헤르타가 잘 스며들어 지내는 것이 무척 마음에 들었다.

커다란 헤르타의 몸체 위에는 두 사람이 있었다. 밀라이언이 카리나를 발견했는지 자리에서 일어나는 것이 보였다. 헤르타가 채 멈추지도 않는데, 그가 아래로 뛰어내렸다.

"카리나, 추운데 왜 여기까지 나와 있어?"

"그냥 보고 싶어서요. 그래도 일주일 안에 오셨네요."

"너무 비울 순 없으니까."

카리나가 웃으며 밀라이언을 향해 팔을 뻗었다. 품에 안기려는 그 행동에 그가 마주 팔을 뻗다가 아차 싶었는지 카리나의 어깨를 붙잡았다. 그러곤 두 걸음 뒤로 후다닥 물러났다.

"……밀라이언?"

카리나가 놀란 눈으로 그를 바라봤다. 충격에 빠진 듯 토끼처럼 동그랗게 뜬 그녀의 눈을 바라보던 밀라이언이 슬쩍 시선을 피했다.

"그동안 제대로 씻질 못했어. 씻고 올게."

"아……."

"미안, 얼른 씻고 올 테니까 방에 가 있어."

카리나가 고개를 끄덕였다. 실제로 그의 모습은 제법 꾀죄죄했다. 먼지투성이에 이곳저곳에 피가 묻어 있었고 굉장히 지쳐 보였다. 뒤따라 내린 고레든 역시 상황은 마찬가지였다.

"그럼 올라가 있을게요. 무사히 돌아와서 기뻐요."

카리나의 말에 밀라이언의 눈이 커졌다. 마음 같아선 당장에라도 그녀를 품에 끌어안고 입을 맞추고 싶었다. 차오르는 욕망을 억누른 그가 이윽고 부드럽게 미소 지었다.

"응, 다녀왔어."

밀라이언이 대답했다.

그가 쏜살같이 사라지고 카리나는 멀뚱히 서 있다가 고레든에게 가볍게 인사를 건네고 몸을 돌렸다. 2층으로 돌아가는 그녀가 한숨을 푹 내쉬었다.

'⋯⋯안기고 싶었는데.'

그렇다고 그렇게 난감한 표정을 하는 밀라이언에게 억지로 안길 수도 없는 노릇이었다. 축 늘어진 어깨로 그녀가 계단을 하나하나 천천히 올라갔다.

"욕심 안 부리려고 했는데 욕심쟁이가 되어 버렸어."

작게 중얼거리는 목소리에 자괴감이 뒤섞였다. 정말 이러다 밀라이언만 세상에 남게 되면 대체 어떻게 해야 하는지 더는 감도 잡히지 않았다.

페리얼의 방법대로 하더라도 실패할 확률은 높았다. 혹 성공하더라도 무슨 일이 어떻게 벌어질지 장담할 수 없었다. 무엇보다, 이제는 그저 혼자 남을 밀라이언이 걱정이었다. 그들을 믿고 안 믿고를 떠나서 남겨질 사람들의 생각을 하지 않을 수가 없게 됐다. 마음을

줘 버린 사람이 너무 많아서 남을 이들의 아픔을 생각하면 심장이
지끈거렸다.

'차라리 정말 다 잊으면 좋을 텐데.'

언제 어떻게 죽을지는 몰라도 가능하다면 자신이 죽는 것과 동시
에 '카리나'라는 인물이 있었다는 모든 증거가 사라졌으면 했다. 반드
시 아파할 그들의 기억을 죽음과 함께 가지고 떠나고 싶었다.

"밀라이언도 페리얼도 말하면 화내겠지만."

방으로 돌아온 카리나가 숄을 의자에 걸쳐 두곤 침대에 털썩 앉
았다. 밀라이언이 없는 동안 혼자 지냈던 침대였다.

'하긴, 나도 잘 모르겠네. 그를 두고 죽을 수 있을지.'

그의 기억을 가져가도 정말 아무렇지 않을 수 있을지.

이제 와서는 전부 불가능할 것만 같았다. 이러니 욕심쟁이라는 거
다. 무엇 하나 놓기를 싫어하니까.

잠시 멍하니 앉아 있으니 방문이 열렸다.

밀라이언과 현관에서 헤어지고 30분도 채 되지 않았을 때였다.
머리카락에서 물이 뚝뚝 떨어지는 밀라이언을 보며 카리나의 눈이
커졌다.

"모습이 왜 그래요?"

"아······."

그제야 밀라이언이 손에 들고 있던 수건으로 머리를 대충 털었다.

누가 보면 쫓기는 사람인 줄 알겠다. 뭐가 그렇게 급해서 제대로
닦지도 않고 나온 거야?

"이제 다가가도 되나?"

뚝뚝 떨어지던 물을 어느 정도 정리한 밀라이언이 카리나에게 물었다.

생각지도 못한 질문에 눈을 동그랗게 떴던 그녀가 이윽고 고개를 끄덕였다.

카리나의 허락이 떨어지기가 무섭게 밀라이언이 그녀를 품에 끌어안았다. 침대가 한 차례 출렁거리며 밀라이언이 그녀의 목덜미에 입술을 묻었다.

어리광을 피우듯 한참이나 그러고 있는 밀라이언의 모습에 카리나가 옅게 웃었다. 그녀가 손을 뻗어 밀라이언의 뒷머리를 살살 쓰다듬었다. 밀라이언이 마치 짐승처럼 낮게 목울음을 흘렸다.

"잘 다녀왔어요?"

"응, 미안해. 못 잡았어."

밀라이언의 침울한 목소리에 카리나가 놀란 표정을 했다. 밀라이언이라면 뭐든지 가능할 것 같았는데 실패했다니 조금 놀랍다. 카리나가 낮게 웃으며 그의 머리를 끌어안았다.

"미안할 건 없어요. 전 괜찮은데 침울해진 건 아니죠?"

"그건 아니고 놈이 다른 헤르타를 방어막 삼아서 도망갔어. 찾으려면 찾을 수 있을 텐데, 영지를 너무 비워 둘 순 없으니까."

"잘했어요. 더 늦게 왔으면 분명히 제가 기다리지 못했을 거예요."

카리나의 투정 어린 목소리에 밀라이언이 낮게 웃었다. 그가 그녀를 품에 안은 채 그대로 침대에 몸을 뉘었다. 밀라이언이 카리나와 마주 보고 누웠다. 짙은 푸른색 눈동자를 바라보며 밀라이언이 미소 짓는다.

"놈은 다시 잡으러 갈 거야. 원래는 며칠 영지를 돌보고 바로 가려고 했는데…….”

밀라이언의 눈이 가늘어졌다. 그럴 수 없게 됐다. 일이 생겼다. 있는 마수가 어디로 도망가진 않을 것이다. 특히나 우두머리 헤르타는 쉽게 물러날 것 같지 않았다.

'일단 버러지부터 처리해야겠지.'

쓸모없는 것은 그녀의 곁에 있을 필요가 없다.

“주인님께서 계시지 않는 동안 레오폴드 백작가에서 북부 검문소를 통과해서 들어왔습니다.”

“미쳤나? 누가 멋대로 허락했지?”

그는 팽과의 대화를 떠올렸다.

팽은 눈 깜짝할 사이 씻고 욕실에서 나오자마자 곧장 방으로 가려는 밀라이언의 앞을 막아섰다. 물기에 젖어 엉망인 옷을 갈아입히고 물기를 어느 정도 털어 주며 중요한 이야기를 속사포처럼 보고했다.

“주인님께서 계시지 않아서 카리나 아가씨께 의향을 여쭤봤더니 본인을 위해 만나 봐야겠다고 말씀하셨습니다.”

“카리나가?”

“네, 앞으로 사흘 정도 후면 도착하지 않을까 싶습니다. 이쪽으로 바로 올 것 같은데 어떻게 처리하면 될까요?”

팽의 물음에 밀라이언은 비뚜름한 미소를 입가에 띠었다. 처리까지 할 필요가 있을까. 그녀가 직접 나서겠다고 한 일이었으니 밀라이언이 뭔가 할 수 있는 기회는 적었다.

"북부의 방식대로."
"네, 알겠습니다."

그것을 끝으로 밀라이언은 곧장 카리나가 있는 곳으로 왔다. 아쉬움에 숲에 머물렀다가 조금만 더 늦었다면 그녀가 힘들 때 또 곁에 있어 주지 못할 뻔했다.

"카리나."

"네?"

"레오폴드 백작이 온다고 하던데."

"아, 들었어요? 언제 말할지 고민하고 있었는데."

카리나의 표정에 곤란함이 맺혔다가 사라졌다. 웬만해선 제가 설명하고 싶었다. 밀라이언은 아무래도 여러모로 그 사람이 이곳에 오는 걸 좋아하지 않을 것 같았으니까.

"뭘 하려고?"

"그냥 줄 돈이 있어서요. 대화는 그 사람이 하는 말 봐서 할지 말지 정하려고요. 정리하는 건 어렵지 않아요. 제가 이대로 아무 말 없이 등 돌리면 해결될 일이니까요."

"근데 왜 굳이?"

숨결이 섞일 정도로 가까운 거리에서 속삭이듯 들리는 목소리에 카리나가 싱긋 미소 지었다.

한 번쯤은 만나야겠다고 생각했다. 그걸 누군가가 미련이라고 말한다면 아마도 미련이겠지.

"음, 이대로 만나지 않고 등 돌리면 그 사람은 평생 절 불효자식이라고만 생각할 게 분명해요. 여전히 뒤는 돌아보지 않을 테고 저는 나쁜 애가 되겠죠."

밀라이언은 여전히 이해되지 않는 표정으로 카리나를 바라봤으나 말을 덧붙이진 않았다. 서로 다른 사고방식은 어쩔 수 없는 것이다. 애초부터 카리나와 밀라이언은 성향 자체가 상당히 달랐으니까.

"그렇군."

"해 둘 말도 몇 가지 있고요. 그 사람이라면 괜한 욕심을 부릴 게 분명하니까요."

밀라이언이 달싹거리는 카리나의 입술을 가만히 바라보다가 얼굴을 바싹 가져다 댔다. 콧잔등이 닿을락 말락 할 정도로 다가온 밀라이언을 보며 카리나가 자연스럽게 눈을 감았다.

두 사람의 입술이 맞물렸다. 순순하게 벌어지는 카리나의 입안으로 파고든 혀가 질척거리는 소리를 내며 얽혀 들었다.

몇 번의 입맞춤에 나름대로 익숙해진 카리나가 밀라이언의 몸을 팔로 끌어안은 채 그의 움직임에 맞춰 혀를 움직였다. 그래 봐야 어설프고 서투르기 짝이 없는 움직임이었다.

그러나 동시에 탐욕스러웠다. 눈을 질끈 감은 채 당장에라도 그를 집어삼키려는 듯 카리나의 혀는 쉴 새 없이 움직였다. 작은 것이 입안에서 바르작거리는 것이 밀라이언의 아랫배를 묵직하게 했다. 그 가상한 움직임이 사랑스러워 밀라이언이 잠시 움직임을 멈췄다.

그러자 카리나가 기다렸다는 듯 그의 혀를 붙잡아 제 쪽으로 끌어당겨 욕심껏 제 입안에 머금었다. 움찔, 밀라이언의 이성의 끈이 제대로 끊겼다. 순식간에 다리 사이로 열기가 몰렸다. 그것은 마수를 죽이고 피를 보며 흥분했을 때와는 확연히 다른 감각이었다. 그리고 밀라이언의 인내심은 그것이 마지막이었다.

제 혀를 집어삼키느라 벌어질 대로 벌어진 카리나의 입안을 밀라이언이 다정한 듯 흉포하게 헤집었다. 거친 것은 아니라 아프진 않지만 숨이 부족했다.

카리나의 얼굴이 벌겋게 물드는 것을 지켜보며 밀라이언이 잠시 입술을 떼어 냈다.

숨통이 트인 카리나가 조심스럽게 눈을 뜨자 자신을 꿰뚫을 듯 바라보고 있는 붉은 시선과 마주쳤다.

그의 새빨간 눈동자에 욕망이 용암처럼 뚝뚝 흘러넘치는 것이 보였다. 카리나가 오싹한 감각에 몸을 떨었다.

'조금 더…….'

카리나의 푸른 눈동자에 욕망이 깃들었다. 짧은 시간 스쳐 지나간 감정을 빠르게 눈치챈 밀라이언의 입술이 만족스럽게 호선을 그렸다.

그녀가 팔을 올려 밀라이언의 목에 휘감았다. 동시에 밀라이언이 몸을 돌려 그녀를 아래로 깔고 그 위에 올라탔다.

"하아, 하아…… 읏!"

그러고는 그녀가 숨을 고르자마자 다시 그녀의 입술을 집어삼켰다. 벌어진 입술 사이로 타액이 뚝 떨어졌다. 밀라이언이 그것을 조심스럽게 핥아 다시 그녀의 입술을 아프지 않게 깨물었다.

진득하고 질척이는 입맞춤이었다. 지금까지 했던 입맞춤과는 차원이 달랐다. 등줄기를 오싹하게 하는 감각에 카리나가 그를 끌어안은 팔에 힘을 줬다.

"그대를 이대로 잡아먹고 싶어."

젖은 숨결이 귓가에 닿았다. 밀라이언이 미소 지었다. 그녀도 자신과 같은 눈을 하고 있었다. 당장 집어삼키고 싶다는 시선이다.

밀라이언이 입맛을 다시며 벌겋게 부푼 그녀의 입술에서 조심스럽게 떨어졌다.

"언젠가 그대가 건강해지면 하자."

"……지금은 안 돼요?"

"……."

밀라이언이 몇 번이고 끊어진 이성의 끈을 엉성하게 이어 붙이며 고개를 저었다. 그녀는 몸이 약하다. 괜히 무리하다가 발작이 올 수도 있었다. 그건 절대 안 된다.

"안 돼."

"……알겠어요."

카리나도 본인의 시도 때도 없는 발작을 누구보다 잘 알고 있었다. 그가 무엇을 망설이는지 모르지 않기 때문에 그녀도 더 말을 잇진 않았다. 밀라이언이 끙, 앓는 소리를 내며 그녀의 품으로 파고들었다.

"나도 하고 싶어."

카리나가 밀라이언의 투정을 부리는 듯한 목소리에 그의 머리카락을 손가락 끝으로 살살 문질렀다.

"밀라이언."

"응?"

"밀라이언은 내가 페리얼의 제안을 받아들였으면 좋겠어요?"

카리나의 물음에 밀라이언이 잠시 말이 없었다. 실패할 확률이 높다는 것도, 그 뒤에 어떻게 될지 확실하지 않다는 것도, 무엇보다도 온전히 실패했을 때의 절망적인 이야기 역시 들었다.

"······난 그대가 하루라도 더 살길 바라."

"페리얼도 말했지만 만약 성공해도 결과가 다르지 않을 거예요. 시간이 지나면 언젠가 우린 또 이런 상황을 맞이하게 될 텐데, 그래도요?"

"응, 그래도."

밀라이언이 나직하게 대답했다. 그의 대답을 들은 카리나가 말없이 고개를 끄덕였다. 페리얼과 밀라이언의 대답은 같다. 그리고 윈스턴 역시 같겠지. 그녀가 선택할 것은 애초에 없었다.

자신을 위해 최선을 다해 주는 이들이 그렇게 말을 하는데 무섭다고 발을 빼는 것은 해선 안 되는 일이다. 무엇보다 스스로 살고 싶다고 생각하게 됐다. 이미 그 시점에서 이전에 했던 모든 생각은 물거품이 되었다.

"그래요. 밀라이언이 괜찮으면 나도 괜찮아요. 성공하지 못하더라도 당신과 함께한 시간은 잊지 못할 추억이 되었으니까."

죽는 그 순간에 그가 곁에 있어 줄 것을 알기에 이제 두렵지 않았다. 다가오는 죽음을 웃으며 맞이할 수 있을 것도 같았다. 그의 망막에 맺히는 제 마지막 모습이 웃는 얼굴이기를 바라니까.

카리나가 생각을 머릿속에 담은 채 밀라이언의 머리카락에 입을 맞췄다. 짧고 애달픈 입맞춤이었다.

"이 안에 있는 내 딸을 만나러 왔다고 하지 않나!"

"아, 근데 허락이 안 떨어지는 걸 어쩝니까? 지금 말 전하러 갔다고 몇 번을 말해요? 거참 답답한 사람이네."

영지로 들어가는 성문을 지키는 병사가 답답하다는 듯 말했다. 뒷머리를 긁적이는 모습이 누가 봐도 불량스러웠다.

레오폴드 백작의 얼굴이 확 일그러졌다.

"허어! 네놈들 소속이 어디야! 내가 누군지 알고 감히!"

"아, 명패 봤습니다. 거, 뭐 어디? 레이어드 백작가라면서요. 저희 소속은 각하 직속인데 뭐 문제 있습니까?"

"네놈들 모조리 귀족 모독죄로 죽고 싶나!"

"핫."

앞에 선 병사가 코웃음을 쳤다. 명백한 비웃음이었다. 묘하게 적대적인 분위기에 인프릭의 미간이 좁아졌다. 이토록 방자하게 구는 이유는 북부가 그 정도로 예의가 없는 곳이거나 윗사람의 입김이 작용했기 때문일 것이다.

"거 시끄러우니 목소리 좀 낮추십쇼. 사람을 보냈으니 곧 답을 들고 올 겁니다. 그리고 너도 적당히 해라."

"예, 대장."

성벽 위에서 들려오는 목소리에 병사가 순순히 대답하며 본래의 일로 돌아갔다. 딱 각이 잡힌 상하 관계였다. 오랜 시간 기사단에 소속되어 온 인프릭은 알 수 있었다. 이것은 페스텔리오 공작의 의지다.

"네놈들이 감히……!"

"아버지."

"뭐냐! 귀족을 무시해도 유분수지, 감히 유서 깊은 백작가를 무시하고 조롱해! 이 일은 공작에게 정식으로 항의하겠다!"

소리치는 레오폴드 백작의 행동에도 병사들은 눈 하나 깜빡하지 않았다. 도리어 비웃음을 띠느라 바빠 보였다. 인프릭이 그의 아버지를 달랬다.

"아버지, 지금은 조금 기다리는 편이 나을 것 같습니다."

인프릭의 말에 레오폴드 백작이 불쾌한 듯 얼굴을 구기면서도 뒤로 물러났다. 더 입을 열어 봐야 그들의 태도가 바뀌지 않을 것을 병사들의 얼굴에서 어렵지 않게 알아챘기 때문이다.

녹턴이 한발 물러선 채 그 광경을 가만히 지켜봤다.

'……갑자기 왜 부르신 거지?'

어느 날 웬 이름 모를 사람이 불쑥 찾아와 편지를 전해 주고 떠났다. 스승님의 의원에 자신의 이름으로 전달된 편지였다. 내용은 간단했다. 북부 검문소가 열리면 북부 공작저로 찾아오라는 내용이었다. 낯익은 필체는 그가 흉내 낸다면 흉내 낼 수도 있을 정도로 익숙한 것이었다.

윈스턴 스승님의 것이었다. 잘 지내냐는 짧은 인사와 용건이 전부인 편지에선 묘하게 싸늘함이 느껴졌다. 그때 마침 백작가에서 북부로 떠난다는 얘기를 들었다.

괜한 불안감에 더 생각할 것도 없이 그들과 함께 레오폴드 백작령을 떠났다. 그리고 북부까지 들어왔다.

'……왜 이렇게 긴장되는지 모르겠네.'

차가운 바람도 메마른 땅도 높은 하늘도 익숙한 것이 아니다. 모든 것이 따뜻하고 풍족한 남부와는 달랐다. 메마르고 날카롭고 사람들마저 모두 우락부락했다.

한 시간이 훌쩍 지나고 레오폴드 백작이 기어코 검을 뽑아 들려고 할 때쯤에야 굳게 닫혀 있던 성문이 열렸다. 병사들이 턱짓으로 그들에게 통과를 허락했다.

"허가 떨어졌으니 가 보십쇼."

으득, 이를 악문 레오폴드 백작이 병사들을 노려보며 다시 말에 올랐다. 레오폴드 백작의 말이 땅을 박차며 빠르게 영지로 들어갔다. 녹턴과 인프릭이 그 뒤를 쫓았다.

멀어져 가는 그들을 보며 성문을 지키던 병사들이 조용히 가운뎃손가락을 들어 올렸다.

"그러게 왜 남의 아가씨를 북부까지 쫓아내?"

"각하의 예비 마님 엄청 병아리 같지 않습니까? 저도 그런 귀여운 애인 생겼으면 좋겠네요."

"당장 일로 복귀 안 하나?"

"옙, 죄송합니다."

병사들이 후다닥 물러났다.

"카리나, 레오폴드 백작이 성문을 통과했다는군."

"빠르긴 엄청 빠르군. 카리나의 가족은 여러모로 뻔뻔하네요."

"허허, 다들 뭐가 그렇게 날카롭습니까."

둥근 테이블에 둘러앉은 세 사람이 찻잔을 기울이며 여상하게 대화를 나눴다. 그사이에 앉아 있던 카리나가 떨떠름한 시선으로 고개를 들었다.

"으음…… 근데 왜 다들 여기에 있어요?"

그녀가 근본적인 질문을 던졌다.

카리나는 레오폴드 백작이 성문 통과를 요구했다는 이야기를 듣자마자 응접실로 내려왔다. 그런데 다들 어디서 소문을 들었는지 기다렸다는 듯이 먼저 응접실에 앉아 있었다.

"난 그대의 애인이잖아. 곁에 없으면 어디에 있겠나."

"전 카리나의 친구가 아닙니까."

"흐음, 그럼 난 아가씨의 주치의라는 이유로 해 두겠네. 허허."

세 사람의 뻔뻔한 대답에 카리나가 낮게 웃음을 터뜨렸다. 자신을 걱정해 주는 목소리는 언제고 마음을 따뜻하게 해 준다.

'혹시 몰라서 페리얼이 준 약을 먹고 나오긴 했는데……'

그 사람들 앞에서 발작이 오지 않았으면 했다. 비참한 모습은 절대 보여 주고 싶지 않았다. 동정을 사고 싶지도 않았고. 그러나 동시에 무슨 표정을 지을지 궁금하기도 했다.

"근데 성문 통과에 시간이 좀 소요됐네요. 병사가 말을 전해 온 건 아까 아니었나요?"

"……음."

카리나의 말에 밀라이언이 빙긋 웃으며 갑자기 차를 한 모금 입에 머금었다. 마치 시간을 끌기라도 하듯이 느긋하게 찻잔을 내려놓은 그가 입을 열었다.

"글쎄, 병사가 다른 곳으로 샜을 수도 있지. 한번 확인해 보고 문제가 있었다면 혼내도록 할게."

"아, 거기까진 괜찮아요."

카리나가 고개를 젓자 밀라이언이 그러냐며 입가를 둥글게 말아 올렸다. 어쩐지 묘한 느낌의 미소였지만 아무것도 모르는 카리나로선 그저 그가 웃는 모습이 보기 좋을 뿐이었다.

똑똑.

응접실 문을 두드리는 소리에 카리나가 고개를 들었다. 팽이 안으로 들어와 허리를 굽혔다. 빙긋 웃는 그의 표정에 밀라이언의 입가가 시린 미소를 띠었다.

"주인님, 레오폴드 백작 각하께서 오셨습니다."

"정중히, 모시도록 해."

묘한 악센트가 들어가 있는 명령이었다. 팽이 순순히 허리를 굽혔다.

탁자에 둘러앉아 있던 네 사람이 자리에서 일어났다. 밀라이언이 카리나를 품에 답삭 안아 들어 푹신한 소파에 앉혔다. 그러곤 당연하다는 듯 그 왼쪽에 자리 잡고 앉았다.

"전 함께 따라온 일행에게 볼일이 있어서 따로 자리를 비우겠습니다."

"그래, 조금 이따 보지."

윈스턴이 페리얼에게 가볍게 고개를 숙여 보이곤 응접실에서 나갔다. 페리얼이 카리나의 오른쪽에 자리 잡고 앉았다. 평소라면 시비를 걸었을 것이 분명한 밀라이언도 웬일로 별말이 없었다.

'……문밖에 있구나.'

카리나가 숨을 삼켰다. 그토록 사랑했고 절망했고 결국은 포기했던 상대가 문밖에 있다.

그녀가 차가워지는 손끝을 애써 쥐었다 펴며 긴장을 풀기 위해 노력했다. 밀라이언이 그녀의 손을 꽉 붙잡았다.

이윽고 굳게 닫혀 있던 응접실 문이 열렸다. 열린 문틈 사이로 가장 먼저 보인 것은 단정한 표정의 팽이었다. 그 뒤를 따라 굳은 표정의 레오폴드 백작과 피곤해 보이는 인프릭이 들어왔다.

자리에서 일어날지 말지 고민하는 카리나를 눈치채기라도 한 듯 밀라이언이 맞잡은 손에 힘을 줬다. 망설이던 카리나가 일어나기를 포기했다.

안으로 들어오는 이들을 보며 그녀가 숨을 크게 들이마셨다. 온몸에서 피가 빠져나가듯 피부의 감각이 아득해졌다. 빠르게 뛰는 심장 때문에 귓가에선 이명마저 들릴 정도였다.

느릿하게 눈을 감았던 그녀가 눈을 떴다. 이윽고 그녀가 천천히 고개를 돌렸다.

응접실에 들어오면서부터 레오폴드 백작은 그녀를 보고 있었던 듯 고개를 돌리자마자 시선이 맞았다. 그는 아주 조금 야위어 보였지만 기억 속과 크게 다르지 않았다.

카리나가 쥔 주먹에 힘이 들어갔다. 밀라이언은 긴장한 기색이 역력한 그녀의 허벅지를 두어 번 두드리고는 카리나 대신 자리에서 일어났다.

"오랜만에 뵙습니다, 페스텔리오 공작 각하. 페리얼 공작 각하께서도 계신 줄은 몰랐습니다만."

"아, 일이 있어서 와 있었습니다."

페리얼이 빙긋 웃으며 여상히 대답했다.

소파에 앉은 채 인사를 받는 페리얼의 행동은 무척이나 거만하고 무례했다. 그러나 본인은 굳이 상대의 그 생각을 정정해 줄 마음이 없는 듯했다.

밀라이언이 슬쩍 몸을 비틀어 카리나에게 향한 레오폴드 백작의 시선을 가로막았다.

"먼 길 오느라 수고 많으셨습니다. 굳이 서서 길게 얘기할 것 없으니 일단 앉으십시오."

"……알겠습니다."

오는 내내 불쾌한 경험을 한 레오폴드 백작의 표정이 좋지 못했다. 딱딱하게 굳어서는 표정 관리가 안 되는 것이 뻔히 보였다.

그럴 만도 했다. 세 사람은 이 저택 앞에서도 허락을 받겠다며 느긋하게 떠나는 병사 덕분에 무려 30분을 허비했다. 그뿐이랴, 저택에 들어와서는 집사나 사용인들이 어찌나 턱을 꼿꼿하게 세우고 있는지 모른다.

"갑작스러운 방문에 먼저 사과드리지요. 딸아이가 이곳에서 폐를 끼치고 있다는 얘기를 듣고 가만히 있을 수가 없었습니다."

"폐요?"

밀라이언의 눈이 의아함에 물들었다. 전혀 이해할 수 없다는 듯 고개까지 기울인 그 모습에 레오폴드 백작이 설핏 미간을 좁혔다. 어쨌든 제 자식이 실례를 범했으니 사과는 당연한 것 아니던가.

"카리나가 딱히 폐를 끼친 일은 없으니 염려는 거둬도 될 것 같습니다. 그래서 백작께서는 연통도 없이 북부령까진 무슨 일이십니까?"

밀라이언은 생각보다 정중했다. 혹시나 다짜고짜 검을 뽑아 들지 않을까 걱정했던 카리나의 입가에 뿌듯한 미소가 그려졌다.

'저 내숭 덩어리.'

물론 옆에 앉아 있던 페리얼은 혀를 내둘렀다.

평생 누구에게 경어를 제대로 사용해 보지 않은 인간이 정중한 존댓말이라니. 그것도 심지어 레오폴드 백작에게 말이다. 밀라이언의 입장에선 차라리 암살자라도 고용하고 싶을 심정일 것이다.

'어찌 보면 카리나의 병의 악화는 방치가 부른 결과였으니.'

그럼에도 그 모든 감정을 억누르고 저러고 있는 것을 보니 뭐라고 형용할 수 없는 기분이었다.

"내 딸을 돌려받으러 왔습니다. 아무리 약혼한 사이라고 하더라도 결혼도 하지 않는데 동거라니, 당치도 않습니다."

"……."

밀라이언의 입술 끝이 씰룩였다.

'화났네.'

페리얼이 찻잔을 기울이며 느긋하게 생각했다. 아마 카리나만 없었다면 창문이고 문이고 걸어 잠그고 검부터 뽑아 들었을 놈이다.

밀라이언이 카리나의 눈치를 살피더니 무거운 한숨을 내쉬었다.

"결혼하면 됩니까?"

"……뭐라고 하셨습니까?"

"밀라이언?"

레오폴드 백작과 카리나가 동시에 반문했다.

차가운 시선으로 레오폴드 백작을 보던 밀라이언이 순식간에 뒤바뀐 다정한 눈빛으로 카리나를 바라보며 입을 열었다.

"말씀하신 게 문제라면 카리나와 결혼하면 해결될 것 같습니다만."

"……만약 결혼하더라도 절차란 게 있습니다. 뭣보다 카리나의 몸이 좋지 않다고 들었습니다. 일단 백작령이 아닌 수도 쪽 저택에 데려가 치료를 하려고 합니다."

당사자는 자신인데 자신을 빼고 이어지는 대화에 카리나의 미간이 좁아졌다. 너무도 당연하게 레오폴드 백작은 그녀의 의견은 묻지 않고 있었다.

너무도, 너무나도 바뀌지 않았다. 이곳까지 먼 길을 달려와 준 것 외엔 달라진 것이라곤 아무것도 없었다. 여전히 그는 자신을 보지 않고 여전히 아무런 의견도 묻지 않는다.

어떠한 감동적인 만남을 기대했던 것은 아니다. 아니, 사실 조금은 기대했던 것도 같다. 이곳에 오기까지 했으니 아주 조금은 그가 달라졌지 않을까 하는.

'사람 마음 산산조각 내는 방법도 여러 가지네.'

하지만 제 아버지는 달라지지 않았다. 깨닫고 나니 긴장했던 마음이 순식간에 풀어졌다. 고민할 거리도, 그럴 필요도 없었다. 그녀의 눈이 냉정하게 가라앉았다.

한참을 가만히 앉아 있던 카리나가 입을 열었다.

"전 수도에도 백작령에도 갈 생각 없어요."

"……뭐?"

그녀가 턱을 똑바로 세우며 레오폴드 백작의 눈을 마주 봤다. 레오폴드 백작의 시선이 천천히 카리나에게 향했다. 그 말을 그녀가 했다는 것이 믿기지 않는다는 표정이었다.

"못 들으셨나요? 본가에도 수도의 저택에도 돌아갈 생각 없다고 말씀드렸는데요."

"……카리나, 너 지금 아버지한테 무슨 말버릇이냐!"

"말버릇이요? 전 어디까지나 정중하게 말씀드리고 있어요. 갈 생각 없다고요. 그저 제 의견 하나 말씀드린 것뿐이에요."

카리나의 목소리에 레오폴드 백작이 눈에 힘을 줬다. 무릎 위에 올려진 그의 주먹에 힘이 들어갔다. 파들파들 떨리는 몸을 보며 카리나가 숨을 크게 들이마셨다.

"너……!"

"팽에게 아버지를 북부 검문소에서 통과시키라고 말한 건 저예요. 원래는 만나지 않고 돌려보낼 생각이었어요."

"뭐라고?"

"통과시킨 건, 어차피 당신은 직접 보지 않으면 믿지 않을 걸 알기 때문이었어요. 제가 제대로 말하지 않으면 또 좋을 대로 생각하실 텐데, 그게 싫었어요."

레오폴드 백작이 손을 들어 뻐근하게 당기는 뒷목을 붙잡았다. 인프릭도 놀란 표정을 숨기지 못했다.

카리나는 이런 아이가 아니었다. 그녀는 무슨 말을 하든 고개를 끄덕이고 반항을 하지 않는 아이였다. 큰소리를 내는 일도 없었고 제 주장을 말하는 경우는 더 없었으며 이렇게 눈을 똑바로 바라보는 경우는 더더욱 없었다.

두 사람은 마치 자신이 그녀보다 낮은 계급이 된 것 같은 기분을 받았다. 지금 카리나는 위에서 말하는 듯한, 조금은 고압적인 시선을 하고 있었으니까.

"네가 그동안 오만방자해졌구나!"

"아버지."

레오폴드 백작의 언성이 응접실에 크게 울렸다. 밀라이언의 눈썹이 들썩였다. 인프릭이 다급히 레오폴드 백작의 손목을 붙잡았다.

밀라이언의 인내를 지켜보던 페리얼이 카리나의 뒤쪽으로 손을 뻗어 친우의 어깨를 손가락 끝으로 톡 두드렸다. 참으라는 신호였다. 힐끗 페리얼을 바라본 밀라이언이 이를 악물곤 허리를 곧게 폈다.

"여기까지 오신 건 제게 할 말이 있으셔서인가요? 할 말이 있으면 오라고 편지에 적었던 것 같아서요."

"어찌 아비에게 그런 말투로 편지를 보낼 수가 있느냐! 아무리 화가 났더라도 어떻게 부모에게 자식을 죽은 사람 취급하라는 말을 할 수가 있어!"

레오폴드 백작이 자신을 말리는 인프릭의 손을 뿌리치고 결국 자리에서 벌떡 일어났다. 내지르는 언성에 카리나가 말없이 고개만 들어 그의 시선을 마주했다.

"어떻게 그런 비수를 꽂는 말을 아무렇지도 않게 해! 대화도 해보지 않고 어떻게 그렇게 집을 멋대로 나갈 수가 있느냔 말이다!"

"당신이……."

카리나가 입술을 달싹였다. 입 밖으로 꺼낼 이야기가 한심하고 어리석더라도 어쩔 수 없다. 잠시 망설이던 그녀가 목소리를 냈다.

"당신이 상처받았으면 했어요."

"……뭐?"

"당신이 나로 인해 아파했으면 했는데, 비수가 스치기라도 했다니 다행이네요."

"카리나, 화가 난 건 알겠지만 아버지께 말이 조금 심하구나. 이러지 말고 제대로 대화를 해 보자. 너와 대화를 하기 위해 왔어."

그녀가 잔잔한 표정으로 아무렇지도 않게 입에 독설을 담자 듣기만 하던 인프릭이 카리나를 조심스럽게 말렸다. 정중한 목소리에 카리나의 시선이 돌아갔다.

"내가 해야 할 말은 이미 예전에 수십 번도 더 했던 것 같아. 난 솔직히 더 할 말 없어."

"아버지도 어머니도 네 걱정을 많이 하셨어."

"응, 그래서?"

인프릭의 말에 카리나가 되물었다. 그 걱정을 오래전에 받아 보고 싶었다. 다른 형제들보다 적을지언정 사소한 걱정이든 다정함이든 따뜻한 손길이든 받아 보고 싶은 것은 많이 있었다.

"그래서라니……."

"밀라이언의 허락도 없이 멋대로 검문소를 열라고 한 건 돈을 주기 위해서야."

카리나의 시선은 더는 다정하지도 애정을 품고 있지 않았다. 흐릿하게 남아 있던 열기마저 보이지 않았다. 메마르고 메말라서 더는 물 한 방울 솟아나지 않는 사막의 버려진 오아시스 같았다.

인프릭이 입술을 달싹이다가 주먹을 꽉 쥐었다.

"카리나, 미안하다. 나라도 네게 신경을 썼어야 했던 걸…… 미처 몰랐어. 네가 많이 외로웠을 거라고 생각해. 난……."

"오라버니."

카리나가 인프릭의 말을 끊었다.

"내가 떠나기 전에 말했지? 깨물어서 아픈 손가락은 따로 있다고."

"그래, 난 네게 그렇지 않다고 말해 줬고."

피크닉 얘기를 했을 때를 떠올리며 인프릭이 대답했다. 그의 대답에 카리나가 얼굴을 구겼다. 일그러진 표정 위에 옅은 짜증이 떠올랐다.

"너는, 거기에 있었으니까 모르겠지. 나보다 한참은 더 위에 있었으니까. 그러니까 아무렇지도 않게 그 말에 그렇지 않다고 대답했겠지."

"⋯⋯카리나?"

"정말 날 이해했다면 못했을 말이야. 어떻게 겪어 보지 않았는데 이해할 수가 있어? 왜 그게 당연하다는 듯 말할 수 있어?"

"그건⋯⋯ 네 상황에서 생각을 해 봤을 때⋯⋯."

말문이 막힌 인프릭이 더듬거리며 대답했다. 인프릭의 얼굴에 당황이 떠올랐다. 카리나는 열기가 오르려는 제 눈을 손바닥으로 꾹 눌렀다.

"설령 아니었다고 해도 내겐 그랬어. 내가 보는 세상에서 레오폴드 가문의 나는 아프지 않은 손가락이었고 이물질이었어."

"⋯⋯그렇지 않아."

"오라버니는 옛날부터 그랬지. 보고도 못 본 척, 이해하지 못했으면서 이해한 척 어른스럽게 굴어. 그런 네가 가장 비겁한 걸 너만 몰라."

혼나는 자신을 보고도 등을 돌렸다. 우는 자신을 달래 줄 줄을 몰라서 멀리서 다가오다가도 왔던 길을 되돌아갔다. 어른이 되고는 그것이 어른스러운 척 설득하는 형식이 되었다. 그런 모습이 괴로 웠다.

말문이 막힌 듯 입을 다물어 버린 인프릭을 보던 카리나가 고개를 돌려 레오폴드 백작을 바라봤다.

"아버지, 날 사랑하긴 했어요?"

뜬금없는 질문에 레오폴드 백작이 매섭게 굳히고 있던 표정을 조금 풀었다.

"……대체 넌 무슨 생각을 하는 거냐. 너도 내 자식이야. 조금 소홀한 면이 있었을진 몰라도 자식을 사랑하지 않는 부모가 어디 있겠느냐?"

약간 누그러진 목소리였다. 카리나는 그의 말이 끝나기가 무섭게 입을 열었다.

"그럼, 제가 없어진 걸 며칠이나 지나고 알았어요? 절 제대로 찾기 시작하기까지 시간이 얼마나 걸렸나요? 날 데려오기 위해 뭘 했어요? 내가 아프다는 얘기를 들었을 때 뭐라고 했나요?"

"……그건 실수였다."

말문이 막힌 듯 한참이나 말이 없던 레오폴드 백작은 겨우 대답했다. 카리나가 그럴 줄 알았다는 듯 허탈한 웃음을 흘렸다.

"한마디라도 대들면 손을 들어 올린 것도 실수였나요?"

"……뭐?"

"구석에 있는 방이 무섭다고 했더니 화를 내신 건요?"

"대체 무슨 소리를……."

"또래의 친구들을 불러서 생일 파티를 하고 싶다고 했을 때 혀를 차셨던 건요?"

"대체 내가 언제…… 아니, 설령 그랬다고 하더라도 대체 언제 적 이야기를 꺼내는 거냐."

돌아오는 대답은 예상과 조금도 다르지 않았다. 카리나의 입술이 허탈함에 허물어졌다. 기대도 하지 않았지만 그보다 더 실망스러웠다. 그녀는 다 식은 찻잔의 차로 목을 축였다.

"……만약, 아벨리아나 페르던이 말없이 집을 나갔어도, 어딘가에서 병에 걸려 죽어 가고 있다는 말을 들었어도 지금과 똑같이 하셨을 건가요?"

"당연히……."

"똑같이 아픈 것에 대해 의심하고 제대로 찾기까지 오랜 시간이 걸리고 만나자마자 이렇게 인사도 없이, 제 의견은 묻지도 않고 결정하셨을 건가요?"

"……."

레오폴드 백작은 더 입을 열지 못했다. 속이 좋지 않았다. 기분이 몹시 불쾌했다. 그러나 한마디도 할 수 없었다.

만약 아벨리아나 페르던이 없어졌더라면 자신은 어떻게 했을까? 적어도…… 카리나 때처럼 그녀와 기 싸움을 하려고 들진 않았을 것이다. 쌍둥이는 그의 머릿속에서 어디까지나 어린아이들이었으니까.

"당신은 그러지 않으셨을 거예요."

카리나가 확신하듯 말했다.

"인정하세요. 아버지는 저와 다른 형제들을 차별했어요."

"나이가 들면 보이지 않는 것도 있는 법이다. 그걸 가지고 이런 식으로 부모한테……!"

카리나가 짧은 한숨을 내쉬었다. 어쩐지 심장이 조여 오는 기분
이다. 늘 찾아오는 예술병의 통증과 같은 느낌에 그녀가 주먹을 꼭
쥐었다.

"제가 직접 만나서 말씀드리고 싶었던 건 세 가지예요."

점점 강해지는 통증에 카리나가 저도 모르게 입안의 살을 베어
물었다. 혹시나 두 사람이 눈치챌까 봐 표정을 굳힌 그녀가 재빨리
입을 열었다.

"편지에 썼던 대로 돈 가지고 가세요. 원하는 만큼 가져가셔도 돼
요. 가져가지 않으시면 제가 계산해서 알아서 저택까지 보내 드릴
게요."

이야기를 듣는 레오폴드 백작의 눈이 험악해졌다. 부들부들 떨리
는 손은 당장에라도 허공으로 포물선을 그리며 높이 치솟을 것만
같았다.

"두 번째는 절 호적에서 파시든 사망 처리를 하시든 둘 중 하나를
해 주세요. 혹시나 절 이용해서 밀라이언에게 무언가를 바라지 말
라는 말이에요."

레오폴드 백작의 눈이 크게 뜨였다. 활자로 보는 것과 목소리로
듣는 것은 확실히 기분부터가 달랐다.

밀라이언도 예상하지 못한 그녀의 말에 놀란 표정을 숨기지 못
했다.

"세 번째는…… '카리나'라는 화가에 대해 모른 척해 주세요."

더는 레오폴드 백작가와 엮이고 싶지 않았다. 어떻게 되든 얼마
남지 않았을 시간을 그들에게 빼앗기고 싶지 않았다. 지금으로 충

분했다. 벅차고 행복한 지금 이 시간이 카리나는 너무 소중했다.

"아버지."

카리나가 그를 부르며 밀라이언과 페리얼의 손을 꽉 붙잡았다. 두 사람이 놀란 눈으로 고개를 돌려 그녀를 바라봤다. 그러나 카리나는 오로지 앞만 보고 있었다. 그녀는 고개를 들어 레오폴드 백작을 바라봤다. 그러고는 눈꼬리를 휘어 환하게 미소 지었다.

'……이런 표정을 짓는 아이였던가?'

그는 진심으로 놀랐다. 감정을 크게 드러내지 않는 늘 무채색의 아이였다. 대하기 어려운 건 아니었으나 그렇다고 쌍둥이처럼 애교를 피우는 것도 아니라 편하지도 않았다.

'인프릭도 애교를 피우는 성격이 아니지만.'

이상하게도 어릴 때부터 유독 카리나에겐 시선이 덜 갔다. 아이의 이야기를 듣고 나서야 깨달았지만 아마 그랬던 것도 같다.

그러나 아이 넷을 키우며 모두에게 공평할 수는 없었다. 시선이 가는 아이가 있다면 시선이 덜 가는 아이도 있었던 걸 부정할 수는 없다. 깨달았으니 이제부터라도 신경을 쓰면 되겠지. 때늦은 것은 없다. 레오폴드 백작이 조금 가라앉은 표정으로 입을 열었다.

"……뭐냐."

"저 아버지 딸 그만하려고 해요."

"뭐?"

잠시 외출이라도 다녀오겠다는 듯 가벼운 목소리였다. 그러나 그 내용은 무척이나 무거웠다. 예상을 벗어나는 이야기였다.

"누군가가 그러더라고요. 언젠가 아이는 부모의 품을 벗어나 제 둥지를 틀러 떠난다고요."

카리나가 윈스턴의 말을 떠올리며 말했다.

"그러니까 저도 이만 제 길을 갈까 해요."

그것이 그녀가 할 수 있는 최선이었다. 그들에게서 부모의 역할을 빼앗는 것. 완벽한 가족과 흠 없는 가문의 명성을 원하는 그들에게서 그것을 앗아가는 것.

말을 하던 카리나의 얼굴이 점점 새하얗게 변해 갔다. 통증이 견디기 힘든 정도가 되었다. 더는 숨기는 것도 힘들었다. 그녀의 얼굴이 완전히 일그러졌다.

"카리나 레오폴드!"

"전 카리나 레오폴드가…… 흡……."

레오폴드 백작의 노성에 묵묵히 대답하던 카리나가 결국 숨을 멈추며 다급히 몸을 웅크렸다. 오늘은 잠잠하다고 생각했던 발작이 또다시 제 상황을 잊지 말라는 듯 괴롭혔다.

가슴께를 부여잡고 몸을 웅크리는 그녀를 밀라이언이 황급히 품에 안았다. 두 사람의 모습을 본 페리얼이 순식간에 자리에서 일어났다.

"약 가져올게."

"카리나, 괜찮아. 숨 쉬어."

페리얼의 말에 고개를 끄덕인 밀라이언이 그녀의 등을 쓰다듬으며 귓가에 속삭였다.

식은땀을 뻘뻘 흘리며 카리나가 밀라이언의 옷자락에 매달렸다. 통증을 대체 얼마나 참았는지 등은 이미 식은땀으로 축축했다. 밀라이언의 얼굴이 처참하게 일그러졌다. 다른 것에 한눈이 팔려 그녀의 상태를 눈치채지 못한 스스로가 멍청하고 한심스러웠다.

"카리나? 괜찮으냐?"

레오폴드 백작이 놀란 눈을 한 채 다급히 자리에서 일어났다. 그가 걱정스러운 표정으로 다가가려고 하자 밀라이언이 그녀를 품에 끌어안은 채 눈을 매섭게 치켜떴다.

"꺼져."

밀라이언이 짓씹듯 말했다. 그의 모습은 마치 제 새끼를 품에 안은 맹수와도 같았다. 레오폴드 백작의 움직임이 절로 멈췄을 정도였다.

"뭐…… 뭐라고 하셨습니까?"

"꺼지라고 했어. 씨발, 만나게 하는 게 아니었는데."

으득, 이를 가는 밀라이언의 시선이 당장에라도 레오폴드 백작을 찢어 버릴 듯했다. 레오폴드 백작이 베일 듯한 서늘함에 저도 모르게 숨을 멈췄다.

"저는 카리나의 아버지입니다. 아무리 공작 각하라 하셔도 막을 권한은……."

"내가 지금 네게 권유하는 것처럼 들리나?"

넘실거리는 살기가 레오폴드 백작에게 향했다. 상황을 지켜보던 인프릭이 제 아버지의 앞을 가로막았다. 솜털마저 쭈뼛 설 정도의 소름 끼치는 살기였다. 새빨간 눈동자가 마치 제 피를 보고 싶어 안달이 난 것처럼 보였다. 인프릭이 몸을 굳혔다. 황실 기사단으로 뽑힌 정예 중의 정예인 그였지만 이런 종류의 살기를 겪는 것은 난생처음이었다.

"네놈들의 소식을 카리나가 들은 걸 다행으로 알아. 그녀가 아니었으면 이 땅을 밟지도 못했을 거다."

"공작!"

"물론 사지 멀쩡하게 살아 돌아가는 일도 없었겠지."

레오폴드 백작의 경악에 찬 외침에도 밀라이언의 눈은 풀릴 기미가 없었다.

그의 서늘한 목소리에 앞을 막은 인프릭의 몸이 한 차례 떨렸다. 원초적인 공포가 속에서부터 넘실거렸다.

"가족 간의 일은 저희끼리 해결하겠습니다! 일단 카리나부터……!"

"밀라이언."

페리얼이 응접실 문을 다급하게 열고 들어왔다. 페리얼의 뒤로 윈스턴과 거무죽죽한 안색의 녹턴도 함께였다.

"흐아악……!"

고통이 가득 찬 비명에 모두가 숨을 멈췄다. 움직이는 것은 이 상황이 익숙한 듯한 밀라이언과 페리얼, 그리고 윈스턴뿐이었다. 녹턴은 굳은 듯 제자리에 선 채 멍하니 그 광경을 바라봤다.

"카리나, 금방 괜찮아질 거야. 페리얼 칼로스!"

"알았으니까 소리 좀 그만 질러. 윈스턴, 약 좀 주사에 담아 줘."

"알겠습니다."

카리나의 눈에서 눈물이 뚝뚝 떨어졌다. 참고 싶어도 참을 수 없는 생리적인 고통이었다.

누구 하나 쉬이 입을 열지 못했다. 레오폴드 백작도 인프릭도 녹턴마저도 아무런 말도 할 수가 없었다. 그 광경이 너무도 처참하고 처절해서. 일그러진 카리나의 표정이 끔찍하기 그지없어서. 발버둥치는 카리나와 그녀를 달래는 밀라이언을 멍하니 보면서도 누구 하나 움직이지 못했다.

"윈스턴."

페리얼이 그녀의 팔의 혈관을 찾은 뒤 뒤로 손을 뻗었다. 윈스턴이 약을 담은 주사기를 페리얼에게 건넸다. 페리얼은 그대로 잡아낸 혈관에 주사를 조심스럽게 꽂아 넣었다.

"흐윽……."

"카리나, 곧 편해질 거예요."

페리얼이 조심스럽게 주사기를 빼며 말했다. 바들바들 몸을 떨며 카리나가 이를 악물었다.

"싫어……."

눈물 젖은 목소리에 밀라이언이 카리나를 품에 끌어안았다. 카리나가 기다렸다는 듯 밀라이언의 품에 아이처럼 매달렸다.

욱신거리는 팔도 심장의 통증도 전부 싫었다.

'언제까지…….'

대체 언제까지 이런 끔찍한 고통을 참고 견뎌야 하지?

늘 강해졌다가도 통증이 머리를 때리면 이토록 약해지고 만다. 최후의 한마디를 입에 담는 이성만큼은 지켜 낸 그녀가 토닥이는 손길에 서서히 눈을 감았다.

"괜찮아. 곁에 있을게."

"……네."

달래는 목소리에 바람 앞의 촛불처럼 꺼질 듯한 대답이 들렸다.

"잘 자, 카리나."

"……."

그가 눈을 감는 카리나의 이마에 입을 맞추며 속삭였다. 카리나의 숨소리가 점점 고르게 퍼졌다. 그제야 페리얼이 낮게 한숨을 내쉬었다.

"일단 해결 못한 건 카리나를 방에 올려 두고 해결하자고."

"해결? 해결이랄 게 있나. 저것들이 내 눈앞에서 사라져 주면 될 일이야."

"카리나도 대화를 다 못 끝낸 것 같았어. 그녀의 기회를 빼앗을 생각이야?"

정곡을 찌르는 페리얼의 말에 밀라이언이 불만스럽게 혀를 찼다. 그가 짜증스럽다는 표정으로 몸을 돌렸다. 응접실을 빠져나가는 그의 뒷모습을 보며 페리얼이 주사기를 버리고 약상자를 정리했다.

여전히 방 안의 공기는 무거웠다.

혹여 카리나가 깨기라도 할까 밀라이언은 무척이나 조심스러운 걸음걸이로 계단을 올랐다.

괴롭게 신음하던 카리나는 지금은 편안한 표정을 하고 있었다. 방으로 들어간 밀라이언은 카리나를 눕혔다.

이불을 덮어 주고 창문을 닫고 커튼을 반쯤 친 그는 다시 그녀에게로 돌아와 땀에 젖은 머리카락을 조심스럽게 넘겨 줬다. 그리고 조용히 몸을 돌려 방을 나섰다.

카리나의 옆에선 옅은 미소라도 띠고 있던 밀라이언의 표정엔 이미 아무런 감정도 없었다. 싸늘하게 식은 붉은 눈동자에선 분노만 뚝뚝 떨어졌다.

그의 발걸음이 다시 응접실로 향했다. 성큼성큼 걸어간 밀라이언은 문을 두드리는 겉치레도 없이 그대로 응접실 문을 열어젖혔다. 그가 살벌한 시선으로 응접실 안으로 들어갔다.

"카리나는 괜찮습니까?"

"괜찮든 괜찮지 않든 그대들이 무슨 상관이지?"

인프릭의 질문에 밀라이언이 이해되지 않는다는 듯 물었다. 끓어 오르는 짜증에 검을 뽑아 버릴 것만 같다. 그가 품에서 궐련을 꺼내 입에 물었다. 곁에 있던 팽이 다가와 궐련에 불을 붙였다.

"카리나는 제 여동생입니다."

"공작께선 지금 무척 무례하신 건 아십니까? 딸아이를 걱정하는 가족의 마음을 어떻게 그렇게 매정하게 내치실 수 있습니까?"

인프릭의 말에 레오폴드 백작이 말을 덧붙였다. 그는 카리나를 걱정하고 있었다. 그것만큼은 사실이다.

밀라이언이 두 사람의 눈을 가만히 바라보다가 궐련을 깊게 빨았다. 폐부까지 들어오는 연기에 밀라이언의 동공이 살짝 풀렸다. 고통에 발버둥 치며 울던 카리나의 모습이 눈꺼풀 위에 새겨져 눈을 깜빡일 때마다 자꾸 떠올랐다.

"무례, 무례라……."

밀라이언의 목소리가 한껏 낮아졌다. 소파에 앉은 페리얼이 곤란한 듯 손톱을 세워 볼을 긁적였다.

'적당한 때 말리면 되겠지.'

요컨대, 일단 죽지만 않으면 되는 일 아니던가. 사실 페리얼 역시 드물게 화가 난 것도 사실이었다. 게다가 혹여 그들이 다치더라도 그것을 치료할 힘도 가지고 있고.

"남의 집에 멋대로 쳐들어와서, 나는 부서질까 제대로 만지지도 못하는 사람을 향해 윽박지르며 쑤셔 놓은 건 예의 있는 일인가 보군."

"……여기까지 말도 없이 찾아온 건 죄송하게 생각합니다. 하지만 딸아이가 몇 달이나 연락이 되지 않으니 어쩔 수 없잖습니까. 아이가 아픈 줄도 몰랐고요."

레오폴드 백작의 말에 페리얼이 고개를 툭 기울였다.

'대체 뭐라는 거야?'

페리얼이 황당하다는 표정으로 그를 물끄러미 바라봤다. 그의 기억이 꿈이 아니라면 자신이 직접 가서 그녀의 병에 대해서 말을 해 주지 않았던가.

'정말 그녀의 말대로 듣고 싶은 것만 듣고 기억하고 싶은 것만 기억하는 사람이군.'

페리얼이 비뚜름하게 미소 지었다. 그것을 본인이 모른다는 것이 가장 악질인 점이었다.

카리나는 어떻게 사람을 이렇게 잘 분석했는지 모르겠다. 새삼 카리나의 대단함에 대해 생각하던 페리얼의 눈이 곧 어둡게 가라앉았다. 그녀가 그럴 수밖에 없었던 이유까지 생각이 닿았기 때문에.

'그만큼 오랫동안 제 아비를 보고 있었다는 거겠지.'

돌아봐 주지 않는 세월을 묵묵히 돌아봐 주길 기다리면서. 상대가 싫어하는 것도 좋아하는 것도 작은 버릇까지도 알게 될 수밖에 없었을 것이다.

그 등을 바라보며 성장했을 것이다. 뒤돌아보지 않는 상대를 뒤에서, 옆에서 그저 조용히 바라보면서.

그러다 서서히 포기했겠지. 어떻게 해도 돌아봐 주지 않는 현실을 체념하며 하나둘씩 내려놨을 것이다. 이곳의 누구도 평생 이해할 수 없을 기대와 체념을 반복하면서. 실망하고 울음을 참으며 괜찮다고 수천 번은 더 스스로를 달랬겠지. 외딴섬에 혼자 있는 것 같은 기분을 지우지 못했을 것이다.

제 생명을 깎아 가며, 수십 년의 시간을 포기해 가며…… 찰나의 시간만 곁에 머물다 갈 부모를 그려 그 품에 안기며 받을 곳 없는 애정을 채웠을 것이다.

그렇게 버티고 버티다 그 집을 제 발로 나오기까지, 스스로 등을 돌리기까지 수백 번의 생채기가 가슴에 났을 것이다.

결국은 흉터로 남아 평생 지워지지 않는다는 것을 깨닫고 나서야 그녀는 집을 뒤로했다. 아무것도 모르고 평생 저택에서 갇혀 살던 영애가 위험을 감수하고 긴 여행을 떠났다. 그렇게 찾은 것이 다정하지도 않던 약혼자의 품이었다.

'얼마나 기댈 곳이 없었으면 저런 미친놈한테 찾아왔겠어.'

생각하고 있으려니 괜히 울컥하고 심사가 뒤틀렸다. 역시 자신이 먼저 만났으면 더 좋았을 뻔했다. 페리얼이 비딱한 자세로 다리를 꼰 채 짧은 한숨을 내쉬었다.

밀라이언이 날뛸 테니까 굳이 자신은 나서지 않을 생각이었다. 그러나 그녀를 생각하고 나니 가만히 있는 것이 죄처럼 느껴졌다.

"카리나의 병에 대해선 내가 말해 주지 않았던가요? 이미 몇 달도 더 전에."

"그건……."

"아니면 그게 내 꿈이었나?"

"……."

의아하다는 듯 고개를 기울이면서도 비웃음 띤 목소리였다.

페리얼의 말에 레오폴드 백작의 말문이 기어코 막혔다. 그제야 레오폴드 백작은 분위기가 묘하다는 것을 뒤늦게 깨달았다. 생각해 보면 이상했다. 잘 훈련된 병사가 귀족을 그렇게 우습게 여기는 것도 그렇지만 사용인들도 이상하게 쌀쌀맞았다. 그리고 그 적의는 응접실로 들어오는 순간 완전히 노골적으로 드러났다.

"……그 아이는 건강했으니까 믿기지 않았을 뿐입니다."

"하."

가만히 이야기를 들으며 궐련을 태우고 있던 밀라이언의 입에서 기어코 헛웃음이 터져 나갔다. 그가 궐련 끝을 이로 잘근 짓씹었다. 약간은 달콤하고 쌉싸름한 궐련 냄새가 응접실 가득 퍼져 나갔다.

페리얼이 밀라이언을 힐끗 바라봤다.

'간신히 참고 있군.'

아카데미에 다니던 성질 같았으면 벌써 검을 뽑았거나 주먹이 날아갔을 것이다. 어른이 되며 기른 인내심인지, 그도 아니면 공작이라는 자각이 생긴 것인지 모르겠다.

"참 재밌어. 날 이렇게까지 화나게 한 사람은 몇 없거든."

밀라이언이 끝만 조금 남은 궐련을 손에 쥐자 팽이 그것을 받아갔다.

밀라이언이 성마르게 얼굴을 두어 번 문질렀다. 궐련을 피웠는데도 불구하고 울렁거리는 속이 진정되지 않았다.

"카리나는 만날 때부터 건강이랑은 거리가 멀어 보였는데."

굳어서 딱딱해진 목소리가 밀라이언에게서 흘러나왔다.

"핏기도 없었고 식사도 제대로 못 했지. 밤마다 통증에 시달리며 숨죽여 울고 있었다."

밀라이언이 주먹을 꽉 쥐며 악문 잇새로 말을 내뱉었다. 소파에 제대로 앉지도 않고 이를 악문 그를 보며 페리얼이 쓰게 웃었다.

"……그건 몰랐습니다."

눈을 크게 뜬 레오폴드 백작이 한층 누그러진 목소리로 말했다. 카리나는 존재감이 흐릿한 아이였다. 당연히 그만큼 신경을 덜 쓰게 될 수밖에 없었다. 그래도 큰 문제는 없다고 여겼다. 부족한 것 없이 키우고 있다고 생각했다.

"제 몸이라곤 신경도 안 썼지. 오자마자 고열을 앓았어. 그런데도 괜찮다는 말뿐이었다. 온몸이 얼어붙든지 말든지 상관없다는 듯이 굴었어!"

"……."

"그녀를 대체 누가 그런 꼴로 만들었다고 생각하나!"

밀라이언의 분노에 레오폴드 백작은 아무런 말도 하지 못했다. 활화산처럼 타오르는 분노는 정면에서 마주하는 것조차 힘겨울 정도였다. 당연하지만 자리에 있는 누구도 입을 열지 못했다.

"그런데 그걸 겨우 몰랐다는 한 마디로 정리하려고 하나?"

"……저렇게까지 심각할 줄은 몰랐습니다. 남부로 데려가 치료하려고 합니다. 아이와도 제대로 이야기해 보겠습니다."

레오폴드 백작의 말에 밀라이언의 눈썹이 쓱 치켜 올라갔다. 가벼운 대답이 아니라는 것은 알고 있지만 그럼에도 괘씸하고 화가 나는 것은 어쩔 수 없었다.

"보낼 생각 없다. 그녀는 살날이 얼마 남지 않았어. 그쪽까지 가는 도중에 죽겠지."

"……살날이 얼마 남지 않았다뇨?"

눈이 크게 뜨이고 당황한 기색이 역력한 인프릭이 물었다. 레오폴드 백작은 목소리가 나오지 않는 듯 입만 벌린 채였다. 그나마 그 감정만큼은 진심으로 보였다.

"카리나가 걸린 건 예술병 중에서도 가장 질이 좋지 않은 종류입니다. 기적을 일으킬 때마다 생명을 깎아 먹히죠."

페리얼의 설명에 인프릭과 레오폴드 백작의 얼굴이 새하얗게 질렸다.

곁에 서 있던 녹턴은 주먹을 꽉 쥔 채 고개를 숙였다. 그것을 바라보는 윈스턴의 표정이 어두웠다.

"사실 예술병의 유무를 가장 확실하게 알려주는 기적은 대개 눈에 보이기 때문에 보통은 부모가 초기에 발견하는 편입니다."

페리얼의 말에 레오폴드 백작은 아무런 말도 하지 못했다. 그는 그런 것을 발견하지 못했었으니까.

페리얼이 마저 말을 이었다.

"하지만 그녀는 아무도 발견하지 못했고 그것이 뭔지도 모른 채 끊임없이 그림을 그렸죠."

"말을, 그런 얘기를 들은 적이……."

"그녀의 그림을 제대로 본 적은 있습니까? 이야기를 들어 주려고 한 적은요? 뭘 그렸는지 물어본 적은?"

"……."

"관심도 없고 말할 기회도 주지 않는데 아이가 스스로 뭔가를 말하길 기대하는 건 너무 오만하다고 생각하지 않습니까?"

페리얼이 잔잔한 목소리로 물었다. 밀라이언처럼 분노가 서린 서슬 퍼런 목소리는 아니었으나 평소 같은 달콤한 목소리도 아니었다.

되묻는 페리얼의 목소리에 레오폴드 백작이 굳은살 박인 주름진 두 손에 얼굴을 묻었다. 큰 관심을 둔 적은 없던 것 같다. 카리나가 어릴 적 그림을 보여 준 기억은 있다. 하지만 어떤 그림이었는지, 카리나가 무슨 표정을 하고 있는지 잘 생각나지 않았다.

두 사람의 말에 어떤 반박도 할 수 없다는 사실이 가장 비참했다. 그저 잘하고 있다고 생각했다. 모든 것이 평화로운 가족이 아니었던가.

마른세수를 한 그가 천천히 고개를 들었다.

“……부모도 사람입니다. 모든 것에 완벽할 순 없지요. 모든 것이 처음이었죠. 아이를 키우는 것도 공평하게 아이들을 감싸 주는 것도 쉬운 일이 아니었습니다.”

“하지만 완벽할 순 없더라도 끊임없이 노력했어야 했다.”

“실수는, 지금이라도 만회해 가면 됩니다.”

하지만 그의 문제는 최소한의 노력조차 하지 않았다는 것이다. 세상 모든 부모가 처음인 시절은 있다. 그러나 모두가 아이를 잘못 키우는 것은 아니다. 실제로 그는 카리나 이외의 다른 아이들을 잘 다독여 키우지 않았던가. 그것이 카리나에게만 적용되지 않았다는 것을 그는 알아야 할 필요가 있었다.

“사람은 실수할 수도 있지. 그대 말이 맞아. 부모도 처음 부모가 되는 거겠지. 하지만 실수도 세 번이면 더는 실수가 아니야.”

밀라이언이 여전히 서슬 퍼런 기세로 레오폴드 백작에게 쏘아붙였다. 레오폴드 백작의 입이 또다시 다물어졌다.

"그것이 처음 시작하는 부모의 서툰 실수였다고 해서 그녀가 받은 상처가 없어지나? 그녀는, 누군가의 아이로 살아간 일이 여러 차례인가?"

"……."

"카리나에게도 첫 인생이었지. 그녀에겐 그대가 유일무이한 첫 부모였고 그대의 앞에서만 어린아이가 될 수 있었을 텐데 그 기회를 전부 빼앗겼어."

레오폴드 백작은 아무런 말도 할 수가 없었다.

그의 말이 맞다. 그에겐 첫 부모로서의 일이었을지 모르겠지만 카리나에겐 첫 삶이었다. 영원히 잊히지 않을 과거로 남을 것이다.

"백작은 처음이라고 도망칠 수 있겠지. 카리나에겐 평생 없어지지 않을 상처가 되었고."

"나는……."

"백작에게는 더 이상 기회가 없을 거다."

레오폴드 백작의 눈이 커졌다.

"레오폴드 백작, 그대는 여러 차례 손을 뻗는 아이를 외면했지. 아이를 똑바로 보고 실수를 만회하려고 노력했어야 했어. 하지만 하지 않았지. 20년 동안!"

밀라이언의 노성에 레오폴드 백작이 제 손바닥에 얼굴을 묻었다. 답답한 듯 숨을 몰아쉬는 그의 표정이 어두웠다. 누구 하나 그의 앞에서 그런 이야기를 하지 않았다. 모든 것이 당연하다고 생각했다.

"……그렇게 지치고 지친 저 어린 여자가 제 죽음조차 숨긴 채 결국 등을 돌리게 했어."

밀라이언의 얼굴이 완전히 일그러졌다. 그녀가 어떤 마음으로 이 먼 북부까지 왔을지를 생각하면 속이 미어졌다. 아무렇지도 않게 죽음을 얘기하던 그녀가, 죽고 싶지 않다고 숨죽인 채 울음을 터뜨리던 그녀가 눈앞에서 아른거려 잊히질 않았다.

"공작 각하!"

순식간에 밀라이언이 손을 뻗어 레오폴드 백작의 멱살을 잡아 끌어당겼다. 인프릭이 재빠르게 손목을 잡았지만 밀라이언은 붙잡은 손에서 힘을 풀 생각이 없는 듯했다.

속절없이 테이블 위로 끌려온 레오폴드 백작이 말없이 밀라이언을 바라봤다.

"죽는 것조차 체념했던 여자야. 그것조차 어쩔 수 없는 일이라며 웃었던 여자라고. 얼마나 삶에 미련이 없었으면……!"

"……그 아이가 그랬습니까?"

"그래, 자신은 괜찮다더군. 전부 각오한 일이니까 아무렇지도 않다고."

일그러진 밀라이언의 표정에서 레오폴드 백작은 시선을 떼지 않았다. 멍하니 그 노성을 받아냈다. 페스텔리오 공작은 진심으로 괴로워했다. 그는 사랑을 하고 있다. 기억도 나지 않는 오랜 옛날, 그와 지금은 백작 부인이 된 그녀가 그랬던 것처럼.

"간신히 어르고 달래 놨어. 간신히…… 그 입에서 살고 싶다는 얘기가 나왔어."

밀라이언의 말에 레오폴드 백작이 숨을 삼켰다.

"레오폴드 백작, 그대가 정말 부모로서의 양심이 남아 있다면……."

그가 주먹을 꽉 쥐었다 폈다.

"카리나에게 진심을 담아 사과하고 떠나. 그녀가 바라는 대로 해. 그녀 앞에서 더 이상 언성을 높이지 마. 그녀를 향해 손을 들지 마. 못하겠다면, 당장 꺼져."

레오폴드 백작의 멱살을 붙잡은 채 제 코앞까지 끌어당긴 그가 낮게 으르렁거렸다. 붉은 눈동자 안에 시뻘건 용암이 끓어오르고 있었다.

인프릭이 좀 더 힘을 써 밀라이언의 손을 떼어 내려고 하는 순간 그가 잡고 있던 손을 풀었다. 인프릭이 홱 고개를 돌려 밀라이언을 바라봤다.

"아버지께서 후회하고 계시다는데 대체 당신이 뭐라고 그렇게 말하십니까! 아무리 공작 각하라고 하셔도 이렇게 무례하실 순 없습니다!"

"한 번 더 그녀에게 상처를 줬다간…… 난 그대들을 적으로 간주하겠다."

인프릭의 말을 깔끔하게 무시한 밀라이언이 마지막으로 한마디를 내뱉었다.

그 일갈에 인프릭의 얼굴이 딱딱하게 굳었다. 페스텔리오 공작가를 적으로 돌린다는 것은 북부령 전체를 적으로 돌린다는 것이다. 황제조차 그와 정면으로 부딪치는 것을 꺼리지 않았던가.

"카리나의 상태가 심각합니까?"

"말했을 텐데. 그녀는 한두 달 뒤면 죽는다고."

"……곁에라도 있게 해 주십시오."

"그걸 허락할 건 내가 아니라 카리나다. 팽, 머물 곳을 줘."

"알겠습니다."

밀라이언이 그 말을 끝으로 자리에서 일어나 응접실에서 나갔다. 페리얼이 그 뒤를 따라 일어나고 윈스턴도 자리에서 일어났다. 녹턴이 움찔 몸을 떨었다.

"윈스턴 스승님……!"

"내가 네게 스승이라 불릴 필요는 이미 없어진 것 같구나. 너와는 대화를 나눴고 나는 네게 실망했다. 말한 대로다. 이제 네가 하고 싶은 걸 하고 살거라."

윈스턴의 목소리에 녹턴이 얼굴을 굳혔다. 그가 주먹을 꽉 쥐었다.

세 사람이 응접실을 빠져나가자 팽이라는 집사가 허리를 굽히며 다가왔다.

"지내실 별관으로 안내하겠습니다."

녹턴이 천천히 고개를 숙였다. 아까 스승님과 나눴던 대화가 머릿속에서 떠나질 않았다.

"잘 지낸 것 같아 다행이구나."

"스승님께서는 조금 야위신 것 같습니다."

"나도 나이가 있으니 조금만 무리하면 겉으로 드러나는 모양이지."

흐리게 웃은 윈스턴은 눈앞에 선 장성한 청년을 보며 쓴웃음을 머금었다. 아주 오래전 떠돌아다니는 고아를 주워 길렀을 때를 생각하면 지금이 마치 꿈처럼 느껴질 때도 있었다.

"널 주워 내 아들처럼 기른 것이 15년쯤 되는구나."

"네, 은인으로 생각하고 있습니다."

"아직도 여동생은 잊지 못했느냐?"

윈스턴의 물음에 녹턴이 눈을 크게 떴다. 그가 쉽게 대답하지 못하고 입을 다물었다. 그리고 아주 천천히 고개를 저었다. 언제나와 같이 서글서글한 사람 좋은 미소가 입가에 자리 잡았다.

"스승님께서 해 주신 말씀은 늘 기억하고 있습니다. 더는 집착하지 않습니다. 환자에겐 늘 공평하려고 노력하고 있습니다."

"아벨리아라는 그 환자에게도 말이냐?"

"……네?"

생각지도 못한 이름이 윈스턴의 입에서 흘러나왔다. 웃고 있던 녹턴의 미소가 깨어졌다.

윈스턴이 고개를 들어 자신보다 훌쩍 커 버린 아이를 바라봤다.

"난 네가 달라졌길 바랐다. 괜찮아졌다고 생각했어."

"스승님……?"

"아이야, 녹턴아."

윈스턴은 무척 서글픈 눈으로 손을 뻗어 녹턴의 볼에 손을 올렸다. 자글자글한 주름과 굳은살이 박인 거친 손길에 녹턴의 눈이 크게 뜨였다.

"난 네가 한 사람 몫을 해 내는 의원이 되길 바랐어. 네 욕심을 채우라고 백작가의 주치의를 시킨 것이 아니었다."

"아닙니다, 스승님! 카리나 아가씨께서 무슨 소리를 했는지는 몰라도, 저는……!"

녹턴이 다급하게 제 볼에 올려진 윈스턴의 손등에 제 손을 겹치며 말했다. 흔들리는 눈동자를 보는 윈스턴의 시선이 안쓰러움으로 가득했다.

"내가 카리나 아가씨를 처음 봤을 때 겉보기에도 상태가 좋지 않았다. 네가 그걸 보고도 몰랐을 리가 없어. 몇 번이나 그녀를 진단해 봤느냐?"

"그건, 아가씨께서 늘 괜찮다고 하셔서……!"

"넌 그 집안 막내 아가씨의 주치의냐? 백작가의 주치의냐?"

엄한 목소리에 녹턴의 숨이 멎었다. 그의 시선이 무척이나 떨렸다. 윈스턴이 짧은 한숨을 내쉬었다.

"내 의료 차트를 봤겠지. 그래, 그것을 보고 백작가에는 제대로 알렸느냐? 아니면, 그녀를 너무 좋아하는 막내 아가씨가 놀랄 게 걱정되어 입을 다물었느냐."

"……."

대답 없는 녹턴의 모습이 도리어 확신 어린 대답처럼 들렸다. 윈스턴의 미간이 실망한 듯 좁아졌다.

"네 욕심이 그녀를 죽음으로 몰았단다, 녹턴. 미리 알 수 있었던 것을 네 알량한 욕심이 외면했다."

윈스턴이라고 이런 말을 하는 것이 마음 편한 건 아니었다. 자그마치 15년이다. 그 오랜 시간 아들처럼 키운 아이였다. 그런 아이가 한 사람을 죽음으로 몰았다고 하는데…… 대체 어쩌면 좋겠는가.

녹턴은 어릴 적부터 살고자 하는 의지가 강했다. 집착과 집요함도 있었다. 그것이 좋은 방향으로 향하면 좋은 의원이 될 것이라고 생각했다. 그러나 이곳에 와서야 윈스턴은 그 바람이 틀렸음을 깨달았다.

"녹턴아, 넌 더 이상 내 제자가 아니다."

"스승님!"

녹턴이 입을 크게 벌리며 비명처럼 소리쳤다.

"나는 오랜 시간 기다렸다. 15년 가까운 세월을 계속 기다렸어. 그런데…… 너는 기어코 바뀌지 않고 내게 이런 실망을 안겨 주는구나."

"스승님, 제가 잘못했습니다."

녹턴이 다급하게 윈스턴의 손을 두 손으로 붙잡았다. 떨리는 녹턴의 손끝을 내려다보며 윈스턴이 잡히지 않은 다른 손을 힘껏 주먹 쥐었다. 그는 일부러 엄한 얼굴로 고개를 들었다.

"아니, 넌 의원을 할 자격이 없다. 한 사람이 두 사람이 되는 법이지. 의원은 언제 어느 때라도 공평해야 한다고. 입이 아프도록 설명을 했어."

"죄송합니다, 스승님. 제가 정말 잘못했습니다. 앞으로 다시는 이런 일 없도록 하겠습니다."

녹턴이 다급한 눈으로 말했다. 빠르게 쏟아져 나오는 말에 윈스턴은 눈동자가 흔들렸다.

"그저, 그저…… 아픈 데도 아무것도 해 주지 못하고 눈앞에서 죽어 간 여동생이 어떻게 해도 잊히질 않았습니다."

"……."

"제발, 한 번만 더 기회를 주십시오."

"난 널 아주 오랜 시간 기다렸고 수많은 기회를 줬다. 나도 늙었고 더는 기력이 없구나."

윈스턴이 선을 그었다. 녹턴의 얼굴이 새하얗게 질렸다. 그가 곧

울 것 같은 표정으로 윈스턴에게 매달렸다.

윈스턴은 제 살을 도려내기라도 하는 듯한 느낌에 숨을 깊게 들이마셨다.

"의원 자격과 명패를 내놓거라."

"스승니임!"

"의원인 녹턴은 이제 없다. 네가 내 아들인 건 변함이 없을 거다. 하지만 언제까지 부모의 품에만 있을 순 없지."

윈스턴의 말에 녹턴의 얼굴이 거무죽죽해졌다. 당장에라도 울음을 터뜨릴 어린아이처럼 일그러진 표정을 보며 윈스턴은 고개를 돌렸다. 더는 그 얼굴을 마주하고 있을 자신이 없었다.

"내 욕심과 짧은 생각이 너를 너무 작은 세계에 가둬 놓은 것 같구나. 그것이 네 시야를 가렸어. 널 성장할 수 없게 했다."

윈스턴이 녹턴의 볼에 댄 손을 천천히 떼어 내며 말했다. 멀어지는 온기를 놓치지 않으려 녹턴이 황급히 윈스턴의 옷자락을 붙잡았다.

"녹턴아, 세상은 넓다. 밖으로 나가 세상을 보고 오거라."

"스승님, 제발……."

콰앙-

굳게 닫혀 있던 문이 열렸다. 근처에서 대화를 나누던 윈스턴과 녹턴의 고개가 자연스럽게 돌아갔다. 밖으로 나온 페리얼이 윈스턴을 바라봤다.

"무슨 일이 있으셨습니까?"

"카리나가 발작을 일으켰어. 약이 지하실에 있어. 자네는 방에서 의료 가방을 가져와."

"알겠습니다."

윈스턴이 곧장 움직였다. 녹턴은 안쪽에서 새어 나오는 고통에 찬 신음을 들으며 윈스턴의 뒤를 따라 달렸다.

울음기 섞인 목소리는 녹턴이 단 한 번도 들어 본 적 없는, 메마른 사막 같다고만 생각했던 카리나의 것이었다.

Chapter 15

밀라이언이 짜증을 애써 가라앉히며 방으로 돌아왔다. 어느새 일어났는지 카리나가 고개를 젖힌 채 우두커니 침대에 앉아 있었다. 밀라이언의 눈이 크게 뜨였다.

"일찍 깼군. 몸은 어때?"

"괜찮아요."

"정말로?"

"네, 조금 숨 쉴 때마다 아프긴 하지만 아까처럼 죄는 듯한 통증은 아니에요."

의심스러워하는 밀라이언에게 카리나가 자세히 제 상태를 설명했다. 그제야 안심한 듯 밀라이언이 입을 꾹 다물었다.

카리나가 손을 뻗자 밀라이언이 반사적으로 몸을 낮추곤 침대에 걸터앉았다. 뻗어 온 그녀의 손이 밀라이언의 흐트러진 머리카락을 정돈했다.

"화내고 왔어요?"

"……안 되나?"

"아뇨, 그냥 엄청나게 화났다는 표정이라서요."

그녀가 밀라이언의 미간을 살살 문지르며 말했다. 깊게 골이 파였던 미간이 평평하게 퍼지자 금세 화나 보였던 인상이 풀어졌다. 카리나가 배시시 웃음을 흘렸다.

"뭐가 그렇게 좋아?"

"사실 좀 분해요."

"분해?"

"네, 그 사람한텐 약한 모습 보여 주기 싫었는데. 그래서 일부러 약도 먹었는데 소용이 없었네요."

우울한 듯 그녀가 밀라이언의 품에 파고들었다. 밀라이언이 자연스럽게 카리나를 품에 끌어안았다.

처음에는 전부 괜찮다고 하던 그녀가 이제는 솔직하게 말하게 됐다. 그것이 얼마나 크나큰 발전인지는 직접 겪어 보지 않으면 모를 일이다.

밀라이언이 만족스럽게 그녀의 등을 쓰다듬었다. 짜증이 순식간에 씻은 듯이 사라졌다.

"못다 한 얘기를 해야 하는데 사실 별로 하고 싶은 말은 없어요. 할 말은 다 했거든요. 나중에라도 밀라이언에게 괜한 말을 할까 봐 신경 쓰였을 뿐이에요."

"그런 일 없으니까 걱정하지 마."

"네, 그러면 됐어요."

그들을 놓기로 마음먹었으니 놓을 것이다. 더는 가족에게 매달리고 싶지 않았다. 이제 필요 없게 됐다. 의지할 곳도 기대고 싶은 곳도 고민을 나눌 상대도 이미 따로 생겼다. 그녀가 뒤를 돌아볼 필요는 없다.

"그분들 쫓아냈어요?"

"아니, 그대가 대화를 다 나누지 못한 것 같아서 일단 별관을 줬어. 쫓아낼까?"

당장 일어나 쫓아내겠다는 기세에 카리나가 웃음을 삼키며 고개를 저었다. 그럴 필요는 없었다.

귓가를 두드리는 그녀의 목소리에 밀라이언이 목덜미에 입을 맞췄다.

"그렇구나. 지금 가 봐도 돼요?"

"몸도 낫지 않았는데 무슨……."

"빨리 해결하고 싶어요. 전 밀라이언과 있을 시간이 필요하지, 그 사람들과 있을 시간이 필요한 게 아니에요."

이미 완전히 놓기로 마음먹었다. 그의 앞에서 딸을 그만두겠다고 말했다. 그러니 이제 그녀가 정리해야 할 건 하나뿐이다. 카리나를 레오폴드 가문의 자식이라고 생각하지 말라고. 그 말을 전하지 못했다.

"기다려, 데리고 오라고 할 테니까."

"고마워요."

"천만에."

밀라이언의 눈이 천천히 가라앉았다.

그가 카리나의 입술에 가볍게 입을 맞추곤 설렁줄을 흔들었다. 소리를 들은 듯 곧 하녀 하나가 들어왔다.

"부르셨습니까."

"팽에게 가서 별관에 있는 놈…… 아니, 레오폴드 백작 일행 데리고 오라고 해."

밀라이언이 카리나의 눈치를 살피며 냉큼 말을 바꿨다. 카리나는 다행히 별다른 신경을 쓰지 않는 듯했다. 그녀가 한층 지친 기색으로 침대 헤드에 몸을 기대었다.

밀라이언이 그녀의 옆모습을 가만히 들여다봤다. 핏기 없는 피부나 입술은 그녀의 지친 기색을 역력히 보여 줬다. 밀라이언이 지끈거리는 제 심장을 손바닥으로 꾹 눌렀다.

'저것들을 처리하면 바로 숲에 가야겠어.'

우두머리 헤르타를 잡아야겠다. 그것을 헤집든 어떻게 하든 그녀를 살려야 했다. 그것을 잡아서 하론을 얻지 못하면 기회는 없다. 기적이 일어날 기회조차 없었다.

"카리나."

"네?"

"지금 살고 싶지?"

귓가에 속삭이는 목소리가 불안한 듯 흔들렸다. 카리나가 눈을 크게 떴다가 이윽고 부드럽게 웃었다.

"네, 기왕이면 밀라이언이랑 최대한 오랫동안이요."

"그래, 그거면 돼."

그거면 된다, 카리나.

흩어질 듯이 속삭이는 작은 목소리에 카리나가 미소를 띠었다.

이윽고 노크 소리가 들렸다. 밀라이언이 한숨을 내쉬었다.

"들어와."

"실례하겠습니다."

낯익은 목소리에 카리나가 천천히 고개를 들었다. 밀라이언의 품에 안겨 있는 참 묘한 모습이었지만 그는 자신을 놓아줄 생각이 없어 보였다. 아예 무릎에 편하게 앉히기까지 했다.

"아까, 대화를 마저 못한 것 같아서 불렀어요."

"아니, 괜찮다. 몸은 어떠냐."

"약 덕분에 괜찮아졌어요. 상황은 들으셨을 거라고 생각해요."

카리나가 레오폴드 백작과 눈을 마주쳤다가 슬쩍 고개를 돌렸다. 뒤쪽에 있는 인프릭이 보였지만 그다지 마주보고 싶지 않았다. 이 이상 그들에게 시간을 뺏기고 싶지 않았다.

"레오폴드 가문에서 카리나 레오폴드를 사망 처리해 주세요. 그리고 절 더 이상 카리나 레오폴드라고 부르지 말아 주세요."

"……카리나, 그러진 말렴. 내가 네게 많이 무심했던 것 같다."

나직하게 내려앉는 목소리에 카리나의 얼굴이 확 굳었다. 다른 쪽으로 돌렸던 시선이 다시 레오폴드 백작에게 향했다.

"나도 처음이다 보니 실수가 많았다. 그저 잘하고 있는 줄 알았지. 하지만, 너무 내 입장만 생각했던 모양이야."

"……."

"네가 상처를 많이 받았겠더구나. 용서하렴."

"……."

일그러진 레오폴드 백작의 표정에서 죄책감이 느껴졌다. 그걸 보는 카리나의 표정이 좋지 않았다. 그녀가 어두운 표정으로 레오폴드 백작을 바라봤다.

"조금만……."

"카리나?"

"조금만 빨리 말해 줬으면 기뻤을 거예요. 몇 년 만…… 빨리 말해 줬으면……."

그러면 여기까지 올 일도 밀라이언을 만나게 될 일도 없었겠지만,

그래도 기뻤을 것이다.

그녀가 천천히 고개를 숙였다. 그러나 지금은 이미 따뜻한 말을 들어 버렸다. 다정함과 상냥함을 알아 버렸다. 이제 와서 저런 말을 듣는다고 해도 돌려줄 말이 없었다.

"당신께서 아버지가 처음이었던 것처럼 저도 처음이었어요."

카리나의 얼굴이 울것처럼 일그러졌다.

"처음이지만 노력했어요. 당신이 나를 돌아보는 방법에 대해선 아무도 가르쳐주지 않았지만, 최선을 다해 스스로를 돌아보고 고민하고 기다렸어요, 백작 각하."

차가운 호칭에 레오폴드 백작의 눈이 크게 뜨였다. 제 자식은 못 본 새 이상해져 있었다. 마치 타인을 보는 듯한 메마른 시선이 영 익숙해지질 않았다.

"……당신이 노력했다면, 뒤늦게라도 만회하려고 했다면, 제가 그 저택을 뒤로하기 전까지 만이라도 그랬다면 전 분명히 당신을 용서했을 거예요."

"……카리나, 아버지께서도 많이 후회하셨어. 조금 늦었지만 네게 진심으로 미안해하고 계셔."

인프릭이 끼어드는 것과 동시에 카리나의 표정이 말 그대로 험악해졌다. 그녀가 고개를 홱 돌리며 인프릭을 노려봤다. 아무것도 모르는 쌍둥이 동생보다 그녀는 저를 이해하는 척하는 인프릭이 훨씬 싫었다.

"제발 좀 닥쳐 줘. 왜 내가 용서해야 해? 사과 받으면 나는 무조건 용서해야 하는 거야? 아버지라는 이유로? 그럼 내 시간은? 내 삶은?"

홍분한 듯 카리나가 숨을 몰아쉬었다. 밀라이언이 그녀의 등을 천천히 도닥였다. 그제야 카리나가 천천히 숨을 내쉬며 고개를 숙였다.

"내가 용서하면, 그건…… 전부 해결돼? 그동안의 일이 없었던 일이 되는 거야?"

머리가 아픈 듯 이마를 짚은 카리나의 목소리엔 힘이 없었다. 그러면서도 날이 선 날카로운 목소리는 전에 없을 정도로 매서웠다.

밀라이언이 홍분한 카리나를 달래듯 그녀의 머리카락을 만지며 느릿하게 고개를 들었다. 붉은 눈동자가 정확히 인프릭에게 꽂혔다. 그의 선득한 시선에 인프릭이 움찔 몸을 떨며 입을 다물었다.

"백작 각하, 전 최선을 다했어요. 당신 시선 한번 받으려고 무던히 애를 썼죠."

그녀가 고개를 저었다. 지친 듯 고개를 떨구는 그 모습에 레오폴드 백작은 아무런 말도 하지 못했다. 정말 너무 피곤해 보여서. 카리나는 당장에라도 잠들 것처럼 보였다.

"너무 지쳤어요. 누군가는 당신을 이해하라고 할지도 몰라요. 내가 언젠가 부모가 돼서 당신을 이해할 날이 올 수도 있죠."

카리나가 짧은 한숨을 내쉬었다.

"하지만 지금은 아니에요."

"카리나."

"난…… 그럴 자신이 없어요. 지금은 하루하루를 살아가는 게 벅차서 더는 신경을 쓰고 싶지 않아요."

그녀라고 가족이라고 하는 울타리에서 벗어나는 것이 쉬운 일은 아니었다. 너덜너덜해진 가슴을 쥔 채 스스로 살점을 뜯어냈다. 그렇게 유일하게 발을 디딜 수 있는 공간을 스스로 뛰쳐나왔다.

"전 두 달 뒤에 죽을 거예요. 그러니 그냥 죽었다고 생각하세요. 그곳으로 돌아갈 마음도 없고 생각도 없어요. 두 번 다시 뵙고 싶지도 않아요."

"카리나!"

"하고 싶은 말은 이게 전부예요. 화내는 것조차 힘드네요. 그만하죠."

카리나가 고개를 숙였다.

"감사했어요. 팽에게 말해 둘 테니 돈은 가져가세요."

그녀가 짤막하게 말하곤 고개를 돌렸다. 더는 보고 싶지 않았다. 카리나가 고개를 돌려 밀라이언의 가슴에 얼굴을 파묻자 밀라이언이 그녀의 등을 쓰다듬으며 고개를 들었다.

"나가."

"카리나, 우리는……!"

"내가 아까 경고했잖아. 나가."

밀라이언의 말에 레오폴드 백작이 얼굴을 확 일그러뜨렸다. 이도 저도 못한 채 그가 결국 얼굴을 쓸어내렸다.

"널 사랑하지 않은 게 아니었다. 다만 네가 다른 자식들보다 눈이 덜 간 것은 사실이었던 것 같구나. 그걸 이제서야 깨달았다. 미안하다."

"……."

카리나가 대답 없이 밀라이언의 품에 조금 더 파고들었다. 밀라이언이 혀를 차며 그들을 노려봤다. 이윽고 두 사람이 천천히 고개를 숙이며 몸을 돌렸다.

열렸던 문이 닫히고 방 안이 다시 조용해졌다. 그럼에도 카리나는 묻은 얼굴을 그의 품에서 떼어 낼 생각이 없는 듯했다. 밀라이언이 천천히 그녀의 등을 토닥였다.

"카리나, 언제까지 이러고 있을 거야?"

다정한 목소리에 그녀의 어깨가 움찔거렸다. 카리나가 밀라이언의 품에 조금 더 파고들었다. 아예 눕힐 기세로 밀어붙이는 그녀에 밀라이언의 입가에 미소가 그려졌다.

"카리나."

"결국, 난 덜 아픈 손가락이었어요."

"내겐 가장 아픈 손가락이야. 내 열 손가락 전부가 너야."

카리나가 슬쩍 고개를 들었다. 곧 울음이라도 터뜨릴 것 같은 표정에 밀라이언은 입안이 썼다. 그가 카리나의 입술에 가볍게 입을 맞췄다.

"그런 표정 하지 마. 당장 내일이라도 쫓아낼 테니까."

"……저 사람들이 불행해졌으면 좋겠다고 생각하다가도 그냥 나 없는 곳에서 행복했으면 좋겠다고도 생각해요."

"원한다면 얼마든지 해 줄 수 있는데."

밀라이언이 카리나의 귓불을 앙 깨물었다.

"아……."

간지러운 통증에 그녀가 슬쩍 그를 흘겨봤다가 이윽고 밀라이언의 어깨를 양손으로 힘껏 밀어 침대에 넘어뜨렸다.

"카리나?"

그러고는 밀라이언의 몸 위에 이불을 덮어 줬다. 그가 의아한 표정으로 카리나가 하는 모양을 가만히 지켜봤다. 카리나가 저도 이불 속에 폭 몸을 묻었다.

그러곤 이내 밀라이언의 품을 찾아 꼬물꼬물 움직여 그의 팔 사이에 자리 잡았다. 밀라이언이 헛웃음을 참으며 제 품에 들어와 편안하게 자리 잡은 카리나를 내려다봤다.

"그대, 내 인내심을 시험하려고 하는군."

"……몰라요. 요 며칠 제대로 잠을 못 잤어요."

"잠? 왜?"

"밀라이언이 없어서요."

밀라이언이 그녀를 끌어안은 팔에 힘을 줬다. 욕설이 절로 튀어나왔다. 당장에라도 집어삼키고 싶다.

"그래……."

그가 간신히 끓어오르는 것을 짓밟으며 대답했다. 달아오르면 뭐하는가. 아무것도 하지 못하는데.

끙, 밀라이언이 낮게 신음을 냈지만 도리어 카리나는 제 가슴에 이마를 비볐다.

그 행동에 밀라이언의 아랫도리가 뻐근해졌다. 등허리가 굳고 근육들이 잔뜩 긴장했다. 애써 다른 생각을 하기 위해 노력해도 그녀의 체향이 스멀스멀 코로 기어들어 왔다.

'……젠장.'

밀라이언이 이미 눈을 감아 버린 그녀를 내려다보며 꿀꺽 침을 삼켰다. 목울대가 크게 일렁였다. 그녀를 품에 안고 자는 건 늘 있었던 일인데 오늘따라 이렇다는 건…….

'욕구 불만인가?'

아니면 그녀가 스스로 제 품에 안겼기 때문일까.

꼬물거리며 제 품에 파고드는 것은 무척 귀여웠다. 정말 머리부터 발끝까지 씹어 삼키고 싶을 정도로.

밀라이언이 이를 악문 채 그녀의 어깨에 얼굴을 묻었다. 숨을 깊게 들이마시니 체향이 더 짙어졌다. 진정하기 위해 한 행동이 어쩐지 욕망을 한층 부추겼다. 그녀의 몸이 약해서 입맞춤 이외의 진도는 전혀 나가지 못하고 있는데.

"……카리나."

"……."

나직한 목소리로 그녀를 불렀지만 대답은 돌아오지 않았다. 숨소리도 제법 고르다. 밀라이언이 절망스러운 표정으로 울상을 지었다. 그가 믿기지 않는다는 듯 조심스럽게 입을 열었다.

"카리나, 정말 자……?"

"……."

여전히 대답은 없다. 고른 숨소리를 보아 그녀는 제대로 잠든 것이 분명했다. 밀라이언이 뻐근한 제 다리 사이를 느끼며 낭패감 짙은 표정을 했다.

입맞춤조차 하지 못하는 이 상황이 서글프기 그지없다. 두어 번 더 카리나를 불러 봤지만 그녀는 미동조차 없었다. 밀라이언은 한참이나 끙끙 앓다가 결국 억지로 눈을 감았다.

차마 품에 그녀를 안고 있어서 뒤척이지도, 그렇다고 화장실로 도망을 가지도 못한 밀라이언의 표정은 시간이 지날수록 거무죽죽해졌다.

아침에 눈을 뜬 그의 표정이 상쾌한 카리나와 달리 퀭했던 것은 당연한 이야기다.

✦

카리나와 대화를 마친 다음 날, 레오폴드 백작과 인프릭은 말 그 대로 쫓겨나듯 마차에 태워져 북부령에서 내보내졌다. 카리나는 미 처 일어나지 못한 이른 새벽 사이에 이루어진 일이었다.

"……그래서 밀라이언도 떠난다고요?"

"그래."

"벌써요?"

카리나가 아쉬움이 역력한 표정으로 물었다. 밀라이언이 쓴웃 음을 머금은 채 고개를 끄덕였다. 카리나의 미간이 좁아졌다. 돌 아온 지 얼마 되지 않았는데 벌써 떠날 거라곤 생각지도 못했기 때문이다.

"……하지만 며칠 있겠다고 했잖아요."

"거의 다 잡은 녀석이었어. 금방 다녀올게."

"언제 가려고요?"

"오늘 밤에. 낮에는 몇 가지 처리할 일도 있고 해서."

밀라이언이 카리나의 어깨를 감싸며 말했다.

풀죽은 모습이 퍽 귀여웠다. 머리 위에 토끼 귀라도 달려 있었으 면 분명 더할 나위 없이 사랑스러웠으리라. 밀라이언이 그녀의 이마 에 쪽 소리가 나도록 입을 맞췄다.

그의 눈이 무겁게 가라앉았다. 최근 잦아진 발작에 고통스러워하 는 그녀를 보는 것이 괴로웠다. 이러다 어느 날 갑자기 눈을 뜨지 않을까 봐 두려웠다. 그녀를 잃을까 봐 조급증이 일었다.

혹시나 그 우두머리 헤르타가 사라지면 어떡하지? 그러면 그녀를 살릴 다른 방법을 어디서 찾아야 하는가.

그렇게 한번 든 생각이 끊임없이 꼬리를 물고 물었다. 도저히 서류나 처리하며 가만히 있을 수가 없었다.

"알겠어요. 다치면 안 돼요."

"물론."

"……그리고 그 사람들 돈은 챙겨 갔어요?"

"걱정하지 마. 마차에 꽉꽉 눌러 담아 줬으니까."

밀라이언이 환하게 웃으며 대답했다.

말 그대로 사람이 들어앉을 자리를 빼곤 전부 금화 보따리를 쌓아 보냈다. 물론, 카리나의 것이 아닌 공작가의 창고에서 꺼낸 금화였지만.

"이번에 가면 또 얼마나 걸려요? 이번에도 일주일이에요?"

"아마도 그쯤 걸릴 거야."

"다치면 안 되는 거 알죠?"

밀라이언이 고개를 끄덕였다. 그가 가볍게 그녀를 안아 들어 침대에 앉혔다. 걱정이 가득한 표정을 보고 있자니 아무래도 속이 좋지는 않다.

"페리얼에게 가 볼래?"

"페리얼이요?"

"한 번도 가 본 적 없지 않나? 지하에 있는 실험실 말이야. 아마 하론으로 둘러싸여 있으니 그대에겐 조금 편할 거야. 일이 끝나면 데리러 갈게."

밀라이언의 말에 잠시 고민하던 카리나가 고개를 끄덕였다.

카리나와 밀라이언이 가볍게 입을 맞췄다. 아쉬움이 뚝뚝 떨어지는 카리나의 눈을 보던 그가 냉큼 시선을 피했다. 아무래도 한번 시작하면 멈출 자신이 없었다.

끌어안고 있는 것만으로 배가 부른 듯했다. 입꼬리가 절로 부드럽게 호선을 그렸다.

"그러고 보니 녹턴이라는 웬 이상한 의사는 남았더군."

"……녹턴이요? 그 사람도 왔었어요?"

"아, 그대는 못 봤겠군."

그 의원이 들어온 건 카리나가 쓰러졌을 때였고 그 뒤론 딱히 눈에 띄지 않았으니까. 동그랗게 뜬 그녀의 눈을 보던 밀라이언이 가볍게 고개를 끄덕였다.

"그래, 아는 자인가?"

"백작가의 주치의예요."

"……그렇군, 그게 그거란 말이지."

"네? 뭐라고요?"

"아니, 아무것도 아니야."

밀라이언이 어깨를 으쓱이며 의미심장하게 빙긋 웃었다. 여리고 능글맞게 생긴 것이 딱 남부의 사람이었다. 본래라면 별 관심을 가질 요소는 없었을 터였다. 과거에 카리나의 속내를 듣지 않았다면 말이다.

'재밌겠군. 하지만, 일단 지금은….'

해야 할 일이 따로 있었다. 밀라이언이 가볍게 녹턴을 생각 밖으로 밀어냈다.

밀라이언이 카리나의 앞에 한쪽 무릎을 꿇고 앉았다. 이제는 익숙해진 눈 맞추기였다. 카리나가 배실 웃었다.

"그러고 보니 내가 그 말 했던가?"

"무슨 말이요?"

"그대가 내 첫사랑이라고."

밀라이언이 카리나의 손등에 입을 맞추며 말했다.

"그러니, 내 처음은 모두 그대가 가져가."

카리나가 눈을 동그랗게 뜨며 입가를 허물어뜨렸다. 부드럽게 웃으며 그녀가 고개를 끄덕였다.

"네, 고마워요."

"……."

다소 심심한 대답에 밀라이언의 눈이 가늘어졌다. 얼마 전 페리얼에게 들었던 조언이었는데 생각보다 반응이 없다. 묘하게 시선을 피하기까지 한다.

'……보통은 연인이 이런 말을 하면 좋아한다고 했는데.'

밀라이언의 표정이 심각해졌다. 이윽고 페리얼이 자신을 놀린 것이 아닌가 싶은 생각까지 치달은 그가 얼굴을 구겼다.

"카리나?"

"네."

"……왜 눈을 피해?"

밀라이언의 지적에 카리나가 냉큼 다시 그와 눈을 맞췄다. 그래 봐야 밀라이언의 짐승과도 같은 촉은 이미 이상함을 눈치챈 후였다.

'설마 아직도 그 놈팡이를 좋아하고 있는 건 아니겠지?'

밀라이언의 눈이 가늘어졌다.

"……첫사랑이라도 생각나는 모양이지?"

움찔.

밀라이언이 살짝 떠보려고 한 말에 카리나의 어깨가 떨렸다. 밀라이언의 눈이 크게 뜨였다. 예상하지도 못한 듯 입을 벌리는 그는 말 그대로 충격이라는 단어를 표정으로 표현하고 있었다.

"……설마 아직도 좋아해?"

"네?"

"그 놈팡이 아직도 좋아하냐고!"

밀라이언이 자리에서 벌떡 일어나며 아이처럼 버럭 소리쳤다. 그는 무슨 바람피운 애인을 목격한 것처럼 경악한 표정을 하고 있었다.

카리나가 켕길 이유가 없는데도 양심이 쿡쿡 찔릴 정도였다. 대답할까 말까 고민하던 카리나가 입술을 뻐끔거리다 이내 목소리를 가다듬고 말했다.

"놈팡이라니…… 누굴 말하는 거예요?"

"아…… 그, 보니까 좋아하는 남자가 있었던 것 같아서. 누군데?"

그러고 보니 그녀는 자신이 숨어서 이야기를 들었다는 걸 모르고 있었다. 밀라이언이 냉큼 오리발을 내미니 카리나가 난감한 낯을 했다.

'……말하면 녹턴 죽을 것 같은데.'

아무리 그래도 애인이 자기 때문에 무고한 사람을 죽이는 건 싫다. 카리나가 눈동자를 데구루루 굴리다가 이내 방긋 웃었다.

"그냥, 잠깐 관심이 있었던 상대예요."

"관······ 뭐?"

"관, 심이요······?"

밀라이언이 한 걸음 뒤로 물러났다. 이미 대충 알고는 있는 일이 었는데 왜 저 입에서 나오니 한층 더 충격인지 모를 일이다.

'관심이 결국 첫사랑 아닌가?'

뭐가 저렇게 충격인지 잘 모르겠지만 어쨌든 큰 죄인이 된 듯한 기분이었다. 그녀가 냉큼 입을 다물었다.

"지금은 안 좋아하고 밀라이언을 더 사랑해요."

"내 처음을 가져가 놓고선······."

"네······?"

마치 순결을 뺏긴 사람처럼 밀라이언이 말했다. 카리나의 입술이 뻐끔거리기 시작했다. 그녀가 억울함에 고개를 치켜들었지만 한층 더 억울한 표정의 밀라이언이 자리에 있었다.

"아니······ 어릴 때 얘기예요. 어릴 때."

"몇 살 때?"

"네?"

"다섯 살 미만이었다면 인정하지."

밀라이언의 말도 안 되는 주장에 카리나의 입이 벙긋거렸다. 말문이 턱 막혀 무슨 말이 나오질 않는다. 다섯 살 미만이면 일단 여자니 남자니 하는 생각도 없을 때가 아니던가.

"······그거 양심 없는 나이인 거 알죠?"

"일곱 살."

"아니, 일곱 살도 좀······."

"북부에선 일곱 살이면 마수도 잡는다."

카리나가 입을 꾹 다물었다.

아무리 봐도 거짓말 같았지만 북부에 살지 않았으니 북부 문화에 영 익숙하질 않았다. 그녀가 믿기지 않는다는 눈으로 밀라이언을 노려봤다.

"정말이다."

"……팽한테 물어볼 거예요."

"물어봐. 정말이야."

밀라이언이 당당하게 대답했다.

실제로 완전히 거짓말은 아니었다. 일곱 살이라면 마수를 잡을 수 있긴 하다. 마수의 새끼나 마수의 새끼나 마수의 새끼 같은 것들 말이다.

"하여간, 지금은 좋아하지 않는 거면 내가 죽여도 되겠군."

"……네?"

"그대에게 상관이 없는 사람이라면 내가……."

음산하게 읊조리는 목소리가 무섭다.

'밀라이언은 상대가 누군지 모를 텐데.'

설마 그 상대가 이 집 안에 있다는 걸 그가 알게 되면……. 녹턴에겐 더는 별 감정이 없지만 괜히 이런 일에 휘말리게 하는 것도 내키지 않았다. 뭣보다 밀라이언은 정말 할 것 같아서.

"페, 페리얼한테 다녀올게요!"

상황을 모면하기 위해 눈동자를 굴리던 카리나가 벌떡 자리에서 일어났다. 그녀가 미꾸라지처럼 밀라이언의 옆으로 빠져서 후다닥 방에서 나가 버렸다.

"카리나!"

밀라이언이 뒤늦게 몸을 돌렸지만 카리나는 정말 다람쥐보다도 재빠르게 사라진 후였다. 밀라이언이 한숨을 푹 내쉬었다. 사라져 버린 그녀의 모습에 그가 머리를 흩뜨렸다.

"그 망할 새끼를……."

이를 드러낸 밀라이언이 눈을 가늘게 떴다. 카리나가 그 녀석을 숨겨 주는 것엔 이유가 있을 것이다. 붉은 눈동자가 섬뜩하게 안광을 빛냈다.

카리나의 뒤를 따라 방을 나선 그가 곧장 성큼성큼 걸어 집무실 문을 벌컥 열고 들어가 의자에 거칠게 앉았다. 그러곤 펜과 서류를 쥐곤 업무를 시작한 시늉을 했다. 표정이 영 밝지 못하니 서류는 다음 장으로 넘어가지도 못했다.

집무실을 정리하던 팽이 갑작스럽게 벌어진 일에 눈을 동그랗게 뜨며 굳은 표정의 밀라이언을 바라봤다.

"표정이 좋지 않으신데 무슨 일 있으셨습니까?"

"첫사랑은 여자한테 큰 의미가 있다고 하던데, 맞아?"

"음……."

밀라이언의 질문에 팽이 잠시 머리를 굴렸다. 제 주인의 질문이니 저 '여자'가 누구를 의미하는지는 어렵지 않게 알 수 있었다.

'카리나 아가씨의 이야기군. 첫사랑이라는 얘기를 하신 건가?'

잠시 고민하던 팽은 곧장 고개를 끄덕였다. 그런 거라면 적당히 등을 떠밀어 주면 더 좋은 효과를 발휘하지 않을까 싶었다.

"네, 물론이지요. 여성분께 첫사랑은 아주 소중합니다. 그러니 주인님께서도 카리나 아가씨께……."

"……."

말을 하던 팽이 재빨리 입을 다물었다. 제 주인의 심기가 영 불편해 보였기 때문이다. 당장에라도 전신을 베어 버릴 것 같은 서슬 퍼런 시선이 와 닿았다.

내뱉은 말에 무언가 문제가 있었나? 팽은 노련한 집사답게 눈치 빠르게 제 말을 되짚어 봤지만 문제 될 곳은 없었다.

"······첫사랑은 잊을 수 없다던데, 정말인가?"

"네, 보통은······."

"그거, 잊게 하려면 어떻게 해야 하지?"

"네?"

"그놈의 첫사랑 잊게 하려면 어떻게 해야 하냐고. 마수처럼 목을 베어다가 가져다준다고 잊히는 건 아니잖아? 카리나라면 오히려 놀랄 거라고."

팽이 그제야 어렵지 않게 상황을 파악했다. 그리고 자신의 조언이 잘못돼도 한참 잘못되었다는 것을 깨달았다. 그가 낭패감 짙은 표정으로 고개를 돌렸다.

'······망했군.'

쉽게 잊을 수 있다고 대답을 했으면 차라리 나았을 것을. 팽의 표정이 난감함에 물들었다. 그의 머리가 빠르게 굴러가기 시작했다. 어떻게든 이 난감한 상황을 타파해야 했다.

"다른 사람을 사랑하면 해결되지요."

"······다른 사람을?"

"네, 사람의 상처는 사람이 지워 준다고 하지 않습니까. 짝사랑하셨던 분이 다른 사람을 사랑하면 해결될 일입니다."

"크흠, 이미 다른 사람을 사랑하고 있으면······?"

밀라이언이 헛기침을 하며 넌지시 질문했다. 손은 펜을 쥐고 눈은 서류를 향해 있는데 어째 일을 처리하는 것에는 영 흥미가 없어 보였다.

"그럼 그분은 이미 짝사랑 상대를 잊으신 거겠지요. 애인까지 되었다면 금상첨화지요."

팽이 귀찮음을 덜기 위해 재빠르게 해답을 내놨다. 제 주인이 얼마나 집요한지를 잘 알고 있으므로 내릴 수 있는 결정이었다.

'……카리나 아가씨가 양다리를 걸치실 분도 아니고 말이지.'

팽은 밀라이언 페스텔리오라는 사내의 이성적인 사고를 그다지 믿진 않았지만 카리나는 믿고 있었다. 그가 봐 온 그녀는 절대 밀라이언을 두고 다른 일을 벌일 사람이 아니었다.

'첫사랑이 따로 있으신 줄은 몰랐지만.'

하긴, 그 정도로 여린 마음을 가지신 분이다. 무언가 의지할 것이 필요했을지도 모른다. 외딴섬처럼 느껴졌을 그 거대한 창살 없는 감옥에서는.

"그렇군. 그럼, 됐어."

"네."

"가서 카리나한테 호위를 붙여."

"……네? 방금 됐다고 하지 않으셨습니까?"

"그건 그거고 이건 이거지. 그 새끼가 카리나한테 수작이라도 부리면 어떡해? 그리고 감히 눈이라도 마주치면……."

밀라이언이 뻔뻔하게 대답했다.

"아니, 설마 눈을 마주쳤다고 죽일 생각입니까? 게다가 그 새끼라니, 대체 누구를 말씀하시는 겁니까?"

"글쎄, 살아도 괜찮긴 하지. 하지만 굳이 이 제국에서 살아 있을 필요 없잖아? 누구든 말이야."

아무렇지도 않게 멀리 쫓아내기라도 할 것처럼 말하는 제 주인을 보며 팽이 말을 잃었다.

한참을 시늉만 하던 밀라이언이 급한 서류만 찾아 적당히 사인하고 펜을 내려놨다.

"아, 그리고 나 돌아올 때까지 녹턴이랬나? 그 새끼 허튼짓 안 하나 감시해."

"네……. 알겠습니다."

의아한 낯을 하면서도 팽은 순순히 고개를 끄덕였다.

'윈스턴의 제자에게는 또 왜 저러시는 거지?'

그가 눈을 가늘게 떴다.

"그리고 토벌은 공식적으로 마무리됐으니 슬슬 검문소 열어. 서류는 한동안 중요한 거 아니면 네가 맡아서 처리하고."

"……이 늙은이보고 차라리 죽으라고 하시죠."

"아직 멀쩡하잖아? 왜 그래, 한때 마수 백 마리도 혼자 때려잡았으면서. 한창때라고. 윈스턴이랑 말 상대라도 하지 그래."

밀라이언이 팽의 어깨를 가볍게 두드렸다. 팽의 표정이 어두워졌다. 오랜만에 좀 한가해지나 했더니 다시 바빠지게 생겼다.

성큼성큼 걸어간 밀라이언이 어느새 집무실 문을 열었다.

"……이미 하고 있습니다."

문이 닫히기 전 팽이 한숨처럼 대답했다. 젊은 공작들의 혈기왕성함에 대해 몇 차례나 상담했다. 윈스턴도 나름대로 페리얼 때문에 고충이 있는 듯했으니까.

'오늘 밤에도 한잔하자고 해야겠군.'

팽이 찌르르 울리는 위통에 다시금 한숨을 내쉬었다. 스트레스는 오늘도 차곡차곡 쌓여 갔다.

밀라이언을 뒤로한 카리나는 지하실로 향하는 계단을 조심스럽게 내려갔다. 아무리 페리얼이 지하실을 실험실로 달라고 했다지만 내려가는 길도 어둡고 분위기가 좋지 않았다.

'……이런 곳을 맨날 혼자 왔다 갔다 한 거야?'

카리나가 속으로 혀를 내둘렀다. 혼자 다니기엔 너무 스산했다. 그녀는 조심스럽게 빛이 새어 나오는 방을 향해 걸어갔다. 카리나는 열린 문틈으로 슬쩍 고개를 기울이며 입을 열었다.

"페리얼?"

"카, 카리나?"

구석진 책상 앞에 앉아 뭔가를 하고 있던 페리얼이 화들짝 놀라며 자리에서 일어났다. 그가 손에 들고 있던 주사기를 내려놓으며 어색하게 웃었다.

"여긴 어쩐 일이십니까?"

"그냥, 한 번도 와 보지 않아서 궁금하기도 하고……. 밀라이언을 피해서 도망 왔어요."

페리얼이 온갖 약품과 플라스크로 가득한 책상에서 일어났다. 성큼성큼 다가온 그가 찻주전자를 꺼내 물을 끓이기 시작했다.

"이쪽에 앉아 계십시오."

어중간하게 서 있는 카리나를 향해 페리얼이 말했다. 그녀는 가볍게 고개를 끄덕이곤 테이블 앞에 앉았다. 분주하게 움직이는 페리얼을 보며 카리나가 가볍게 다리를 흔들었다.

"네, 근데 뭘 하고 있었어요?"

"하론을 연구하고 있었습니다."

"하론…… 무슨 연구요?"

"하론이 예술의 기적을 상쇄하는 것 같아서요."

페리얼의 말에 카리나의 고개가 기울어졌다.

"상쇄?"

그녀가 낮게 중얼거리자 차를 타서 자리로 돌아온 페리얼이 고개를 끄덕였다.

"하론에 예술을 완성하더라도 기적을 일으키지 못하게 하는 힘이 있다고 하지 않았습니까. 그걸 실험하던 도중이었어요."

제 혈관에 넣어 볼 생각이었다는 말은 조용히 목 너머로 삼켰다. 말을 했다간 얼마나 화를 낼지 짐작도 가지 않는다.

페리얼이 여상한 표정으로 찻잔에 차를 따르고 카리나의 맞은편에 앉았다.

"레오폴드 백작이 쫓겨난 거 들었습니까?"

"내보냈다고는 들었어요. 금화도 같이 실어서 보냈다고 하던데요."

카리나의 말에 페리얼의 표정이 묘해졌다. 그가 의미심장한 미소를 띠며 고개를 돌렸다. 잠시 고민하듯 망설이던 그가 목소리를 낮추며 허리를 앞으로 숙였다.

"밀라이언이 그렇게밖에 말하지 않던가요?"

"네, 혹시 무슨 다른 일이 있었나요?"

"새벽부터 끌려나갔다는 건 듣지 못한 모양이군요."

"끌려…… 나가요?"

페리얼이 낮게 웃음을 터뜨렸다. 최근엔 밤을 새우는 경우가 많았던 덕에 그도 우연히 본 광경이었다.

페리얼이 새벽녘의 일을 떠올렸다.

밀라이언은 해가 뜨기도 전에 내려와 직속 기사들을 진두지휘했다. 기사들을 별관으로 보내 레오폴드 백작과 그 후계자를 끌고 나왔다. 곤히 자던 도중에 끌려 나온 두 사람의 꼴은 말이 아니었다.

"으……. 이건 또 무슨 경우 없는 짓입니까, 페스텔리오 공작!"

"아버지! 괜찮으십니까? 공작께선 대체 이 무슨 무례한……!"

콰득-!

밀라이언이 말없이 검을 뽑아 그대로 땅에 내리꽂았다. 밤새 단단해진 땅에 꽂힌 검은 깊이 박혀 쉽게 뽑힐 것 같지도 않았다. 밀라이언은 말없이 손잡이의 머리 부분에 손바닥을 얹었다.

멀리서 밀라이언을 발견하고 뒤따라온 페리얼이 근처 벽에 기대어섰다. 불어오는 새벽바람에 긴 머리카락이 허리께에서 흔들렸다. 그는 가볍게 하품을 하며 일련의 상황을 구경했다.

"잠은 잘 잤나?"

"무슨……."

"그래, 잘 잤다니 그것참 다행이군. 그럼 이제 나가."

밀라이언이 반문하려던 인프릭의 말을 잘라 냈다. 애초에 대답을 바란 것이 아닌 듯한 목소리였다. 말 그대로 그는 제 할 말만 하고 있었으니까.

불친절한 통보에 인프릭의 입이 떡하니 벌어졌다. 그러거나 말거나 밀라이언은 입을 열었다.

"하룻밤 재워 줬잖아. 지금은 아침이고 여긴 내 집이야, 나가."

"뭐…… 뭐라고요?"

인프릭이 당황한 듯 되물었다. 밀라이언이 낮게 한숨을 내쉬자 인프릭이 주먹을 쥐었다. 이것이 얼마나 무례하기 짝이 없는 일인지 귀족이라면 잘 알고 있었으니까.

"대체 이 새벽부터 무슨 말씀을 하는 겁니까!"

휘익, 바람을 가르는 소리와 함께 밀라이언의 왼손에 들린 검집이 인프릭의 턱 밑에 아슬아슬하게 들어왔다. 종이 한 장이 간신히 지나갈 수 있을 정도로 좁은 틈새였다. 인프릭의 눈이 크게 뜨였다.

"윽……."

"카리나가 깨면 정말 걸어선 못 나갈 줄 알아."

밀라이언이 낮은 목소리로 사납게 말했다. 몸을 떨던 인프릭이 검에 손을 가져다 댔다가 이를 악물며 조심스럽게 떼어 냈다. 우습다는 듯 밀라이언의 동공이 풀어졌다. 그가 코웃음을 치며 가볍게 고개를 기울였다.

"뽑아."

"뭐……."

"그 검으로 날 한 번이라도 벤다면 원하는 걸 들어주지. 이곳에

있고 싶은 만큼 있어도 좋아. 혹은 카리나를 데려가도 뭐라고 하지
않겠어."

밀라이언이 눈을 빛냈다. 붉은 안광이 새벽녘 안개 속에서 위험
하게 번뜩였다. 인프릭이 숨을 삼켰다.

"이기라는 것도 아니야. 딱 한 번 내 몸에 그 검을 대면 되는 일이
니까. 내가 크게 다치더라도 절대 항의하는 일은 없을 거다. 페스텔
리오 가문을 걸고 맹세하지."

"……정말입니까?"

"물론."

밀라이언이 이를 드러내며 말했다.

페리얼이 번뜩이는 그 눈동자를 보며 속으로 혀를 끌끌 찼다. 만
약 자신이 인프릭의 입장이었다면 그대로 꽁지를 말고 도망쳤을 것
이다. 밀라이언이 달게 구는 일은 그다지 없다. 즉, 그가 그만큼 화
가 났다는 얘기다.

망설이던 인프릭이 조심스럽게 검 손잡이를 손에 쥐었다. 곁에서
지켜보던 레오폴드 백작이 인프릭의 손목을 붙잡았다.

"하지 말아라, 인프릭."

"아버지, 카리나를 두고 갈 순 없습니다. 이길 순 없어도 검 끝은
한 번쯤 닿지 않겠습니까."

인프릭이 비장하게 말했다. 지켜보던 페리얼의 입술이 비뚜름하
게 올라갔다. 완전한 헛웃음이었다.

'무지하다는 게 저렇게 무섭군.'

페리얼이 생각하는 사이 인프릭이 기어코 레오폴드 백작의 손을
피해 검을 뽑았다. 밀라이언이 바닥에 꽂힌 검을 뽑는 대신 검집을

왼손에서 오른손으로 바꿔 쥐었다.

"뭐…… 하시는 겁니까?"

인프릭의 표정이 기어코 험악해졌다. 그의 행동은 기사에 대한 무시였다. 검이 아니라 검집을 쥐는 것은 상대를 무시하는 행위였다.

밀라이언이 고개를 비스듬히 기울였다.

"약간의 불이익이지."

"필요 없습니다!"

"필요할 거야. 검이면 곤란하기도 하고."

밀라이언이 낮게 중얼거렸다. 그 중얼거림의 의미를 어렵지 않게 깨달은 페리얼이 인프릭을 안쓰러운 표정으로 쳐다봤다. 밀라이언이 검이 아닌 검집을 들었다는 건…….

'걸어가긴 힘들겠군.'

페리얼이 생각하며 벽에 몸을 기댔다.

모욕당했다고 생각한 인프릭이 검을 쥔 손에 힘을 줬다. 밀라이언은 자세조차 제대로 잡지 않고 있었다. 밀라이언은 검을, 아니, 검집을 쥔 손을 늘어뜨리고 가만히 서 있었다.

"먼저 덤비도록 해."

밀라이언의 흘러넘치는 여유에 인프릭이 이를 악물었다. 그가 그대로 검을 쥔 채 밀라이언을 향해 달려들었다. 밀라이언이 지루한 표정으로 검집을 들어 달려드는 검을 한 손으로 가볍게 막았다.

"으아아앗!"

까드득―

날카롭게 벼려진 검과 둥글게 잘 깎인 검집이 맞부딪쳤다. 밀라이언이 가볍게 검을 쳐 내며 팔을 들어 그대로 검집을 인프릭의 어깨에 내려쳤다.

"윽!"

잇새로 흘러나오는 비명에 밀라이언의 입술이 호선을 그렸다. 그가 가볍게 미소 지었다. 만난 이래로 가장 가볍고 산뜻해 보이는 미소라서 인프릭이 잠시 멍한 표정을 지었다.

그사이 밀라이언의 눈이 번뜩였다. 곧 검집을 쥔 손에 힘을 준 밀라이언이 그것을 그대로 마구잡이로 휘두르기 시작했다.

"억! 으억! 악! 흐악!"

"페스텔리오 공작 각하, 그만하십시오!"

"싫은데."

"허……?"

예의라곤 없는 뒷골목 시정잡배 같은 대꾸에 레오폴드 백작이 입을 떡하니 벌렸다. 다시 고개를 돌린 밀라이언이 보란 듯이 한층 더 빠르게 검집을 휘두르기 시작했다.

"아악! 악! 졌……! 항…… 억!"

말도 제대로 하지 못할 정도로 두들겨 맞는 인프릭을 보면서도 레오폴드 백작은 움직이지 못했다. 그가 움직이려고 하면 밀라이언이 한층 격하게 팔을 휘저었기 때문이다.

인프릭은 입이라도 벌리려고 하면 타이밍 좋게 아픈 곳을 두드리는 밀라이언의 행동에 인프릭은 제대로 말도 하지 못했다. 페리얼이 혀를 차며 고개를 내저었다.

타앙-!

인프릭의 검이 결국 바닥으로 떨어졌다. 인프릭의 허벅지를 향해 검집을 휘두르던 밀라이언이 그 몸에 닿기 직전 검집을 멈췄다. 또다시 다가올 격통에 몸을 웅크렸던 인프릭이 조심스럽게 고개를 들었다.

"검 떨어뜨렸잖아. 주워."

"제가 졌……."

입을 열려는 인프릭을 흘겨본 그가 혀를 차며 허리를 굽혔다. 그리고 바닥을 구르는 검을 주워 손수 인프릭의 손에 쥐여 줬다.

"제가 졌습ㄴ…… 흐억!"

"그대는 안 졌어. 계속 버티고 있어."

그 뒤는 이루 말할 수 없이 처참했다. 인프릭이 바닥을 구르면 밀라이언은 그의 멱살을 잡아 일으켜 세웠고 손에 검을 쥐여 줬다. 온몸이 흙과 먼지투성이가 되고 얼굴과 팔다리가 퉁퉁 붓고 시퍼렇게 멍이 들어도 밀라이언은 멈추지 않았다.

"공작 각하! 이제 제발 그만하십시오!"

콧대 높은 레오폴드 백작이 무릎을 꿇고 고개를 숙일 때까지 밀라이언의 대련을 가장한 구타는 이어졌다.

밀라이언이 더 이상 일어나지도 못하는 인프릭을 내려다보며 검집을 허리춤에 다시 꽂았다. 어둑어둑했던 하늘에선 이미 태양이 스멀스멀 모습을 드러내고 있었다.

인프릭이 부은 얼굴로 몸을 바들바들 떨자 레오폴드 백작이 황급히 다가가 인프릭의 몸을 살폈다.

"괜찮으냐?"

"……예."

"아파?"

"……."

밀라이언의 물음에 인프릭이 입을 꽉 다물었다. 아프긴 하지만 기사로서의 마지막 자존심이 대답을 허락하지 않았다. 인프릭이 분한 듯 주먹을 꽉 쥐었다.

"그녀는 그거의 수십 배는 더 아팠어. 하루하루가 절망과 고통의 나날이었겠지."

"……."

인프릭이 말없이 입을 다물었다. 퉁퉁 부은 얼굴은 이제 눈조차 제대로 뜨지 못하고 있었다. 수려했던 외모가 완전히 곤죽이 되었다. 레오폴드 백작이 안쓰러운 표정으로 인프릭의 손을 붙잡았다. 밀라이언이 그 모습을 물끄러미 바라봤다.

이상적인 아버지와 아들. 부모와 자식.

우습게도 이렇게 보고 있는 레오폴드 백작은 전 페스텔리오 공작인 제 아버지와 크게 다르지 않았다. 아픈 자식을 위해 무릎을 꿇고 고개를 숙였다. 몸에 흙먼지가 묻든 말든 제 자식과 눈을 마주했다. 그것이 가장 밀라이언의 속을 뒤집었다.

그는, 레오폴드 백작은 분명히 이상적인 부모였다. 오로지 카리나에게만 제외하곤.

"왜 카리나에겐 그렇게 해 주지 못했을까?"

밀라이언의 말에 레오폴드 백작이 고개를 들었다. 흔들리는 백작의 시선을 밀라이언은 그저 가만히 바라봤다.

"그래, 눈에 띄지 않을 수 있지. 시선이 덜 갔을 수도 있어. 그대도 인간이고 카리나도 인간이야. 모든 사람이 찍어 낸 듯 같은 성격이 아니니 어떻게 전부 같은 마음으로 대하겠나."

그리 크지 않은 목소리가 무겁게 울려 퍼졌다.

웃음기를 머금은 채 상황을 지켜보던 페리얼의 얼굴에서도 미소가 사라졌다. 레오폴드 백작과 밀라이언의 시선이 허공에서 맞부딪쳤다.

"사람은 그럴 수 있다. 백작의 말을 전부 부정하진 않아."

"……."

"그러나 부모만큼은 그래선 안 되지. 자식이 중간에 껴서 눈치를 많이 볼 수도 있고 소심한 성격일 수도 있어. 하지만……."

밀라이언이 이를 악물었다. 가라앉은 목소리는 흥분하지도 않고 분노에 차 있지도 않았다. 하지만 그의 표정은 완전히 일그러져 있었다. 방금 자신이 본 것과 같은 이런 모습을 카리나는 평생 눈에 담았다는 것이 아니겠는가.

"다른 이들보다 눈에 덜 띈다고 해서…… 부모마저 그 존재를 가볍게 여기면 대체 아이는 어디에 의지해야 하는 거지?"

"저는…… 그저……."

레오폴드 백작이 한참 만에 더듬더듬 입을 열었다. 몰랐다고, 몰랐을 뿐이라고, 입술을 달싹이며 대답하려던 레오폴드 백작은 결국 아무런 말도 할 수 없었다. 그것은 결코 변명조차 될 수 없을 테니까.

"그대에겐 눈에 보이는 상처만 상처고 보이지 않는 상처는 상처가 아닌가?"

이야기를 들으며 인프릭이 끙끙거리는 소리와 함께 자리에서 일어났다. 밀라이언이 그를 부축해서 일으키는 레오폴드 백작을 보며 주먹을 꽉 쥐었다.

"감싸 줄 수 있으면서, 눈을 맞추는 방법도 걱정해 주는 방법도 잘 알고 있으면서…… 그녀에겐 대체 왜 그렇게 잔인했나."

"저는 그저 그래도 되는 줄 알았습니다. 잘하고 있다고만……."

레오폴드 백작이 고개를 숙였다. 꽉 쥔 주먹에서 뒤늦은 후회가 느껴졌지만 이제 와서 달라질 것은 없었다. 다른 이도 아니고 카리나가 직접 선을 그었다.

"카리나가 일어나기 전에 떠나."

"이곳에 있게 해 주십시오. 그 아이에게 제대로……."

"이미 기회는 없어. 그대는 발밑에 수없이 많이 놓인 기회를 발로 차고 나서 또 기회를 달라고 하는 거니까."

밀라이언이 짧은 한숨을 내쉬었다. 그가 고개를 돌리다 말고 미간을 좁혔다. 페리얼의 모습을 그제야 발견했기 때문이다. 낮게 혀를 차며 그가 인프릭의 뒷덜미를 붙잡았다.

"답지 않은 소리를 했지만 네놈들이 지금 여기서 쫓겨나는 건 달라질 일 없다."

"놓으십……!"

"꺼져. 한 번 더 네놈들이 무단으로 북부의 땅을 밟는다면…… 그때는 북부를 적으로 돌린 거라고 생각하지."

밀라이언이 병사들에게 인프릭을 떠넘기며 말했다. 그러곤 우뚝 서 있는 레오폴드 백작을 향해 고개를 돌렸다.

"백작도 내가 뒷덜미를 잡아서 던져야겠나? 아무래도 툭 치면 죽을 것 같아서 내키지 않으니 제 발로 가는 게 어때?"

"……굳이 쫓아내셔야겠습니까?"

"개소리는 싫어하는데. 내가 개가 아니라서."

밀라이언의 거친 언사에 레오폴드 백작이 결국 무거운 발걸음을 뗐다. 도착한 그가 멍하니 마차를 바라봤다. 새하얀 보따리로 가득 찬 마차 안은 사람 둘이 간신히 들어갈 수 있을 정도의 여유밖에 남아 있지 않았다.

"이건……."

"카리나가 주기로 한 금화. 금화는 귀찮으니 금괴로 꽉 채웠다. 넉넉히 두세 배쯤 쳐 뒀으니 가져가도록 해."

"필요 없습니다."

밀라이언이 손짓하자 병사들이 레오폴드 백작을 거의 구기듯 마차 안으로 밀어 넣었다. 레오폴드 백작이 인상을 찌푸리다가 이윽고 제 발로 마차 안에 걸어 들어갔다. 비좁은 공간에 간신히 자리 잡은 레오폴드 백작이 다급히 밀라이언 쪽으로 고개를 돌렸다.

"……카리나는 정말 죽습니까?"

밀라이언이 가만히 고개를 들었다. 레오폴드 백작의 눈을 바라보던 그가 슬쩍 고개를 돌렸다.

"죽어. 그러니 잊고 살아."

"……정말로 그 아이의 곁을 지킬 수 없는 겁니까?"

"늦었어."

단호한 밀라이언의 말에 레오폴드 백작은 고개를 떨궜다.

밀라이언이 귀찮다는 듯 손을 내저었다. 병사들이 문을 닫고 마차를 출발시켰다.

"아…… 저건 왜 아직 남아 있어? 쯧, 가서 마차 멈춰."

밀라이언이 몸을 돌리는 순간 표정을 굳혔다. 멀찍이 떨어진 채 새하얗게 질린 얼굴로 서 있는 녹턴이 시야에 들어왔다. 밀라이언이 낮게 혀를 찼다. 허여멀건 낮을 보고 있으려니 기분이 영 좋지 않다.

"공, 공작 각하! 전…… 여기에 있을 수 없겠습니까?"

"없는데."

"저는 카리나 아가씨가 아니라 윈스턴 스승님을 뵈러 온 겁니다. 백작 각하와는 가는 길이 맞아서 함께 오게 된 것뿐이고요."

녹턴이 다급하게 변명했다. 윈스턴의 이름에 밀라이언이 미간을 좁혔다. 그가 페리얼을 쳐다보자 페리얼이 고개를 좌우로 젓는다. 그도 따로 윈스턴에게 전해 들은 게 없었으니까.

"의원인가?"

"……스승님의 제자입니다."

짤막하게 고민한 밀라이언이 손을 내저었다. 어차피 쫓아내려고 한 건 카리나의 가족이었다. 허여멀건 반죽 덩어리가 하나 남았더라도 신경 쓸 필요는 없었다.

"별관을 계속 쓰도록 해. 사람을 붙여 주지."

"감사합니다."

녹턴이 황급히 허리를 굽혔다. 밀라이언이 그대로 몸을 돌리자 페리얼이 그 뒤를 따랐다.

"넌 왜 밖에 있어?"

"소란스럽길래 구경. 카리나한텐 뭐라고 하려고 저렇게 쫓아내?"

"난 대련을 하고 싶어 했기에 그것에 응해 줬을 뿐이야."

뻔뻔스러운 밀라이언의 말에 페리얼의 표정이 묘해졌다. 그 사태를 본 누가 대체 그걸 대련이라고 부르겠는가.

"하론은 언제쯤 가져오려고?"

"오늘 밤에 출발할 거다. 이번엔 제대로 가져오지."

"시간이 없어. 혹시 그게 아니라면 또 다른 방법을 찾아야 해."

카리나에겐 시간이 없었다. 그 우두머리 헤르타에게 있는 하론이 대체 어느 정도의 크기인지도 알아야 했다. 인간의 생명을 대신할 정도로 커야 할 텐데.

"이번엔 가져올 테니 걱정하지 마."

"그래."

밀라이언이 2층으로 올라갔다. 그의 등을 물끄러미 바라보던 페리얼도 이윽고 몸을 돌려 지하실로 향했다.

"페리얼?"

"아, 네. 왜 그러시나요?"

"무슨 생각을 그렇게 깊이 해요. 그래서 새벽부터 끌려 나갔다는 게 무슨 뜻인데요?"

카리나의 물음에 페리얼이 잠시 고민했다. 사실 대답을 해 주는 건 그렇게 어렵지 않지만 밀라이언이 해도 뜨지 않은 새벽부터 일어나서 해결했을 정도로 그녀에겐 숨기려고 했던 일이다.

'그놈을 골려 주는 건 좋아하지만…….'

가끔은 편을 들어 주는 것도 나쁘지 않겠지.

"그냥 새벽부터 깨워서 마차에 태워 보냈다는 얘기였습니다."

"아, 정말요? 새벽에 잠을 자야지. 가만히 보면 밀라이언이 더 자기 몸을 소중하게 여기지 않는 것 같아요."

뚱한 목소리를 내는 카리나를 보며 페리얼이 옅게 웃었다.

"몸은 어떻습니까? 오늘은 발작이 없었나요?"

"네, 페리얼의 약 덕분인지 오늘은 괜찮았어요."

"그거 다행이네요."

페리얼이 담담하게 대답했다. 하론을 연구해서 그 힘을 액체처럼 추출하는 법을 알게 됐지만 그뿐이다. 그녀가 먹는 하론의 용량은 점점 많아지고 있었다. 뭐든지 과하면 좋지 않았다.

"밀라이언이 빨리 돌아오면 좋겠네요."

아직 떠나지도 않았는데 벌써 돌아오길 바란다니. 스스로 하는 말이 우스웠지만 어쩔 수 없는 노릇이다. 이미 마음을 줘 더는 놓을 수 없게 되었으니까.

"금방 돌아올 겁니다. 그러겠다고 했으니까요."

"네, 그러면 좋겠네요."

여유로운 오후 시간이었다.

"각하, 이쪽에도 시체가 있습니다."

"……누군가 둥지를 헤집고 있군."

피 냄새와 유혈이 사방에 낭자했다. 밀라이언이 숲을 떠난 지 며칠 되지 않은 사이 벌어진 일이었다. 찢어 발겨진 마수의 시체들이 숲 곳곳에 널려 있었다.

내장을 헤집은 듯 시체가 온전하게 남아 있는 것이 없었다. 을씨년스럽고 스산한 공기가 기묘한 정적을 안은 채 숲 전체를 휩쌌다.

마치 폭풍 전의 고요 같았다.

"이런 경우는 처음인 것 같습니다. 일단 물러나는 것이 좋을 듯합니다. 검문소를 닫고 토벌대를 다시 편성하는 건 어떻습니까?"

"우두머리 헤르타다. 그놈이 헤집고 있어. 내년을 위해서라도 잡아야겠군."

고레든의 말에 밀라이언이 짧게 한숨을 내쉬었다. 일이 점점 커지는 듯한 기분이다. 역시 조금 무리하더라도 그때 없앴어야 했나 싶다가도 자신이 한 선택에 그다지 후회는 없었다.

'그때 가지 않았으면 더 후회할 뻔했으니.'

덕분에 거머리 같은 걸 눈앞에서 치울 수 있었다. 가장 거슬리는 걸 치웠으니 남은 건 그녀를 살리는 방법을 찾는 것뿐이다.

"다른 쪽으로도 조금 더 가 보지."

밀라이언이 조금 더 안쪽으로 가기 위해 몸을 비틀려는 순간 소름 끼치는 살기가 온몸을 덮쳤다. 고레든이 반사적으로 제 검을 뽑아 들었다.

"……직접 납셨군."

밀라이언이 느리게 검을 뽑았다.

한층 더 흉흉한 살기를 뿜어 대는 헤르타는 이미 단순한 마수라고 할 수 없었다. 목표물을 포착하고 소름 끼치는 살기를 발산하는 놈이 어떻게 마수겠는가.

"덩치가 더 커진 것 같은 건 내 착각인가?"

"커졌습니다. 그리고 놈이 마수들을 잡아먹은 것 같습니다."

"마수를 먹은 게 아니지. 그 안에 있는 걸 먹었겠지."

헤집어진 내장 중에 유일하게 심장이 없었다. 놈은 하론을 먹은 거다. 이 짧은 사이 수없이 많은 마수를 씹어 삼키면서.

크르르르–

침을 뚝뚝 흘리며 놈이 이를 드러냈다. 한층 더 시커멓게 변한 철갑이며 완전히 넋이라도 놓은 듯한 표정이 정상으로 보이지 않았다.

그뿐이랴, 헤르타의 뒤에서 헤르타 무리가 모습을 드러냈다. 주변을 순찰하고 있던 카리나의 헤르타가 쿵쿵거리며 다가와 밀라이언의 옆에 섰다.

크르르–

이를 드러낸 헤르타의 눈이 번뜩였다. 우두머리 헤르타와 카리나의 헤르타. 두 마리가 동시에 땅을 박찼다. 이를 악문 두 마리가 그대로 뿔을 부딪쳤다.

쿠웅–!

묵직한 두 마리가 부딪히는 것과 동시에 거대한 굉음이 울렸다. 두 마리의 격돌에 역풍이 불어닥쳤다. 밀라이언과 고레든이 미간을 좁혔다.

크와아아악–!

비명과도 같은 외침에 밀라이언이 다급히 검을 뽑아 뛰어들었다.

아니나 다를까 카리나의 헤르타가 바닥에 깔려 있었다. 뒤집힌 채 짤막한 네 발을 허공에서 휘젓는 녀석에 밀라이언이 미간을 좁혔다.

그가 그대로 우두머리 헤르타의 눈을 향해 검을 찔러 넣었다.

키야아아아악–!

그것까진 예상하지 못했던 듯 우두머리 헤르타가 끔찍한 비명을 내뱉으며 뒤로 물러났다. 카리나의 헤르타가 냉큼 일어나 중심을 잡았다.

"저것들이나 괜히 오지 못하게 해."

"크릉."

헤르타가 코웃음을 치듯 낮게 울더니 그대로 쿵쿵 소리를 내며 다른 헤르타들을 학살하기 시작했다.

우두머리 헤르타가 한쪽 눈에서 피를 뚝뚝 흘리며 다시 자리에서 일어났다.

거친 공방이 이어졌다. 노련해진 우두머리 헤르타는 한번 학습한 것에 한해선 두 번의 틈을 허용하지 않았다. 말 그대로 성가시기 짝이 없는 상대였다.

채앵-! 까드득-!

뿔과 검이 부딪치고 맞물렸다. 밀라이언이 이를 악물며 자리에서 버텼다. 놈의 다른 쪽 눈을 노리고 있지만 쉽게 틈이 나질 않았다.

우두머리 헤르타의 이가 훅 드러났다. 마치 즐거운 듯한 기묘한 미소였다.

틈이 생겼다. 밀라이언이 검을 높게 치켜들어 그대로 눈에 찔러 넣으려는 순간……

"각하, 조심하십시오!"

고레든의 목소리와 함께 세상이 뒤집혔다. 밀라이언이 이를 악문 채 검을 움직였다.

"각하!"

찾아온 것은 온통 붉은 세상이었다.

"카리나, 또 뭐 하고 계십니까?"

"음, 그때 그렸던 오로라랑 겨울의 끝에 역시 뭔가를 좀 그려 보고 싶었거든요."

갑작스럽게 들려온 목소리에도 카리나는 그다지 놀라지 않았다. 종종 페리얼을 비롯한 이들이 이런 식으로 불쑥불쑥 감시할 겸 찾아오곤 했기 때문이다.

"……그건, 드래곤입니까?"

페리얼이 놀라운 목소리로 물었다. 색이 칠해지지 않은 선뿐이었지만 당장에라도 튀어나올 것만 같은 거대한 몸체가 캔버스 안에서 위용을 뽐내고 있었다.

카리나가 부끄러운 듯 볼을 붉히며 흐리게 미소 지었다.

"어디서 드래곤에 대해 조사하셨습니까?"

"아뇨, 그냥…… 어쩐지 이런 느낌일 것 같았어요."

아직은 색이 칠해지지 않아 새하얀 드래곤은 오랜 세월에 마모되기라도 한 듯 크고 작은 생채기가 많아 보였다. 그것은 마치 전설이나 설화 속에 나오는 아름답고 웅장한 느낌이라기보단 오래된 고목처럼 보였다. 굳건하게 서서 오랜 세월의 풍파를 고스란히 온몸으로 맞아 온 존재.

페리얼이 부드럽게 미소 지으며 고개를 끄덕였다. 그녀는 눈으로 본 것보단 몸으로 느껴서 머릿속으로 상상하는 것을 잘했다. 그녀의 상상력이야말로 메마르지 않는 창작의 원동력이었다. 상상

력은 단단한 뿌리처럼 카리나의 손이 멈추지 않도록 지탱해 주고 있었다.

"어디서 그런 느낌을 받았습니까?"

"밀라이언이랑 겨울의 끝에 갔을 때요. **빽빽한 산맥을 가로지르는 또 다른 산맥이 어쩐지 웅장해서…… 거대한 드래곤처럼 느껴졌거든요."

"그렇군요. 그럼 이 작품도 팔 건가요? 파신다면 부디 제가 구매하고 싶네요."

"아뇨, 이건 줄 사람이 있어요. 다만……."

말끝을 흐린 카리나가 연필을 손에 쥔 채 매만졌다. 어쩐지 오늘따라 집중이 잘 되지 않았다. 페리얼이야 모르겠지만 어제 그렸던 것에서 거의 변화가 없을 정도다.

"다만?"

"이상하게 오늘따라 그림에 집중이 안 되네요. 밀라이언이 떠난 지도 5일째라 돌아오기 전에 얼른 완성하고 싶었는데."

카리나가 한숨을 푹 내쉬었다.

몇 번이고 붓을 쥐려고 했지만 마땅히 마음에 드는 색이 떠오르질 않았다. 그러다 보니 손이 쉽게 가지도 않는다. 그림을 그린 이후로 이런 느낌은 처음이었다.

"그거라면 좀 늦었군요."

"늦었다뇨?"

"아까 슬쩍 들었는데 밀라이언이 헤르타를 타고 영지로 들어오는 모양입니다. 무척 분주하더군요."

"아…… 정말요?"

아쉬움이 뚝뚝 떨어지는 눈으로 카리나가 되물었다.

페리얼이 벽에 기댄 채 고개를 끄덕였다. 지금부터 시작한다고 해도 완성은 무리였다.

"생각보다 빨랐네요."

"밀라이언이니 무식한 방법으로 또 마수를 쓰러뜨렸을지도요."

차마 부정할 수 없을 정도로 그럴 법한 이야기였다. 카리나가 대답 없이 어색하게 웃으며 슬쩍 고개를 돌렸다. 그러고는 냉큼 펜을 내려놓으며 자리에서 일어났다.

"마중 가려고 하십니까?"

"네, 밀라이언을 보면 그림도 금방 완성할 수 있을 것 같아요."

"저 희대의 역작을 가질 주인은 밀라이언이군요."

페리얼의 말에 카리나가 얼굴을 붉힌 채 아무런 대답도 하지 못했다. 그 모습을 보던 페리얼은 캔버스 두 개에 꽉 들어찬 드래곤에게 시선을 돌렸다.

"아쉽네요. 저도 가지고 싶었거든요."

캔버스에 시선을 고정한 채 페리얼이 말했다. 살짝 열어 둔 창문 사이로 살랑거리는 봄바람이 흘러 들어와 그의 긴 머리카락을 흔들었다. 카리나가 힐끗 페리얼을 보더니 옅게 웃었다.

"페리얼의 것도 있어요. 밀라이언에게 빨리 선물해 주고 싶어서 이걸 먼저 그리느라 아직 그리진 못했지만요."

"제 것도 있습니까?"

"네, 그러니까 그렇게 실망한 표정 하지 마세요."

카리나의 말에 페리얼의 눈이 놀란 듯 커졌다. 그가 이내 입술을 부드럽게 풀며 미소 지었다. 카리나도 그를 따라 고개를 끄덕였다.

"얼른 내려가서 밀라이언 기다려요."

"······그놈 마중을 하라고 하다니, 카리나도 잔인하네요."

그러면서도 순순히 화실에서 빠져나오는 페리얼의 모습에 그녀가 웃음을 삼켰다. 밀라이언과 페리얼은 서로를 무척 싫어하지만 서로에 관해서 누구보다 잘 알고 있었다.

화실에서 나온 카리나는 아래층으로 향하는 계단 난간을 붙잡으며 조심스럽게 내려갔다.

"의원, 윈스턴 의원을 부르도록 해!"

"따뜻한 물이랑 수건을 가지고 오고 1층 방으로 모셔라!"

카리나의 화실이 저택의 꼭대기여서 그런지 들리는 목소리는 무척 작았지만 아래가 소란스러운 건 알 수 있었다. 미간을 좁힌 카리나가 걸음을 멈췄다. 두 사람이 놀란 듯 서로 시선을 마주하더니 이내 빠른 걸음으로 계단을 뛰듯이 내려갔다.

"공작 각하를······!"

소란은 계단을 내려오는 내내 계속됐다. 계단을 두 칸씩 성큼성큼 내려가던 페리얼이 카리나보다 먼저 현관에 도착했다.

"대체 무슨 일이냐?"

마지막 계단을 밟으며 페리얼이 빠르게 물었다.

가장 앞에 서서 진두지휘하던 팽이 정신없는 표정으로 묵례를 했다. 팽은 대답하는 대신 살짝 몸을 비켜 그의 시야를 열어 주었다.

"······이런."

페리얼이 눈을 크게 떴다. 팽의 앞에는 상처투성이의 고레든이 서 있었고 그 옆에는 피를 얼마나 흘린 것인지 가쁜 숨을 내쉬는 밀라이언이 쓰러져 있었다.

피가 흥건하게 새어 나와 붉은 카펫을 적셨고 사용인들 여럿이 모여 밀라이언을 조심스럽게 들고 있었다. 고레든의 옆구리도 찢어져 피가 흐르고 있었다.

밀라이언의 상처는 상당히 심각했다. 무언가가 배를 뚫고 지나간 듯 내장이 훤히 보일 정도였다. 급히 천을 찢어 지혈을 한 모양이지만 상처의 크기를 보아 큰 효과는 없었던 듯했다.

"……밀, 라이언……?"

뒤에서 들린 가느다란 목소리에 페리얼이 홱 고개를 돌렸다. 하지만 미처 그가 눈을 막기 전에 이미 그녀는 모든 상황을 눈에 담은 듯했다.

"밀라이언."

"……."

눈을 감은 남자는 대답하지 않았다.

카리나가 거칠어지는 제 호흡을 달래기라도 하려는 듯 가슴에 손을 올렸다. 그녀의 눈이 순식간에 흐려졌다.

대답이 없다.

그녀가 차마 바쁜 사용인들 사이로 파고들지 못하고 바들바들 떨리는 손을 다른 손으로 붙잡았다. 주먹을 꽉 쥔 그녀가 방금까지 밀라이언이 누워 있던 자리를 내려다봤다. 바닥에 깔린 붉은 카펫이 한층 더 진한 색을 피워 냈다. 그 크기가 어찌나 큰지 심장이 바닥으로 곤두박질쳤다.

한쪽에선 고레든이 엉성한 자세로 서서 고개를 숙이고 있었다.

카리나가 사용인들에게 들려 멀어지는 밀라이언을 가만히 바라
봤다.

"페리얼…… 나, 이거, 지금…… 꿈은…… 아니죠?"

"카리나, 일단 잠시 방에 가 계시는 건……."

"페리얼! 페리얼이…… 치료할 수 있죠? 기적…… 그 플루트
로…… 페리얼의 기적은 치유의 힘이라고 했잖아요!"

카리나가 다급하게 페리얼의 옷자락을 붙잡으며 매달렸다. 정돈
되지 않은 말이었지만 알아듣는 것은 어렵지 않았다.

그녀의 말을 들은 페리얼의 표정이 낭패감에 물들었다. 그가 아랫
입술을 꽉 깨물며 주먹을 쥐었다. 카리나가 새하얗게 질린 표정으
로 옷자락을 한층 더 세게 쥐었다.

"페리얼……?"

"미안합니다, 카리나."

페리얼이 제 팔의 옷을 걷어 올리며 손등이 아래로 향하게 뒤집
었다. 그의 손목 혈관에 몇 개의 주사 바늘 자국이 있었다.

"……제 몸으로 실험을 했습니다. 하론 추출물을 넣었는데 그 때
문에 지금은 기적을 쓸 수가 없습니다."

"아……."

카리나가 페리얼의 옷자락을 쥔 손에서 힘을 풀었다. 툭 떨어지는
손을 바라보며 페리얼이 입술을 꽉 깨물었다. 하필이면 타이밍이 이
렇게 될 줄이야.

'……일주일이면 돌아올 거라고 예상했지만.'

사실 카리나가 지하 실험실에 왔던 날 실험할 예정이었다. 하론
이 어느 정도의 지속력을 가지는지에 대한 실험이었다. 그날은 카

리나에게 들켜서 하지 못했고 결국 실험을 한 것은 그다음 날이었다.

'능력이 돌아오기까지 아직 3일이나 남았어.'

물론 어디까지나 예상이기 때문에 약간의 오차는 있을 수 있겠지만 적어도 지금은 기적을 쓸 수 없었다.

카리나가 고개를 숙인 채 말이 없었다. 페리얼이 조심스럽게 손을 뻗었다.

"죄송합니다, 아가씨."

손길이 닿기 전에 들린 목소리에 카리나의 고개가 들렸다. 페리얼이 냉큼 손을 내렸다. 고레든의 무거운 목소리는 지친 듯 힘이 없었다. 호흡도 불안정했고 다리 한쪽은 간간이 경련마저 일으키고 있다.

카리나가 주먹을 꽉 쥐었다.

"아뇨. 일단…… 경…… 고레든 경도, 치료를…….."

더듬더듬 말이 떨렸다. 카리나가 눈에 가득 차오른 열기를 손등으로 꾹 누르며 말했다.

상황이 궁금하지 않은 건 아니었으나 그렇다고 다친 이를 잡아 놓을 정도로 이기적이진 않았다. 아니, 적어도 그렇게 보이게 할 이성한 줄은 아직 남아 있었다.

카리나의 말에도 고레든은 묵묵히 입을 열었다.

"우두머리 헤르타가 저희가 잠시 숲을 비운 사이 수면에 들어간 마수를 죽이고 그 하론을 먹었습니다."

"……하론을?"

"파악되진 않았으나 그 수가 적어도 수백을 넘어가리라 생각합니다. 하론을 과다 섭취한 탓인지 헤르타의 외형은 이전과는 다르게 변해 있었고 그 힘은 인간이 상대할 수 있는 수준이 아니었습니다."

고레든의 설명에 페리얼의 미간이 좁아졌다. 하론을 과다 섭취했다고? 그런 것까진 생각해 보지 않았다. 하론은 생명의 근원이라고 생각했는데…… 뭔가 다른 기능도 있는 건가?

"일단 알겠다. 그대도 고생했네."

"……하론."

카리나가 낮게 중얼거렸다. 그녀가 손바닥으로 눈물이 나오려는 제 눈을 꾹 눌렀다.

'겨우 하론 하나 때문에. 그게 뭐라고.'

자신이 대체 뭐라고……. 제 몸까지 버려 가며 싸웠는가. 위험했다면 도망치면 될 일이다. 헤르타도 있었고 밀라이언도 고레든도 강했다. 겨우 그 정도를 하지 못했을 리가 없다.

"그에 더해 헤르타의 군대가 너무 많아 순간 당하고 말았습니다. 죄송합니다. 지키지 못한 제 잘못입니다."

"……그냥 돌아왔……."

이를 악문 카리나가 고개를 푹 숙였다.

그냥 돌아왔으니 될 일이었다. 하지만 차마 그 말을 내뱉을 순 없었다. 자신을 위해서였으니까. 그들의 노력을 부정하는 말을 입 밖으로 낼 수는 없다.

하지만 하론 따위가 없었어야 했다. 자신이…… 그를 죽음으로 몰았다. 끔찍한 고통 속으로 몰아붙였다.

"물약…… 가져올게요. 일전에 급할 때 쓰려고 그려 둔 게 좀 있어요."

"카리나! 미안합니다."

"……아니에요, 날 위해서였잖아요. 난 괜찮으니까 밀라이언 좀 부탁해요, 페리얼."

흐린 표정으로 말하는 카리나를 보며 페리얼이 입을 다물었다. 말은 괜찮다고 하지만 표정은 전혀 괜찮아 보이지 않았다. 당장에라도 쓰러져 무너질 것처럼 보였다. 무엇보다 그녀가 지금 누구의 탓을 하고 있는지 어렵지 않게 알 수 있었다.

페리얼은 멀어져 가는 그녀를 향해 그저 고개를 끄덕였다. 그가 계단을 오르는 카리나를 바라보다가 고레든을 향해 시선을 옮겼다.

"그대도 일단 치료를 할 테니 응접실에 가 있도록 하게. 금방 오지."

"전 괜찮습니다."

"두 번 말하는 건 싫어하네만."

"……알겠습니다."

페리얼의 목소리에 고레든이 묵묵히 대답했다. 그가 다리를 절뚝거리며 응접실을 향해 멀어져 갔다. 페리얼은 밀라이언이 있는 방으로 향했다.

도착한 방에는 사용인 둘과 팽 그리고 다급한 손길로 밀라이언의 상처를 보고 조치를 취하는 윈스턴이 있었다. 윈스턴이 힐끗 그를 바라봤다.

"상태는?"

"상처도 상처지만 혈액 손실이 심각합니다. 일단 가져가셨던 물약을 쓴 모양이지만…… 상처가 심해서 그런지 큰 효능이 없습니다."

페리얼이 답답한 듯 얼굴을 쓸어내렸다.

죽은 듯이 잠든 밀라이언은 상처를 보기 위해 헤집는데도 작은 반응조차 하지 않을 정도로 감각이 없는 듯했다.

"그래도 물약이 그나마 지혈을 해 준 모양입니다."

"카리나가 물약을 가져온다고 했어."

"일단 상처를 먼저 봉합하려고 합니다. 다행히 내장은 크게 손상된 곳이 없습니다. 다만 흘린 피가 너무 많아서……."

말끝을 흐리는 윈스턴의 말에 그가 고개를 끄덕였다. 일단 그래도 피가 멎은 것이 불행 중 다행이었다.

페리얼이 다른 손으로 제 팔을 꽉 붙잡았다.

"……미안하군. 바로 치료해 줄 수 있었는데."

"괜찮습니다. 살릴 테니까요."

윈스턴이 고개를 숙이는 페리얼을 달래듯 담담하게 대답했다. 손과 옷이 피투성이가 되었는데도 그는 아무렇지도 않아 보였다. 새삼 대단하게 느껴졌다.

"……의원이란 굉장하군."

페리얼이 낮게 중얼거렸다. 타인의 죽음 앞에서 의연할 수 있는 사람이란 무척 신기했다. 적어도 그렇게 보일 수 있다는 것이.

윈스턴이 의료 상자에서 바늘을 꺼내 불에 달구곤 식혔다. 그리고 그것으로 조심스럽게 밀라이언의 상처를 봉합해 가기 시작했다.

미동도 없는 밀라이언을 보며 페리얼이 한숨을 삼켰다.

방이 아닌 화실로 올라온 카리나가 화실 책상으로 다가갔다. 무릎을 꿇고 앉은 그녀가 서랍 가장 아래쪽을 열었다. 커다란 서랍 안에 가득 찬 물약을 하나하나 조심스럽게 꺼내 바닥에 내려 놨다.

"……금방 나을 수 있겠지."

빨리 가져가서 낫게 해 주자. 얼른 그가 붉은 눈동자를 빛내며 제 게 입을 맞춰 줬으면 했다.

손끝이 바들바들 떨렸다. 카리나가 이를 악물며 물약을 바구니에 넣어 품에 들어 올렸다.

"나으면……."

나으면 그는 또 숲으로 갈 것이다. 숲으로 가서…… 또다시 자신을 위해 무리를 하겠지. 괜찮다고 해도 들을 리가 없었다. 그녀는 물약이 가득 담긴 바구니를 힘껏 끌어안았다.

"……싫어."

더는 됐다. 살고 싶지만 그것이 밀라이언의 희생을 필요로 한다면 차라리 삶을 포기하는 게 나았다.

페리얼도 그랬다. 아무리 하지 말라고 했지만 결국 그는 스스로 어떤 것인지도 모를 물질을 몸에 집어넣었다.

밀라이언도 페리얼도 자신을 아낄 줄을 몰랐다. 그건…… 분명히 그들이 희망을 잃지 않았기 때문이다.

우두머리 헤르타가 등급 높은 하론을 가지고 있을 것이라는 생각이 아니었다면 애초에 이런 무리를 했을 리도 없다.

카리나의 얼굴이 벼가 익듯이 천천히 수그러졌다. 밀라이언이 눈을 떴을 때 더는 자신을 위해 희생해선 안 된다.

그녀는 번쩍 고개를 들곤 빠르게 화실을 빠져나갔다. 그녀가 다급하게 계단을 내려가 밀라이언의 방에 들어갔다.

윈스턴이 무언가를 하고 있었다. 밀라이언의 살결에 날카로운 바늘을 찔러 넣는다. 그것을 계속해서 반복했다.

옆에서 그들을 보고 있던 페리얼이 카리나를 향해 고개를 돌렸다.

"카리나, 괜찮습니까?"

"네, 이거 물약이에요. 부족하면 더 그려 줄게요. 부족…… 할까요?"

"충분할 것 같습니다. 밀라이언에게 효능이 좋다고 들었거든요."

"네……."

카리나가 낮은 목소리로 대답하자 페리얼이 그녀의 등을 슬쩍 밀었다. 카리나가 놀란 듯 페리얼을 바라봤다.

"인사도 못하지 않으셨습니까."

페리얼의 말에 윈스턴이 고개를 끄덕였다.

그녀가 이내 천천히 죽은 듯 잠든 밀라이언에게 걸어갔다. 조심스럽게 손을 뻗자 그의 볼에 닿은 손끝에서 시린 한기가 느껴졌다.

"……차갑네요."

그녀가 조심스럽게 밀라이언의 눈을 훑었다. 꾹 닫힌 눈꺼풀은 열릴 생각이 없어 보였다. 천천히 그의 얼굴을 훑던 카리나가 손을 거뒀다.

꾹 다물린 입매도 닫힌 눈꺼풀도 흐린 호흡 소리도 모든 것이 그녀의 심장을 빠르게 뛰게 했다. 한참을 말없이 그를 내려다보던 그녀가 몸을 돌렸다.

"방에 올라가 있을게요. 고레든에게도 하나 전해 주세요."

"……알겠습니다. 정말 괜찮으십니까?"

"네."

망설임 없이 나오는 대답이 더 불안했다.

밀라이언의 가장 큰 상처를 봉합한 윈스턴이 자리에서 일어났다.

"아가씨, 페스텔리오 공작께선 괜찮을 거라네. 내가 약속하지."

"네, 부탁드려요."

카리나가 흐리게 웃곤 그대로 고개를 숙였다. 몸을 돌린 그녀가 방에서 벗어났다. 그러곤 천천히 계단을 올랐다. 처음에는 느릿하기 그지없던 걸음이 점점 빨라졌다. 마지막엔 거의 달리는 것과 진배없었다.

'그림을…… 그려야 해.'

머릿속이 점점 강박관념에 사로잡혔다. 호흡이 가빠지고 심장이 조여 왔다.

곧장 화실로 뛰어 들어간 그녀가 문을 닫고 그대로 기대어 섰다. 그녀의 시선이 멍하니 캔버스 속 드래곤에게 향했다.

오로지 선만이 그 존재를 알려 주고 있었다. 색을 칠하고 음영을 주고 숨을 불어넣으면 그것은 생명을 갖고 전율할 것이다. 아까까지만 해도 전혀 떠오르지 않았던 드래곤의 원형이 눈앞에 아른거렸다. 그저 이것에 몸을 맡기고 붓을 움직이면 된다.

완성하고 싶다. 완성하면 원하는 것을 이룰 수 있다.

카리나의 새파란 눈동자 안에 불길이 치솟는 듯했다. 시뻘건 불길이 그녀를 순식간에 집어삼켰다. 자아가 잠식되는 것이 느껴졌다. 이 감각은 익숙한 것이다. 광기에 자아를 빼앗긴 때와 다를 게 없었으니까.

"미안해요, 밀라이언."

카리나가 작게 중얼거리며 천천히 걸어가 나무 팔레트에 물감을 짰다. 붓을 쥐고 색을 묻혔다.

이기적이라도 좋다. 그가 희망을 잃고 절망하더라도 어쩔 수 없다. 오래도록 그의 곁에 있지 못해도 괜찮다. 앞으로 그와 함께할 시간이 짧아도 어쩔 수 없는 일이 아니던가.

죽을 사람을 위해 산 사람이 희생하는 것은 이치에 맞지 않다. 뭣보다 자신은 그를 잃고 싶지 않았다. 그 일만 겪지 않는다면 뭐든 할 수 있었다.

밀라이언이 나으면 분명히 다시 숲으로 향할 것이다. 고레든은 그것을 인간이 상대할 수 없는 마수라고 평가했다. 그 의미는 밀라이언이 또 다칠 수도 있다는 얘기였다.

—그렇다면 그가 숲으로 돌아갈 이유를 없애면 되잖아?

누군가 머릿속에 그렇게 속삭였다.

우두머리 헤르타를, 그가 이끄는 마수를 전부 죽여 버리면 되는 일이다. 그리고 그녀는 이미 세계에서 사라진 최강의 종족을 알고, 또 이해하고 있었다.

카리나의 손이 빠르게 움직였다. 살짝 풀린 눈은 광기에 젖어 반짝였다. 새하얀 도화지 위에 순식간에 색이 입혀졌다. 텅 빈 눈동자에 생기가 담기고 새하얗기만 했던 드래곤의 비늘이 날카롭게 빛나기 시작했다.

재깍재깍 흘러가는 시간의 흐름도, 태양이 넘어가 붉게 물드는 노을도, 내려앉는 밤의 고즈넉함도, 그녀의 눈에는 어느 것 하나 비치지 않았다. 그녀의 새파란 눈동자엔 오로지 캔버스만이 담겼다.

'조금만……'

구름 한 점 없는 청량한 하늘과도 같던 눈동자에 천천히 금빛의 아지랑이가 피어올랐다. 서서히 제 영역을 넓혀 가는 황금빛이 이윽고 카리나의 눈동자를 집어삼키기 시작했다.

"한 번……."

잔뜩 가라앉은 목소리가 카리나의 입술 사이에서 흘러나왔다. 그녀의 눈이 번뜩였다. 카리나는 그림의 완성을 앞두고 다시 붓에 물감을 묻혔다.

그녀가 팔을 조심스럽게 뻗었다.

똑똑―

노크 소리에 그녀의 손이 붓 터치 한 번을 남기고 멈췄다. 갑작스러운 방해꾼에 카리나가 미간을 좁혔다. 아름다운 황금빛이 탐욕스럽게 푸른 눈동자의 3분의 2를 잡아먹은 채였다.

그녀가 고개를 돌리자 문고리가 움직이더니 곧 문이 열렸다.

"카리나, 밀라이언이 일어났…… 카리나?"

"아…… 페리얼."

카리나가 반쯤 풀린 눈으로 멍하게 입술을 달싹였다. 화실 문을 열고 들어온 페리얼은 눈앞에 보이는 풍경에 숨을 멈췄다.

어떻게 멈추지 않을 수가 있겠는가. 이리도 끔찍하고 아름다운 참상이 눈앞에 펼쳐져 있는데.

카리나의 주변은 엉망이었다. 쏟아진 물과 마구잡이로 던져진 물감과 붓. 그림은 완성 직전이었고 그녀의 눈동자는 황금빛에 거의 침식당해 있었다.

아름다우면서도 잔인한 황금이다. 그것은 탐욕을 부르고 이기심을 부르며 사람을 사람이 아니게 만든다. 예술병에 걸린 이의 욕망을 자극해 그자를 미치게 한다.

페리얼과 눈이 마주친 카리나가 눈꼬리를 휘며 배시시 웃음을 흘렸다. 해맑았으나 곧이라도 흐릿하게 흩어질 것 같은 미소였다. 마치 마지막 인사라도 건네는 것처럼.

"카리나, 대체 무슨……."

"밀라이언을…… 멈출 방법이 생각나지 않아서요. 난 그 사람이 다치지 않았으면 좋겠어요. 내가 평생에 처음으로 가지게 된 욕심이에요."

붓에 힘을 준 그녀가 손을 천천히 들어 올려 캔버스에 가져다 댔다.

"카리나, 하지 마십시오."

"밀라이언은 내 거예요. 그 사람은…… 다치면 안 돼."

"카리나!"

비명처럼 내지르는 페리얼의 목소리에도 카리나의 손은 움직였다. 자의인지 타의인지 구분조차 되지 않는 움직임이었다. 카리나의 입술이 사납게 비틀렸다. 확신하건대, 페리얼은 그것이 카리나가 아니라고 생각했다.

카리나의 눈동자가 완전히 금빛에 물들며 캔버스가 빛을 뿜었다.

눈앞이 흐릿해질 정도로 강렬한 빛이었다. 캔버스에서 발이 튀어나온 것도 아니고 드래곤이 튀어나온 것도 아니었다. 캔버스에선 그저 커다란 빛무리 하나가 나왔을 뿐이다. 캔버스에서 튀어나온 거대한 빛이 하늘을 가로지르며 창문을 빠져나갔다.

카리나가 멍하니 그것을 바라봤다. 그림에 염원을 담았다. 저것은 어떤 형태로든 그녀의 염원을 이뤄 줄 것이다.

툭, 데구르르-

손에서 힘이 빠지고 붓이 떨어졌다. 눈앞이 흐릿해지고 물체가 두 개로 나뉘어 보였다. 세상이 흔들리는 기분에 카리나가 고개를 툭 기울였다.

'뭐지?'

그녀가 눈에 힘을 줬다. 그래도 흐릿해진 세상은 다시 돌아올 기미가 없었다.

"어……?"

세상이 기울어진다.

"카리나!"

달려오는 페리얼도 기울어져 있다. 그제야 깨달았다. 기울어지고 있는 것은 세상이 아니라 자신이라는 것을.

그녀가 멍하니 눈을 깜빡였다. 몸에서 힘이 쭉 빠져나갔다. 손가락 하나도 꼼짝할 수 없을 정도였다.

동시에 세상에 어둠이 드리웠다.

페리얼이 다급히 달려와 무너지는 카리나의 몸을 받아냈다.

그녀의 몸을 받아 낸 그의 눈이 큼직하게 뜨였다. 숨결이 흐리고 호흡이 불안정했다. 굳이 자세히 진찰을 해 보지 않아도 알 수 있었다. 그녀의 상태는 위험했다.

그뿐이랴, 몸은 어찌나 차가운지 모른다. 단순히 심장의 통증과 함께 지독한 열을 몰고 왔던 지금까지와는 확연히 그 증세가 달랐다.

"젠장!"

그녀의 그림에 있던 드래곤이 자취를 감췄다. 남아 있는 것은 그나마 배경뿐이다. 그렇다고 드래곤이 눈앞에 나타난 것도 아니다. 페리얼이 이를 악물었다.

'대체 이게 무슨 일이야!'

페리얼이 카리나를 품에 안은 채 다급히 계단을 뛰어 내려갔다.

이건 예술병이다. 예술병의 후유증이다. 그리고 그 숨결이 꺼져 가기 일보 직전이다.

페리얼은 태어난 가문이 그렇다 보니 다른 이들보다는 예술병 환자를 많이 접했다. 개중에는 조치할 수 없을 정도로 악화된 이들도 있었다. 카리나와 같은 창조자는 처음이지만 예술병 환자의 숨통이 끊기는 순간을 그는 누구보다 잘 알고 있었다. 찬란하게 빛나던 예술의 혼이 서서히 꺼져 가는 걸 목격한 적도 여러 차례였다. 그래서 그것이 사라지기 직전의 느낌을 그는 누구보다 잘 알고 있었다.

그리고 지금 카리나에게선 그들과 같은 감각이 느껴졌다. 그 느낌이 의미하는 바는 간단했다.

"……죽어 가고 있어."

카리나의 예술의 혼은 말 그대로 생명 그 자체다. 그녀가 지닌 생명의 불꽃이 그녀의 혼이었다. 그것이 사라지고 있다. 그 사실이 페리얼의 머릿속에 경종을 울렸다.

'젠장!'

실험을 지금 하는 게 아니었다. 그녀의 말대로 자신이 아닌 다른 것으로 실험을 해야 했다. 조금이라도 더 확실하고 다양한 결과를 도출하고 싶은 욕심이었다. 그 욕심이 이렇게 뜬금없이 다가온 상황으로 인해 최악으로 치달을 줄은 생각지도 못했다. 끝없는 절망이 그를 휩쌌다. 손끝이 벌벌 떨리고 차게 식어 갔다.

다급하게 아래로 내려가 윈스턴을 찾으려던 그가 방에서 나오는 인영을 발견하곤 그대로 걸음을 멈췄다.

"……페리얼인가? 쯧, 이젠 괜찮다니까 굳이 온몸을 붕대로 칭칭 동여매어 놓았어."

낮게 한숨을 쉰 밀라이언이 아직은 불편한 움직임으로 페리얼 쪽으로 걸어왔다. 상태가 상태였다 보니 물약을 들이부었는데도 완벽하게 낫지는 않은 듯했다.

"카리나는? 그녀도 상황을 알겠지? 걱정했을 것 같은데……."

"……."

밀라이언은 대답 없는 페리얼에게 한 걸음 더 다가갔다. 초점이 확실히 잡히지 않는다. 시야가 아직 뿌연 탓인지 잠시 부상의 후유증인지, 밀라이언은 연신 눈을 깜빡이며 눈두덩이를 손으로 꾹꾹 눌러 댔다.

"품에 뭘 안고 있는…… 거지……?"

"……카리나가……."

기어들어 갈 것같이 잔뜩 숨을 들이켠 목소리에 밀라이언의 얼굴이 굳었다. 그가 불편하게 서 있던 다리를 움직였다. 온몸에서 삐걱거리는 소리를 내고 욱신거리는 통증이 등허리를 타고 찌르르 울렸다. 그런데도 밀라이언의 걸음은 점점 빨라졌다.

"……밀라이언, 카리나가 죽어가고 있어."

"……밑도 끝도 없이 그게 지금 무슨 개 같은 소리야, 너?"

다가온 밀라이언이 페리얼의 품에 안겨 있던 카리나를 빼앗아 들었다.

그녀를 품에 안자마자 밀라이언의 얼굴이 거무죽죽하게 어두워졌다. 굳이 얼굴을 확인하지 않아도 알 수 있다. 이것이 누구인지 정도는.

"그녀가 기적을 일으켰어. 뭔지도 모를 커다란 걸."

페리얼의 말끝이 떨렸다. 도대체 정체를 알 수가 없었다. 그런 빛무리는 난생처음 본 것이었고 읽어 왔던 기록에서도 떠오르는 게 없었다. 그러나 그림은 분명히 사라졌다.

밀라이언의 이가 사납게 드러났다. 그러면서도 카리나를 품에 안은 몸은 함부로 크게 움직이지도 않았다.

"도대체 왜!"

"자네가…… 그녀에겐 본인의 생명보다 더 소중한 존재였으니까."

"난 그녀가 준 물약으로 금방 나았다. 대체 무슨 소리를……!"

"자네를 멈출 방법이 생각나지 않는다고 했어. 이게 그녀가 생각한 자네를 멈추는 방법이었겠지! 자네가…….

페리얼이 주먹을 꽉 쥐었다.

"밀라이언 네놈이, 그녀를 위해서 또! 숲에 갈 테니까!"

페리얼이 답답한 듯 소리를 내질렀다.

그녀의 말을 이해하는 것은 그다지 어렵지 않았다. 생에 태어나 유일하게 가진 욕심은, 먼저 깨달은 감정은 밀라이언을 향한 것이었다.

카리나에게 밀라이언은 집착의 대상이었으며 유일하게 기댈 곳이었다. 그녀는 그녀 자신보다 밀라이언을 더 소중하게 여겼다. 밀라이언이 그녀를 세상 무엇보다 소중하게 여기는 것처럼.

카리나도 밀라이언도 죄가 없다는 걸 안다. 그저 서로가 서로를 너무 원하고 아꼈던 것뿐이라는 것도 알지만, 그런데도 페리얼은 참을 수가 없었다.

곁에서 지켜보는 것이 괴롭고 마음이 아팠다. 드물게 만난 소중한 인연들이 자꾸만 서로 부서지지 못해 안달이 난 것처럼 보여서, 그는 문득 울고 싶어졌다.

"난……!"

크와아아아앙!

페리얼이 한 걸음 내딛는 순간 땅이 크게 흔들리며 거대한 포효가 페스텔리오령 전역에 쩌렁쩌렁 울려 퍼졌다.

쿠구구구-

지반에서 억지로 무언가를 뜯어내는 듯 격한 땅 울림이었다.

밀라이언이 황급히 그녀를 품에 끌어안았다. 페리얼은 얼굴을 일그러뜨리며 허리춤에 차고 있던 레이피어에 손을 올렸다.

"……뭐지, 이 살기는? 이런 거대 마수도 있었나?"

등줄기가 절로 오싹해졌다. 이렇게까지 소름이 끼치는 살기는 난생처음이다. 수도에서 북부까지 오면서 마주쳤던 마수에게서도 헤르타에게서도 느끼지 못했던 감각이었다.

"밀라이언, 괜찮나?"

페리얼이 밀라이언의 안부를 물으며 고개를 돌렸다. 밀라이언의 몸은 딱딱하게 경직되어 있었다. 그의 동공은 커다랗게 벌어졌고 손은 이미 검을 뽑아 든 후였다.

"밀라이언……?"

"이건…… 마수가 아니야. 우두머리 헤르타도 이런 감각은 아니었다."

최상위 포식자 앞에서 피식자가 된 느낌을 지울 수가 없다. 밀라이언은 태어나서 지금까지 단 한 번도 이런 느낌을 느껴 본 적이 없었다. 느낄 필요가 없었다. 그는 어떤 마수나 인간 앞에서도 포식자였고 강자였으며 또한 패자(霸者)였다.

죽음이 코앞에 다가온 기분이었다. 숨을 멈춘 채 그가 조심스럽게 밖을 향해 걸음을 옮겼다.

캔버스에서 빠져나온 거대한 빛은 하늘 높이 떠올랐다. 방황하는 기색도 없이 그것은 빠르게 움직이기 시작했다.

노을 지는 하늘을 가로지르고 숲의 가장 높은 나무 꼭대기의 옆을 가벼이 스쳐 지난 빛무리는 순식간에 겨울의 끝이라 칭하는 절벽에 멈춰 섰다.

산맥과 산맥 사이라는 기묘한 위치에 존재하는 거대한 절벽. 절벽 주변을 한 바퀴 빙 돈 빛무리는 빠르게 절벽을 향해 뛰어들었다.

빛무리가 흩어지며 절벽 곳곳으로 스며들기 시작했고 이윽고 절벽 사이사이로 완전히 자취를 감췄다. 빛무리가 사라진 후에도 숲은 조용했다.

겨울의 끝.

겨울 산맥은 언제나 짐승과 마수의 영역이었고 그 외의 것은 존재하지 않았다.

까득- 후두둑, 까드득- 후두둑.

산맥이 커다랗게 뒤틀리며 돌무더기를 쏟아 내기 시작했다. 돌과 흙먼지들이 바닥으로 우수수 쏟아졌다.

고요와 정적만이 가득하던 숲은 기묘한 소음으로 뒤덮였고 민감한 생물들은 후다닥 절벽에서 멀어지기 시작했다. 새는 파드득거리며 하늘 높이 날아올랐고 설치류들은 재빠르게 다른 나무 구멍 속으로 숨어들었다.

몇 차례나 반복해서 절벽은 비틀리고 뒤틀리기 시작했다. 오래도록 굳은 몸을 서서히 움직이려는 것처럼 그것은 이리저리 몸을 뒤틀었다. 멀리서 본다면 마치 절벽이 살아 있는 것처럼 느껴질 정도의 움직임이었다.

오래도록 쌓여 굳은돌이 떨어지고 고동색의 탁한 무언가가 떨어진 돌 틈 사이로 엿보였다. 긴 잠에 빠져 있던 짐승이 기지개를 켜듯 절벽이 불쑥 높아졌다.

쿵. 쿵. 쿵. 쿵.

절벽이 조금씩 높아질 때마다 숲이 흔들렸다. 날카로운 발톱이 땅에 박혔고 고동색의 탁한 비늘이 빛을 받아 밝아졌다.

온몸을 감싸고 있던 절벽의 잔해가 서서히 바닥으로 떨어졌다.

그것은 작은 산사태와도 같았다. 돌덩이가 사정없이 바닥으로 떨어지고 땅이 울리며 흙먼지가 사방에 휘날려 시야를 뿌옇게 가렸다.

투둑거리는 소리를 내며 떨어지는 돌이 순식간에 기묘한 생물체의 발밑에 가득 쌓였다.

「아아…….」

쇠를 긁어내리는 듯한 낮고 거친 음성이었다. 분명히 인간의 언어처럼 들리긴 했으나 발음도 발성도 모두 이상했다. 무엇보다 그 목소리는 인간이 아닌 생명체에게서 흘러나왔다.

후두두둑.

온몸을 뒤덮고 있던 흙더미가 이윽고 완전히 떨어져 나가 거대한 형체가 드러났다.

거대한 몸체는 산맥의 반이나 될 정도로 높고 커다랬고 고동색의 비늘이 온몸을 뒤덮고 있었다. 짙은 회색의 발톱과 길쭉하게 뻗은 목이 시선을 사로잡았다.

놈이 눈을 떴다. 샛노란 눈동자가 굴러다니며 주변을 훑었다.

「생을 다했다고 생각했는데…… 기묘한 일이군.」

거대한 생명체, 드래곤이 목을 쭉 빼내어 숲을 샅샅이 훑으며 중얼거렸다.

뜨거운 숨결에 태풍이라도 몰아친 듯 숲의 나뭇잎들이 크게 요동쳤다. 오랫동안 굳어 있었던 몸은 뻑뻑하고 불편했다. 그러나 생명력이 넘쳐흐른다.

고룡, 에이션트 드래곤 아지다하카가 거세게 뛰기 시작하는 제 심장을 느끼며 만족스럽게 미소 지었다. 말라 버린 핏줄에 돌기 시작한 혈액이 새로운 삶의 시작을 알려 줬다. 근육이 다시금 움직이기 시작했고 차가워져 이윽고 말라 버렸던 숨결이 다시 뜨거워졌다.

아지다하카의 표정이 묘해졌다. 머릿속을 울리는 한 가지 사념이 자꾸만 그의 기분 좋은 새 시작을 방해했다. 그는 이러한 사념을 알지 못하니 아마도 그를 살린 이의 염원인 게 분명했다.

「나쁘지 않지.」

아지다하카가 등에 달린 날개에 힘을 줬다. 오랜 시간 굳어 단단한 고목처럼 움직이지 않는 그것에 조금씩 마력을 불어넣자 날개가 순식간에 활짝 펴졌다.

「이 숲의 마수를 죽이면 되는 건가. 잔인한 주인이로고. 내 아이와 다름없는 녀석들을 죽이라고 하다니.」

쯧쯧, 아지다하카는 혀를 찼으나 그렇다고 하지 않겠다는 말이 나온 것도 아니었다.

「내 것을 돌려받을 때가 되기도 했지.」

딱 한 번이었다. 딱 한 번 아쉬움에 혀를 찬 아지다하카는 작은 목소리로 낮게 중얼거리며 숨을 폐 끝까지 깊게 들이마셨다.

하늘을 향해 고개를 젖힌 놈이 커다랗게 포효했다. 땅이 울리고, 페스텔리오 공작령의 모두가 그 소리를 들을 수 있을 정도로 거대하고 위협적인 포효였다.

길다면 길고 짧다면 짧은 아지다하카의 포효가 끝나고 그의 날카로운 송곳니가 드러났다. 그의 위협에 사방팔방으로 도망치기 시작한 마수와 짐승들의 자취를 쫓아 아지다하카는 발을 내디뎠다.

학살의 시작이었다.

※

"저게…… 뭐야……?"

저택 밖으로 나온 이들은 하나같이 입을 벌릴 수밖에 없었다. 팽을 포함한 시녀와 시종 그리고 윈스턴까지. 페리얼과 밀라이언 역시 말할 것도 없었다.

언제나 당연하다는 듯 존재했던 산맥의 중앙에 거대한 구멍이 나 있었기 때문이다. 또한 정체를 알 수 없는 거대한 무언가가 큼직한 날개를 펄럭이며 숲 상공을 날고 있었다.

멀리서도 보일 정도로 거대한 물체였다. 그것은 계속해서 하강과 상승을 반복하며 무언가를 씹어 삼켰다.

그리고 숲 근처 하늘에선 계속 또 다른 무언가가 쏟아져 내렸다. 멀어서 육안으론 확인이 되지 않지만 아마도 마수나 짐승의 피일 것이다.

"지독하군……."

밀라이언이 낮게 중얼거렸다.

숲과 페스텔리오 공작령은 상당한 거리가 있다. 그런데도 이곳까지 짙은 피 냄새가 바람을 타고 풍겼다. 말을 타고 쉬지 않고 빠르게 달려도 한나절은 걸릴 공작령에까지 느껴졌다는 얘기다. 오감이 예민한 밀라이언에겐 더욱 역하게 느껴졌다.

대체 저것은 무엇이란 말인가. 끔찍한 살기와 악의가 느껴지는, 강력한 포식자였다. 그가 느낀 두려움을 가져온 장본인이었다.

문제는 여기서 어떠한 대처도 할 수 없다는 사실이다. 하늘을 나는 마수를 상대로는 공성전도 불가능했고 날개 없는 인간으로선 대공전도 버티기 힘들 것이다. 여기에서 봐도 저 정도 크기인데 지상에서 맞닥뜨리면 얼마나 더 크겠는가. 인간이 상대하기엔 무리가 있었다.

　가만히 거대한 그림자를 살피던 페리얼이 이윽고 놀란 듯 입을 벌렸다.

　"……드래곤……."

　"뭐?"

　페리얼의 낮은 중얼거림에 밀라이언이 고개를 홱 돌렸다. 여전히 그는 품에 카리나를 안은 채였다. 이런 상황에 그녀를 혼자 둘 수도 없었고 그리고 싶지도 않았다.

　"카리나가…… 아까 드래곤을 그렸어."

　"드래곤……?"

　주변에서 숨을 들이켜는 소리가 들렸다. 그녀가 그림으로 기적을 일으킨다는 사실은 공작저 내에서는 공공연한 사실이었다. 그것이 그녀의 생명을 갉아먹는다는 것을 알기에 그들은 더 카리나에게 신경을 쓸 수밖에 없었다.

　얘기를 들은 밀라이언의 얼굴이 확 굳었다.

　"그래. 카리나의 그림이 기적을 일으켰고 거기서 빠져나간 건 빛무리뿐이었다. 헤르타 때처럼 무언가 태어난 게 아니었어."

　"그러면?"

　"불발이라고 생각했지만, 그런 것치곤 그녀의 남은 생명력을 거의 다 빼앗았지."

페리얼의 목소리에 밀라이언의 입이 다물렸다.

산맥의 중앙에 있던 절벽이 뻥 뚫린 모양은 누군가 일부러 부순 모양과는 차이가 있었다. 마치 그 자리만 뜯겨 나간 듯했다.

"자네의 땅…… 드래곤 시체라도 있었던 건가?"

무언가가 오랜 시간 잠들어 있다가 눈을 뜬 것처럼.

페리얼의 물음에 밀라이언이 얼굴을 일그러뜨렸다. 그도 이 땅에 태어난 지 얼마 되지 않았다. 땅이 생겼을 때부터를 기준으로 한다면 어린아이도 못 되겠지.

애초에 이 땅은 처음부터 제국의 땅이 아니었기 때문에 이 땅의 역사에 대한 자료는 많지 않았다. 기껏 전해져 오는 것이라고 해 봐야 구전 설화 정도뿐이었다.

"드래곤에 관한 얘기는 들은 적 없어. 저걸 카리나가 만들어 냈다는 건가?"

"원래 있던 걸 되살렸다고 보는 편이 옳을 것 같은데."

"……예술의 기적은 화자의 소원을 들어준다고 했지. 그렇다면 저것도 카리나가 원하던 바인가?"

끔찍한 피 냄새가 풍겨 오는 숲에 시선을 고정한 채 물었다. 가까이 가서 보지 않아도 충분히 알 수 있었다. 저것은 학살이다. 일방적인 살육 행위와 다름이 없었다.

"저걸 정말 그녀가 만들었다면 이쪽에 해를 입히진 않겠지. 그보다는 카리나가 더 중요해. 그녀는…… 어떤 상태야? 괜찮은 건가?"

밀라이언이 일그러진 얼굴로 물었다. 아까부터 느꼈지만 그녀의 숨소리가 무척 미약했다. 심장 소리도 호흡도 모두 불안정했다. 점점 몸이 차갑게 식어 가서 제 옷을 덮어 주었음에도 상태는 나아지지 않았다.

"그녀가 일으킨 기적이 눈앞에 있지 않은가. 아마도 이게…… 그녀의 기적이었을 거다."

너무 커다란 것을 살려 냈다. 그나마 새로 생명을 창조하지 않은 것에 대해 안도를 느껴야 할까?

페리얼이 손바닥에 얼굴을 묻었다. 주저앉고 싶었다. 모든 것이 물거품이 되어 버린 기분이었다.

"하론은 얻지 못했다고 들었는데……."

우두머리 헤르타가 있을 곳도 저 지경이다. 전설 속에만 존재하는 줄 알았던 드래곤이 숲을 헤집고 있다. 저 안에서 드래곤과 맞붙고 우두머리 헤르타를 죽인다는 것은 무리에 가까웠다.

"……드래곤을 죽이는 건? 저 드래곤도 하론을 가지고 있을 확률이 있나?"

"자살하겠다는 말을 곱게 포장하는 건가?"

밀라이언의 말에 페리얼의 한껏 인상을 쓰며 반문했다.

드래곤과 싸우다니. 전설이나 오래된 역사서 혹은 고대의 기록에만 남아 있는 드래곤은 그 힘 또한 강력했다고들 한다. 날갯짓 한 번에 산을 날리고 불을 한 번 내뿜으면 나라의 절반을 태워 버렸다고 전해진다.

어디까지나 오래된 기록이니 과장된 부분이 상당히 있겠지만 어떤 드래곤도 약하게 표현된 경우는 없었다. 드래곤은 인간이 닿을 수 없는 존재였다. 신처럼 숭배했다는 기록도 왕왕 있었다.

"그럼…… 대체, 어떻게 해야 하는 거지?"

밀라이언이 얼굴을 일그러뜨렸다.

"어떻게 해야…… 그녀를 살릴 수 있는 거야, 페리얼 칼로스?"

그가 카리나를 품에 안은 채 페리얼을 바라봤다.

애절한 목소리와 일그러진 표정. 감정에 못 이겨 화를 내는 것도 아니었다. 검을 뽑아 들 기세도 아니었다. 그저 당장 무릎이라도 꿇을 것 같은 필사적인 그 표정을 보며 페리얼은 말을 잃었다. 그와 만난 이래 단 한 번도 밀라이언이 저런 표정을 하는 것을 본 적이 없었으니까.

'……정말 좋아하는군.'

누군가를 사랑한다는 것은 그런 감정인 듯했다. 제 모든 것을 주고서라도 그 사람을 지킬 수만 있다면, 그 사람을 위해 제 자존심조차 아무렇지 않게 내팽개칠 수 있는 감정.

페리얼은 말없이 밀라이언을 바라봤다.

"방법을 찾아볼게."

"주인님! 드래…… 아니, 괴생물체가 이쪽으로……!"

저택 위쪽에서 상황을 살피던 팽이 다급히 달려와 밀라이언에게 말을 전했다. 팽의 말을 들은 밀라이언이 곧장 고개를 들었다.

팽의 말대로 무언가가 페스텔리오령을 향해 빠른 속도로 날아오고 있었다. 말로 달려도 몇 시간은 족히 걸릴 것이 분명한 거리였다. 그러나 날아오는 놈과의 거리는 눈을 깜빡이는 순간순간마다 빠르게 좁혀졌다. 밀라이언이 품에 안고 있던 그녀를 페리얼에게 넘겼다.

"지켜. 허튼짓하면 죽인다."

"넌?"

그가 말없이 검을 뽑았다.

영지 여기저기서 비명이 들리기 시작했다. 밀라이언이 미간을 좁힌 채 한숨을 내쉬었다. 그가 고개를 돌렸다. 눈이 마주친 기사는 공포에 질린 채 몸을 떨고 있었다.

"가서 병사들에게 말해. 성문은 열지 말고 영지민은 전부 집으로 돌려보내라고."

"아, 알겠습니다!"

아무리 산전수전 다 겪으며 마수와 함께 싸워 왔다고 해도 드래곤은 달랐다. 그 포효를 듣지 못한 영지민이 과연 어디에 있을까. 그것은 상대를 자극하고 짓누르기 위한 경고성 울음이었다.

차오르는 공포심을 어떻게 할 수는 없을 것이다. 이것은 피식자가 포식자에게 느끼는, 태어날 때부터 가지고 있는 근원적이고 본능적인 감정이었으니까.

쏴아아아−

유유자적한 날갯짓이 위협적이었다. 밀라이언이 쓰게 웃었다. 한낱 검 한 자루를 들고 있는 자신이 이다지도 무력하고 한심하게 보일 수가 없다. 이 정도로 절대 이길 수 없으리라고 생각했던 적은 없었다.

'……하지만 하론이 있다면.'

덤벼 보지 못할 것도 없다. 이것은 어디까지나 근원적인 공포일 뿐 이겨내지 못할 것은 아니니까.

드래곤은 순식간에 영지를 넘어섰다. 곧장 공작저까지 날아온 드래곤이 저택 위를 두어 번 빙빙 맴돌았다. 그러더니 이윽고 저택 정원을 짓밟으며 내려앉았다.

긴 도마뱀 꼬리를 닮은 드래곤의 꼬리가 대문을 가볍게 부숴 버렸다. 착지하기 위해 세운 발톱에 나무와 바닥이 긁히고 불어오는 숨결은 잘 조성된 정원을 뒤죽박죽으로 만들었다.

입에는 여전히 살점이 묻어 있고 피가 뚝뚝 바닥으로 떨어져 내렸다. 기괴하고 두려운 모습이 아닐 수가 없었다.

드래곤은 목을 아래로 쭉 내리며 눈을 가늘게 떴다.

「아, 그것이 내게 숨을 불어넣은 주인인가?」

아지다하카는 눈을 가늘게 뜬 채 페리얼에게 바싹 고개를 들이밀었다. 페리얼이 제 코앞까지 다가온 거대한 생물체의 얼굴에 몸을 긴장시켰다.

"……고대어?"

페리얼의 중얼거림에 아지다하카의 눈이 살짝 커졌다. 그가 조금 난감한 듯 낮게 침음하더니 이내 고개를 기울였다.

「설마, 그 사이에 언어 체계가 바뀌었을 줄이야.」

「……언어를 이루는 근간은 같으나 조금 더 쉽고 체계적으로 바뀌었습니다.」

페리얼이 천천히 대답했다. 익숙하진 않지만, 고대어를 모르는 것도 아니다. 아카데미의 교양 필수 과목이기도 했지만 오래된 고서를 읽을 때 필요한 것이 고대어였으니 페리얼은 고대어에 익숙했다. 특히 옛 서적은 고대어로 된 것이 많았기에 귀족이라면 웬만해선 고대어를 배우곤 했다.

「호오, 다행히 내 말을 알아듣는 이가 있었군.」

아지다하카가 무척 만족스러운 듯 입을 열었다. 옆에서 듣고 있던 밀라이언이 페리얼의 앞을 가로막았다. 그가 검을 손에 쥔 채 미간을 좁혔다.

「용건이 없다면 돌아가라.」

밀라이언의 입술 사이로 고대어가 흘러나왔다.

「주인의 염원은 이것이었군. 걱정하지 않아도 좋다, 인간. 네 영역 내에선 아무 짓도 하지 않는다고 약속하지.」

아지다하카가 말했다.

마수를 죽였으면 좋겠다는 염원 뒤에는 이 남자를 지켜 줬으면 한다는 마음이 포함되어 있었다. 자신을 살려낸 이의 염원이다. 지킬 것은 지켜야 했다.

「……숲에 있는 마수를 죽였나?」

「그래, 일단 '숲의 마수'는 전부 처리했다. 어차피 또다시 태어날 것들이지만.」

아지다하카가 의미심장하게 말했다. 밀라이언의 미간이 좁아졌다. 답답한 듯 머리를 헝클어뜨린 그가 이내 낮은 한숨을 터뜨렸다. 마수를 전부 죽이면 하론을 구할 수 없다. 그 명명백백한 사실에 밀라이언이 주먹을 꽉 쥐었다.

「내게 영혼을 쏟아 주느라 주인은 죽어 가고 있군. 길어야 사흘이겠어.」

「……네놈을 죽이면 카리나는 살아날 수 있는 건가?」

밀라이언의 살기등등한 목소리에 아지다하카가 뾰족하게 솟은 날카로운 잇새로 웃음을 터뜨렸다. 용기가 가상하지 않은가. 제 여인을 살리기 위해 죽음을 알면서도 덤비겠다는 각오라니.

「크큭, 재밌긴 하지만 결론만 말하자면 불가능하다.」

「어째서…….」

「주인은 나를 살렸지. 이미 대가를 지불하고 벌어진 일이다. 흘러간 시간을 붙잡을 수 없듯이, 되돌릴 수 없는 것이니라.」

아지다하카가 묵묵히 의문에 대답했다.

「예술의 신이 축복한 이들은 대개 끝이 좋지 않지.」

쯔쯧, 아지다하카가 고개를 내저었다.

예술의 신이라는 것들은 대개 성격이 배배 꼬여 있었다. 뛰어난 예술품을 위해 때때로 자신이 축복을 준 이들에게 불행을 선사하기도 한다.

「예술의 신……?」

「그놈들은 생각이 꼬인 놈들이야. 뛰어난 예술품은 끊임없는 고통과 고독 속에서 만들어진다고 생각하지. 놈들은 자신이 선택한 이들에게 축복과 영원한 고독을 동시에 내린다.」

페리얼의 되물음에 아지다하카가 거대한 목을 좌우로 내저으며 설명했다. 신이라는 놈들은 어디 하나 망가져 있는 경우가 많았고 예술의 신도 마찬가지였다.

아지다하카가 일만 년의 드래곤 생활을 끝내고 신이 되는 대신 땅에서 영원히 잠들 것을 택한 것도 그런 이유에서였다. 세계가 생기기 전부터 그는 이곳에서 태어나 세계가 만들어지는 것을 눈에 담았다.

「겨우 그것 때문에…….」

밀라이언의 눈이 크게 뜨였다. 그가 이를 악물며 주먹을 쥐었다. 카리나는 평생을 고독 속에 살았다. 멀쩡한 가정 속에서도 배척받고 발 디딜 곳 하나 없이 살아왔다.

「그렇게 화내지 말거라. 그럼에도 멀쩡히 생을 마감한 예술가도 있었느니라.」

아지다하카의 목소리가 다정하게 내려앉았다.

「예술의 신의 축복과 불행을 받았음에도 불구하고 다정한 부모 밑에서 사랑을 배우고 힘을 다루는 법을 배워 널리 이름을 알린 예술가도 있었지.」

「정말입니까?」

페리얼이 믿기지 않는다는 듯 되물었다. 페리얼의 관심에 아지다하카가 뿌듯하게 고개를 끄덕였다.

수천 년 전 이 땅에는 기적을 일으키는 예술가들이 발에 채일 정도로 많았다. 시간이 지나 아마도 그 수가 상당히 줄어든 모양이지만.

「부모의 의지가 강했던 덕분이었지. 제 아이에게 모든 것을 쏟아 부을 정도로 아이를 사랑했기 때문이니라.」

아지다하카가 한 박자 쉬고 다시금 입을 열었다.

「그런 아이는 행복 속에서 자신의 힘을 다루는 법을 배워 늙어 죽을 때까지 살기도 했지.」

「잠시만요, 그게 가능합니까? 제가 아는 어떤 기록에도 창조자가 살아남았다던 내용은 없었습니다.」

당황한 기색이 역력한 페리얼의 반문에 아지다하카가 웃음을 터뜨렸다. 어찌나 즐거워 보이는지 앞발로 땅을 두어 번 쿵쿵 두드리기까지 했다.

그가 움직일 때마다 흙무더기가 우수수 떨어졌다. 탁한 색의 비늘은 아름답게 반짝거리지 않았다. 오랜 시간 무뎌지고 색이 바래 녹슨 칼날과 같아 보였다.

거대한 드래곤의 움직임에 땅이 흔들렸고 거대한 웃음소리에 공기가 진동하며 나무가 우지끈 부러지는 소리를 냈다. 무척 재밌다는 듯한 그 표정과 목소리에 페리얼의 표정이 묘해졌다.

「그야 기록할 필요가 어디에 있겠느냐? 그들은 그저 평범한 아이처럼 자라 평범한 인간처럼 죽었을 뿐인데.」

아지다하카의 말에 페리얼의 눈이 커졌다.

모든 것은 부모로 인해 달라진다. 그들이 받은 축복에 있는 고독이라는 요소가 아이를 조금은 꺼림칙하고 눈에 띄지 않는 존재로 만들 수는 있다.

그러나 그뿐이다. 신은 전지전능하지 않다. 그에 비해 인간의 가능성이란 무한했다. 그들의 성장과 가능성만큼은 세상 어떤 생명체도, 심지어 신조차도 얻지 못한 것이었다.

얼마든지 극복할 수 있는 종류의 저주였다. 만약 극복하지 못했다면 부모의 성격이 그러한 것이다. 눈 밖에 난 것에 시선을 다시 주는 성격이 아니거나 자식에게 별 관심이 없는 경우다.

필요할 때 사랑을 받지 못한 아이는 고독을 견딜 수 없어 오로지 자신을 이해해 주는 예술에 제 몸을 불살랐다.

반대로 사랑을 듬뿍 받은 아이는 굳이 제 삶을 예술에만 국한할 필요가 없었다. 그들에겐 부모에게 얻은 자신감과 용기가 있으니 수많은 상처 끝에도 친구를 사귈 수 있었을 것이다. 고독이라는 저주에 외면하는 수많은 사람 중에서도 부모와 같이 본연의 모습을 봐주고 사랑해주는 사람을 만날 수 있었겠지.

그러다가 실패해도 어떠한가. 아이에겐 언제든지 달려가 올 수 있는 너른 품이 존재했다. 그렇게 어른이 되면 아이는 더는 고독이라는 감정에 허우적거리지 않는 것이다.

부모만 제자리에 굳건히 있어 준다면 아이는 언제든 방향을 잃지 않을 수 있다. 아지다하카가 지금껏 봐 온 인간은 그랬다. 넘어져도 길을 잃어도 이정표만 있다면 다시 걸어갈 수 있는, 실패해서 좌절해도 다시 일어날 수 있는 존재.

'겨우 그런 것으로 예술병을 치료할 수 있다는 건가?'

페리얼의 얼굴이 새하얗게 질렸다.

불치병이라고 생각했는데, 공생한다고 생각하면 방법이 있었던 모양이다. 그러나 그 방법은 그다지 완전하지 않았다.

'불안정하고 불확실해.'

이상적이지 않다. 부모가 돌아봐 줄 길 없는 사람은 그럼 결국 죽어야만 한다는 것인가? 아니면 사지를 잃고 제 하나뿐인 숨구멍을 틀어막아야 한다는 것인가?

「……하론을 구할 다른 방법은 없는 건가?」

밀라이언이 아지다하카와 시선을 마주한 채 말했다. 아지다하카의 눈이 슬며시 가늘어졌다. 그가 바싹 고개를 숙여 밀라이언의 코 앞까지 얼굴을 들이밀었다.

「하론?」

「마수를 죽이면 나오는 이런 돌이 있습니다. 이것에 관해 혹시 아시는 게 있습니까?」

페리얼이 냉큼 가지고 있던 것을 꺼내어 내보였다. 아지다하카의 눈이 커졌다. 그가 세운 발톱으로 제 턱밑을 긁어내렸다. 오랜 기간 그의 몸에 묻어 있던 흙먼지가 우수수 쏟아졌다.

「드래곤은 신이 되기 직전인 존재라고 하지. 알고 있나?」

「……그런 설화를 들어 본 적이 있긴 합니다.」

「드래곤의 생명은 대략 일만 년이라고 알려져 있고 그 긴 세월을 살아 내면 신이 될 기회가 주어지지. 그럼 이 껍질을 탈피하고 영체만이 이 땅을 떠나게 된다.」

「…….」

정말 뜬금없고 갑작스러운 이야기였다. 도저히 따라갈 수가 없었다. 밀라이언이 검을 집어넣으며 페리얼에게서 카리나를 넘겨받았다. 그리고 품에 안은 그녀의 이마에 입을 맞췄다.

'……차가워.'

햇볕이 이렇게 내리쬐는데도 그녀의 몸은 차갑기 그지없었다. 그가 조금 더 카리나를 힘껏 끌어안았다.

품에 있어 줬으면 하는 이가 자꾸만 제 곁을 떠나려고 한다. 그것이 두려웠다. 품에 안고 있는 그녀가 순식간에 제 곁을 떠나 버릴까 봐.

곧이라도 꺼져 버릴 듯한 숨결도 심장 소리도 새하얗게 질린 핏기 없는 얼굴도 무엇 하나 마음에 들지 않았다.

이 절망적인 상황이 전부 끔찍했다. 밀라이언이 살면서 단 한 번도 겪어 본 적 없는 상실의 두려움이었다. 딛고 있는 발판이 꺼지고 무저갱으로 추락할 것만 같았다.

「드래곤의 육체는 신과 정반대지. 우리는 오랜 세월 마나를 쌓아 드래곤 하트를 만든다.」

「드래곤 하트?」

「드래곤의 심장. 마나의 근원. 그것에서 세상 밖으로 떨어져 나온 찌꺼기가 바로 그대들이 가지고 있는 그 돌이 되는 거다.」

그 말을 들은 밀라이언의 동공이 확 벌어졌다. 그가 페리얼에게 카리나를 다시 넘기는 것과 동시에 검을 뽑아 그대로 아지다하카에게 달려들었다. 그 매섭기 짝이 없는 기세에 아지다하카의 미간이 좁아졌다.

"밀라이언! 뭐 하는 건가!"

"이놈을 죽여서 그 안에 있는 걸 끄집어내면 된다는 거 아닌가?"

"드래곤을 어떻게 죽이려고 그러나!"

"어떻게든."

밀라이언의 검이 쇄도했다.

아지다하카가 앞발을 들어 가볍게 발톱으로 밀라이언의 공격을 막았다. 차이가 압도적이었다. 비늘도 가죽도 단단했고 검이 제대로 들어가지도 않는다.

「진정하지 그러나, 인간. 내 심장을 인간에게 집어넣어 봐야 어차피 무른 몸은 견디지 못하고 육체조차 남지 않고 소멸할 것이다.」

땅을 박차고 날아올랐던 밀라이언의 검이 아지다하카에게 닿기도 전에 멈췄다. 이를 악문 그가 검끝을 도로 아래로 내리며 아지다하카의 다리를 타고 다시 바닥에 착지했다.

카앙-!

밀라이언의 검이 금속음을 내며 바닥으로 떨어졌다.

"대체…… 어쩌라는 건가."

밀라이언이 손을 들어 입술을 꽉 깨물었다. 분함에 꽉 깨문 입술에서 피가 배어 나왔지만 그는 아무런 통증도 없다는 듯 손에 얼굴을 묻을 뿐이었다.

「하지만 드래곤 하트의 찌꺼기…… 너희가 '하론'이라고 부르는 그

돌이라면…… 그래, 무른 인간의 몸에도 충분히 통할 것 같군.」

아지다하카의 말에 밀라이언이 고개를 들었다. 눈을 크게 뜬 페리얼의 시선 역시 그의 샛노란 눈동자에 닿았다. 두 사내의 시선을 마주 보며 아지다하카가 입을 열었다.

「시체에서 빠져나온 내 마나가 시간이 지나 돌처럼 굳었고 마수가 그것을 먹어 제 양식으로 삼은 모양이더군. 그 '하론'이라고 부르는 것을 말이네.」

드래곤이 마수를 사냥했던 이유 중 하나는 오랜 공복기에 비어 버린 드래곤 하트에 마나를 공급하기 위함이었다. 마수들이 나누어 가진 하론이라는 것은 자신의 드래곤 하트에서 새어 나온 마나를 응축해 모아 둔 것이었다.

「원한다면 하론은 조금 나눠줄 수 있지. 저 인간이 최대치로 버틸 수 있는 양 정도라면 내겐 우스운 일이니. 생명을 준 대가로 얼마든지 내어 줄 수 있다.」

아지다하카가 가볍게 말했다.

마나를 공급하는 일은 시간이 지나면 금방 해결될 일이다. 당장 가동할 만한 마나는 충분히 공급받았다. 그녀가 살아 있는 동안 기적은 끝나지 않을 것이다. 즉, 아지다하카의 남은 시간은 카리나의 남은 시간이었다. 당연하지만 애초에 죽는 것을 두고 볼 생각은 없었다.

「그러나 확실히 말하지. 그 돌에 대해 연구를 했다면 알겠지만 내 마나엔 이미 사라진 생명을 늘려 주는 기능은 없다.」

아지다하카가 단호하게 말했다.

"……"

"······."

그의 말에 두 사람이 조용해졌다.

이미 알고 있는 내용이었다. 이다음 어떤 이야기가 나올지는 밀라이언도 페리얼도 잘 알고 있었다. 두 사람이 약속한 듯이 주먹을 세게 쥐었다.

「내 마나는 단순히 에너지원으로서 새로운 생명을 주어 살 수 있는 시간을 늘려 주는 것뿐이지.」

「······하론을 바꿔 끼운다는 선택지는 없습니까?」

「세상을 쉽게 살려고 하는구나.」

아지다하카가 눈을 가늘게 뜨며 엄하게 말했다.

페리얼이 입을 다물었다. 불가능하다는 것은 알고 있지만, 그럼에도 상대가 드래곤이니 혹시 모를 가능성에 관한 이야기를 한 것이다.

「인간의 무른 심장으로 내 마나를 받아 내는 것은 한 번이 한계다. 인간의 심장을 강제로 드래곤 하트처럼 만드는 방법이니 그 이상은 몸에 과부하가 걸릴 것이니라.」

드래곤 하트에 담아 두었던 마나가 떨어지거나 드래곤 하트에 손상이 생겼을 경우 죽음과 직결된다. 심장을 드래곤 하트처럼 만든다는 것은 드래곤과 같은 신세가 되는 것이다.

그녀 역시 심장이 다치면 마나가 빠져나갈 테고 그러면 죽는다. 담아 두었던 마력이 떨어져도 마찬가지로 그녀는 죽는다.

「또한 드래곤의 힘은 신과의 상성이 나쁘니 신의 축복은 사라지고 기적은 더 이상 일으킬 수 없게 될 거다.」

「······설마.」

「지금껏 해왔던 예술을 할 순 있다. 기적을 볼 수 없을 뿐이지.」

페리얼이 경악에 찬 얼굴로 표정을 일그러뜨렸다. 기적의 매력에 빠져 버린 이들에게 그것은 견디기 힘든 일일 것이다. 특히 카리나의 예술에 대한 집착은 보통이 아니었다. 그녀에게 기적이란 삶을 함께한 친구이자 보호자이자 동반자였다. 카리나는 그들을 유일한 이해자라고 표현했다.

페리얼이 고개를 떨궜다. 그 상실감은 오로지 페리얼만이 온전히 이해할 수 있었으니까.

「마지막으로, 주인이 견딜 수 있을 정도로 아슬아슬하게 마나를 주입한 하론을 준다고 해도 살 수 있는 것은 5년이 한계일 거다.」

「……..」

밀라이언과 페리얼의 얼굴이 동시에 굳었다. 끔찍하기 짝이 없으나 동시에 페리얼에게 들었던 것과 크게 다르지 않았다. 단지 그때는 정확한 햇수가 나오지 않았고 이번에는 정확한 햇수까지 눈앞에 들이밀어 졌다는 것 정도의 차이였다.

"시체는 썩고 쥐는 죽었다. 살아 돌아오는 일은 없었어. 그리고 해부해 보니 내가 억지로 품게 한 하론이 없더군."

"……결론만 말해."

"하론에는 기묘한 힘이 담겨 있어. 그리고 그 힘이 사라진 듯 빛을 잃은 하론을 품은 쥐는 더는 소생하지 않았다."

"그게 뭐 어쨌냐고 묻잖아!"

"만약, 그녀를 이 방법대로 살리더라도…… 결국에 그녀는 죽을 거야. 저 건 사라진 생명을 되돌려 주는 게 아니라 그냥 생명을 조금 연장해 주는 거야."

"……죽는다고?"

"그래. 하론의 등급과 크기에 따라 다르겠지만, 아마도 몇 년 안에."

페리얼의 말과 드래곤의 말은 다르지 않았다.

카리나는 죽는다.

그 운명에선 결국 벗어나지 못했다.

밀라이언이 마른세수를 했다. 몇 번을 들어도 도저히 익숙해지지 않는 말이었다.

「도대체 왜 그녀가 죽어야 하는 거냐.」

「그것이 그녀의 삶인 게지. 그냥 그렇게 흘러간 것이다. 자신의 의지는 아니었으나 태어났고 부모의 사랑을 받지 못했고 축복에 의해 예술에 미쳐 갔다. 그뿐이야.」

아지다하카가 담담하게 말했다. 운이 없다면 운이 없는 것이고 흔하다면 흔한 것이다.

밀라이언의 얼굴이 울컥 일그러졌다. 행복하길 바랐다. 그녀가 오래도록 행복하게 살아 주길 바랐다.

'결국 죽는 건가.'

그렇게 긴 세월 고생한 대가가 죽음이었던 것인가. 긴 세월 고생했음에도 겨우 살아온 세월의 4분의 1 정도 자유만을 얻었다. 그것이 최대라고 한다.

「하지만, 드래…….」

「아, 내 이름은 적(赤)의 아지다하카다.」

아지다하카는 가장 강력하다고 일컬어지던 레드 드래곤이었다.

시간이 지나며 수많은 풍파를 지나쳐 나이가 들어가니 쨍했던 붉은 비늘도 색이 바래 갈색이 되었지만.

「네, 아지다하카 님. 말씀대로라면 이상한 게 있습니다. 지금껏 마수는 심장을 파괴해도 살아났었습니다.」

「심장이 아니지. 심장의 핵, 너희들이 말하는 하론을 찾아 부쉈어야 했다. 그들은 단지 내 힘을 품었을 뿐이야. 심장 전체를 드래곤하트처럼 만들려는 주인과는 이야기가 좀 다르지.」

아지다하카가 고개를 저으며 다시 설명했다. 차분한 설명에 페리얼이 고개를 끄덕였다. 밀라이언도 말없이 카리나를 품에 안은 채 이야기에 집중했다.

「확실한 것은 하론을 부수지 않으면 마수는 당연히 계속해서 살아나는 것이다. 반대로 하론을 부수거나 빼앗으면 두 번 다시 살아나지 못하지.」

「그 말은 설마 카리나도…….」

「그래, 주인도 마찬가지다. 하론과 융합한 이후, 심장만 다치지 않는다면 몇 번이고 다시 살아날 것이다. 내장이 끄집어 내지든 팔다리가 잘리든 재생하겠지.」

밀라이언의 의문에 곧장 아지다하카가 답했다. 밀라이언의 얼굴이 어두워졌다. 그것을 카리나가 알게 된다면 자신을 살린 것을 원망하지 않을까?

밀라이언이 고개를 떨궜다.

「그렇게만 보면, 하론을 심장에 품는다면 영원불멸의 삶을 산다고 해도 틀린 말은 아니겠군.」

물론 어디까지나 이상 속의 이야기다. 인간이 받아들일 수 있는 마나에 한계가 없었다면 그렇게 되었겠지. 하지만 인간의 몸은 무르고 약하다. 그리고 사람마다 한계가 있다.

'……뭐지?'

멀리서 느껴지는 시선에 아지다하카가 느리게 고개를 들었다. 그의 샛노란 눈동자가 저택 모퉁이에 닿았다. 그의 눈이 한층 가늘어졌다. 흠칫, 몸을 떤 검은 인영이 순식간에 모퉁이를 돌아 멀어져 갔다.

페리얼과 밀라이언이 이야기에 정신이 팔려 다른 곳에 신경을 쓰지 못하는 순간 빠르게 벌어진 일이었다. 아지다하카가 눈을 가늘게 떴다가 이내 다시 시선을 내렸다.

「어쩌겠느냐. 원한다면 내 힘을 나눠 주도록 하지. 하론에 마법을 걸어 둘 테니 살을 갈라 심장에 이것을 올리기만 하면 된다.」

「…….」

「…….」

페리얼도 밀라이언도 쉽게 대답하지 못했다.

그렇게 살려 낸다고 해서 카리나가 과연 좋아할까? 내장을 끄집어내도 다시 살아날 수 있는 삶이라니.

「일단 주신다면 감사히 받겠습니다. 선택은 저희가 해도 되겠습니까?」

페리얼이 먼저 앞으로 나섰다. 밀라이언이 그를 한 차례 쳐다보곤 다시 고개를 숙였다. 옅어지는 카리나의 숨소리에 심장이 멎을 것만 같았다. 그녀의 죽음이 이토록 가깝게 느껴진 적은 없었다.

「그러도록 하거라. 난 오랜만에 바뀐 세상이나 구경하고 와야겠구나.」

아지다하카가 날카로운 발톱 위에 마력을 모았다. 둥그런 구슬이 순식간에 만들어졌다.

찬란한 오색 빛깔을 뿜는 하론은 여타 다른 하론과는 확연히 차이가 있었다. 1등급과도 비교가 되지 않을 정도로 순도가 높았고 바라보는 것만으로도 눈이 멀 것만 같았다. 페리얼이 제 앞으로 날아오는 그것을 조심스럽게 손바닥 위에 받았다.

「그럼 조만간 다시 오도록 하지.」

카리나가 살아 있어야만 가능한 일이었지만 아지다하카는 굳이 거기까지 입을 열지는 않았다. 그가 날개를 활짝 펴 땅을 박차며 하늘로 날아올랐다.

육중한 몸에 땅이 흔들리고 날갯짓에 나무가 기어코 꺾였다. 땅엔 할퀸 발톱 자국이 가득했다. 말 그대로 엉망진창이었다. 정원사들이 보면 뒷목을 잡을 것이 뻔했다.

밀라이언이 멀어지는 아지다하카를 한 차례 바라보곤 고개를 숙였다. 그가 카리나를 품에 안은 채 조심스럽게 저택 안으로 다시 발을 들였다. 다행히 저택엔 큰 피해가 없었다.

"밀라이언, 자네 괜찮나?"

"괜찮지 않아."

괜찮을 리가 없지 않은가. 괜찮지 않았다. 당장에라도 전부 뒤집어엎고 싶었다. 소리 내 울음을 터뜨리고 싶을 정도였다. 손에 닿는 것을 닥치는 대로 부수고 싶었다.

밀라이언이 터덜터덜 2층으로 올라가 방으로 들어갔다. 문을 잠근 그가 비틀거리며 카리나를 침대에 눕혔다. 두툼한 이불을 목 바로 아래까지 덮어 주고는 이불 밑으로 손을 밀어 넣어 카리나의 손을 맞잡았다.

의자에 앉은 밀라이언이 그녀의 손을 붙잡은 채 고개를 숙였다. 잠든 그녀는 마치 죽은 사람처럼도 보였다. 가녀리게 흘러나오는 색색거리는 호흡만이 그녀가 살아 있음을 증명했다.

눈가가 뜨거웠다. 그가 아랫입술을 꽉 깨물었다. 찢어진 입술이 아플 법도 한데 밀라이언은 그 상태로 굳은 채 아무런 말도 없었다.

투둑-

기어코 눈에 모인 열기가 그녀의 볼 위로 떨어졌다.

밀라이언이 이를 악물었다. 아무것도 알 수 없게 됐다. 살리고 싶었던 제 욕심이 그녀를 상처 입힌 것만 같았다. 고인 눈물이 순식간에 후드득 떨어졌다.

그녀의 볼을 타고 흘러내리는 눈물을 보며 밀라이언이 주먹을 꽉 쥐었다.

'제대로…… 하론만 찾아왔어도.'

자신이 무력했던 탓이다. 괴물 같던 놈에게 치명상을 입혔지만 잡지는 못했다. 고레든이 자신을 붙잡고 억지로 후퇴시켰다. 그렇지 않았으면 숲에서 절명했을 수도 있었다.

"카리, 나……."

잔뜩 억눌린 목소리가 새어 나왔다.

널 살리려면 대체 어떻게 해야 하지? 평범한 인간과는 분명히 다른 삶이 될 텐데, 그렇게 살린다고 해서 넌 기뻐해 줄까? 왜 살렸냐고 원망하면 대체 무슨 낯으로 널 봐야 하는 거야?

"카리나……."

물기에 젖은 목소리가 흐트러지듯 가늘게 흘러나왔다.

잔뜩 메인 목에선 여느 때와 같은 패기는 없었다. 도르르 볼을 타고 속절없이 흘러내리는 눈물에 그가 어깨를 떨었다.

"살아 줘……. 제발, 곁에 있어 줘……."

닿지 않을 목소리임을 알면서도 이렇게라도 입 밖에 내지 않으면 숨이 막혀 죽어 버릴 것만 같았다. 밀라이언이 곤히 누워 있는 카리나의 어깨에 이마를 가져다 댔다.

"날…… 두고 가지 마……."

흩어질 것 같은 목소리였다.

그녀는 이미 자신을 버리고 떠났다. 그림을 그리는 순간 자신을 살리는 대가로 스스로의 목숨을 내놓은 것이다. 그 사실이 끊임없이 속을 아프게 찔러 댔다.

그녀가 곁에 있는 것이 익숙해졌다. 이미 스스로를 죽음에 내던진 사람은 대체 어떻게 살려야 하지? 대체, 어떻게 해야만…… 세상을 등지게 하지 않을 수 있는 것인가?

그녀에게서 평범한 삶과 그토록 좋아하는 예술의 기적을 뺏어 가고서…… 자신을 위해 남아 달라는 이기적인 말을 과연 그녀는 들어줄까?

눈물이 쉴 새 없이 떨어졌다. 누군가를 잃는다는 것이, 상실의 감정이 이토록 두려울 것이라는 생각은 해 본 적이 없다.

심장이 덜컹 떨어지는 느낌이다. 자꾸만 누군가 깊은 어둠 속으로 끌어당기는 듯했다.

툭, 툭 속절없이 떨어지는 눈물에 밀라이언이 손을 뻗었다. 카리나의 볼을 서툰 손길로 닦아 내며 그가 이를 악물었다.

"윽……."

밀라이언이 손등으로 제 얼굴을 벅벅 문질렀다. 감정이 자꾸만 북받쳤다. 마음 같아선 어린아이처럼 다 때려 부수며 살아 달라고 떼라도 쓰고 싶었다.

카리나의 눈꺼풀이 파르르 떨렸다. 그녀가 무거운 눈꺼풀을 억지로 벌렸다. 갑작스럽게 스며든 빛에 몇 차례 눈을 깜빡인 그녀의 눈이 커졌다. 눈가가 벌게진 밀라이언이 물기 가득한 눈을 자꾸만 손등으로 비비고 있었다.

"……밀, 라이언……?"

쇳소리에 가까운 잔뜩 쉰 목소리가 흐릿하게 흘러나왔다. 비명을 지른 것도 아닌데 목에 한계가 온 것 같은 느낌이었다. 목을 매만지려고 팔을 들었지만 팔은 들리지 않았다. 손가락 하나를 움직이는 것이 고작이었다.

"카리나?"

밀라이언이 벌건 눈을 한껏 벌리며 카리나의 이름을 불렀다. 카리나가 저도 모르게 흘러나오는 웃음에 미소 지으며 눈꼬리를 휘었다.

"좋은 밤이에요, 밀라이언."

카리나의 인사에 밀라이언의 얼굴이 왈칵 일그러졌다. 그의 젖은 얼굴을 보고 있으니 팔을 들어 그의 등을 토닥여 주고 싶었다.

"어쩌죠? 밀라이언. 안아 주고 싶은데, 팔이 안 올라가요."

"내가 안기면 되지."

담담하게 대답한 밀라이언이 그녀의 품에 안겨 들었다. 사실 그랬다고 해도 어디까지나 밀라이언이 안은 모양새였지만, 카리나가 간신히 움직이는 손가락으로 그의 손등을 토닥였다.

"밀라이언."

"응."

"나 생각한 것보다 밀라이언을 더 사랑하고 있나 봐요. 어쩌지, 헤어지는 게 너무 아쉬워서."

카리나의 말에 밀라이언의 눈이 크게 뜨였다.

그가 고개를 저었다. 그녀가 쓰러진 이후에 벌어진 일을 설명하지 않았으니 어쩔 수 없는 일이다. 알고 있음에도 그녀가 끝을 말하는 것은 괴로웠다.

"그대는 살 수 있어. 반드시 살릴 거야. 그러니까 걱정하지 마."

"……하론을 구하지 못한 거 아니었어요?"

"그대가…… 이 땅에 잠들어 있던 드래곤을 살려 냈어."

밀라이언의 말에 카리나의 눈이 크게 뜨였다. 드래곤이라니 이게 무슨 말이지? 그녀의 당황스러운 눈동자에 밀라이언이 말없이 웃었다.

그때 그린 그림에선 웬 알 수 없는 빛밖에 나오지 않았는데…….

"……그랬어요?"

"그래, 나와서 마수를 전부 잡아먹었어. 대체 그림에 뭘 바란 거야?"

"밀라이언이 나 때문에 무리하지 않았으면 좋겠다고 생각했어요."

몸이 나으면 또 하론을 얻기 위해 마수를 토벌하려고 했겠지. 그리고 또다시 다쳐 왔을 것이 분명했다. 우두머리 헤르타를 죽일 수 있는 강력한 존재가 필요했다.

'……약간 미쳤었지.'

스스로 잠식하는 광기에 몸을 맡겼다. 원하는 바는 이뤘지만 솔직히 이런 꼴이 될 건 예상하지 못했다.

카리나가 무거운 눈꺼풀을 천천히 깜빡였다.

"그래, 덕분에 아주 무사해."

밀라이언이 입술을 달싹였다. 애써 웃어 보이려던 그가 결국 힘없이 고개를 떨구고 말았다.

카리나가 놀란 듯 그대로 굳었다. 카리나의 손을 잡은 밀라이언이 그것을 제 가슴에 가져다 댔다.

"하지만…… 여기가 너덜너덜해서 죽을 것만 같군. 차라리 온몸에 구멍이 났을 때가 더 버틸 만했던 것 같아."

"……밀라이언."

"제발, 그러지 마. 날 지키려고 하지 마. 그대 이외의 다른 이를 위하지 말아 줘, 카리나……."

이기적이고 매정하기 짝이 없는 말이었다. 그는 자신을 지키기 위해 모든 것을 내려놨으면서 자신에게는 아무것도 내려놓지 말라고 하다니. 밀라이언은 모르는 모양이다. 그가 그녀에게 유일한 존재라는 것을.

"밀라이언뿐이에요."

"뭐……?"

"밀라이언만이 날 이용할 수 있어요. 당신만이 내 목숨을 버려서라도 지키고 싶은…… 내게 있어서 유일무이한 사람이에요."

그가 이 힘을 개인적인 이기심에 사용하고 싶다고 해도 그녀는 거부할 수 없을 것이다. 이미 그렇게 되어 버렸다.

그 말에 밀라이언이 주먹을 꽉 쥐었다.

"그건…… 내가 하고 싶은 말이야."

밀라이언이 잔뜩 억눌린 목소리로 대답했다.

"하론은 드래곤의 마나 찌꺼기가 모여 생긴 물건인 모양이야."

"정말요?"

"그래, 그리고 드래곤이 하론을 줬어. 그대를 살릴 방법도 알려 주더군."

희망적인 이야기를 하면서도 밀라이언의 표정은 어쩐지 밝지 못했다. 카리나가 그 표정을 물끄러미 바라보다가 옅게 미소 지었다. 이유는 그녀 역시 알고 있었으니까.

잠시 고민하듯 말이 없던 카리나가 입술을 달싹였다.

"나는 이번에 살아나더라도 머지않아 죽는 건가요?"

"……."

밀라이언은 차마 그렇다고 대답하지 못했다. 대답하는 게 어렵진 않았다. 그러나 인정하고 싶지 않았다. 입 밖으로 꺼내 버리면…… 그래서 그녀가 고개를 끄덕이고 인정하면, 그것이 현실이 될 것 같아서.

"밀라이언."

"5년……."

"5년이요?"

카리나의 반문에 밀라이언이 크게 심호흡했다. 목소리가 최대한 떨리지 않길 바라며 그가 주먹을 꽉 쥐었다가 폈다. 부디 그녀를 설득할 수 있기를 바라면서.

"이미 대가로 내버린 생명을 돌릴 순 없대. 그 대신 드래곤이 그대의 심장을 드래곤 하트처럼 만들자고 했다."

"드래곤 하트요?"

"그래, 하론과 그대의 심장을 융합시키는 거지."

밀라이언의 말에 카리나가 놀란 눈을 했다가 이윽고 담담히 고개를 끄덕였다.

"그랬군요."

"그렇게 늘리면…… 그대가 살 수 있는 시간은 5년이래."

최대한 담담하게 얘기하던 밀라이언은 결국 마지막에 얼굴을 일그러뜨리고 말았다. 울 듯이 구겨진 표정을 물끄러미 바라보며 카리나가 말없이 미소 지었다.

"좋은 소식이네요. 근데 왜 그렇게 울 것 같은 표정이에요?"

"이야기가 길어. 들어 주겠어?"

"네, 밀라이언의 말은 언제나 제대로 귀 기울여 듣고 있는걸요."

힘없는 손을 꼬물꼬물 움직인 그녀가 밀라이언의 손등에 조심스럽게 손을 포갰다. 밀라이언이 그 손을 조심스럽게 맞잡으며 입을 열었다.

이야기가 이어지는 내내 카리나는 아무런 말이 없었다. 그녀는 무척 놀란 것 같기도, 당황한 것 같기도 했지만 크게 내색하진 않았다. 아니, 그러려고 필사적으로 노력했다고 보는 것이 옳겠지.

"……앞으로 기적을 쓸 수 없고 심장을 찔리기 전에는 아무리 다쳐도 안 죽는다고요?"

"응."

밀라이언이 주먹을 꽉 쥐며 무겁게 대답했다.

이런 말을 하고 싶진 않았다. 그녀에겐 좋은 이야기만 들려주고 싶었다. 행복하게 웃기만을 바랐다.

"그래도 그대가 살아 줬으면 해. 내 이기심이라는 건 알고 있어. 이렇게 말하면…… 카리나, 너는 내게 화를 낼 건가?"

"나보고 괴물이 되라고 말하는 거군요, 밀라이언은."

카리나의 싸늘한 목소리에 밀라이언의 눈이 큼직하게 뜨였다. 그의 어깨가 잘게 떨리는 것을 보며 카리나가 쓰게 웃었다. 그럼에도 불구하고 그에게선 아니라는 대답은 들려오지 않았다.

"……이라고 말하면 포기하려고 했어요?"

"아니."

단호한 대답이 빠르게 튀어나왔다. 밀라이언의 말에 카리나가 고개를 끄덕였다.

어차피 살기로 했다. 대답은 정해져 있었고 여전히 자신은 손에 쥔 것을 전부 버리고서라도 그의 곁에 있고 싶었다.

"기적은요, 질식해서 죽을 것만 같을 때 알게 된 유일한 숨구멍이었어요."

"……그래."

"내가 힘들면 날 안아 줬고 내가 울면 날 달래 줬거든요. 내가 바라는 대로…… 내가 원하는 대로 움직여 주었어요."

손을 뻗으면 기다렸다는 듯 마주 잡아 주었다. 울기라도 하면 예상했다는 듯이 작은 손을 뻗어 흐르는 눈물을 닦아 주었다. 그녀가 그렇게 원하고 바랐기 때문에.

"근데 그건 아마 제가 그렇게 해 달라고 소원을 빌었기 때문이겠죠. 대가를 바쳤기 때문일 거예요. 외로운 나를 구해 달라고."

그런 소원을 빌며 대가를 내밀며 그림을 그리지 않았더라면 평생 일어날 리 없는 기적 같은 일이었다.

"근데 지금은 괜찮아요."

이제는 더 이상 그러지 않아도 됐다. 울면서 그림을 그리지 않아도, 목숨을 대가로 바치며 소원을 빌지 않아도 제 걱정에 눈물을 흘리며 발을 동동 굴러 주는 사람이 생겼으니까.

"밀라이언이 곁에 있는걸요."

"……."

밀라이언의 동공이 잘게 떨렸다. 화등잔처럼 커진 그의 눈이 이윽고 천천히 제자리로 돌아왔다.

카리나가 흐리게 웃었다. 눈꺼풀이 무거웠지만 아직 정신을 붙잡고 있을 여력은 있었다.

"밀라이언은 내가 대가를 바치지 않아도 곁에 있어 줄 거잖아요."

"응……."

"나…… 버리지 않을 거죠?"

카리나의 말에 밀라이언이 그녀의 손을 꽉 붙잡으며 고개를 끄덕였다. 그의 단호한 눈빛을 보며 그녀가 부드럽게 입가를 풀어 미소 지었다.

"절대로 안 버려. 그러니까 살자."

"응, 그래요."

밀라이언이 조심스럽게 허리를 굽혀 카리나의 입술에 제 입술을 포개었다. 살짝 짠 밀라이언의 입술에 카리나의 입꼬리가 미미하게 흔들렸다.

"울지 말아요. 입술이 짜잖아."

혼자 맘고생을 했을 걸 생각하니 속이 좋지 않다. 애써 둥한 목소리로 흐릿해진 눈을 반으로 접어 가며 그녀가 말했다. 밀라이언이 옅게 웃으며 고개를 끄덕였다.

"오늘은 이만 자도록 해."

"네, 피곤해서 자야겠어요."

무거운 듯 몇 번이고 감겼다가 뜨이는 눈꺼풀을 보며 그가 주먹을 꽉 쥐었다. 덜컥 겁이 났다.

밀라이언이 손을 뻗어 카리나의 손목을 붙잡았다. 느릿하게 깜빡이던 카리나의 눈꺼풀이 다시 들어 올려졌다.

"……밀라이언?"

잠에 취한 목소리에 밀라이언이 숨을 크게 들이마셨다.

"응, 카리나. 내일……."

"네……."

"내일…… 아침에 보자. 기다릴게."

한껏 멘 듯한 목소리가 간신히 지은 미소와 함께 내려앉았다. 그러나 카리나는 무겁게 가라앉는 눈꺼풀을 더는 견딜 수가 없었다. 그녀는 결국 벌린 입술 사이로 대답도 제대로 하지 못했다.

이윽고 카리나의 눈이 완전히 감겼다. 옆으로 툭 떨어지는 그녀의 고개에 밀라이언이 숨을 들이마셨다. 그가 다급히 고개를 숙여 카리나의 가슴골 사이로 귀를 가져다 댔다. 바싹 가져다 붙인 귓가에 약하게 뛰는 심장 소리가 들렸다. 그가 그제야 안도의 한숨을 흘렸다.

"……나도 갈 데까지 갔군."

낮게 중얼거린 그가 한참이나 카리나의 옆에 앉아 있었다. 숨소리가 고르게 퍼졌다. 그녀의 숨소리를 오랜 시간 앉아서 듣던 그가 천천히 자리에서 일어났다.

'이야기를 정리해야겠지.'

카리나는 살겠다고 해 줬다. 남은 것은 어떤 식으로 일을 진행할지에 대해 페리얼과 윈스턴에게 상담을 하는 것이다.

밀라이언이 카리나를 한 번 돌아보곤 무거운 한숨을 내쉬었다.

Chapter 16

쫓기듯 별관으로 돌아온 녹턴이 가쁜 숨을 몰아쉬었다. 드래곤과의 만남으로 경악한 얼굴이 서서히 진정되어 갔다.

'눈이 마주쳤어.'

징그러운 파충류의 눈과 시선이 마주쳤다. 다행히 곧바로 몸을 숨기긴 했지만 찝찝함을 영 떨쳐 낼 수가 없다.

그가 천천히 얼굴을 쓸어내리며 방금 들었던 이야기를 곱씹었다.

「그렇게만 보면 하론을 심장에 품는다면, 영원불멸의 삶을 산다고 해도 틀린 말은 아니겠군.」

녹턴은 윈스틴 덕분에 어릴 적부터 배움의 길을 걸었다. 그 역시 어느 정도 고대어를 할 수 있었다. 물론 제국어처럼 술술 말하고 듣는 것까지는 아니지만 천천히만 한다면 고대어로 아주 느리게 대화가 가능한 정도였다.

"……하론?"

그러고 보니 이 저택에서 종종 들었던 단어 아니던가. 북부에 와서 몇 번이고 비슷한 단어를 들었다. 사용인에게 물어보기라도 하면 다들 날카롭게 변해서 입도 벙긋하지 못했지만 말이다.

'영원불멸이라고?'

마치 그들은 죽어 가는 카리나를 살릴 수 있을 것처럼 말했다. 그뿐이랴. 분명히 이 저택의 주인이 크게 다쳤다는 이야기를 들었는데 지금은 아주 멀쩡해 보였다.

배가 뚫렸다느니 의식불명 상태라느니 하는 이야기를 들은 녹턴은 도와주러 가려고 했으나 사용인들은 그가 별관 밖으로 나가는 것을 허락하지 않았었다. 그러다가 이번 소란으로 틈이 나서 녹턴도 몰래 나와 본 것이다. 하지만 실제로 본 저택의 주인은 멀쩡했다. 혈색이 조금 창백하긴 했지만 거동에 문제는 없어 보였다.

"⋯⋯그 하론이라는 것 덕분인가?"

녹턴이 낮게 중얼거렸다.

레오폴드 집안의 카리나는 죽는다고 했다. 윈스턴 스승님께서 틀린 진단을 하신 적은 없으니 아마 그녀는 죽으리라. 그런데 그들은 마치 사람을 살릴 것처럼 대화를 나눴다.

머지않아 죽을 사람을 살릴 방법이 있을 줄이야.

'⋯⋯아벨리아의 병도.'

녹턴의 눈에 기이한 빛이 감돌았다. 만약 하론이 그가 생각하는 종류의 만병통치약이라면 충분히 가능성이 있는 이야기다. 죽을 사람을 살린다는 데 한낱 불치병을 고치지 못할까?

"하론이 대체 뭔지부터 알아봐야겠어."

웬 이상한 보석처럼 생긴 것이었다. 그것만 있으면 아벨리아의 병도 고칠 수가 있다. 하론을 완벽하게 사용해 내면 윈스턴 스승님께서 자신을 다시 볼지도 몰랐다. 뺏어 간 의사 신분증을 돌려주실 것이다.

혹시 그렇지 않더라도 그런 만병통치약이 북부에 있다는 이야기를 하면 레오폴드 백작이 분명히 움직여 줄 거다.

그렇게 이름이 다시 드높아지면…….

'스승님께서도 날 다시 보실 거야. 후회하시겠지.'

녹턴의 입가에 짙은 미소가 떠올랐다. 지금은 실망하셨을지 몰라도 다시 자신을 봐 주실 것이 분명하다.

환자에도 우선순위가 있는 법이다. 녹턴은 그저 조금 더 중한 환자를 우선시했을 뿐이었다. 적어도 녹턴의 기준에는 그랬다. 그게 무엇이 나쁜지, 그는 여전히 알 수가 없었다. 당연히 다 자란 사람보단 어린 여자아이를 우선시해야 마땅하지 않은가.

"스승님도 날 이해해 주시겠지."

스승님의 생각도 옳지만 자신의 생각 역시 옳았다는 사실을 인정해 주실 거다. 그는 스스로를 나쁘다고 생각하지 않았다. 녹턴은 그것이 자신만의 방식이라고 생각했으니까.

'결과를 내면 돼.'

하론을 구해서 치료약을 만들면 된다. 불치병이던 아벨리아를 치료하고 스승님께도 다시 인정을 받으면 된다. 그러면 수도에서도 분명 자신의 활약상을 알아주겠지. 레오폴드 백작은 인색한 사람이 아니니 치료를 하면 분명히 그만한 대가를 줄 것이다.

거기까지 생각한 녹턴이 숨을 들이켰다. 그가 아주 조심스럽게 밖을 살폈다. 드래곤 때문인지 다행히 아직 저택이 어수선했다. 별관에는 사람이 거의 없었다.

"후우……."

그가 조심스럽게 별관을 나섰다. 어수선한 저택 덕분에 다행히 그는 본관까지 가는 내내 누군가를 마주치지 않았다. 녹턴에겐 호조였다.

그의 입가가 호선을 그리며 미소를 드리웠다. 본관 입구까지 금세 도착한 그가 숨을 길게 뱉었다. 아니나 다를까 본관에는 문지기들이 있었다.

"멈춰라, 무슨 일이지?"

"우리 아가씨네 아버지인지 백작인지와 같이 왔었던 그놈 아닙니까?"

레오폴드 백작의 이야기가 나오자 순식간에 분위기가 험악해졌다. 당장에라도 검을 뽑고 싶어 안달 난 것이 빤히 보였다. 녹턴의 목울대가 크게 일렁였다.

"아! 아뇨, 전…… 윈스턴 스승님을 뵈러 왔습니다. 그분의 제자입니다."

"윈스턴 의원님의?"

"네! 그분은 안에 계신가요?"

병사들의 얼굴이 구겨졌다.

윈스턴은 어느샌가 공작저의 모든 치료를 도맡아 하고 있는 사람이었다. 병사들이 다쳤을 때도 손수 상처를 살피며 적절한 조치를 취해 줬다.

"있긴 한데, 지금은 회의로 바쁘셔. 게다가 그쪽같이 허여멀건 기생오라비처럼 생긴 제자가 있단 소리는 못 들었는데."

"그야, 원래 본인에 대한 얘기는 잘 안 하시는 분이시니까요. 바쁘시다면 방에서 기다릴 테니 들어갈 수 있을까요?"

병사 둘이 서로 얼굴을 마주 봤다. 둘 다 윈스턴에게 도움을 받은 적이 있었고 윈스턴의 호탕한 성격도 제법 마음에 들어 하던 참이었다. 그런데 제자란 놈은 영 꺼림칙하기 그지없다.

"윈스턴 의원님의 방에 데려다줄 테니 거기에서만 있도록 해."

"물론이죠."

녹턴이 언제나처럼 사람 좋은 미소를 입가에 띠며 대답했다. 그는 자신이 가진 준수한 외모가 사람의 환심을 사는 데 도움이 된다는 것을 일찍부터 깨달았다. 물론, 병사들에겐 떨떠름할 뿐이었지만. 서글서글한 미소는 그들 같은 북부 사람에게 있어 그다지 익숙한 것이 아니었다.

녹턴의 처세술은 살기 위한 처세술이었고 사람의 환심을 사기 위한 수단이었다.

"이쪽이다."

병사의 안내를 받아 저택 안으로 들어온 그가 조심스럽게 내부를 살폈다. 사람들이 분주하게 움직이고 있었다. 다행히 무엇이 바쁜지 녹턴에게 신경을 쓰는 이는 없었다. 팽이 주인의 시중을 들기 위해 잠시 자리를 비운 것도 그에겐 호조였다.

"여기야. 안에 들어가서 나오지 마."

집사인 팽에게서 명령이 내려왔던 것을 떠올리며 병사가 말했다.

'이런 놈팡이가 오면 보고를 하라고 했지.'

병사가 눈을 가늘게 떠도 녹턴은 살갑게 웃어보였다.

"네, 감사합니다."

녹턴이 다시금 상냥하게 웃었다. 병사가 떨떠름한 표정으로 등을 돌렸다. 윈스턴의 방으로 안내받은 녹턴이 천천히 방 안을 살폈다.

'좋은 방이네.'

윈스턴 스승님의 손길이 고스란히 느껴지는 곳이었다. 담백하고 깔끔한 방이다. 서류는 난잡하지 않고 정갈하게 정리되어 있고 즐겨 사용하는 의료 가방은 한쪽에 조심스럽게 놓여 있다.

잉크 냄새와 종이 냄새 그리고 각종 약초의 냄새가 방 안에 가득했다. 녹턴도 오래 전부터 맡아 온 냄새였다. 그가 추억에 잠겨 방안을 한 바퀴 돌아보더니 이내 책상으로 다가갔다.

책상 옆 책장에는 다양한 책이 가득 꽂혀 있었다. 의학책부터 시작해서 북부의 역사나 설화에 관한 이야기가 적힌 책도 있었다. 심지어 평소엔 관심도 없으시던, 전설 속 허무맹랑한 이야기가 적혀 있을 것 같은 허름한 책도 있었다.

책상 위에는 잉크가 마르지 않게 뚜껑을 잘 덮은 잉크병이 있었고 서류와 책 몇 권이 올라와 있었다. 그리고 그 옆에 낡은 노트 한 권이 보였다. 오래되어 낡았다기보단 짧은 시간 동안 계속해서 열었다 접었다 손을 댄 흔적이 가득했다. 녹턴의 시선이 노트에 닿은 채 떨어질 줄을 몰랐다.

'일단 하론을 먼저⋯⋯.'

녹턴이 이곳저곳을 샅샅이 뒤졌다. 의료 가방을 보고 그럴 법한 장소의 서랍도 열어 봤지만 하론은 없었다. 그가 숨을 들이켜며 머리를 헝클었다.

"없어."

다른 방으로 가 볼까?

잠시 고민하는 사이 달칵, 문고리가 돌아갔다. 녹턴의 몸이 뻣뻣하게 굳었다. 그가 당황한 눈으로 고개를 돌리자 매서운 표정을 한 팽이 있었다.

'보고를 받고 바로 오길 잘했군.'

그가 표정을 굳힌 채 입을 열었다.

"……여기엔 왜 왔습니까?"

"아, 윈스턴 스승님을 뵈러……."

자연스럽게 흘러나오는 녹턴의 말에 팽의 미간에 깊은 골이 생겼다. 녹턴이 윈스턴과 팽의 관계를 제대로 몰랐기 때문에 내뱉은 말이었겠지만 팽은 이미 윈스턴과 녹턴의 관계를 알고 있었다.

"스승? 윈스턴이 말하길 자네의 실망스러운 행동 때문에 스승과 제자의 연을 끊었다고 들었는데."

"……그건 스승님과 조금 오해가……."

"여길 들어올 때도 윈스턴의 제자라고 거짓을 말한 모양이더군."

골치가 아팠다. 게다가 들어오는 순간 봤던 그의 행동은 분명이 안에서 뭔가를 뒤지고 있는 모양새였다. 안 그래도 주인님이 녹턴을 감시하라고 했어서 주시하고 있던 참이었다. 조만간 윈스턴이 녹턴과의 사제 관계를 끊었다고도 주인님께 말을 전할 생각이었다.

'정신이 없어서 미처 말하지 못한 게 한이군.'

한번 용서를 해 줘서 달라질 인물이었다면 윈스턴이 쉽게 내치지도 않았겠지. 오래 알고 지내지는 않았지만 팽은 윈스턴의 성격을 어렵지 않게 파악했다. 정이 많고 인자한 사람이다. 여러 차례의 기회를 주었을 것이 분명했다. 그런 이가 연을 끊었다는 게 어떤 의미인지, 십수 년을 함께한 저자는 전혀 깨닫지 못하는 듯했다.

"윈스턴이 왜 자네와 연을 끊었는지 알겠군."

"스승님께선……!"

"뭘 뒤적이고 있었는진 모르겠지만 별관으로 돌아가게. 이 건에 대한 처분은 각오해야 할 거네."

대체 공작저를 뭐라고 생각하는 것인지.

팽의 눈매가 한층 가늘어졌다. 파리 한 마리가 자꾸만 공작저를 어지럽힌다. 이곳을 자신이 얼마나 애를 써서 가꾸고 관리하는지 알지도 못하면서.

"한 번 더 그 흙발로 이 저택을 밟는다면…… 그땐 주인님이 아니라 내 손에 의해 북부에서 살아서 나갈 수 없을 거다."

싸늘한 팽의 목소리에 살기가 넘실거렸다.

지금이야 나이를 먹어 제법 유해지고 일선에서 물러났지만 그도 한때는 전 페스텔리오 공작과 함께 마수들을 토벌하던 인물이었다. 검술이든 혹은 쓸데없는 쥐새끼의 뒷덜미를 잡아서 쫓아내는 것이든 그에겐 그다지 어려운 일이 아니었다.

'그나저나 아가씨께선 대체 이런 놈의 어디에 반한 거지?'

밀라이언의 명령을 이행하기 전 윈스턴에게 토로했던 날, 팽은 뜻하지 않게 윈스턴에게서 대답을 들었다. 카리나가 좋아했던 첫사랑이라는 사람에 대해서.

'저택에서 사람 죽어 나갈까 봐 차마 말은 못 했는데 이미 주인님께선 아가씨의 첫사랑이 이 놈팡이라는 걸 알고 그러셨던 거군.'

감시를 붙일 때까지만 해도 설마설마했는데, 이렇게 일을 만들어 터뜨릴 줄은 예상하지도 못했다.

팽의 말을 들은 녹턴의 얼굴이 새하얗게 질렸다.

"스승님께선 정이 많으셔서 지금 잘못 생각하고 계신 것뿐입니다."

"그렇지, 그 치가 정이 많긴 해."

그러니 아무리 봐도 썩어 버린 씨앗을 여기까지 눈감아 주지 않았겠는가. 팽의 목소리는 어디까지나 비웃음을 띤 목소리였다. 그러나 녹턴은 그것을 어떻게 이해했는지 눈을 빛내며 고개를 끄덕였다.

"그러니까 분명…… 제가 아벨리아를 치료하고 만병통치약을 개발하게 되면……!"

"만병통치약?"

기묘한 단어를 팽이 곧장 알아챘다. 좁아진 팽의 미간을 눈치채지 못한 듯 녹턴이 어쩐지 불쾌하게 얼굴을 구기며 고개를 끄덕였다.

"아무리 북부라고 하더라도 그런 좋은 물건을 독점하고 있으면 황실에서도 가만히 있지 않을 겁니다."

"무슨 좋은 물건을 말하는 거지?"

"시치미 떼지 마십시오! 하론이라는 그 보석 말입니다!"

"……."

팽의 미간이 좁아졌다. 그러고 보니 드래곤과 두 공작께서 대화를 나눌 때 익숙하지 않은 시선이 느껴졌었다.

팽의 표정이 영 좋지 않았다. 녹턴이 찾고 있었던 것을 어렵지 않게 파악했기 때문이다.

"……하론을 찾고 있었군."

"그건 혼자서 독점할 게 아니라……!"

"그게 카리나 아가씨를 살릴 유일한 방법이라는 것도 알고 있나?"

"……그건."

녹턴의 표정이 살짝 가라앉았다. 아벨리아를 생각하느라 미처 그녀에 대해선 생각하지 못했다. 하지만 금방 문제없을 거라고 생각을 마쳤다.

"북부니 하론은 또 구하면 되지 않습니까. 카리나 아가씨의 동생은 매우 아프고…… 수도에도 아픈 사람이 많습니다. 하론으로 만병통치약을 만들면 분명 스승님께서도……!"

"윈스턴의 제자였던 놈이 어째서 이런 이기적인 망나니인지……."

쯔쯧, 혀를 찬 팽이 녹턴의 말을 중간에 끊어 버렸다. 그가 짜증스럽게 미간을 좁혔다. 늘 큰 표정 변화가 없는 팽으로서는 흔치 않은 반응이었다.

"어디서 어쭙잖게 주워들은 모양인데, 별관으로 돌아가라고 할 때 돌아가게. 그 하론은 카리나 아가씨의 것이니."

팽이 윈스턴의 방에서 의료 가방을 들고 몸을 돌려 밖으로 나갔다. 녹턴이 다급하게 그를 붙잡으려고 했지만 팽의 움직임이 훨씬 더 날렵했다.

"거기, 윈스턴 의원의 방에 있는 남자를 별관에 데려다 놓고 나가지 못하도록 감시해라."

"제자라고 하던데 아닙니까?"

"카리나 아가씨를 죽일 생각을 하더군."

"저런 미친 새끼가 다 있나! 들어가 보십쇼. 저희가 처리하겠습니다!"

팽이 가볍게 말을 덧붙였다. 솔직히 그런 말까진 하지 않았지만 그럴 의도였음은 분명했다. 그가 하론을 가져가면 그녀에게 무슨 일이 일어날지는 뻔했으니까.

'알아서 하겠지.'

적당히 등을 떠밀었으니 아마 곱게 별관까지 가진 못할 것이다.

팽이 곧장 세 사람이 대화를 나누고 있는 응접실로 향했다. 문 앞에서 옷매무시를 한번 다듬은 팽이 가볍게 노크했다. 들려오는 허락에 문을 열고 들어가자 그리 표정이 좋지 않은 세 사람이 보였다.

"가방 가져왔습니다."

"수고했어. 근데 왜 이렇게 늦었지?"

"파리 한 마리가…… 방에서 어슬렁거리더군요."

팽이 윈스턴을 한 차례 힐끗 바라보곤 대답했다.

소파에 몸을 기대고 있던 밀라이언이 느릿하게 고개를 들어 팽을 바라봤다. 그의 단어가 뭘 의미하는지 어렵지 않게 파악할 수 있었다.

"청소는 했다고 생각했는데."

"윈스턴의 전 제자가 그의 방을 뒤지고 있었습니다."

팽의 말에 윈스턴의 얼굴이 확 일그러졌다. 그가 믿기지 않는다는 표정으로 고개를 들어 팽을 바라봤다. 팽이 고개를 천천히 저었다. 윈스턴이 주름진 손에 얼굴을 묻었다.

"내 방을 왜……? 무슨 생각이 있어서 남았나 했더니……."

"그대의 제자가 아니었나?"

"그랬지만 최근에 사제의 연을 끊었습니다."

윈스턴이 가라앉은 목소리로 대답했다. 밀라이언의 표정이 묘해졌다. 그놈은 자신에게 분명히 윈스턴의 제자라고 말했었다.

'거짓말을 했군.'

밀라이언의 표정이 한층 사나워졌다.

"어째서 사제의 연을 끊었나?"

"일찍이 고아였을 때 제 동생을 병으로 잃고 그 아이는 비슷한 또래의 아이만 보면 집착하는 성향을 보였습니다."

자책하듯 내뱉는 윈스턴의 표정이 좋지 않았다. 차라리 일찍이 포기하고 의원이 아닌 아들로서만 키웠으면 좋았을지도 몰랐다. 의학에 대해 관심이 많아서 조금씩 가르치기 시작한 것이 문제였다.

"한동안 더는 그러지 않아서 괜찮아졌다고 생각했는데……."

"카리나의 동생에게 집착했군. 그녀가 말했던 게 그거였어."

밀라이언의 말에 윈스턴이 더는 대답하지 않았다.

고개 숙인 그 모습에 팽이 말을 망설였다. 윈스턴은 마지막까지 제자를 끊어 낼 수 없을 것이다. 그는 중요한 부분에서 물렀다. 잠시 고민하던 팽이 결국 다시 입을 열었다.

"그가 윈스턴의 방에서 아가씨의 하론을 찾고 있었습니다."

"……그걸 왜?"

밀라이언의 반문과 동시에 윈스턴의 얼굴이 새하얗게 질렸다. 핏기가 가시는 그 모습을 보며 팽이 잠시 입을 닫았다. 드물게 사귄 친우가 저런 표정을 하니 속이 영 좋진 않았다.

'그래도 장기적으로 그놈과 계속 연을 이어 가는 건 해악이야.'

윈스턴의 앞길을 제대로 막아 버릴 이다. 간신히 찾은 귀한 위경련 동지를 그렇게 보낼 순 없었다.

"고대어를 어느 정도 알았던 모양입니다. 그걸 만병통치약으로 부르는 걸 보니 정확한 건 모르는 듯했지만요."

"내가 가지고 있길 잘했네."

페리얼이 안주머니에 넣어 놨던 구슬을 꺼내며 말했다. 헛웃음을 내뱉은 그의 표정도 영 좋지 않았다. 물론 이미 야차가 빙의한 듯한 밀라이언의 표정과 비교할 정도는 아니었지만 말이다.

"윈스턴, 북부에서 그를 내쫓을 거다."

"예, 그러십시오. 그 아이에겐 세상으로 나가 보고 싶은 걸 보라고 해 뒀습니다. 떠날 때가 되었으니…… 놓아주어야지요."

윈스턴이 묵묵히 대답했다. 그의 어두운 표정을 보며 밀라이언이 자리에서 일어났다. 대화는 어느 정도 끝냈다. 이 이상 대화를 나눌 분위기도 아니었다.

"카리나의 허락은 받았다. 내일 그녀가 잠든 사이에 진행하는 거로 하지."

윈스턴과 페리얼이 동시에 고개를 끄덕였다. 밀라이언이 곧장 몸을 돌렸다. 팽이 윈스턴의 어깨를 가볍게 토닥이곤 밀라이언을 따라 응접실을 빠져나갔다.

"카리나의 하론을 훔쳐 가려고 했다는 건가? 그게 없으면 카리나가 죽는다는 얘길 못 들은 건가?"

"들은 모양이지만 다른 하론이 있을 거라고 생각한 모양입니다."

밀라이언의 표정이 굳었다. 몰랐다면 눈을 감아 줄 수도 있다. 그러나 알고도 그렇게 했다는 건 더 이상 눈감아 줄 성질의 것이 아니었다.

"감히……."

밀라이언의 이가 사납게 드러났다. 그가 녹턴을 이곳에 두려고 했던 것은 윈스턴이라는 의원을 인정했기 때문이다. 녹턴을 인정한 것이 아니라 윈스턴을 보고 저택의 별관을 내줬다.

첫사랑이라고 할지라도 카리나가 상처를 받을까 봐, 그리고 윈스턴과의 관계를 생각해서 참고 있었더니.

'감히 이따위 짓을.'

하필이면 수많은 사람 중에 저 인간을 좋아했을 필요는 무엇인가. 자신이 죽는다고 해도 아무런 신경조차 쓰지 않는 남자 따위를…….

'대체 얼마나 애정이 고팠으면…….'

밀라이언이 지끈거리며 아파 오는 심장을 손바닥으로 꾹 눌렀다.

"북부 밖으로 쫓아내."

"알겠습니다."

"그리고 조용히 처리하도록 해. 주제를 모르고 손대선 안 될 것에 손을 댔는데 살 생각을 한 건 아니겠지."

밀라이언의 말에 팽이 살짝 미간을 좁혔다. 죽이는 것 자체를 반대하는 건 아니지만 윈스턴이 걸렸다. 충격받을 것이 분명했다.

"윈스턴에겐……."

"적당히 산적이나 도적에게 습격당했다고 해."

"거짓말을 해야 하는 거군요."

팽의 말에 밀라이언이 미간을 좁히곤 걸음을 멈췄다. 그가 슬쩍 고개를 돌려 팽을 향해 무심하게 입을 열었다.

"거짓말? 별로 내키지 않는 모양이군. 의외야."

"이 나이 먹어서 사귄 몇 안 되는 동지는 소중한 법입니다. 특히 이 북부에선 말입니다."

팽은 젊을 때부터 오랜 시간 페스텔리오 가문에서 일했다. 그렇게 쉬지 않고 달려와 보니 명예와 직위는 생겼을지언정 마음을 나눌 친우라고 할 만한 존재는 없었다. 나이를 먹고 나니 새로운 사람을 사귀는 것도 어려워졌다. 특히 이런 북부에선 그의 섬세한 신경을 이해해 주는 사람이 무척이나 드물었다. 그러다가 만난 것이 윈스턴이었다.

팽에게 있어 윈스턴은 드물게도 말이 통하는 사람이었다. 대화하면 말을 중간에 잘라먹지 않고 묵묵히 들어주는…… 정말 북부에서 몇 안 되는 귀중한 사람.

"막무가내인 주인님을 모시며 속이 썩어 문드러져서 위통에 약이나 먹고 있던 저에겐 천운이었지요."

팽이 눈물을 찍어 누르는 시늉을 하며 말했다. 밀라이언이 질린 표정으로 입을 다물었다. 정말 나이가 들어갈수록 팽에게 느끼는 것은 능글맞음뿐인 듯했다.

"……내키지 않으면 기정사실로 만들면 되잖아?"

밀라이언의 말에 팽이 고개를 들었다.

"어차피 산적이든 도적이든 돈에 굶주린 놈들이다. 적당히 돈을 쥐여 줘. 사람을 죽이는 일이니 알아서 해결하겠지. 사지를 토막 내든 잘라서 짐승에게 먹이로 던지든."

밀라이언이 말을 이었다. 미안하지만 녹턴은 사람을 잘못 건드렸다.

"북부 밖의 일은 내가 신경 쓸 일도 아니니 굳이 나서서 산적들을 토벌할 필요도 없지. 이용할 건 이용해. 네가 직접 가서 보고."

"알겠습니다."

원하는 대답을 들었다는 듯 팽이 허리를 굽혔다. 지금이야 이빨 빠진 호랑이처럼 굴고 있지만 한때는 북부의 어떤 전사보다도 더 마수에 굶주려 있던 인간이다.

'나이가 들면서 유순해진 줄 알았더니.'

생각보다 윈스턴이 마음에 든 모양이다. 윈스턴이야 상대의 이야기를 잘 들어 주는 편이니 의외로 대화하길 좋아하는 팽에겐 안성맞춤의 상대일지도.

'스트레스를 풀 곳도 필요했던 모양이지만.'

밀라이언이 곧장 카리나의 방을 향해 걸음을 옮겼다.

카리나의 첫사랑이라고 하기에 얼마나 대단한 녀석인가 했더니 하필이면…….

"속상하게 골라도 저런 놈이군."

물론 제대로 된 놈을 골랐어도 배를 태워 바다 건너 멀리 보냈겠지만. 차라리 구제할 수 없는 쓰레기가 더 나을지도 모른다. 카리나는 미련이 없고 자신 역시 놈의 처리에 골머리를 썩이지 않아도 되니까.

밀라이언이 조심스럽게 카리나의 방으로 들어갔다. 그가 곧장 그녀에게 다가가 손목에 손가락을 올렸다. 아직 멈추지 않고 울리는 맥박이 그녀의 삶이 끝나지 않았다는 것을 알렸다.

그가 그제야 안도의 빛을 띠며 그녀의 옆에 조심스럽게 누웠다. 가까이서 듣지 않으면 제대로 느껴지지 않을 정도로 가느다란 숨결이었다. 이러다 정말로 영영 눈을 뜨지 않을까 봐 두려웠다. 드래곤은 실패할 때를 대비해 어떤 준비를 해야 하는지는 전혀 말을 해 주지 않았다.

밀라이언이 카리나의 품에 파고들 듯 그녀에게 안겨 들었다. 언제나처럼 제 등을 안아 주는 손길도 쓰다듬어 주는 손길도 없다. 누군가를 잃는다는 감정이 이토록 두려운 것인 줄 몰랐다. 애초에 그에겐 잃는다는 두려움이 없었다. 이 정도로 그를 두렵게 하는 것은 없었다.

"카리나……."

작은 부름에도 들려오는 목소리가 없다. 단지 잠을 자고 있을 뿐이라는 걸 알면서도 덜컥 두려움이 몸을 휘감았다. 발밑에서부터 스멀스멀 올라오는 정체 모를 공포가 그를 잠식했다.

전 페스텔리오 공작이, 그러니까 그의 아버지가 돌아가신 것은 갑작스러운 일이었다. 마수에게 큰 상처를 입고 몸이 서서히 약해져 죽었다.

슬프지 않았다면 거짓말이겠지만 두렵진 않았다. 아버지를 잃은 슬픔은 있어도 그것이 두렵고 무섭고 이토록 떨리지는 않았다.

그러나 지금은 두렵고 무서웠다. 잠식된 공포가 거머리처럼 달라붙어 쉽게 떨어지지도 않는다.

"젠장……."

잠이 올 것 같지 않다. 마음 같아선 그녀를 깨워서 제대로 살아 있다는 걸 확인하고 싶었다.

그러나 그럴 순 없다. 그는 그녀를 조금이라도 방해하고 싶지 않았으니까.

그저 말없이 그녀의 희미한 온기를 좇아 손을 쥐고 있는 것이 그가 할 수 있는 유일한 일이었다.

포근한 온기가 제 몸을 감싸 안았다. 어린아이처럼 품에 파고든 온기는 따뜻했지만 어딘가 서글펐다. 카리나가 손을 꼼지락거렸다. 정확히는 그러려고 노력했다.

"카리나……."

익숙한 목소리가 자신을 부른다. 왜 부르는지 모르지 않는다. 무엇을 불안해하는지 알 것만 같았다. 괜찮다고, 그렇게 전해 줘야 하는데 몸도 눈꺼풀도 꿈쩍을 하지 않았다.

'일어나고 싶어.'

일어나서 그를 품에 안아 주고 싶었다. 곧이라도 울음을 터뜨릴 것 같은 그의 등을 다정하게 쓰다듬어 주고 싶었다. 자신은 괜찮다고 말해 주고 싶었다.

"젠장……."

그의 곁에 있고 싶다. 울지 말라고 말해 주고 싶다. 당장에라도 어린아이처럼 울음을 터뜨릴 것만 같다. 가득 멘 그의 목을, 온기를 찾아 파고드는 그를 안아 주고 싶다.

'난 괜찮아요.'

카리나가 힘껏 소리를 질렀다. 그러나 시커먼 공간에서 목소리는 나오지 않았고 그에게 전해지지도 않았다. 그녀가 힘껏 몸을 뒤틀었다. 그녀는 나름대로 열심히 발버둥을 치고 몸을 일으키려고 했다. 전혀 효과가 없었지만.

'한 번만…….'

이제 더는 일어날 힘이 없다는 걸 알고 있다. 몸의 한계가 왔다는 것도 누구보다 잘 알고 있었다.

"내일…… 아침에, 보자. 기다릴게."

그의 말처럼 아침에 볼 수 있다면 얼마나 좋을까. 그가 기다린다고 했지만 그녀는 이제 눈을 뜰 힘조차 남지 않았다.

이제는 아주 조금 남은 모래시계의 모래가 쉴 새 없이 빠르게 떨어지고 있다.

'……삶에 미련이 남을 거라곤 생각도 못 했는데.'

끝도 없는 공간에 허망한 목소리가 퍼져 나갔다.

단 한 번도 생각하지 못했다. 짧으면서 긴 시간을 줄곧 살아오며 그녀에게 삶이란 그저 살아 있으니 살아가는 것일 뿐이었다. 죽을 수 없으니 삶이 이끄는 대로 끌려 다니는 것이었다.

겨우 반년도 안 되는 시간이 자신을 이렇게 뒤바꿀 줄 누가 알았을까? 누군가를 좋아하고 그 사람을 놓기 힘들게 될 것이라곤 생각하지 못했다.

'한 번만…….'

딱 한 번만 다시 눈을 뜨고 싶다. 얼마 남지 않은 시간을 다 써도 좋으니까 마지막이 될지도 모르는 이 순간, 그에게 전하고 싶은 말이 있다.

약속을 지키지 못했다고 말을 해야 한다. 함께해서 즐거웠다고도. 덕분에 삶이 이토록 즐거운 것인지 알 수 있었다고. 과거와 마주 볼 수 있었다고.

'제발 부탁해.'

그에게 거짓말을 해 버렸다. 아침에 인사를 나누자고 대답해 버렸다. 그럴 수 없다는 것을 너무 늦게 깨달았다. 사방이 시커먼 어둠 속에서 카리나는 우두커니 선 채 주먹을 꽉 쥐었다.

'전부 다 가져가도 좋으니까…….'

고개를 숙인 그녀의 눈동자에서 투명한 물이 도르르 떨어졌다. 떨어진 눈물이 어딘지 모를 무저갱으로 깊이깊이 빠져들었다.

이윽고 땅이 크게 흔들렸다. 갑작스럽게 밝아지는 시야에 카리나가 눈을 질끈 감았다. 그러다 손끝에 닿는 촉감과 익숙한 체향과 피부에 닿는 생경한 온기에 그녀가 천천히 눈을 떴다.

장막처럼 내려앉은 눈꺼풀 아래의 어둠 사이로 은은한 빛이 스며들었다. 카리나는 잠시 아주 깊이 가라앉은 정신을 붙잡으며 입술을 달싹였다.

"……밀라이언."

"카리나?"

밀라이언이 믿기지 않는 목소리로 느리게 고개를 들었다. 크게 뜨인 눈동자에서 느껴지는 불안에 카리나가 옅게 웃었다. 그녀의 눈꼬리가 둥글게 휘며 그와 시선이 맞았다.

'황금빛 눈동자?'

익숙한 푸른 눈동자가 아닌 것을 발견한 밀라이언의 눈이 커졌다.

그녀가 시간대를 가늠하기라도 하려는 듯 몸을 일으켜 고개를 돌렸다. 그녀의 금빛 눈동자가 창문 쪽으로 향했다.

달빛이 쏟아지는 밤이었다. 둥글게 뜬 은빛의 달이, 살짝 열린 창문 사이로 불어오는 바람이 가라앉아 있던 정신을 일깨웠다. 깊게 생각하지 않아도 알 수 있었다. 이것이 자신의 마지막 시간이라는 것을. 그녀가 고개를 숙여 손을 쥐었다 폈다.

'그래도 움직여.'

그에게 닿을 수 있다. 카리나가 남은 힘을 쥐어짜 힘껏 팔을 뻗어 그의 두 뺨을 조심스럽게 감싸 안았다.

"카리나…… 몸은……."

"밀라이언."

나직한 목소리에 밀라이언의 눈이 불안함에 물들었다.

"응."

"사랑해요."

마주친 눈동자에선 오로지 따뜻함만이 엿보였다. 밀라이언이 그대로 굳었다. 커다랗게 뜨인 눈동자를 그녀는 물끄러미 바라봤다. 어쩐지 가슴이 먹먹했다.

밀라이언이 감정을 추스르는 사이 카리나의 입술이 다시 천천히 벌어졌다.

"세상에 태어나…… 난생처음, 당신에게 내 마음을 전부 줬어. 살고 싶다고 생각하게 됐어."

"……."

마치 마지막 인사처럼 들리는 그 목소리에 밀라이언은 아무런 말도 할 수가 없었다. 그가 다급하게 그녀를 올려다봤다. 미안하다는 듯, 안쓰럽다는 듯 설핏 일그러진 그녀의 눈꼬리가 자꾸만 눈에 밟혔다.

"내게 있어 밀라이언은 유일무이한 사람이었어요. 삶이 이렇게 즐거울 수 있다는 것도, 그저 아침에 눈을 뜨는 것만으로도 이토록 행복할 수 있다는 것도 모두 당신이 알려 줬어요."

"카리나, 나도…… 나 역시 마찬가지야. 그대가 있어서 내 지루했던 삶이 즐거워졌어. 그대가 있어서 최선을 다해 살자고 생각했어."

밀라이언이 다급하게 대답했다.

'그러니까 떠날 것처럼 그렇게 말하지 마.'

덧붙여 입을 열려던 그가 여느 때보다 더 화사하고 아름답게 미소 짓는 카리나를 멍하니 바라봤다.

"응, 고마워요."

카리나가 붙잡고 있는 그의 뺨을 조심스럽게 매만졌다.

"그리고 미안해요. 나 거짓말을 해 버렸어."

"……괜찮아. 상관없어."

그가 고개를 저으며 다급히 대답했다. 거짓말을 수백 번 했든 수천 번 했든 전혀 관계없었다.

애절한 그 표정에 카리나가 입을 다물었다. 그녀가 그의 이마에 제 이마를 한 차례 비비곤 입을 열었다.

"있잖아요, 사실 내일 아침에 볼 수가 없을 것 같아요."

"……아니, 괜찮을 거야."

그가 억지로 웃어 보이며 어린아이처럼 고개를 저었다. 눈앞에 있는 진실을 믿고 싶지 않다는 듯이.

카리나가 그의 흐트러진 머리카락을 조심스럽게 쓰다듬었다.

"일이 잘 풀려서 다시 눈을 뜨게 될지도 모르겠지만…… 그렇지 못한다면 당신에게 거짓말을 한 게 마지막이 될 것 같았어요."

"……그대는 괜찮을 거야."

울컥 차오르는 것을 꾹 억누르며 그가 간신히 대답했다. 카리나가 고개를 끄덕였다.

"응, 그러길 바라요."

속삭이는 목소리가 곧이라도 흩어질 듯 위태롭다. 밀라이언이 다급히 그녀의 허리를 감싸 안았다.

카리나가 그의 뺨을 감싼 채 그대로 고개를 숙여 밀라이언의 입술에 입을 맞췄다. 갑작스럽게 닿은 말캉한 온기에 밀라이언의 눈이 크게 뜨였다.

서툴고 무척이나 짧은 입맞춤이었다. 그저 입술과 입술이 맞닿았을 뿐, 평소와 같은 깊은 입맞춤은 아니었다.

"카리나…… 그러지 마……."

그의 표정이 울 것처럼 일그러졌다.

"하고 싶은 말이 많았는데 시간이 부족하네요."

카리나의 몸이 크게 휘청거렸다. 볼을 감쌌던 손에 힘이 풀리며 팔이 바닥으로 툭 떨어졌다. 밀라이언의 눈이 크게 뜨였다. 그가 다급히 카리나의 몸을 받쳤다.

"……카리나?"

"밀라이언, 나…… 조금만 잘게요……."

그녀의 눈이 천천히 감겼다. 그러지 말라고 소리를 지르려던 밀라이언이 제 목소리를 틀어막으려는 듯 입안쪽 여린 볼을 꽉 깨물었다. 비릿한 피맛이 정신을 조금 들게 했다. 그가 조심스럽게 카리나를 침대에 눕히곤 흐트러진 머리카락을 쓸어 넘겨 줬다.

"……그래, 잘 자."

밀라이언이 주먹을 꽉 쥐었다.

"아침에, 보자……. 기다릴게."

카리나가 올라가지 않는 입꼬리에 힘을 줘 쓰게 웃었다. 그녀는 이번엔 대답하지 않았다. 그럴 힘도 없었거니와 더는 앞이 보이지도 않았으니까. 그의 목소리조차 서서히 멀어져 갔다.

"몇 번째 아침이든 상관없어. 오다가 힘들면 쉬어도 돼. 천천히도 괜찮으니까, 돌아와 줘."

흐리게 웃은 카리나의 고개가 옆으로 툭 떨어졌다. 밀라이언이 무겁게 고개를 숙였다.

그녀의 입가에서 미소가 서서히 사라졌다. 오르내리던 가슴은 더는 움직이지 않았다. 혈류를 돌게 하며 미약한 온기를 전해 주던 심장도 멎은 듯 맥박이 뛰지 않았다.

그녀를 살게 하던 모든 것이 멈춰 버렸다. 심장을 도려낸 것처럼 속이 공허했다. 온몸이 뜨거워지고 눈이 시큰거렸다. 가지 말라고, 그러지 말아 달라고 할 수 없었다. 누구보다 가고 싶지 않은 것은 그녀일 테니까.

"그대는 끝까지…… 살려 달라곤 하지 않는구나."

혹여나 실패했을 때 자신이나 페리얼이 죄책감에 휩싸이지 않도록, 죽어 가는 그 순간에도 그녀는 이기심 하나 입에 올리지 않았다. 욕심 한번 부리지 않았다.

"그대가 울질 않으니……."

가라앉은 목소리가 아프게 내려앉았다. 이윽고 뜨거운 물방울이 새하얀 침대 위에 툭툭 떨어져 짙은 자국을 만들었다. 번져 가는 그것을 보며 밀라이언이 이를 악물었다.

"내가 울 수밖에 없질 않나."

상실감이, 공허함이, 결국 눈앞에 나타나고만 두려움의 결말이 그의 심장을 아프게 죄였다.

밀라이언은 한참이나 그 자리에 선 채 소리 없이 눈물을 흘렸다.

가지 말라고 외칠 상대도, 온기를 찾아 품에 끌어안을 상대도 더는 없었다.

카리나는 죽었다. 예상보다 빨리, 제 속을 다 뒤집어 놓은 채로.

다채롭던 세상이 순식간에 흑백으로 뒤바뀌었다.

'카리나 레오폴드'가 죽었다.

그녀의 죽음은 며칠 되지 않아 북부를 지나 수도와 남부령까지 닿았다. 레오폴드 백작은 남부령으로 돌아가는 길에 그 소식을 들었다.

"……누가, 죽었다고?"

"설마요……. 아닐 겁니다. 며칠 전까지만 해도 그렇게 나빠 보이진 않았습니다!"

제자리에 주저앉은 레오폴드 백작은 넋이 나간 듯 보였다. 그를 보던 인프릭이 북부령으로 다시 돌아가자고 말을 돌리려 했다. 물론, 밀라이언이 붙여 놓은 호위에게 얻어맞고 다시 마차에 구겨 넣어졌지만.

넋을 놓은 레오폴드 백작이 도착하기도 전에 그 소식은 레오폴드 령에도 전해졌다. 소식을 들은 백작 부인이 실신하고 쌍둥이는 온종일 방에 틀어박혀 울음만 터뜨렸다.

사교계에도 그녀의 죽음에 대한 소식이 퍼졌다. 카리나가 바라던 대로였다. '카리나 레오폴드'는 더 이상 존재하지 않는 사람이 되었다.

그로부터 얼마 되지 않아 레오폴드 일가는 그들의 주치의였던 녹턴의 사고 소식을 전해 들었다. 북부령에서 남부령으로 다시 돌아오는 길, 도적의 습격을 받아 처참하게 죽음을 맞이했다는 소식이었다. 얼마나 처참했으면 첫 발견자가 트라우마에 시달릴 정도였다. 시체조차 온전히 찾을 수 없어서 장례도 제대로 치르지 못할 정도로 끔찍한 참상이었다고 한다.

윈스턴 역시 소식을 전해 듣고 큰 충격을 받아 며칠이나 앓아 누웠다. 겨우 사체 몇 조각을 수습한 그가 직접 장례를 치르고 팽이 내준 양지바른 곳에 그의 시체를 묻었다.

레오폴드 백작가는 한동안 두문불출했고 가문이나 영지의 운영조차 제대로 굴러가지도 않았다. 뒤늦은 후회에 돌아오는 것은 아무것도 없었다.

세간에 알려진 것은 이 정도였다.

"밀라이언, 시끄러운 것도 어느 정도 정리됐어. '카리나 레오폴드'의 존재는 그녀가 원하던 대로 사라질 거야."

페리얼의 말에 창백하게 침대에 누워 있는 카리나를 물끄러미 내려다보던 밀라이언이 성의 없이 고개를 까딱였다.

"그녀의 장례식엔 북부 귀족 외에 누구도 초대하지 않는다고 전했고 페스텔리오 공작가와 칼로스 공작가에서 주도하기로 했다고도 알렸어."

"그래."

"그녀를 살릴 준비도 다 했고."

기운 없는 밀라이언의 목소리에 페리얼이 보석 상자에 담긴 하론을 꺼내 보이며 말했다.

카리나의 죽음을 들었던 그날, 밀라이언은 생각보다 담담했다. 적어도 겉으로는 그렇게 보였다. 벌겋게 짓물러 충혈된 눈을 보면 전혀 그런 생각을 할 수가 없었지만.

그나마 하론이 그녀의 생명에 다시 숨을 불어 줄 것을 알았기 때문에 그 정도의 이성을 유지할 수 있었음이 분명했다.

뒤늦게 소식을 접한 페리얼과 윈스턴이 급히 달려왔지만 그들이 볼 수 있었던 것은 죽은 듯 잠들어 있는 카리나였다. 윈스턴과 페리얼 그리고 밀라이언은 한참을 그런 카리나를 바라봤다.

알게 모르게 카리나에게 호감을 느끼던 사용인들은 물론 병사들 역시 쉽게 그 말을 믿지 못했다. 분명히 북부인에 비해 연약했고 툭 치면 쓰러질 것 같았지만 바로 얼마 전까지만 해도 잘 돌아다니시지 않았던가. 언제나 상냥하게 웃고 사용인들과 병사들에게도 다정하던 그녀. 누구도 그녀가 죽었다는 사실을 쉽게 받아들이지 못했다. 특히 혹시나 불면 날아갈까 제대로 다가가 보지도 못했던 병사들과 기사들의 충격은 더했다.

밝았던 저택의 분위기는 그날을 기점으로 순식간에 우중충해졌다. 누군가는 레오폴드 백작에게 분노했고 누군가는 그녀의 죽음을 애도했다.

사흘 동안 페리얼과 밀라이언은 '카리나 레오폴드'의 죽음을 널리 알리는 것에 주력했다. 동시에 녹턴을 쫓아냈다. 카리나의 죽음을 들은 녹턴은 그제야 믿기지 않는다는 듯 발광을 했지만 그뿐이었다.

밀라이언은 이미 그에게 분노했고 녹턴은 병사들에게 맞아 질질 끌려 영지 밖으로, 이윽고 북부 검문소 밖으로 쫓겨났다. 그리고 죽음을 맞이했다. 표면적으로는 어디까지나 도적떼의 습격에 의한 죽음이었다.

사흘, 그들이 부서진 정신을 부여잡고 분주하게 움직일 수 있었던 아슬아슬한 시간이었다.

"그럼 마지막은 이 늙은이의 차례겠군요."

"괜찮겠어? 내가 해도 되는데."

페리얼이 하론이 담긴 상자를 윈스턴에게 넘기면서 말했다. 윈스턴이 묵묵히 고개를 저었다. 윈스턴은 권력과는 거리가 먼 평민이었으니 두 사람이 분주히 움직이는 것을 지켜볼 수밖에 없었다. 마땅히 할 수 있는 것도 없었고 녹턴의 일로 그도 여러모로 고생했다.

"해야지요."

가장 처음 그녀의 병을 발견했고 살고자 하지 않는 그녀가 안쓰러워 그 뒤를 쫓았다. 그것이 도움이 되었는지 아닌지는 여전히 의문이었다. 그러니까 살리는 것만큼은 어떻게든 그가 하고 싶었다.

페리얼은 카리나에게 손을 댔다가 실패할 경우를 두려워했다. 밀라이언은 그녀의 몸에 상처를 낼 자신이 없었다. 그나마 윈스턴이 그녀의 살을 가르고 심장 위에 하론을 밀어 넣을 수 있는 사람이었다.

'두렵지 않은 건 아니지만……'

실패에 질려 버린 젊은이들보다는 낫겠지. 오래 살아온 사람은 생각보다 죽음 앞에 초연할 수 있었다.

여린 새싹은 오랜 세월 속에 풍파를 견디며 거대한 고목이 되어

간다. 고목이 몇 겹이나 두꺼운 껍질로 몸을 두르듯, 나이가 들면 무뎌지는 것이 있다. 삶에 대한 애착, 열정, 체력, 감각. 모든 것들이 무뎌진다.

그리고 그중 가장 생각지도 못했던 것은 죽음이었다. 젊을 땐 생각지도 못했던 '죽음'이라는 단어는 나이가 들수록 가까이 다가왔다. 스스로의 죽음이든 타인의 죽음이든 조금씩 무던하게 대처할 수 있게 되는 것이다.

"전 지금 당장도 괜찮습니다. 두 분께선 언제쯤 하는 게 좋으실 것 같으신지요."

"그러면 지금 당장."

밀라이언의 말에 윈스턴이 미미하게 웃으며 고개를 끄덕였다. 미리 준비해 둔 가방에서 의료 도구를 꺼냈다. 사람의 살을 가르기 위한 메스를 꺼내는 도중 시선이 느껴졌다. 윈스턴의 움직임이 멈췄다.

"괜찮으시다면 팽 집사를 제외하고 두 분께선 밖에 나가 계셔 주시겠습니까?"

"……무슨 소리지?"

"등에 구멍이 뚫릴 것 같습니다. 이러다 없던 긴장도 생길 지경이군요."

윈스턴의 말에 밀라이언과 페리얼이 입을 꾹 다물었다. 윈스턴의 눈빛을 받은 팽이 석상처럼 서 있던 몸을 움직였다. 팽이 윈스턴과 밀라이언, 페리얼 사이를 가로막았다.

"두 분께선 잠시 자리를 피해 주십시오. 윈스턴이 하는 상황을 보고 제가 불러 드리겠습니다."

팽의 말에 밀라이언과 페리얼의 미간이 좁아졌다. 미간만 좁혔을까. 불만도 물씬 느껴졌다.

"안 보면 되는 거 아닌가."

"그래, 보지 않으면 되잖아. 윈스턴."

"솔직히 말해서 이미 방해입니다."

윈스턴이 웃는 낯으로 단호하게 말했다. 그의 말에 밀라이언과 페리얼의 말문이 턱 막혔다. 얼마나 날카로운 목소리인지 귀가 베이는 것 같았다.

"아가씨께선 무사하실 겁니다. 그러니 두 분께서 절 믿는다면 이만 나가 계십시오."

윈스턴의 목소리와 팽의 재촉에 밀라이언과 페리얼이 결국 발걸음을 돌렸다. 무겁기 짝이 없는 발걸음이었다.

밀라이언과 페리얼을 밖으로 내보내고 팽이 다시 들어왔다.

"자네도 긴장한 표정이군."

"누군가의 생명을 손에 쥐고 있는데 긴장하지 않을 사람이 어디에 있겠습니까."

팽의 말에 윈스턴이 허허롭게 웃으며 대답했다. 윈스턴이 천천히, 그러나 분주하게 움직였다. 팽의 눈치는 무척이나 빨라서 윈스턴이 말하지 않아도 그에게 필요한 것을 척척 가져다주었다.

"할 수 있겠나?"

"해야죠. 그러기 위해 이 자리에 있습니다."

윈스턴의 대답에 팽이 고개를 끄덕이고 한 걸음 물러났다. 윈스턴의 메스 끝이 그녀의 심장 위에 닿았다. 날카롭게 벼려진 칼날이 그녀의 살결을 갈랐다.

팽이 응접실까지 데려다줬으나 두 사람은 10분도 되지 않아 그녀의 방문 앞으로 돌아왔다. 방 안은 적막했고 복도는 한층 더 적막했다. 밀라이언과 페리얼이 굳은 표정을 한 채 난간에 기대섰다.

"조용하군."

페리얼과 둘만 있을 땐 먼저 입을 여는 일이 거의 없는 밀라이언이 운을 띄웠다. 긴장한 기색이 역력한 표정으로 굳어 있던 페리얼이 간신히 뻣뻣한 고개를 돌렸다.

"그러게, 조용하네."

"……무사하겠지."

"따져 보자면 사실 간단한 작업이잖아. 난 손 떨려서 도저히 할 자신이 없지만."

페리얼이 쓰게 웃으며 말했다. 수많은 경우의 수가 머릿속을 어지럽혀서 도저히 자신이 없었다. 페리얼이 한숨을 짧게 내쉬었다. 그럼에도 자신이 했으면 좋았겠다는 생각이 자꾸만 들었다.

"카리나가 돌아오면 뭘 할 거야?"

"결혼."

밀라이언이 약간의 망설임도 없이 곧장 대답했다.

"밀라이언, 자네는…… 그녀를 살린 것을 후회하지 않을 자신이 있나? 난 그녀와 친구로만 있어도 불안할 것 같아. 불안하고 두려워서 지금처럼 대할 자신이 없어."

카리나는 떠날 것이다. 자신보다 빨리, 일말의 희망도 없이 확실하게. 그녀의 의지도 자신들의 의지도 아니지만, 그저 그 모든 조건을 감수하고서도 그녀를 살리기로 택했기 때문에. 그것이 카리나와 그들 사이에 정해진 기간이자 약속이었다.

함께하는 동안 때때로 떠오르는 그 사실이 몇 번이고 그를 괴롭힐 것이다. 지금도 이렇게 아프고 괴롭다. 이 아픔을 두 번이나 감당할 자신은 없었다. 짧은 세월을 끝으로 영영 볼 수 없다는 사실을 알면서도 자신은 그녀를 친구로서 진심으로 사랑할 수 있을까?

"수십 수백 번 후회하겠지. 눈을 감을 때도 뜰 때도 두려울 거다."

밀라이언의 대답에 고개를 숙이고 있던 페리얼이 시선을 들었다. 밀라이언은 여전히 꽉 닫힌 그녀의 방문을 바라보고 있었다.

"그녀가 죽는 그 순간까지 나는 조금도 미련을 버리지 못할 거야. 기적을 간절히 바라며 수없이 연구에 돈을 투자할지도 몰라."

"……그래."

"한 번 겪은 슬픔을 알기에 그 시간이 더 두렵지만 그럼에도 곁에 있어 줬으면 해. 살았으면 한다. ……그녀의 삶이 고통 속에서 끝나지 않았으면 해."

눈을 감아서 추억할 것이 몇 개 되지 않는다면, 겨우 반년도 되지 않는 짧은 시간뿐이라면…… 남은 그 긴 시간을 얼마나 괴롭게 버티고 있을까.

사후 세계 따윈 믿지 않는다. 있을 거라고 생각하지도 않았다. 죽음은 죽음이고 유령은 존재하지 않는다. 하지만 그렇게 생각하면서도 '혹시……'라는 생각을 버릴 수 없었다. 혹시 모를 환생까지 긴 시간이 있을지도 모른다. 외로운 그 시간에 하루에 한 번, 행복했던 기억을 매일매일 다르게 떠올릴 수 있었으면 했다.

"그녀와는 못 해 본 게 너무 많아."

연애도 해 보고 싶었다. 아침마다 그녀의 입술에 입을 맞추고 싶었고 사랑을 속삭이고 싶었다. 언젠가 그 표정에서 작은 근심조차 사라지는 모습도 보고 싶었다. 바다도, 산도, 겨울 산맥 너머도 그녀와 함께 가야 했다. 해 보고 싶다고 한 것들을 전부 하게 해 주고 싶었다. 사랑도 나누고 싶었고 그녀의 온기에 한껏 파묻히고도 싶었다.

"앞으로의 5년은 나와 카리나의 욕심이 이어 낸 시간이야. 그러니 욕심껏 살 거다."

주변의 시선 따위는 더 이상 상관없다. 그저 바라는 것은 어디까지나 그녀와의 시간이다. 끝이 정해져 있어도 좋다. 그 시간 동안만이라도 함께하고 싶으니까.

밀라이언의 말을 끝으로 다시 적막이 내려앉았다. 이윽고 문고리가 돌아가더니 달각거리는 소리를 내며 문이 열렸다. 기다렸다는 듯 밀라이언이 난간에서 몸을 떼어 냈다. 나온 것은 팽이었다. 팽이 옅은 미소를 띤 채 살짝 몸을 비켜섰다. 밀라이언이 거의 날듯이 방 안으로 뛰어 들어갔다.

"윈스턴, 카리나는?"

"아, 각하."

윈스턴이 밀라이언을 보고 살짝 몸을 비켜섰다. 밀라이언이 다급히 손을 뻗어 카리나의 손목을 붙잡았다. 아주 희미한 온기가 느껴졌다. 흐리지만 맥박도 분명히 있다.

"카리나는 무사한 건가?"

"일단…… 하론은 무사히 심장에 자리를 잡은 것 같습니다. 하론을 넣기 위해 갈랐던 상처도 금세 없어졌습니다. 다만……."

윈스턴이 말끝을 흐렸다. 문제는 생체 기능도 움직임도 정상으로 돌아왔는데 눈을 뜨지 않는다는 사실이었다. 일부러 조금 깨워 보려고도 했으나 인형이라도 된 것처럼 반응을 보이지 않았다.

"다만?"

"아직 정신이 들지 않으십니다. 그래도 생체 기능도 반응도 전부 정상입니다."

혈색도 점점 좋아지고 있고 자연 치유가 되는 속도도 평범한 인간과 비교할 수가 없었다. 하론을 융합한 후 1분도 되지 않아 몸을 가른 상처가 치유되었으니까.

윈스턴이 피 묻은 메스를 천에 감싸 가방에 넣으며 다시 입을 열었다.

"아무래도 갑작스러운 변화에 몸이 적응하는 시간이 필요한 것일 수도 있으니 기다리는 게 좋을 것 같습니다."

"언제쯤 깨어나지?"

"정확한 건…… 저도 모르겠습니다. 드래곤이 준 물건이니 드래곤에게 물으면 되겠지만 지금은 어디에 있는지 모르니까요."

윈스턴의 말에 밀라이언이 낮은 한숨을 내쉬었다.

그래도 숨을 쉬고 있다. 지난 며칠이 꿈처럼 느껴질 정도로 확실하게.

밀라이언이 그녀의 손을 꽉 붙잡은 채 무릎을 꿇고 침대 옆에 무너져 내렸다.

"……그래, 수고했다. 팽, 윈스턴을 방까지 데려다줘. 푹 쉬게 해."

"알겠습니다."

"내일 또 상태를 보러 오겠습니다. 문제가 생기면 불러 주십시오."

"그래."

밀라이언이 그녀의 손등에 이마를 대며 대답했다. 그저 숨을 쉬고 있다는 그 사실 하나가 자신을 이토록 안도하게 만들 줄이야.

그 모습을 잠시 지켜보던 팽과 윈스턴이 방에서 빠져나갔다. 문이 닫히는 소리가 들리자 밀라이언이 무릎을 꿇은 채 그녀의 손을 양손으로 꽉 붙잡았다. 조금이라도 따뜻하게 데우려는 듯이.

밀라이언을 따라 들어온 페리얼이 멍하니 그 장면을 바라봤다. 신에게 기도하는 듯한 그 형상은 페리얼이 단 한 번도 밀라이언에게서 보지 못했던 모습이었다.

"좋아해, 카리나……."

나직한 목소리에 페리얼이 조용히 몸을 돌렸다. 방에서 나간 페리얼이 천천히 방문을 닫았다. 그가 쓴웃음을 머금은 채 천천히 지하 실험실을 향해 걸음을 옮겼다.

"대체 이게 무슨 소리예요, 카시스! 카리나가, 카리나가 죽었다는 게! 카리나는요?"

"……미안하지만 피곤하오, 달리아. 조금만 쉬겠소."

레오폴드 백작이 피곤이 역력한 기색으로 대답했다. 레오폴드 백작과 인프릭은 한 달이 채 걸리지 않아 저택으로 돌아왔다. 오자마자 득달같이 달려드는 백작 부인의 모습에도 레오폴드 백작은 지친 듯 고개를 숙여 버렸다.

"카시스! 제발, 좀! 그 애가 죽었다는 건 거짓말이죠……? 카리나, 그 아이가 대체 왜 죽어요!"

붙잡고 늘어지는 백작 부인에 레오폴드 백작의 얼굴이 확 일그러졌다. 울컥, 무언가가 치미는 듯 얼굴을 일그러뜨린 그가 고개를 치켜들었다.

"칼로스 공작이 병에 걸렸다고 하지 않았었소! 예술병에 걸려 죽었다고 하오! 나도 오면서 들은 소식이야. 쫓겨나서 제대로 얼굴조차 보지 못했어!"

레오폴드 백작의 목소리에 백작 부인이 흠칫 몸을 떨더니 이윽고 얼굴을 일그러뜨렸다. 그럴 리가 없다. 그 아이는 언제나 건강하지 않았던가. 나가기 전까지만 해도 분명히…….

'건강했던가?'

그제야 문득 의문이 들었다. 입이 짧은 줄만 알았던 카리나의 식사량과 앉는 것과 거의 동시에 일어나던 그녀의 식사 시간. 얼굴을 보는 일은 드물었고 피부는 늘 새하얬다. 피부가 새하얬던가? 아니면 창백했던가? 백작 부인의 얼굴이 일그러졌다.

"……하지만 카시스, 카리나는……! 장례식에라도 갔어야죠!"

"그 아이가 우리와 연을 끊겠다고 했소. 사망 처리도 알아서 하라고 하더군. 어쩌겠어, 믿지 않았던 우리의 탓인 것을."

어쭙잖은 짧은 식견이 문제였다. 큰 이상이라고 생각하지 않은 것도, 막연히 괜찮다고 생각한 것도 전부 잘못이었다. 무엇 하나 되돌릴 수 없었다. 사과해도 아이는 다시 뒤돌아봐 주지 않았다.

"자격조차 없다는데 무슨 낯으로 그 장례식에 간다고 해."

레오폴드 백작이 일그러진 표정으로 말했다. 그사이 깊어진 주름에서 짙은 피로감이 느껴졌다. 그런 취급을 받은 것도 충격이었지만 오는 내내 들리는 카리나에 대한 소문이 그를 더 괴롭게 했다.

"……우리의 탓이지."

"난…… 나는……."

백작 부인이 고개를 떨궜다. 자식이 아니라고 생각해 본 적은 없다. 하지만 자랑스러운 자식이었냐고 묻는다면 그것조차 대답할 자신이 없다. 카리나 레오폴드는 분명히 그녀의 딸이었다. 단지, 어쩐지 시선이 그다지 가지 않는 딸이었을 뿐이다.

그 눈빛을 볼 때면 종종 꺼림칙함을 느낄 때가 있었고 귀엽고 애교가 많은 막내들에 비해 시선이 덜 갔다. 그다지 챙겨 줄 필요가 없다고 생각했다. 알아서 잘했고 큰 사고를 치는 것도 아니었다. 관심이 덜 갔다. 챙겨 줘야 할 아이들도 많았으니 신경을 덜 쓰게 됐다.

"지금까지 키워 준 값이라며 금괴를 마차 가득 채워 주더군."

"……그 애가요?"

"그래, 많이 달라졌어. 잘 웃더군……."

밀라이언 페스텔리오 공작 옆에서 그녀는 잘 웃었다. 감정을 잘 표현했고 그 사이에서 행복해 보였다. 그리고 그제야 깨달았다.

"달리아, 그 아이가 언제 우리 앞에서 환하게 웃었는지 기억나나?"

"……네?"

"난…… 솔직히 기억나지 않아."

레오폴드 백작이 그대로 백작 부인을 스쳐 지났다. 지친 듯 그의 발걸음은 힘겨워 보였고 그의 등은 무척이나 작게 보였다. 백작저의 집사가 레오폴드 백작의 뒤를 따랐다.

"크게 급한 일이 없으면 보고는 내일 듣기로 하지."

"그…… 며칠 전에 페스텔리오 공작가로부터 공문서가 하나 왔습니다."

그다지 듣고 싶지 않은 이름에 레오폴드 백작의 미간이 좁아졌다. 레오폴드 백작이 고개를 돌리자 집사가 곤란한 표정으로 고개를 숙였다.

"함께 진행하던 사업이 몇 개 있었는데, 그 건에서 전부 손을 떼겠다고 합니다."

"전부……?"

"네, 그뿐이 아니라 북부와 깊게 연관이 있는 거래처 몇 군데에서도 다음 달까지만 하고 납품을 그만두겠다고……."

지끈거리는 머리를 짚은 레오폴드 백작이 짧게 한숨을 내쉬었다. 당장 처리를 해야 옳지만 오늘은 누가 가슴에 칼을 박는다고 해도 움직일 힘이 없었다. 오는 내내 너무 지치고 힘들었다. 정신적으로도 육체적으로도 한계치에 도달했다. 레오폴드 백작이 대충 고개를 끄덕였다.

"오늘은 피곤하니 쉬겠네. 그 건은 내일 확인하도록 하지."

"알겠습니다. 필요한 내용을 서류로 정리해 내일까지 올리도록 하겠습니다."

"그래."

대화는 그것이 끝이었다. 레오폴드 백작은 부부 방이 아닌 빈방 아무 곳에나 들어가 무너지듯 침대 위에 누웠다. 오늘만큼은 정말 어떤 방해도 받고 싶지 않았다.

'피곤하군…….'

지난 한 달간 너무도 지쳤다. 밀려오는 죄책감과 수많은 감정의 소용돌이, 수백 개의 후회를 감당하기에 그는 이미 너무 늙고 지쳐 있었다.

레오폴드 백작이 천천히 눈을 감았다. 스산한 어둠이 순식간에 세상을 집어삼키며 그를 무저갱 끝까지 떨어뜨렸다.

"좋은 아침이야, 카리나."

밀라이언이 언제나처럼 인사를 건네며 그녀의 침대 옆 의자에 앉았다.

한 달이 다 되어 가도록 그녀는 눈을 뜨지 않았다. 윈스턴을 비롯해 수많은 의원을 데려다 진찰을 했지만 이상은 없었다. 그저 회복하는 과정이라고 생각하고 기다리게 된 지도 제법 시간이 흘렀다. 매일 아침 그녀를 방문하는 이 일과도, 돌아오지 않는 인사도 이제는 익숙해졌다.

밀라이언이 불안감을 없애려는 듯 익숙하게 그녀의 손을 붙잡았다. 따뜻한 손끝이, 박동하는 맥박이 오늘도 밤 동안의 불안을 희석시켰다.

"곧 북부에서도 첫 배가 뜨는 시기가 와. 마린 에리얼이 그대가 몸을 추스르면 언제 한번 그대를 데리고 오라고 편지를 썼더군."

언젠가 바다를 보고 싶다고 했던 카리나를 떠올리며 밀라이언이 묵묵히 말을 이어 갔다. 북부에서 어떤 일이 있었는지, 어제는 무슨 사건이 있었는지, 잡초가 무성해지기 시작했다든지……. 대개 사소하고 쓸데없는 이야기였다.

달싹이던 밀라이언의 입가에서 미소가 서서히 사라졌다. 그가 고개를 숙였다. 아무리 혼자 떠들어도 대답 한 번 돌아오지 않는다.

"있잖아, 카리나."

그의 목소리가 무겁게 가라앉았다.

"얼마나 더 기다리면 그대는 눈을 뜰까? 그대가 보고 싶어."

그녀의 눈동자가 자신을 봐 주었으면 한다. 온기를 품에 안고 싶다. 재잘거리는 목소리가 듣고 싶다. 곁에 있는 것만으로도 사랑스럽기 그지없는 사람이지만 역시 눈을 뜨고 있을 때가 좋았다.

"또 어리광을 부려 버렸군."

묵묵히 기다리겠다고 매일매일 다짐하면서도 결국 그녀의 앞에 서면 모든 것이 다 무너져 내리고 만다. 한없이 작아지는 스스로가 싫어질 정도다.

"오늘은 바빠서 낮엔 오지 못할 거야. 밤에는 올게. 좋은 꿈을 꾸고 있길 바라."

밀라이언이 대답을 기다리듯 잠시 앉아 있다가 이윽고 조금 느리게 자리에서 일어났다. 그가 천천히 얼굴을 쓸어내렸다. 조심스럽게 이불 속에 그녀의 손을 넣어 준 그가 혈색이 좋아진 카리나의 얼굴을 물끄러미 내려다봤다.

"천천히 돌아오고 있다고 믿어. 쉬었다 와도 좋으니 멈추지만 마."

달칵, 문이 닫혔다. 밀라이언이 없어진 적막한 방에는 작은 숨소리만이 느리게 내려앉았다.

"오늘은 바빠서 낮엔 오지 못할 거야. 밤에는 올게. 좋은 꿈을 꾸고 있길 바라."

카리나는 긴 꿈을 꾸고 있었다. 꿈인지 현실인지 분간도 되지 않는 아주 긴 꿈. 종종 보고 싶은 사람의 목소리가 들려오는 꿈. 눈을 뜨고 싶어도 도저히 뜨이지 않는 꿈.

"천천히 돌아오고 있다고 믿어. 쉬었다 와도 좋으니 멈추지만 마."

그러겠노라고 대답하지 못했다. 그도 그럴 게, 도저히 눈이 떠지지 않아서 그녀는 한 걸음도 움직이지 못하고 있었으니까.

시간이 어떻게 얼마나 흘렀는지, 지금이 언제인지 알 수가 없었다. 수없이 내려앉는 밀라이언의 목소리가 하루하루를 유추하게 했다.

'일어나고 싶은데…….'

어떻게 일어나야 할지 모르겠다. 가위에라도 눌린 것처럼 온몸이 무겁고 괴로웠다.

카리나가 아주 천천히 숨을 삼켰다. 일어나자. 입술에 힘을 주고 손가락에 힘을 줬다. 얼마 남지 않은 시간이잖아. 스스로를 다독이면서 한참이나 끙끙거렸다. 단단한 족쇄에라도 묶인 듯 옴짝달싹하기도 힘들었다.

'제발……!'

무언가 거대한 것이 제 몸을 꾹 누르고 있는 것 같기도 했다. 말 그대로 발악이었다. 제 몸을 사방으로 흔들었다. 답답함에 미친 듯이 자신을 때리고 싶었다. 뜻대로 움직이지 않는 몸이 당혹스럽기 그지없었다.

한참 애쓰던 그녀가 움직이기를 포기했다. 눈부터 뜨자고 생각한 그녀는 온 신경을 눈에 쏟았다. 다행히, 그녀는 한참 만에 간신히 풀로 붙은 듯한 눈꺼풀을 들어 올릴 수 있었다. 새까만 어둠 속일 거라고 생각하며 눈을 뜬 그녀의 동공이 크기를 키웠다.

'이게…… 뭐야?'

주변엔 온통 금색의 실이 가득했다. 금빛으로 된 실들이 카리나를 칭칭 동여매고 있었다. 가위로 자른다면 쉽게 잘릴 것 같았다. 그녀가 그나마 움직일 수 있는 손가락을 움직여 금색의 실 하나를 살짝 퉁겼다. 그러자 그 실에 빛이 생기더니 이윽고 눈앞에 거대한 화면이 떠올랐다.

"그림이라도 잘 그리게 되면 분명히 다시 돌아봐 주실 거야."

"와아……! 예쁘다."

카리나의 눈이 경악에 물들었다. 그녀의 커졌던 눈이 이윽고 서서히 제 크기로 돌아왔다. 그것은 그녀가 처음으로 기적을 봤던 날의 기억이었다. 처음…… 소망을 담아 그림을 그렸던 날의 기억.

이윽고 짧은 장면이 끝나고 그녀가 건드렸던 황금색 실이 순식간에 자취를 감췄다. 실에 묶여 있던 손가락이 조금 더 자유로워졌다. 그녀가 조심스럽게 풀린 손가락을 움직였다. 가장 가까운 실에 손을 댄 그녀의 앞에 또 다른 장면이 떠올랐다.

"동생은 싫어! 날 이해해 주는 건 너희뿐이야."

언젠가 쌍둥이들에게 질투를 했던 기억.

"나도 사랑받고 싶다."

가슴 아파서 울면서 그림을 그렸던 날.

"그 남자는 그런 성격이니 분명 자유로운 삶을 살겠지."

밀라이언을 봤던 날의 기억들도 새록새록 눈앞에 펼쳐졌다. 손 하나가 자유가 되고 자유가 된 손으로 또 다른 실을 하나둘 건드렸다. 모든 것은 추억이었다. 아픈 추억이 훨씬 많았지만 최근의 추억들은 모두 절로 미소가 지어지는 것뿐이었다.

그림을 그리고 기적을 일으키던 기억이 수백 개의 가닥으로 얽혀 하나둘 눈앞에 펼쳐졌다. 그녀를 묶고 있던 실이 부서지듯 흩어져 어두운 공간에 별빛처럼 흩뿌려졌다.

"후우."

피곤함에 지친 밀라이언이 미간을 좁혔다. 문고리를 돌리려다 말고 잠시 멈춘 그가 표정을 가다듬었다. 조심스럽게 문고리를 돌리며 그가 언제나처럼 입을 열었다.

"좋은 밤이야, 카리나."

들려올 대답은 없어야 했다, 언제나처럼. 밀라이언은 흐릿한 시선을 느꼈다. 그가 평소처럼 숙이며 들어왔던 고개를 들어 올리는 순간······.

"네, 좋은 밤이에요. 밀라이언."

그토록 기다렸던 목소리가 귓가에 꽂혔다. 밀라이언이 문을 닫는
것도 잊은 채 그대로 굳어 버렸다. 그의 눈이 한껏 커졌다.

침대에 앉아 쏟아지는 달빛을 한 몸에 받고 있는 카리나였다. 혈
색이 돌고 목소리를 내는 그녀였다.

밀라이언은 눈앞에 있는 이가 도저히 믿기지 않았다. 그가 제 손
으로 손등을 힘껏 꼬집었다. 다행히 통증은 있었다.

"카리나······?"

"네, 밀라이언."

"카리나, 카리나······."

밀라이언이 다급히 그녀에게 달려들었다. 그가 그녀를 품에 끌어
안았다. 카리나가 입가를 푸시시 무너뜨리며 그의 등을 천천히 쓰
다듬었다. 사랑스럽기 그지없는 사람.

"보고 싶었어요."

"내가······ 아니, 나도. 나도 보고 싶었어."

얼마나 보고 싶었는지 모른다. 눈앞이 몇 번이고 흐릿해졌다가 다
시 돌아왔다. 오랜만에 보는 그녀의 눈동자를 몇 번이고 마주치고
싶었다.

카리나의 얼굴을 하나하나 뜯어보던 밀라이언이 그녀의 눈동자
앞에서 시선을 멈췄다. 원래는 푸른 바다와도 같던 눈동자에 기묘
한 황금빛 아지랑이 같은 것이 엿보였다.

"······그대, 눈동자가 조금 달라졌어."

"아······ 이상해요? 부작용인가······?"

고개를 기울인 그녀가 낮게 중얼거렸다. 밀라이언이 고개를 저었다. 그가 황급히 그녀의 입술에 입을 맞췄다.

"전혀 이상하지 않아. 그대가 무슨 모습이든 내겐 카리나…… 그대일 뿐이야."

밀라이언의 말에 카리나가 배시시 웃음을 흘렸다. 그의 단단한 품도 상냥한 온기도 모두 그리웠다. 그녀가 힘껏 그의 등을 마주 끌어 안았다.

'……드디어 돌아왔구나.'

카리나의 표정이 밝아졌다. 새까만 어둠이 아니었다. 달이 존재하고 밀라이언이 존재하는 공간이었다. 어떤 어둠이라도 절대로 두렵지 않은 곳이었다.

"다녀왔어요."

"응……. 돌아와 줘서 고마워."

두 사람이 가볍게 입술을 맞췄다. 카리나가 또다시 입꼬리를 허물어뜨리며 배시시 웃었다. 그러면서 그의 품에 아이처럼 파고들었다.

어리광을 부리는 듯한 그녀의 등을 한참이나 쓰다듬어 주며 목덜미에 입을 맞추던 밀라이언이 느릿하게 그녀와 몸을 떨어뜨렸다.

"카리나."

"네."

"……나와 결혼해 줘."

밀라이언이 제 안주머니에서 작은 케이스를 꺼내 내밀며 말했다. 줄곧 이 말을 하고 싶었다. 그녀가 눈을 뜨길 바랐다.

갑작스러운 그의 고백에 카리나의 동공이 커다래졌다.

"밀라이언, 나는……."

"그대의 시간이 얼마가 남았든 상관없어. 일주일이든 하루든 일 년이든…… 당신의 곁에 있고 싶어."

당황한 듯한 카리나의 말을 잘라 내며 밀라이언이 말을 이었다. 잔뜩 굳은 눈매에 담긴 의지는 그가 긴 시간 동안 고민했다는 것을 알려 줬다.

"끝이 두렵지 않은 건 아냐. 몇 번이나 생각하는 것만으로도 울 것 같았어. 하지만 그런데도 널 사랑해. 그 모든 걸…… 감내할 정 도로 네가 좋아."

"……."

"그러니 함께하자. 언젠가 그대의 마지막이 다시 찾아오는 그 순 간까지 내가 곁에 있게 해 줘."

밀라이언이 고개를 숙여 그녀의 손등에 입을 맞췄다. 그녀의 허벅 지에 얹혀 있는 손등까지 허리를 굽힌 채였다. 애원하듯이 입술을 달싹이는 그의 눈을 보며 카리나는 잠시 말이 없었다.

"당신은 날 보면서 계속 불안해할 거예요."

"괜찮아. 그 이상으로 행복할 테니까."

"난 계속 밀라이언에게 죄책감을 느낄 테고."

"그건…… 미안해."

밀라이언은 그러지 않아도 된다고 하지 않았다. 그러지 않아도 된 다고 해 봐야 그녀가 절대 듣지 않을 거라는 것을 알고 있으니까.

카리나의 입가에 쓴웃음이 맺혔다가 사라졌다.

"우리는 어쩌면 너무 힘들고 지쳐서 행복하지 않을 수도 있어요."

"……그래도 곁에 있을게. 그대를 불안하게 하지 않을게."

밀라이언의 말에 카리나가 그의 눈을 바라봤다. 만났을 때부터 올곧았던 눈동자는 지금도 여전했다. 홍염을 담은 듯한 붉은 눈동자를 봤을 때부터 그녀는 이미 사랑에 빠져 버렸을지도 모른다.

"그래요, 어차피 억지로 섭리를 거슬렀어요. 운명 하나쯤 더 거스른다고…… 벌을 받진 않겠죠."

카리나가 조용히 말했다.

"사랑해요, 밀라이언. 나랑 결혼해 주세요."

그녀가 밀라이언의 반지 케이스 위로 손을 얹으며 말했다. 밀라이언의 눈이 크게 뜨였다가 이윽고 천천히 웃었다. 그가 그대로 그녀를 끌어안았다.

"응, 기꺼이."

밀라이언이 그대로 그녀의 입술을 집어삼켰다.

긴 겨울을 지나 찾아온 봄이었다.

Epilogue 1 (1)

"……뭘 한다고 했나?"

"결혼. 축의금 챙겨서 구경 오든가."

"……자네 미친 거 아닌가? 어제 막 깨어난 사람한테 대체 무슨 짓을 한 거야!"

"청혼했는데. 문제 있나?"

버릇처럼 궐련을 꺼내 입에 물려고 하던 밀라이언이 끙, 앓는 소리를 내며 궐련을 구겨 재떨이에 버렸다. 그 모습에 페리얼의 입이 떡하니 벌어졌다.

"허, 금연이라도 하는 건 아니지?"

"애초부터 즐겨서 피운 건 아니야."

밀라이언이 페리얼을 흘기며 대답했다. 웬만해선 전투에 나갈 때가 아니면 저택 내에서는 피우지 않기로 했다.

"흥분하면 제어가 좀 안 돼서 그렇지."

밀라이언이 담담하게 대답했다. 드물게도 아주 가끔 피 냄새를 맡고 흥분하거나 자신의 머리끝까지 화나게 하는 놈들이 나오는 경우가 있었다. 괜히 사람을 죽이지 않기 위한 나름의 조치 때문이지 즐겨서 피운 것은 아니었다.

"결혼은 언제 하려고?"

"이번 달?"

"……미쳤나?"

"화려하게 하고 싶었는데 카리나가 싫댔어. 그동안 나랑 더 있고 싶다더군. 시간이 아깝대."

그가 자랑하듯 말했다. 풀어진 밀라이언의 입술이 부드럽게 호선을 그렸다. 그 모습을 가만히 바라보던 페리얼의 입술 사이로 헛웃음이 새어 나갔다.

"질리는 놈. 그렇게 좋나?"

"싫을 이유가 있나? 그토록 바라던 사람의 것이 됐는데."

언제는 제 것이라고 하더니 이제 자기가 그녀의 것이란다. 페리얼이 말을 잃은 듯 한숨을 내쉬었다. 그래도 행복해 보이니 됐다. 살아난 그녀의 모습을 봤으니 그도 안심이었다.

"넌 언제 돌아가지? 계속 이곳에 있을 순 없잖나."

"아, 이동용 기적을 쓰는 사람이 있다고 했잖나. 한 번씩 가서 일 처리를 하고 있으니 신경 쓰지 말도록 해."

"아니, 꺼지라는 말이다."

밀라이언의 말에 페리얼이 헛웃음을 삼켰다. 꺼지라니, 무슨 말을 저렇게 하는 것인지. 볼일 다 봤으니 필요 없다는 얘기처럼 들리지 않는가. 하여튼 옛날이나 지금이나 변한 것이라곤 전혀 없다.

밀라이언이 찻잔을 기울이는 페리얼을 두고 자리에서 일어났다.

"어디가?"

"카리나가 깨어날 시간이라서."

"그래. 가라, 가……."

밀라이언의 말에 페리얼이 지친 듯 손을 내저었다. 그가 느릿하게 찻잔을 기울였다. 밀라이언이 응접실을 빠져나가기 전 슬쩍 고개를 돌렸다.

"그리고…… 고맙다."

탁, 말이 끝나기가 무섭게 문이 닫혔다. 페리얼이 찻잔을 반쯤 기울인 자세 그대로 굳었다. 아슬아슬한 찻잔 속 찻물이 밑으로 조금 흘러내렸다.

"……허, 살다 보니 저 인간한테 고맙다는 말을 다 듣는군."

황당함이 가득한 목소리였으나 표정만큼은 부드럽게 풀어진 채였다. 페리얼이 기분 좋은 표정으로 소파에 깊이 몸을 묻었다. 은은한 차향이 응접실을 가득 메웠다.

"카리나, 일어났…… 나……?"

방문을 열고 들어오던 밀라이언이 그대로 굳었다.

"오, 왔군."

"밀라이언?"

방 안의 풍경은 차마 그가 상상하지 못한 쪽이었다. 적갈색 머리카락을 한 근육질의 중년 남자가 카리나를 끌어안고 있었다. 그뿐이랴, 그 품에 안긴 채 어쩐지 편한 표정으로 웃고 있는 그녀도 보였다. 밀라이언의 얼굴이 한순간에 험악해졌다.

"……카리나, 아무리 그래도 벌써 바람을."

"네?"

카리나가 도리어 황당하다는 듯 반문했다. 눈을 동그랗게 뜬 그녀를 보던 밀라이언이 성큼성큼 걸어가 그녀를 빼앗았다. 그러고는 그녀를 품에 안고 샛노란 눈동자의 사내를 노려봤다.

"아니, 밀라이언. 무슨 이상한 생각하는 거예요? 이쪽은 아지다하카예요. 드래곤이고…… 밀라이언이랑도 만난 적이 있다고 하던데요?"

"……아지다하카? 그 드래곤?"

눈앞에 있는 건 어떻게 뜯어봐도 인간이었다. 풍채가 제법 크고 구릿빛 피부와 적갈색 머리카락을 가진 중년 남자. 범상치 않은 기운을 풍기긴 했지만 드래곤이라는 느낌은 전혀 없었다. 근육이 얼마나 많은지, 살짝만 쳐도 카리나는 10m쯤 가볍게 날아갈 것 같았다.

밀라이언의 눈이 한층 매서워졌다. 그가 그녀를 아예 제 등 뒤로 숨겼다. 애초에 아지다하카라는 드래곤은 고대어밖에 할 줄 모르는 거 아니었던가?

"필요할 땐 없더니 뭐 하러 이제 온 거지?"

"날 다시 살려 준 건 주인이었지. 주인이 죽으면 그녀의 축복에 의해 되살아난 내가 어떻게 되었을 것 같으냐?"

"……."

마력을 보충하기 위해 아지다하카는 무던히 애를 썼다. 제게서 떨어져 나간 마력의 부산물을 먹고 몸의 기능을 최소화했다. 적당한 곳으로 숨어들어 그녀의 죽음과 함께 같이 잠에 빠졌다.

그들이 아지다하카가 모아 둔 마력이 전부 소멸하기 전에 그녀를 살려내지 않았다면 아지다하카는 또다시 어딘가의 거대한 산맥이 되었을 것이다.

다행히 그녀의 심장과 하론의 융합은 무사히 이뤄졌고 그녀가 누워 있는 동안 아지다하카는 바뀐 세계를 둘러봤다. 그러면서 언어를 배웠고 덕분에 현대의 언어도 구사할 수 있게 되었다.

"아마도 내 힘과 주인이 받은 축복이 서로 충돌해서 몸이 적응하는데 제법 긴 시간이 걸린 것 같지만 무사해서 기쁘구나."

"도와주셔서 감사했어요."

"나야말로. 덕분에 생각지도 못하게 세상을 다시 볼 기회가 생겼구나. 감사의 인사를 하러 왔네."

아지다하카가 한걸음 성큼 내디뎠다. 잔뜩 털을 세운 짐승처럼 경계하는 밀라이언을 보며 아지다하카가 호탕하게 웃었다. 그러곤 가소롭지도 않다는 듯 손을 뻗어 밀라이언의 머리카락을 헝클어뜨렸다.

"하하! 제 반려를 지키는 자세는 아주 훌륭하군."

"……."

밀라이언의 미간이 좁아졌다. 이걸 굴욕이라고 부르지 않으면 뭘 굴욕이라고 부를까. 그는 단 한 번도 이런 취급을 받아 본 적이 없었다. 그럼에도 묘하게 기분이 나쁘지 않다.

"주인에게 주어진 시간은 내게는 찰나의 시간이겠고 인간에게도 그리 긴 시간은 아니겠지."

밀라이언의 붉은 눈동자를 마주 보며 아지다하카가 말했다.

"그럼에도 길을 걷기로 선택했다면 손을 놓지 말거라. 축복을 받은 예술가는 사랑을 갈망해서 처음엔 마음 얻기가 무척 쉽지. 하지만 실망하면 다시는 사람을 돌아보지 않는단다."

한번 실망하면 그들은 예술에 빠져든다. 그러면 다른 인간이 어떻게 되든지 상관없게 되는 것이다. 예술에 빠졌으니 사람이 눈에 들어오는 일도 없다.

"그런데 종종 자네 같은 인물이 있느니라. 아무렇지도 않게 상대의 안으로 파고드는 존재가."

아지다하카의 말에 밀라이언이 입을 꾹 다물었다. 칭찬하듯 그의 어깨를 두드린 아지다하카가 한 걸음 뒤로 물러났다. 그가 보기에 두 사람은 이미 돌처럼 단단해져 있었다. 쉽게 깨어지는 일은 없으리라.

"나는 떠날까 하는데, 이 아래에 마수 한 마리가 있더군. 데리고 가도 되겠나? 나처럼 주인이 죽으면 죽을 존재라네."

"……아, 헤르타가 괜찮다고 하면 괜찮아요."

카리나가 고개를 끄덕였다. 아지다하카가 마주 끄덕였다. 그가 두 사람을 한 번씩 끌어안더니 이내 창문 밖으로 뛰어내렸다.

쿵, 바깥에서 묵직한 소리가 들렸다.

"정말 무지막지하군."

"그러게요. 호쾌하신 분이에요. ……그나저나 바람이라니, 본인이 무슨 말 했는지는 알고 있죠?"

"……."

밀라이언의 입이 조가비처럼 꾹 다물어졌다. 반쯤 농담으로 던진 말이긴 했지만 충격적이기는 분명히 충격적이었다. 그의 눈동자가 도르르 굴러갔다.

"사랑해."

그가 냉큼 말하며 그녀의 입술에 입을 맞췄다.

"몸은 어때?"

"좋아요. 아지다하카 씨가 말하길, 몸은 예전보다 좋아졌을 거래요. 건강은 문제없으니 걱정 말라고 하더라고요."

"……정말인가?"

밀라이언이 그녀를 덜렁 안아 침대에 앉히며 말했다. 몸은 여전히 가볍고 살은 여전히 물렀다. 그의 표정이 영 좋지 않다.

"네, 그러니까 여행도 갈 수 있어요."

"그래, 바다를 보러 가자. 가 보고 싶다고 했지?"

"겨울 산맥도 갈래요. 아지다하카 씨가 거기 가 보면 놀랄 거라고 했어요."

카리나의 말에 밀라이언이 고개를 끄덕였다. 뭐든 해 주고 싶었다. 어디든 함께 가고 싶고 안 해 본 것은 뭐든 그녀와 하고 싶었다.

카리나가 밀라이언의 목덜미에 입술을 맞췄다. 언제나 밀라이언이 카리나에게 하던 것이었다. 그의 눈이 큼직해졌다.

"그리고…… 키스 말고도 다른 것도 할 수 있고요."

"……뭐?"

카리나가 밀라이언의 목을 팔로 감싸며 끌어당겼다. 바들바들 떨리는 눈꼬리와 손끝이 절로 시선을 사로잡았다.

밀라이언이 낮게 웃음을 터뜨리곤 그녀의 입술을 살짝 핥으며 혀를 밀어 넣었다. 카리나의 등이 침대에 닿았다. 그 위에 올라탄 밀라이언이 그녀의 상태를 살피며 입안을 느릿하게 헤집었다. 짧은 키스를 마친 그가 그녀에게서 떨어졌다.

"그대가 부서질 것 같아서 내가 자신 없어."

"……건강해졌다고 했어요."

"응, 알지만……."

밀라이언이 쓰게 웃었다. 아직은 과거의 그녀가 더 겹쳐 보였다. 건강해졌다고 해도 사실 믿기지 않았다.

그 기색을 눈치채기라도 한 듯 카리나의 미간이 좁아졌다.

"오늘은 이게 좋아."

밀라이언이 카리나를 품에 끌어안으며 말했다. 따뜻한 온기도 제품에 쏙 안기는 느낌도 모든 것이 마음에 들었다. 이 시간이 영원히 멈췄으면 했다.

"결혼은 이번 달 말에 하자."

"……결국, 이번 달 말이에요?"

"싫어?"

"아뇨, 난 언제든 좋은데……."

"그럼 그렇게 해."

쏟아지는 햇살을 받으며 두 사람이 포근한 침대 위에서 뒹굴었다. 밀라이언이 몇 차례고 그녀의 몸과 목덜미에 입을 맞췄다. 사랑스러워서 어쩔 줄 모르겠는 애정 표현이었다.

"이러다 닳겠어요."

"안 닳아."

카리나가 키득키득 웃음을 터뜨렸다. 그가 냉큼 밀라이언의 입술과 제 입술을 포개었다. 밀라이언의 눈이 한 차례 가느다래졌다.

"그래서 정말 아무것도 안 할 거예요? 오늘 온종일 침대에 있을 거면서……?"

"그대, 정말……!"

앓는 소리를 낸 밀라이언이 이내 카리나의 입술을 그대로 훔쳤다. 그가 제 셔츠의 단추를 한 손으로 풀며 그녀의 위에 올라탄 채 이를 드러냈다.

"그대가 자초한 일이야."

"물론이죠. 밀라이언은 내 거잖아요."

움찔, 밀라이언의 몸이 떨렸다. 그가 그대로 짐승처럼 그녀를 덮쳤다. 화창한 봄날 오후였다.

따뜻한 입술이 새하얀 몸 이곳저곳 내려앉기 시작했다. 카리나는 몇 번이나 겪어도 익숙하지 않은 생경한 감각에 허리를 휘며 몸을 떨었다.

"카리나……."

황금과 바다를 동시에 담은 눈동자는 다채롭게 빛나며 어둠 속에서 길잡이가 되어 주었다.

밀라이언의 목울대가 욕망을 담아 일렁거렸다. 사랑스럽기 짝이 없는 존재에 밀라이언은 몇 번이나 그녀의 목덜미에 입을 맞췄다. 달콤한 열락이 밀려오며 새하얀 나신 두 개가 얽혔다. 몽글몽글 샘솟는 땀은 밀라이언의 오밀조밀한 근육 사이를 타고 흘러내렸다.

"밀…… 라이언……."

열기에 휩싸인 두 사람이 기다렸다는 듯 동시에 입술을 겹쳤다. 아랫입술을 살짝 깨물고 혀를 얽으며 탐욕스럽게 구는 그녀의 혀를 밀라이언이 가볍게 옭아맸다.

달콤하기 짝이 없는 아침이었다.

"물 줄까?"

"네……."

카리나가 거칠어진 제 목소리에 미간을 좁히며 대답했다. 그녀를 끌어안은 채 등을 쓰다듬어 주던 밀라이언이 곧장 일어났다. 실크

로 된 가운을 걸치며 협탁에 있는 주전자에서 물을 따라 그녀에게
가지고 왔다.

그녀의 등을 한쪽 팔로 받치며 반쯤 일으켜 세운 밀라이언이 물
잔을 살짝 기울여 줬다. 물을 주는 대로 꼴깍거리며 마시는 카리나
를 보며 밀라이언이 작게 웃음을 터뜨렸다.

"웃음이 나와요? 아침부터……."

카리나가 물을 마시고서야 원래대로 돌아온 목소리로 타박하듯
말했다. 어젯밤에도 그렇게 괴롭혀 놓고 아침에도 결국 해 버렸다.
물론, 그에게만 뭐라고 할 수 없는 건 거부하지 못하고 자신도 냉큼
응했기 때문이다.

"미안."

밀라이언이 곤란하다는 듯 입가를 허물어뜨리며 웃어 버렸다. 최
근 들어 퍽 자주 보게 된 미소에 카리나도 절로 웃음을 터뜨렸다.
그가 그녀의 볼을 조심스럽게 쓰다듬었다.

"꿈만 같아요."

"뭐가?"

"눈을 뜨면 밀라이언이 있는 것도, 내가 아직 살아 있다는 것도,
벌써 이런 한량 생활을 4개월이나 하고 있다는 것도요."

"바쁘지 않은 시기니까 가고 싶은 곳이 있으면 갔다 오자."

밀라이언이 카리나의 옆에 비스듬히 누워 팔을 괸 채 말했다. 부
드러운 목소리가 퍽 편안해 보였다. 불안에 휩싸였던 예전과는 확
실히 달랐다. 그것만으로도 카리나는 충분히 만족스러웠다.

"그럼 저번에 가지 못했던 북부의 바다에 가 보고 싶어요. 에리
얼…… 아니, 마린이 있는 곳이요."

카리나의 말에 밀라이언이 끙, 앓는 소리를 냈다. 슬쩍 치켜 올라
간 눈썹을 보면 마음에 들지 않는 것이 분명했다. 예전의 그녀라면
괜찮다고 말했겠지만 최근에는 조금 욕심을 부릴 줄 알게 됐다.

"······꼭 거길?"

"네, 가 본 적 없기도 하고요."

"그래, 얘기해 볼게."

절대 안 된다고 하진 않는다. 그걸 알기 때문에 가끔 괜한 오기를
부릴 때도 있었다.

"고마워요."

카리나가 밀라이언의 볼에 가볍게 입을 맞췄다. 불시의 습격에 밀
라이언의 얼굴이 벌겋게 달아오르더니 이윽고 그녀의 어깨에 제 이
마를 묻었다. 낮은 신음이 흘러나왔다.

"키스하고 싶어졌어. 여기서 키스하면 화낼 거지, 카리나?"

"네, 배고파요. 그리고 오늘은 그림을 완성해야 한다고요."

"······그래, 식사 준비를 하라고 말해 놓을게. 씻고 나와. 아니면
같이 씻을까?"

"아뇨, 밀라이언이랑 씻으면 자꾸 휘말려서 안 되겠어요."

단호한 대답에 밀라이언의 고개가 푹 숙어졌다. 카리나가 까르르
웃음을 터뜨리곤 냉큼 욕실로 들어가 버렸다.

따뜻한 물속에 몸을 담그니 이런저런 생각이 떠올랐다. 지난 1년
간의 걱정이 모두 쓸데없는 것이었던 듯 최근의 평화는 아주 기껍고
달콤했다. 긴 기다림의 끝에 맺은 열매를 하나하나 조심스럽게 수
확해서 먹는 기분이었다. 언젠가 이 과실이 다 사라지겠지만.

'한 번쯤은 수도에 가야 하겠지.'

여태껏 수도를 제대로 구경할 기회도 드물었고…… 페리얼을 보고 싶기도 했다.

페리얼에게 고용되어 수도와 북부의 저택을 오가게 된 윈스턴의 얼굴을 보지 못한 지도 한 달 정도 되었다. 두 사람 모두 종종 찾아오곤 있었지만 한 번쯤은 이쪽에서 찾아가고 싶은 법이다.

'……능력을 쓸 수 없게 된 건 역시 허전하지만.'

카리나가 물속에 담겨 있던 손을 들었다. 작은 손에 담겼던 물은 순식간에 손 틈으로 빠져나갔다. 그녀가 주먹을 꽉 쥐었다 폈다.

모든 걸 다 갖겠다는 것은 욕심이다. 얻은 것이 있는 만큼 잃는 것도 있는 법이다. 원래라면 없었을 미래와 밀라이언과 북부의 식구, 그리고 페리얼과 윈스턴, 마린이라는 친구들을 얻는 대신 카리나는 능력을 버렸고 가족을 버렸다.

얻은 것을 생각하면 그리 과한 것을 잃은 건 아니다. 그림은 여전히 그릴 수 있다. 단지 그 안에서 생명이 피어나는 순간을 볼 수 없게 된 것뿐이었으니까.

그녀는 가볍게 목욕을 마치고 밖으로 나왔다. 밀라이언은 이미 다른 방에서 씻고 식당으로 내려간 듯 방에 없었다. 익숙한 일이었기에 그녀도 가볍게 옷을 입고 계단을 내려갔다.

"일어나셨습니까, 마님."

"……그 호칭은 정말 익숙해지질 않아, 팽."

"익숙해지셔야지요."

언제나처럼 단정한 차림으로 허리를 굽힌 팽이 그녀를 식당으로 안내했다. 카리나가 낮게 웃으며 고개를 끄덕였다. 사실 그에게 경어를 그만두기까지도 제법 시간이 걸렸다.

"당신께선 페스텔리오 공작가의 유일무이한 안주인이시니까요. 오늘 기분은 어떠신가요?"

"음, 언제나와 똑같아. 약간 나른하고 배고프고……?"

"최근 고기를 드시고 싶어 하시는 것 같아서 오늘은 고기 위주의 식사를 차리긴 했습니다."

"고마워. 요즘 몸이 풀어져서 그런가? 아니면 하론 때문인가……? 이상하네, 별로 고기 좋아하진 않았는데. 그것도 덜 익은 고기가 이렇게 끌릴 줄은 몰랐어."

피가 뚝뚝 떨어지는 고기가 맛있게 보이다니 스스로도 조금 기묘하게 느껴졌다. 실제로도 맛있었다. 담백한 음식을 좋아했던 식성과는 제법 달라져서 그녀 스스로도 이상하게 느끼고 있었다. 물론, 몸 자체가 여러모로 달라졌으니 그럴 수도 있겠다는 생각은 들지만.

식당으로 들어가려는데 팽의 표정이 미묘해졌다. 그가 조금은 굳은 표정으로 얼굴을 쓸어내렸다. 당황한 기색마저 느껴지는 그 표정에 카리나가 식당에 들어가려다 말고 몸을 돌렸다.

"팽?"

"아…… 최근에 낮잠도 많이 주무시지 않습니까?"

"응, 날이 좋아져서 그런가 봐. 사실 집에서 할 일도 없으니 계속 잠만 오는 것도 이상하진 않지."

다른 곳에선 한창 여름이 시작되는 시기임에도 불구하고 북부에선 선선한 날씨 정도였다. 햇빛은 조금 뜨겁지만 그렇게 덥지도 않고 습하지도 않다. 살기 딱 좋았다.

"나 몸에 문제 있는 것 같아?"

"……아뇨, 조만간 윈스턴이 올 시기이니 한번 검진을 받아 보는 것도 나쁘지 않을 것 같습니다."

팽이 곧이어 그림 같은 미소를 띤 채 고개를 저으며 대답했다. 어쩐지 묘하게 들뜬 기색이 엿보였지만 굳이 그걸 물고 늘어지고 싶진 않았다. 카리나가 순순히 식당 안으로 들어갔다.

"카리나."

"기다렸어요?"

"난 늘 그대를 기다리지. 배고프다며, 얼른 식사하도록 해."

"네."

카리나가 가볍게 고개를 끄덕이며 팽이 빼 주는 의자에 앉았다. 고기 위주의 식사라고 하더니 정말 고기밖에 없다. 하물며 샐러드에도 닭가슴살이 들어가 있었다.

그녀가 레어로 익힌 스테이크를 잘라 입에 넣었다. 육즙인지 핏물인지 모를 것이 왈칵 흘러나왔다. 카리나의 얼굴에 옅은 미소가 번졌다. 고기를 제법 종류별로 골라 먹는 그녀의 포크가 쉴 새 없이 움직였다. 팽이 그런 카리나의 모습을 유심히 살폈다.

"카리나."

"네?"

"너무 많이 먹는 것 같아서 걱정인데……. 괜찮아?"

"어…… 그랬나요?"

밀라이언이 텅 빈 카리나의 앞 접시를 가만히 바라보며 고개를 끄덕였다. 최근에 먹는 양이 제법 늘었다고 생각했지만 오늘은 조금 심각할 정도다.

'……드래곤 새끼를 어떻게 불러오지?'

아무리 생각해도 하론 때문인 게 분명하다. 카리나가 여러모로 달라진 모습을 보이는 것은 하론의 영향이었다. 그게 그녀에게 큰 문제가 되지 않는다면 다행이지만 혹시나 그녀의 몸에 문제를 일으키고 있다면 그건 그것대로 곤란했다.

"주인님."

"왜?"

"제가 보기엔 그다지 많이 드신 것 같지 않습니다. 마님께서 평소에 드시는 양이 너무 적었던 거지요. 저는 적당히 드시는 거라고 봅니다."

팽이 카리나를 두둔하고 나섰다. 눈초리엔 책망하는 기색이 역력하다. 밀라이언의 눈매가 한층 가늘어지더니 카리나를 조심스럽게 바라봤다. 카리나가 조금 침울한 표정을 짓고 있었다.

"그렇지. 내가 잘못 생각했군."

팽의 눈치를 냉큼 잡아챈 밀라이언이 고개를 끄덕였다. 카리나가 슬쩍 고개를 들었다.

"생각해 보니 그대 양은 염소보다도 더 적었지. 내가 잘못 생각했어. 먹고 싶은 만큼 더 먹어. 평소 그대 먹는 양을 간과했군."

냉큼 말을 바꾼 밀라이언을 본 카리나가 한숨을 푹 내쉬었다. 그녀가 결국 포크를 내려놨다. 토라진 것이 분명한 표정에 밀라이언이 덜컥 숨을 들이켰다.

"카리나?"

"됐어요. 그냥 후식 먹을래요."

"……알겠어. 뭐 먹고 싶은데?"

"과일이요."

밀라이언이 팽을 향해 가볍게 손짓했다. 팽이 허리를 굽히곤 가벼운 발걸음으로 식당을 나섰다.

시녀들이 들어와 식기를 치우는 내내 식사를 마친 카리나에게선 말이 없었다. 쉽게 토라지지 않는 이가 토라진 것을 보니, 큰 잘못을 저지른 건가 싶은 기분마저 들었다. 밀라이언이 숨을 들이켜며 황급히 머리를 굴렸다.

"카리나, 에리얼 자작에겐 언제쯤 가고 싶나? 대충 다음 주 정도면 답도 받을 수 있을 것 같은데……."

"……그래요?"

"응, 그럼 다음 주 출발하는 거로 할까? 길게는 못 있겠지만 일주일 정도는 거기에 있을 수 있을 거야."

밀라이언의 말에 카리나가 옅게 웃으며 고개를 끄덕였다. 마린 에리얼이 이렇게 도움이 될 때가 있다니. 밀라이언은 처음으로 그녀와 카리나가 연을 맺은 사실에 대해 아주 조금 감사를 하고 싶어졌다.

"좋아요."

"그래. 그럼 그렇게 준비하라고 팽에게 말해 둘게."

"미안해요. 괜히 짜증을 냈어요. 그냥 요즘 울컥할 때가 많아서. 아무래도 윈스턴이나 페리얼이 오면 하론이 무슨 문제를 만든 건 아닌지 물어봐야겠어요."

가장 빠른 방법은 세상을 여행하고 있을 아지다하카를 만나는 것이다. 그의 몸에서 떨어진 마나이니 몸의 변화도 그가 가장 빨리 감지할 것이다. 문제는 어디에서 뭘 하는지 알 수 있는 방법이 없다는 거지만.

카리나가 한숨을 내쉬며 이마를 문질렀다. 답답하기 짝이 없었다. 최근 이성보다 감정이 앞설 때가 있는 것을 그녀도 인정은 하고 있었다.

"아냐, 그대의 잘못은 아니지. 나도 조금 더 조심할게."

"아니에요."

카리나가 한숨을 내쉬며 몸을 기댔다. 또 밥을 먹으니 몰려오는 건 잠밖에 없다. 이제는 헛웃음이 나올 지경이다. 억지로라도 밖에 산책을 하러 가야 할 듯했다.

"먹고 밖에 나갔다 와도 될까요?"

"혼자서?"

"네, 그냥 산책이요. 멀리 가진 않을게요."

카리나의 말에 밀라이언이 고개를 끄덕였다. 머지않아 팽이 커다란 접시에 과일을 가득 담아 가져왔다. 밀라이언이 이게 무슨 짓이냐고 그를 노려봤지만 팽은 말없이 어깨를 으쓱였다.

"와, 여름이라 그런지 달콤하네요."

카리나의 포크가 또 쉬지 않고 움직인다. 밀라이언은 몇 개 집어 먹지도 않은 과일이 깔끔하게 자취를 감추는 데는 그리 오래 걸리지 않았다.

"산책 다녀올게요."

"……공작가를 너무 벗어나진 말고."

"네."

카리나가 아까보다 훨씬 밝아진 표정으로 고개를 끄덕였다. 그녀가 이윽고 식당에서 나가자 밀라이언이 낮게 한숨을 내쉬었다.

"드래곤을 수배해. 아무래도 뭔가 문제 생긴 거 같아. 윈스턴이랑 페리얼에게도 연락하고."

"윈스턴에게 연락하겠습니다. 이 늙은이의 생각엔 아마 드래곤께선 이 일과 무관할 것 같군요."

"무슨 소리야? 아무래도 이상하다니까. 애초에 불안정한 방법이 었으니…… 후유증이 있는 것도 어쩔 수 없지만……."

"식성이 조금 바뀌신 게 대략 한 달 정도 됐고 먹는 양이 늘어나신 건 두 달 남짓 되셨습니다. 잠이 많아지신 것도 그쯤 되신 것 같고요."

팽의 말에 밀라이언이 얼굴을 굳혔다. 짜증스럽게 굳은 표정에선 예민한 기운이 날카롭게 풍겼다. 팽이 낮은 한숨을 내쉬며 텅 빈 접시를 조심스럽게 정리했다.

"음, 그리고 그 한 달 전쯤 마님과 각하께서 첫 동침을 하셨지요."

팽이 조금 더 직설적인 말을 던졌다. 풀풀 풍기던 날카로운 기색이 순식간에 가라앉았다. 그 말을 손쉽게 이해한 밀라이언의 표정에 당황이 떠올랐다.

"……카리나가 임신했다고 말하고 싶은 거야?"

"최근 마님의 행동과 변하신 식성을 생각해 보면……. 네, 저는 그렇게 생각하고 있습니다."

팽이 확언했다. 밀라이언이 미간을 좁힌 채 이마를 짚었다. 기뻐할 일이지만 동시에 그리 기쁘지 않았다. 그녀의 몸이 나빠지는 걸 바라지 않는다. 그녀의 시간이 아이에게 할애되길 바라지 않는다.

길지 않은 시간이라는 것을 서로 인지하고 있는 상황에서…… 그녀의 아픔이 더 커지길 바라지 않았다.

"……확실한가?"

"윈스턴이 곧 올 테니 확인해 보겠습니다. 하지만 선대 마님께서도 비슷하셨으니 맞을 거라고 생각합니다."

"그렇군. 알겠다."

밀라이언이 피곤한 표정으로 자리에서 일어났다. 아이의 생각이 아예 없었던 건 아니지만 제 욕심이라고 생각했다. 카리나에게 뭐라고 전할지 벌써부터 속이 답답했다.

'지우자고 하면 화내려나.'

밀라이언은 그녀에게 아이에 관해선 어떤 것도 강요할 마음이 없었다. 지우고 싶다면 지울 것이고 지우고 싶지 않다고 하면 최선을 다해 함께 키울 것이다. 그 아이는 더할 나위 없이 사랑스럽겠지만 반드시 그녀의 미련이 될 것이다.

그가 천천히 고개를 떨궜다. 어느 쪽이든 그녀가 후회하지 않을 선택이었으면 했다.

"회임하신 게 맞습니다. 3개월쯤 되신 것 같습니다."

오랜만에 보는 윈스턴의 입에서 나온 말에 카리나의 눈이 더할 나위 없이 커졌다가 천천히 가라앉았다. 놀란 기색이 역력했으나 한편으론 예상했다는 듯한 표정이기도 했다.

"별로 놀라지 않으시는군요."

"임신 증상에 대해선 저도 알고 있었으니까요. 다만, 그것보단 하론으로 인해서 바뀐 거라는 게 더 가능성이 높다고 생각했어요."

카리나가 낮은 한숨을 내쉬었다. 굳이 아이를 가지지 않겠다는 건 아니었지만 덜컥 찾아온 소식이 조금 당황스러운 것도 사실이다. 그녀가 마른손으로 얼굴을 쓸어내렸다.

그녀가 슬쩍 옆을 바라보니 밀라이언이 퍽 심각한 표정으로 팔짱을 끼고 있었다. 뭔가 말을 할 줄 알았던 그는 생각과 달리 아무런 말도 없었다. 윈스턴이 옅게 웃었다.

"그리고 각하께서도 그다지 놀란 기색은 없으시군요."

"……팽이 혹시나 한다고 말을 해 줬었거든."

담담하게 대답하는 그의 입술 사이로 마른 한숨이 새어 나왔다.

"정말요? 왜 나한텐 말 안 했어요!"

"확실하지 않은 걸 말해서 그대를 심란하게 만들고 싶지 않았어."

"아무리 그래도…… 말은 해 줬어야죠."

"미안해. 어떻게 해야 할지 모르겠어서……. 기뻐해야 할지, 스스로의 안일함에 멍청하다고 벽에 머리를 박아야 하는지."

밀라이언의 목소리에서 느껴지는 자책에 카리나의 미간이 좁아졌다. 윈스턴이 적당히 눈치 빠르게 자리에서 일어났다. 가볍게 허리를 굽힌 그가 팽이 열어 주는 문을 통해 방 밖으로 나갔다.

"왜 밀라이언이 멍청해요?"

"그대에게 짐을 지우고 싶지 않았어. 이건…… 그대의 발목을 붙잡을 일이야. 난 그걸 바라지 않았어."

"난 당황스럽긴 하지만 싫지 않아요. 애초에 아이를 낳고 싶다는 생각도 있었고요."

밀라이언이 숨을 들이켰다. 그가 느릿하게 손바닥으로 제 눈두덩을 덮었다. 답답함에 속이 뒤집히는 것만 같았다. 그녀의 마음도 이해하지만 미래를 생각하지 않을 순 없다.

"아이는…… 그대의 미련으로 남을 거야. 얼마 안 되는 그대의 시간을 온전히 그대를 위해 쓸 수 없게 될 거고…… 내 아픈 손가락이 되겠지."

밀라이언의 말에 카리나가 입을 다물었다. 그가 걱정하는 것이 무엇인지 그녀도 아프도록 이해했다. 기한 있는 삶을 살게 된 자신에게 새로운 생명을 잉태하는 것은 어쩌면 해선 안 되는 일일지도 몰랐다. 아이에겐 상처가 될 테고 그녀에겐 미련이 될 테고 그에겐 잊으려고 해도 잊을 수 없는 기억이 될 테니까.

"그래서 그 현실을 전부 떠나보내고 나면요? 밀라이언의 욕심은 어때요? 키우고 싶지 않아요?"

"……아무것도 생각하지 않는다면 키우고 싶어. 생각하는 걱정을 뛰어넘을 정도로 우리들의 행복이 될 테니까."

"그럼 됐네요. 언젠가…… 당신이 혼자가 되더라도 외롭지 않을 수 있다면 됐어요. 내 욕심도 있어요. 난 가족을 원했으니까요."

카리나가 밀라이언의 양 볼을 붙잡고 조심스럽게 매만지며 말했다. 손가락으로 부드럽게 어루만지는 손길이 부드러웠다. 일그러진 밀라이언의 얼굴을 보며 카리나가 조심스럽게 그의 이마에 입을 맞췄다.

"……정말, 괜찮겠어?"

"네, 솔직히 이미 배 속에 뭔가가 있다는 걸 알았는데 이걸 죽일 자신도 없어요."

"그럼…… 마린 에리얼에게 가는 건…….."

"그건 갈 거예요."

단호한 목소리에 밀라이언이 입을 다물었다. 마린 에리얼이 얼마나 걸걸한 말투와 험한 언어를 구사하는지 밀라이언이 누구보다 잘 알고 있었다.

"태교에 좋지 않다고 장담하지."

"벌써 아빠 노릇하려고요?"

"……아빠 노릇까진 아니지만 마린 에리얼이 여러모로 그대의 정신에 좋지 않을 거라는 의견은 확고해."

밀라이언의 말에 카리나가 키득키득 웃음을 터뜨렸다. 아직도 믿기지 않는 일이지만 제 배 속에 아이가 있다는 것이 놀라우면서도 기묘했다. 이 작은 배에서 생명이 자라고 있는 게 아닌가.

"그래도 갈래요. 바다는 보고 싶거든요."

"……알겠어. 예정대로 하도록 할게."

내키지 않는 표정이었지만 밀라이언은 순순히 고개를 끄덕였다. 원래도 카리나의 의견을 들어주지 않는 경우가 거의 없었지만 최근 들어 한층 더 조심스러워진 느낌이었다.

"먹고 싶은 게 있으면 말해."

"딱히 그런 건 없어요."

"언제든."

밀라이언이 그녀의 목덜미에 가볍게 입을 맞추고 떨어졌다. 그의 손이 조심스럽게 그녀의 배 위를 한 차례 문질렀다. 그의 눈이 느릿하게 가라앉았다.

"세상에, 이게 누구야. 어서 와!"

영지로 입성하자마자 마중을 나온 듯한 마린 에리얼이 말에서 뛰어내려 냉큼 카리나를 끌어안았다. 그 작은 몸에 무슨 힘이 있는지 카리나를 번쩍 들어 올려 뱅글 제자리에서 한 바퀴 돌기까지 했다.

"오랜만이네. 잘 지냈어, 카리나? 아…… 설마 마님이라든가, 뭐…… 공작 부인 같은 오글거리는 호칭을 써야 하는 건 아니지? 봐주라."

"아니, 괜찮아."

밀라이언이 마음에 들지 않는다는 표정으로 팔짱을 낀 채 떨떠름한 눈을 했다. 그가 짧은 한숨을 내쉬곤 제 말에 카리나를 태우려는 마린 에리얼의 앞을 가로막았다.

"뭐 하는 거지?"

"아…… 오는 내내 독차지했으면 이제 여자들끼리의 시간도 좀 주십쇼, 각하."

껄렁껄렁한 목소리의 마린 에리얼이 의기양양하게 대꾸했다. 카리나도 딱히 싫은 기색이 없었다. 순순히 말 위에 올라타는 그녀를 보며 밀라이언이 애꿎은 입술을 깨물며 숨을 삼켰다.

마린 에리얼이 냉큼 말 위에 올라타더니 빠르게 말을 출발시켰다. 사이좋게 말을 타고 가는 꼴로 볼 수도 있지만 밀라이언의 눈에는 도둑놈이 도망가는 것으로밖에 보이지 않았다. 밀라이언이 곧바로 제 말에 올라타 두 사람의 뒤를 쫓았다.

"거, 먼저 저택에 가 있으면 안 됩니까?"

"네노…… 아니, 에리얼 자작 자네가 뭘 할 줄 알고?"

"주변 조금 둘러보고 가겠습니다. 애인이 친구랑 같이 있을 때 눈치 없이 남자가 자꾸 사이에 끼는 거 아닙니다. 미움받는 거 몰라요?"

카리나를 앞에 앉힌 마린 에리얼이 의기양양하게 말했다. 카리나를 품에 꼭 끌어안으며 소유권을 주장하는 꼴에 밀라이언의 눈썹이 움찔 떨렸다.

"카리나?"

"여기까지 오느라 힘들었잖아요. 마린 말대로 먼저 가 계세요."

"……카리나."

"저 행렬이랑 같이 자작령을 한 바퀴 돌고 싶은 건 아니죠……?"

카리나의 손가락이 밀라이언 뒤를 쫓아오는 공작가 행렬로 향했다. 밀라이언이 그제야 아차 싶은 표정으로 입을 꾹 다물었다. 불만스러움이 역력히 느껴졌으나, 그렇다고 떼를 쓸 수도 없는 노릇이다.

"나도 그대와 있고 싶어."

"오늘 저녁에 같이 있을 거잖아요. 먼저 가요. 오는 내내 나 신경 쓰느라 제대로 자지도 못했잖아요."

"잤어."

"한 시간마다 잠에서 깨는 건 잤다고 하지 않아요."

카리나의 말에 밀라이언의 말문이 턱 막혔다. 틀린 말은 아닌데, 틀렸다고 반박하고 싶다. 그녀가 숨을 들이켜는 밀라이언을 가만히 바라보다가 손을 뻗어 그의 앞머리를 살살 쓰다듬었다.

"마린의 영지고 위험한 일은 없어요. 혹시 있더라도…… 알잖아요. 난 아마 괜찮을 거예요."

"……"

카리나의 말에 밀라이언의 얼굴이 딱딱하게 굳었다. 카리나는 제가 내뱉은 단어가 그를 달래는 데 그다지 좋지 못한 선택이었다는 것을 뒤늦게 깨달았다. 그녀가 곤란한 듯 미간을 좁히자 이윽고 그가 낮게 한숨을 뱉었다.

"저녁을 먹기 전엔 들어가겠다고 약속할게요."

"그래, 그대가 원하니 강요하진 않아. 자작저에 가서 기다릴게."

"네, 조금 이따 봐요."

밀라이언이 카리나의 볼에 가볍게 입을 맞추며 고개를 끄덕였다. 물러나는 그를 보며 카리나가 말없이 미소 지었다.

순순히 물러나는 밀라이언을 보며 마린 에리얼이 속으로 혀를 내둘렀다. 그녀가 바닷가 쪽으로 말머리를 힘껏 돌렸다.

"카리나, 너 진짜 대단하다."

"뭐가?"

"난 각하를 제법 어릴 때부터 봤거든. 북부는 뭐…… 알다시피 제법 교류가 많아서. 서로가 꼬꼬마일 때부터 봤어."

마린 에리얼이 제 무릎께에서 손을 흔들어 보이며 말했다. 아마도 그만큼 키가 작았던 시절이라는 걸 표현하는 듯했다. 카리나가 이해했다는 듯 고개를 끄덕였다.

"솔직히 그때도 각하는 뭐에 집착하는 일은 없었어. 부모를 제외하면 크게 감정적인 교류를 하는 경우도 드물었고. 의무는 아는데 거기에 의미를 부여하진 않는 느낌이었어."

호탕하기 짝이 없는 마린 에리얼이 날카롭게 그의 과거를 분석했다. 과거가 들춰지는 것을 내켜 하지 않는 밀라이언이 듣는다면 그대로 검을 뽑지 않을까 싶을 정도로.

"우리 사이를 보면 알겠지만 대개 앙숙이었지. 근데, 참 신기하단 말야. 말도 험했을 텐데 도대체 저 인간의 어디가 좋아서 결혼까지 한 거야?"

단출하게 진행된 결혼식에 마린 에리얼을 비롯해 북부의 가문에서 이런저런 선물을 보내 왔다. 그 뒤로 카리나와 마린은 제법 편지도 여러 차례 주고받았다. 그래서인지 카리나도 말이 편하게 나왔다.

"으음…… 그냥, 그 솔직한 면?"

"저걸 솔직함이라고 표현하는 너도 특이하기 짝이 없구나."

가감 없이 제 생각을 내뱉는 마린의 말에 카리나가 결국 웃음을 터뜨렸다. 아무래도 자신은 계속 숨기는 사람보다는 뭐든지 호탕하게 털어놓는 사람에게 더 마음이 가는 듯했다.

"어쨌든…… 최근의 각하를 보면 참 신기하단 말이지. 누군가를 위해 저렇게 헌신적일 수 있는 사람이라곤 생각지도 못했어. 책임감이 강하다는 건 알고 있었지만."

"바뀐 밀라이언은 북부의 군주로선 별로야?"

"아니, 좋아. 훨씬 인간다워서. 난…… 그러니까 우리는 대개 몬스터 토벌이나 사냥에서나 각하를 봤거든. 그럴 때의 각하는 완전히 짐승 그 자체야."

마린이 뒷머리를 긁적이며 말했다. 그녀가 고삐를 잡은 말은 무척 통제가 잘 되는지 큰 흔들림도 없었다.

이윽고 새파란 바다가 시야에 가득 들어찼다. 항구가 보이기 시작하자 마린이 말을 멈췄다.

"짐승?"

"응, 넌 모를걸. 정말 적이었으면 꽁무니 빼고 도망가고 싶었을 거야. 자, 여기가 바다야."

마린이 카리나를 붙잡아 말에서 내려오는 걸 도와주며 말했다. 그녀의 시선이 말없이 수평선 너머로 향했다. 새파란 바다와 새파란 하늘이 겹쳐지는 중간이 마치 그러데이션처럼 보였다.

"……신기한 냄새가 나."

"바다 냄새야. 좋지? 이 영지 안에선 어디에 있든 이 냄새가 매일 함께하거든."

마린 에리얼의 말에 카리나가 고개를 끄덕였다. 확실히 그녀의 체향과 가까운 냄새였다.

카리나가 햇빛에 반짝이는 바다를 바라보다가 그 위를 유유히 돌아다니는 몇몇 개의 배를 눈에 담았다.

"……예쁘다."

"그치! 좋아할 줄 알았다니까! 내가 최고로 좋아하는 곳이야. 해적 놈들이 가끔 귀찮게 하긴 하지만."

마린이 어깨를 으쓱이며 담담하게 말했다. 카리나가 고개를 끄덕이곤 한참이나 그 자리에 우뚝 선 채 풍경을 눈에 담았다.

하늘을 날아다니는 기묘한 울음소리의 새와 일렁이는 파도, 종종 수면 위로 떠오르는 생명체까지 모두 그녀의 눈 안에 차곡차곡 쌓였다. 코끝을 맴도는 옅은 소금 냄새와 눅눅한 바람에 절로 미소가 지어졌다. 밀라이언과 둘이 이 길을 걸어 보는 것도 좋을 것 같았다.

"저긴 모래사장. 맨발로 걸으면 기분 좋아. 괜찮으면 나중에 배도 태워 줄게."

"배 위에서 그림도 그릴 수 있을까?"

"뭐…… 흔들리는 게 괜찮다면? 큰 배를 띄우긴 하겠지만 바다란 놈이 워낙 제멋대로여야지. 그래도 멀리 나가지 않으면 괜찮을 거야."

사실 마린 에리얼은 카리나에게 이곳저곳 구경시켜 주려고 했다. 그런데 카리나의 시선에는 오로지 바다만이 가득 담겨 있어서 쉬이 다른 곳으로 움직이자는 말을 꺼낼 수가 없었다.

"카리나."

"응?"

"너, 오래 못 산다는 얘기가 있던데. 진짜야?"

조금 가라앉은 목소리가 귓가를 두드렸다. 한껏 낮춘 목소리에서 걱정이 물씬 느껴졌다. 카리나가 잠시 입을 다물었다가 고개를 돌려 그녀의 눈동자를 물끄러미 바라봤다.

"응."

"……그렇구나."

담담하게 나온 대답에 마린의 눈이 크게 뜨였다가 천천히 제 자리로 돌아왔다. 날카로운 송곳니가 씩 모습을 다시 드러냈다.

"호기심에 물어본 건 아냐. 하지만 혼자 끙끙 앓는 것보단 물어보는 게 낫다고 생각했어. 혹시 네 기분을 상하게 했다면 사과하지."

"아냐, 숨길 마음도 없었고."

주어진 생명에 끝이 있다면, 적어도 곁에 있어 주는 사람들은 그 끝을 알아야 한다고 생각한다. 그것은 카리나가 밀라이언과 제법 오랜 시간 이야기해서 결정한 것이었다.

자신에게 준비가 필요한 것처럼 그들에게도 준비할 시간을 주는 것뿐이다. 동시에 그들에게 멀어질 시간을 주는 것이기도 했다. 슬픔을 감당할 수 없는 사람들에게 슬픔을 감당하라고 하고 싶지 않으니까.

"하여튼 쿨하다니까."

손을 뻗은 마린이 카리나의 머리카락을 슥슥 쓰다듬었다. 칭찬이라도 하는 듯한 그 손길에 카리나가 멍하니 눈을 끔뻑였다.

"근데, 너 뭔가 재밌는 냄새 난다?"

"재밌는 냄새?"

"뭐라고 해야 하지……?"

마린이 카리나의 목덜미에 코를 묻곤 한참을 킁킁거렸다. 마치 짐승이 냄새를 맡기라도 하는 것처럼.

한참이나 그러고 있던 그녀가 눈을 크게 뜨며 한 걸음 물러났다.

"우리 집 개가 얼마 전에 새끼를 뱄는데, 그거랑 비슷한 냄새가…… 나네……?"

"……개?"

"어, 아니. 미안, 네가 개라는 얘기는 아니고. 그러니까…… 내가 괜히 후각이 좋아서."

마린이 더듬더듬 입을 열어 변명했다.

"우리 부모님은 에리얼 가문의 후계자라면 오감이 뛰어나야 한다는 생각을 가진 사람들이라, 취미가 눈 가려 놓고 냄새 맞히게 하는 거였어."

"아……."

독특하기 짝이 없는 부모님이다. 그러나 말하는 내내 마린의 얼굴은 어둡지 않았다. 그만큼 다정했던 부모라는 얘기겠지. 카리나가 고개를 끄덕이자 그녀가 다시 입을 열었다.

"어쨌든, 새끼를 밴 짐승은 그 특유의 냄새가 있거든."

마린이 두 손을 허공에 이리저리 내저으며 말하다가 결국 한숨을 푹 내쉬며 입을 다물었다. 어떻게 말해도 당황한 상태에선 정상적인 말이 나오지 않는다는 것을 깨달은 탓이다.

"그러니까…… 너 임신했어?"

"……마린, 대단하다. 약간 무서울 정도로."

카리나가 멍하니 대답했다. 그녀가 임신했다는 사실을 아는 사람은 아마도 팽과 진찰을 했던 윈스턴, 그리고 밀라이언과 자신 정도일 것이다. 페리얼이 아는지는 모르겠다. 윈스턴이 페리얼에게 임신 사실을 전했는지 알 수 없었다. 어쨌든 확실한 건 이렇게 먼 거리에 떨어져 있는 마린 에리얼이 전해 들었을 리는 없다는 거다.

"아, 역시. 그 꼬꼬마였던 인간이……. 허! 감회가 새롭다 못해 조금 놀라울 정도네."

마린이 입술 사이로 헛웃음처럼 말을 내뱉었다. 예상하지 못했던 일투성이다. 카리나는 그녀가 눈치채리라는 것을 예상하지 못했고 마린은 카리나가 아이를 뱄을 것이라는 걸 예상하지 못했다.

"왜 그렇게 발톱을 세우나 했더니 이유가 있었군."

"응?"

"각하 말이야. 평소보다 더 날카로워 보였거든."

"……그래?"

카리나가 고개를 기울이자 마린이 고개를 끄덕였다. 아닌 척했지만 묘하게 초조해 보이기까지 했다. 공작저에서 열렸던 작은 연회에서도 보지 못했던 모습이었다.

"축하해, 카리나. 부디 내가 처음으로 널 축하해 준 타인이었으면 좋겠군."

"친구 중에선 네가 처음이야."

카리나가 옅게 웃으며 말했다. '친구'라는 단어를 입에 올리는 것은 여전히 조금 떨리고 조금 어색했지만, 다행히 마린은 그런 망설임은 느껴지지도 않는다는 듯 씩 웃어 보였다.

"그거 좋은데? 그리고 우리는 이만 돌아가야겠네."

새끼를 품은 짐승은 수컷이건 암컷이건 날카롭기 그지없다. 발을 동동 구르고 있을 밀라이언을 생각하면 조금 더 골려 주고 싶었지만, 카리나를 생각하면 빠르게 돌려보내는 게 맞을 듯했다.

"각하보단 널 많이 닮았으면 좋겠는데."

마린이 아까보다 한층 더 조심스럽게 그녀를 말 위에 태우며 말했다. 카리나가 순순히 말에 자리 잡으며 낮게 웃음을 터뜨렸다. 그녀는 정말로 밀라이언이 내키지 않는 모양이었다.

두 사람은 윤기가 좌르르 흐르는 흑마와 함께 저택으로 돌아갔다. 저택 밖에 밀라이언이 퍽 초조한 기색으로 문 앞에서 벌처럼 8자를 그리며 뱅글뱅글 돌고 있었다는 건 굳이 비밀로 할 만한 일은 아니다. 그 모습을 보고 마린 에리얼이 박장대소를 한 것 역시도.

"……밀라이언, 제발 좀 내려 줘요. 무거울 거라고요."

"난 그대의 생각보다 강해."

"그래도……."

카리나가 한숨을 내쉬며 순순히 밀라이언의 어깨에 이마를 기댔다.

마린 에리얼의 대접은 정말 융숭했다. 대부분의 융숭한 대접은 카리나를 향한 것이었지만, 어쨌든 그녀는 공작저에서 온 손님들을 위해 정말 최선을 다했다.

식사는 항상 최고급 식재로 화려하게 나왔고 무엇 하나 맛이 없는 것이 없었다. 풍족한 해산물이 가득 자리한 식탁엔 이제 앉기만 해도 절로 침이 고일 정도였다. 해산물은 그다지 좋아하지 않는 편이었는데 이곳에 와서 카리나는 모든 편견을 깨부쉈다.

"벌써 내일 떠나잖아. 그대가 아쉬워해서 걱정이야."

밀라이언이 카리나를 품에 안은 채 말했다. 모래사장을 한 걸음씩 걸을 때마다 버석거리는 소리가 들렸다. 조개껍질을 잘못 밟을 뻔한 카리나는 그 뒤로 그의 품에 안긴 채 걷게 되었다.

"그러게요, 아쉬워요."

"다음에 또 오면 되지. 그때는 둘이 아니라 셋일지도 모르겠네."

"음. 밀라이언, 있잖아요. 마린이…… 자기가 대모가 되고 싶다고 하던데…… 만약 내가 마린을 대모로 하자고 하면…….”

움찔, 밀라이언의 어깨가 떨리고 눈썹이 크게 경련했다. 웬만해선 카리나의 앞에서 감정을 드러내지 않으려고 노력하는 밀라이언답지 않았다.

“……싫겠죠?"

살짝 가라앉은 목소리에 침울함이 담겼다.

싫다. 죽어도 싫다. 하고 많은 이들 중에 대체 왜 하필이면 마린 에리얼이란 말인가. 그러나 밀라이언은 머릿속에 떠오른 수많은 부정의 말을 감히 그녀의 앞에서 내뱉을 수가 없었다. 밀라이언이 간신히 숨을 들이켜며 머릿속에 떠오른 말을 꾹꾹 눌러 삼켰다.

“……아니, 그대가 원하면 해. 그 결정이 그대를 위험하게 하는 일이 아니라면 난 참견하지 않을 거야."

“……정말요?"

"그래, 대모를 정할 권리는 그대에게 있는 거지."

"고마워요!"

카리나가 냉큼 밀라이언을 두 팔로 꽉 끌어안곤 그 목덜미에 입을 맞췄다. 서툰 입맞춤처럼 조심스럽게 다가와 깃털처럼 닿았다 떨어진 입술에 목덜미가 후끈 달아올랐다.

“……젠장. 너무 자극하지 마, 카리나. 한동안은 자제하라는 얘기를 들었단 말이야."

밀라이언이 끙끙 앓는 소리를 내며 카리나의 목덜미에 이를 세워 조심스럽게 빨아들였다. 달큼한 살 내음이 코끝을 자극했다. 그의 숨결이 목덜미에 오래도록 남았다.

"자제라면 얼마나요?"

"적어도 이달이 넘어갈 때까진 안정을 위해서 하지 말라더군."

"그 뒤엔 해도 된대요?"

"……적당히 주기를 둔다면."

고개를 끄덕인 밀라이언이 담담하게 대답했다. 카리나가 옅게 웃었다. 말하는 내내 퍽 괴로워 보이는 표정을 보니 아마 그도 제법 참고 있는 듯했다.

"일주일 동안 바다는 지겹게 본 것 같아요."

"그래서 질렸어?"

"아뇨. 언젠가…… 아이가 태어나면 셋이서 오고 싶어졌어요. 하늘과 바다가 맞닿은 곳이 무척 신비하게 보여요. 경계선이 애매해서……."

바다가 하늘이 되고 하늘이 바다가 될 것만 같았다. 결코 뒤섞이지 않으리라는 걸 알고 있지만 휘저으면 크림처럼 이리저리 뒤섞일 것 같았다.

"그대의 눈동자 같아."

"……제 눈동자요?"

"응, 언제나 황금과 바다가 함께 하고 있거든. 밤에 보면 훨씬 신비해. 어둠 속에 존재하는 내 유일한 길잡이지."

밀라이언이 귓가에 속삭였다. 밤이 어두워지면 그녀의 눈동자는 한층 더 빛을 발했다. 달빛을 받아 빛나는 것처럼 그녀의 눈동자는 언제나 밤만 되면 신비롭게, 다채롭게 반짝였다.

"이상하지 않아요?"

"전혀. 평생 나만 바라봤으면 좋겠군."

다른 곳으로 시선이 가지 않는다면 얼마나 좋을까. 영원히 자신을 향해 생기를 담아 반짝여 주기만 한다면 더 바랄 것이 없을 텐데. 밀라이언이 숨을 크게 들이마셨다.

'욕심이지.'

욕심이 끝도 없이 커진다. 곁에 있을수록, 사랑을 나눌수록, 그녀의 온기를 알아 갈수록.

"카리나."

"네?"

"언제든 좋아. 겨울 산맥에 가자. 드래곤이 떠난 그 자리에 뭐가 남았는지…… 그대는 보지 못했지?"

"……아, 그러게요. 뭐가 있었어요?"

밀라이언이 낮게 웃음을 터뜨렸다. 그러곤 이윽고 고개를 끄덕였다. 드래곤이 떠난 자리엔 제법 놀라운 것이 숨겨져 있었다.

그가 느릿하게 모래사장 위에 앉았다. 혹여 그녀에게 모래가 닿을까 제 허벅지에 카리나를 마주보도록 앉힌 밀라이언이 그녀의 볼을 붙잡았다. 살짝 고개를 기울이자 카리나가 자연스럽게 눈을 감았다.

두 개의 입술이 달빛 아래에서 소리 없이 겹쳤다. 허락을 구하듯 아랫입술을 살짝 핥으며 아프지 않게 깨물자 카리나의 입술이 슬쩍 벌어졌다. 밀라이언이 그 안으로 제 혀를 밀어 넣었다. 입천장을 톡톡 두드린 그가 천천히 혀를 얽었다. 다정하게, 그러나 소유욕이 가득 담긴 행동으로 한 번에 혀를 옭아맨 밀라이언이 그것을 느릿하게 잡아당겼다.

아릿하게 당겨 오는 아픔에 카리나가 반사적으로 밀라이언의 목을 끌어안으며 바싹 몸을 붙여 앉았다. 두 다리로 그의 허리를 감싸고 틈 없이 바싹 몸을 마주 붙인 두 사람이 정신없이 서로를 탐했다. 사방이 뻥 뚫린 밤의 모래사장 위에서 조금은 민망할 수도 있는 질척거리는 소리가 울려 퍼졌다.

언제나 수동적이었던 그녀는 이제 밀라이언의 목을 끌어안고 제 혀를 움직일 수 있게 됐다. 단단하게 얽매인 밀라이언의 것에서 벗어나 그녀가 그의 입안을 탐색하려고 무던히 노력했다. 물론, 밀라이언의 웃음보가 터져서 결국 그다지 좋은 모습으로 끝을 보지는 못했지만.

"아, 당신을 만난 게 내 인생의 최대의 행복이야, 카리나."

"……눈꼬리에 눈물까지 달고 웃다가 말해 봐야 그다지 감명 깊지 않아요."

"진심이야. 당신만이 날 울고 웃게 할 수 있어. 카리나, 너만이 내 목줄을 쥐고 흔들 수 있어."

처음과 전혀 다르지 않은 진지한 목소리가 전해 오는 담담한 고백. 그 고백은 조금 짜증이 나 있던 카리나의 기분을 부드럽게 풀어 주기에 충분했다.

"오늘도 변함없이 사랑해."

더할 나위 없이 사랑하는 사람을 바라보는 눈으로 밀라이언은 카리나의 목덜미와 얼굴 이곳저곳에 입을 맞췄다. 꽉 끌어안느라 힘이 들어간 팔은 무척 단단해서, 그녀는 안정감을 느꼈다.

"……저도요."

카리나가 숨을 멈춘 채 밀라이언의 이마에 입을 맞췄다. 어린아

이처럼 호쾌하게 웃음을 터뜨리는 밀라이언은 처음 만났을 때보다
조금 더 또래에 걸맞아 보였다.

카리나는 처음에 배 속에서 무언가가 자라고 있다는 것이 확 와
닿지 않았다. 배를 갈라 씨앗을 심은 것도 아닌데 배에서 아이가 자
란다는 사실이 믿기지 않았다. 배가 평평했을 때는 더욱 그랬다. 잠
이 많아지고 식성이 달라지고 식사량이 늘었지만 주변은 평화로웠
고 사람들이 달라진 것도 아니니 실감을 못했었다.

그러나 임신 7개월째가 되어 가는 지금, 그녀는 생명의 무게에 대
해 더할 나위 없이 무겁게 실감하고 있었다. 여러모로 말이다.

"……안녕, 윈터."

카리나가 여전히 어색하게 배를 쓰다듬으며 입술을 달싹였다. 이
제는 더 숨길 수 없을 정도로 불룩 튀어나온 배에 그녀가 한숨을 내
쉬었다. 종종 숨을 쉬는 것도 벅찰 때가 있었다. 앞으로 누워도 옆
으로 누워도 불편하고 배가 당길 때도 많았다. 뭣보다 몸이 무거워
지니 움직이지 않게 되는 것이 문제였다.

"……."

카리나가 한숨을 내쉬었다. 말을 걸다 보면 한 번씩 배를 치는 듯
한 느낌이 날 때가 있었다. 하지만 여전히 존재하지 않는 아이에게
말을 거는 것은 조금 부끄럽고 민망했다.

"오늘은 음…… 산책을 할까 하는데 아무래도 팽이랑 밀라이언이
가만히 있질 않을 것 같아."

실수로 넘어질 뻔한 뒤로 두 사람의 과보호는 도를 넘어섰다. 오죽하면 종종 그때로 시간을 되돌리고 싶은 심정이었다.

"그래도 최근엔 조심하고 있어. 네가 곧 태어날 거니까."

카리나가 작은 목소리로 조곤조곤 이야기했다. 아이에게 말을 걸기 시작한 것은 몇 달쯤 된 일이었다. 처음에는 어디까지나 윈스턴의 권유였다. 그러다 하루에 한 번씩 이렇게 말을 걸게 된 것은 극히 최근이었고.

'설마 태몽이라는 걸 윈스턴이 꿀 줄도 몰랐지만.'

부모가 아니라 다른 사람이 꾸는 경우도 있다곤 들었다. 그래서 만약 다른 사람이 태몽을 꾸게 된다면 팽 혹은 페리얼일 거라고 생각했다. 솔직히 윈스턴은 생각지도 못했다.

사방이 온통 눈이 쌓여 있는 곳에 윈스턴은 우뚝 서 있었다. 커다란 씨앗을 가지고 있었는데 신기하게도 그가 걷는 길마다 금빛으로 새싹이 빛났다. 시리디 시린 눈이 순식간에 녹아내리고 그 위에 새파란 초원이 생겨났다. 그리고 파릇파릇한 새싹들이 자라나기 시작했다. 이윽고 씨앗을 어딘가에 심자 거대한 나무 두 그루가 순식간에 자라나 주변의 눈을 전부 녹였다. 나뭇잎이 온통 금빛으로 빛나는 나무와 나뭇잎이 온통 푸른빛으로 빛나는 나무. 그 두 그루의 아름다움에 절로 시선을 빼앗겼다. 꿈속에서도 느껴지는 따스함에 윈스턴은 행복감에 젖어서 눈을 떴다.

그 이야기를 해 주는 윈스턴의 손은 무척이나 따뜻했다.

"카리나, 일어났……."

오늘도 언제나처럼 아침 훈련을 끝내고 돌아온 밀라이언의 표정이 방으로 들어서는 순간 딱딱하게 굳었다. 그가 짜증스럽다는 듯 얼굴을 일그러뜨렸다. 검을 뽑으려다가 이내 어리둥절한 표정의 카리나를 보며 바들바들 떨리는 손을 검 손잡이에서 떼어 냈다.

"여기가 네 집인가?"

"하하하, 자네는 참 감이 좋군. 이제 막 내 주인을 납치할 생각이었네만."

풍채가 큰, 구릿빛 피부의 사내. 적갈색 머리카락은 도저히 잊으려야 잊을 수 없는 얼굴이었다. 아지다하카였다. 그가 카리나를 덥석 안아 들어 의자에 앉히곤 자신도 맞은편에 앉아 다리를 꼬았다.

"주인에게서 느껴지는 심장 소리가 조금 이상해서 돌아와 봤지. 그런데…… 참 재밌게 됐어."

아지다하카가 의미심장하게 말하며 아랫입술을 혀로 핥았다. 붉은 혀가 잠시 움직였다가 이윽고 자취를 감췄다. 여전히 우락부락한 근육은 다시 봐도 기가 질릴 정도였다.

"꺼져라."

"아, 그러고 보니 내가 대부가 되기로 했네. 인간계에 이런 풍습이 있긴 했었지. 오래되어 잊고 있었지만."

"……카리나?"

"아, 대부가 되면 아이에게 축복을 내려 줄 수 있다고 해서요. 드래곤들이 가지고 있는 풍습이래요."

카리나의 말에 밀라이언이 부들부들 몸을 떨었다. 이놈이고 저놈이고 자신이 모르는 곳에서 그녀에게 수작질을 부리고 있다. 하필이면 저런 파충류 따위가 대부라니!

"한 가지 조언을 하자면…… 수도의 신전으로 가는 게 좋을 거야."

"무슨 소리지?"

"신의 축복을 과하게 받은 데다 드래곤의 마력을 품은 심장까지 가지고 있는 인간. 그리고 자네 역시 일반적인 인간보다는 훨씬 더 축복을 받고 태어났지."

아지다하카의 굵은 손가락이 밀라이언을 가리켰다. 제 얼굴을 향한 손가락에 밀라이언이 미간을 찌푸리며 팔짱을 꼈다. 카리나와 밀라이언이 이해할 수 없다는 듯 그를 가만히 바라보자 아지다하카가 턱을 매만졌다.

"과한 것들끼리는 웬만해선 만나지 않는 게 좋아. 원래라면 탄생할 수 없는, 과하기 짝이 없는 게 태어나거든."

"카리나에게 뭔가 문제가 생기는 건가?"

"아니, 우리 주인에겐 그다지 문제가 생기진 않지. 다행히 아이는 효심이 그득한 것 같으니."

아지다하카가 느릿하게 손을 뻗어 카리나의 배를 살짝 눌렀다. 마법진이 작게 손가락 끝에 떠올랐다가 곧 사라졌다. 그와 동시에 카리나가 놀란 표정으로 제 배를 감싸 안았다.

"카리나?"

"……아이가 움직였어요."

"내 마력에 반응한 거야. 아주 옅디옅은 마력이었는데도 반응하는 걸 보니 생각대로 마력에 무척 예민한 성질을 가지고 있는 것 같군."

카리나가 믿기지 않는다는 듯 배를 쓰다듬었다. 그 행동을 가만히 바라보던 아지다하카가 의자 등받이에 등을 기대곤 창밖으로 고개를 돌렸다.

카리나는 정말 특수한 경우다. 예술의 신이 내린 과한 축복을 받았고 생명 연장을 위한 드래곤의 마력도 가졌다.

그리고 밀라이언 또한 어떠한 신의 축복을 받았다. 자라는 내내 다친 적도 많지 않았을 테고 아픈 적도 없었을 테지. 남들보다 예민한 오감과 통찰력, 그리고 무력을 가지고 있는 이유는 물론 본인의 노력도 있겠지만 신의 축복을 받은 영향도 있을 것이다. 전투를 사랑하고 옅게 풍기는 피 냄새나 전투 때 그의 성향을 보면 그에게 축복을 내린 신은 아마 전쟁의 신일 확률이 높았다.

신이 사랑하는 자들은 서로 얽히지 않는다. 신과 신의 사이는 그다지 좋지 않아서 보통은 그 축복을 받은 이들도 본능적으로 서로를 꺼리기 마련이었다. 하물며 예술과 전쟁? 우습지만 성향이 반대여도 너무 반대였다. 눈앞에서 그 결실을 보고 있는 자신조차 여전히 믿기지 않을 정도로.

그럼에도 둘은 운명처럼 만났고 사랑했고 심지어 아이까지 품었다. 원래라면 생기지 않았을 아이이나 자신의 마력이 두 사람 사이의 충돌을 막아 준 것이 분명했다. 드래곤의 마력이 방파제 역할을 해 준 것이다. 이 모든 것들이 단순히 우연으로 겹쳤다고 한다면 둘 중 하나는 무척이나 운이 좋은 것이겠지.

아지다하카는 잠시 고민했다. 배 속에 있는 아이가 어떻게 태어날지 솔직히 그로서도 도저히 짐작조차 가지 않았다. 영겁에 가까운 긴 시간을 산 그조차 단 한 번도 이런 상황을 겪어 본 적이 없었다.

"이 아이는 아마 세상에 적응하는 데 조금 시간이 걸릴 거야."

"……그게 무슨 소리예요?"

"마력에 예민하다는 것은 오감이 특출하다는 거야. 어릴 때부터 적응을 하면 익숙해지겠지만 갓 태어난 인간의 아이가 감당하기엔 괴롭겠지."

아지다하카의 설명에 카리나의 미간이 좁아졌다. 잘은 이해가 되지 않지만 아이가 좋은 상황이 아니라는 사실만큼은 이해가 갔다.

"아이에게 문제가 생긴다는 건가요?"

조금 멀찍이 떨어져 있던 밀라이언이 성큼성큼 다가와 카리나의 어깨를 살살 쓰다듬었다. 진정하라는 듯한 그의 손길에 카리나가 작게 심호흡을 했다.

"천천히 설명해 주지? 도대체 무슨 이야긴지 알 수가 없으니."

밀라이언이 근처의 의자를 끌어와 카리나의 옆에 앉으며 말했다. 아지다하카가 낮게 한숨을 내쉬었다. 곤란한 표정으로 답답한 듯 머리를 벅벅 문지르던 그가 손가락을 퉁겼다. 그의 손에 황금으로 된 잔이 생기더니 이윽고 그 안에 포도주가 차오르기 시작했다. 포도주가 잔을 반보다 조금 더 채웠을 때쯤, 아지다하카가 그것을 앞으로 내밀었다.

"이 잔이 인간의 몸이야. 물론, 잔은 인간마다 달라. 이걸 가지고…… 그래, 잔의 크기라고 하지."

"잔의 크기……."

"그리고 이 잔의 크기는 선천적으로 큰 경우도 있지만 후천적인 환경에 의해 커질 수도 있어."

카리나가 숨을 들이켠 채 고개를 끄덕였다. 설명은 이해할 수 있었다. 그가 설명하고자 하는 것이 정확히 뭔지는 아직도 감이 잡히지 않았지만.

"그리고 이 안에 들어가 있는…… 이 포도주가 인간이 가지고 태어나는 것들이지."

그가 차분하게 설명을 시작했다. 찌푸려진 미간으로 여전히 약간의 답답함이 엿보였지만 그건 상대를 향한 답답함이 아니었다. 설명에는 익숙하지 않은 자신에 대한 답답함이었다.

"인간이 가지고 태어나는 것?"

"아, 청각, 후각, 촉각. 뭐 미각이나 통찰력, 두뇌 회전이나 운동 신경 같은 거 있지 않나. 그거 외에도 뭐 꼽아 보자면 많겠지."

"그래서 그게?"

"그걸 좀 과하게 받아 태어나는 놈들이 있지."

아지다하카의 말이 끝나기가 무섭게 또다시 잔에 포도주가 차오르기 시작했다. 무서운 기세로 차오르기 시작하던 포도주는 잔을 꽉 채우고서야 차오르기를 멈췄다.

"개중에서도 뭐, 천재라고 불리는 부류들이 있잖아?"

아지다하카가 머리를 긁적였다.

"인간이 가질 수 있는 능력을 한계 가득 가지고 태어나는 거지. 예술이든 무력이든 두뇌든, 어느 쪽이든 말이야."

"예술로 기적을 일으키는 부류들 같은 건가요?"

"그래 뭐…… 비슷하다고 해 두지. 주인의 경우엔 작은 잔에 너무 많이 담긴 능력 때문에 이게 넘쳐흘렀던 거야."

잔에 또다시 포도주가 가득 차오르기 시작했다. 더 담길 곳이 없던 포도주는 바닥에 깔린 카펫 위로 속절없이 울컥울컥 쏟아졌다. 카펫을 제법 적시고 나서야 포도주는 흐르길 멈췄다.

"뭐…… 주인의 반려 쪽은 주인보다야 적지만 보통의 인간과 비교했을 때 포도주의 양이 제법 많았지. 다행히 잔의 크기도 컸어. 넘쳐흐르지 않은 좋은 케이스지.”

아지다하카가 이윽고 잔에 담긴 포도주를 전부 입에 털어 넣더니 이내 잔을 내려놨다. 아지다하카의 샛노란 시선이 정확히 카리나를 향했다.

“주인의 아이는 둘 다야. 잔의 크기는 무척 크겠지만, 그 잔조차도 아이가 가지고 태어날 것을 받아 내지 못하고 넘쳐흐를 거야.”

“……”

“과한 능력을 감당하지 못하는 거지. 자랄수록 힘은 더 강해질 테고 아이의 잔 역시 커져야 할 거야.”

아지다하카가 굳이 이 먼 길을 돌아온 데는 나름의 이유가 있었다.

그가 제법 멀리 떨어진 곳에 있었음에도 곧 태어날 아이의 힘이 그의 신경을 건드렸다. 아직 어미의 배 속에 있는데도 불구하고 아이가 뿜어내는 생명력은 남달랐다. 아마 이 세상에 마력에 민감한 위대한 존재들이 남아 있다면, 아마도 아이가 탄생하는 순간 알아챌 것이다.

“왜 그런 거예요?”

카리나가 한참 만에 더듬더듬 물었다. 벌겋게 힘을 준 눈에서 서글픔이 물씬 느껴졌다. 아지다하카는 그저 말없이 웃었다.

“주인과 너는 과한 인간이었고…… 그 아이는 원래라면 품을 수도, 또한 태어날 수 없던 아이거든.”

“그게 무슨 소리지?”

“말하지 않았나. 과한 것들끼리는 만나면 안 된다고.”

아지다하카의 말에 귀를 기울이며 두 사람이 숨을 삼켰다. 여전히 이해가 가지 않는다. 자신들이 어째서 '과한 것'이라는 수식어에 포함되는지를 이해할 수가 없었다.

"주인은 금기를 범하고도 살아남을 정도로 강력한 기적의 소유자였지. 자네도 자라는 내내 크게 아파 본 기억도 없을 거고. 다친 상처가 다른 사람보다 빠르게 낫는 편이지?"

"……."

"그리고 이 몸의 마력까지 품었고……."

아지다하카가 말끝을 흐렸다. 다행인 것은 그나마 신의 축복을 받고 태어날 것이라는 사실 하나였다.

"오감이 비정상적으로 발달할 거야. 작은 소리도 천둥소리만큼 크게 들리겠지. 멀리서 하는 대화를 들을 수 있을 거고 후각도 예민할 거야."

"어떻게 할 방법 없나?"

"시간이 답이지. 머지않아 익숙해질 거야. 스스로 그것을 정리하는 법을 깨우치게 될 거고."

드래곤이라면 모두 겪는 일 중의 하나였다. 특히나 드래곤들의 목소리나 움직임은 무척이나 커서 갓 태어난 드래곤이 신경쇠약증에 걸리는 경우도 많았다.

그래도 모두 익숙해진다. 드래곤이 그랬던 것처럼 아이 역시 익숙해지겠지. 인간들과 생활하는 환경에 익숙해져야 했다. 그는 그것을 곁에서 도울 의향이 있었다.

"아이가 아프거나 그런 건 아니죠……?"

"전혀. 잘만 자란다면 아마 누구보다 건강하게 자라겠지."

흔한 병도 걸리지 않을 거고 누구보다 명석하게 자라날 것이다.

아이의 삶은 부모가 어떻게 키우느냐에 따라 다르겠지만 눈앞의 두 인간이 아이를 나쁘게 키울 것 같지도 않고.

"그래도 신전의 도움은 좀 필요할 거야. 신전에는 아이에게 긍정적인 신력이 넘쳐 나는 인간들로 가득하니 다른 소음보다는 조금 더 나을 테지."

"……신전은 수도에만 있는데요."

"그럼 한동안은 수도에 있는 편이 좋을 거야. 언제든지 신전에 갈 수 있도록."

아지다하카의 말에 카리나가 한숨을 내쉬었다. 밀라이언은 이마를 짚은 채 한참이나 말이 없었다. 여러모로 곤란하기 짝이 없다. 아니, 솔직하게 말하자면 다른 게 문제가 되는 것은 아니다. 카리나는 지금 예정일이 너무 가까워져서 움직일 수가 없었다.

"카리나는 지금 아무 데도 못 가. 당장 다음 달이 출산 예정일이야."

"드래곤은 마법을 쓸 수 있지. 순간 이동 정도라면 문제가 안 돼. 수도에 저택이 있나?"

"……그런데?"

"잘됐군. 여관 생활도 질린 참이거든. 헤르타도 퍽 싫어하는 것 같고. 신세 좀 지도록 하지."

아지다하카의 뻔뻔스럽기 짝이 없는 말에 밀라이언이 헛웃음을 삼켰다. 대체 눈앞의 저자가 무슨 말을 하는 것인가. 밀라이언의 혈관이 한층 툭 튀어나왔다.

"……죽고 싶나?"

"자네가 날 죽일 수 있다면 그만한 영광도 없겠군."

아지다하카가 놀랍다는 눈으로 박수를 쳤다. 놀리고 있는 것이 명명백백했다. 밀라이언이 한참 만에 얼굴을 벅벅 문지르더니 고개를 획 돌렸다.

"수도……."

"가고 싶지 않으면 가지 않아도 돼. 소음이 문제면 조용한 곳으로 가면 되는 일이니까."

카리나의 목소리를 가로챈 밀라이언이 냉큼 말했다. 카리나가 천천히 고개를 저었다. 혹여나 백작가 사람들과 마주칠까 신경 쓰였지만 아이를 생각하면 가는 편이 좋았다.

"그럼 준비가 다 끝나면 말하는 걸로."

아지다하카가 성큼성큼 빈방을 향해 걸어가며 말했다. 어찌나 자연스러운지 마치 제집을 헤집고 다니는 줄 알았다. 불쾌한 듯 아지다하카를 노려본 밀라이언이 카리나를 품에 안았다.

"괜찮아."

"……아이에게 문제가 생기진 않겠죠?"

"그대에게도 문제는 없을 거야. 저놈 멱살을 붙잡아서라도 그렇게 만들어 주지."

밀라이언의 의기양양한 말에 카리나가 작은 웃음을 터뜨렸다. 예나 지금이나, 정말 그는 다정하기 짝이 없는 사람이다.

그녀가 이미 제법 부풀어 오른 배를 붙잡은 채 느릿하게 눈을 감았다. 단단한 가슴이 퍽 포근하게만 느껴졌다.

〈시한부 엑스트라의 시간〉 4권에서 계속